運命の時計が回るとき

ロンドン警視庁未解決殺人事件特別捜査班

ジェフリー・アーチャー

戸田裕之 訳

TRANSLATION BY HIROYUKI TODA

ハーパー
BOOKS

Published by K.K. HarperCollins Japan, 2023

ジャックに

貴重な助言と調査をしてくれた以下の人々に感謝する。

サイモン・ベインブリッジ、マイケル・ベンモア、ジョナサン・キャプラン勅撰弁護士、
ケイト・エルトン、アリソン・プリンス、そして、ジョニー・ファン・ヘフテン。

以下の人々に特別な感謝を。

ミシェル・ロイクロフト捜査巡査部長（引退）
ジョン・サザーランド警視正（引退）
ジャッキー・モールトン捜査警部（引退）

運命の時計が回るとき

おもな登場人物

ウィリアム・ウォーウィック――ロンドン警視庁捜査警部。未解決殺人事件特別捜査班
ベス・ウォーウィック――ウィリアムの妻。フィッツモリーン美術館の絵画管理者
ジャック・ホークスビー（ホーク）――ロンドン警視庁警視長
ロス・ホーガン――同捜査警部補。未解決殺人事件特別捜査班。元囮捜査官
ジャッキー・ロイクロフト――同捜査巡査部長。未解決殺人事件特別捜査班
ポール・アダジャ――同捜査巡査部長。未解決殺人事件特別捜査班
レベッカ・パンクハースト――同捜査巡査。未解決殺人事件特別捜査班
ブルース・ラモント――同元警視
マイルズ・フォークナー――美術品の窃盗詐欺師
クリスティーナ・フォークナー――マイルズの妻
ブース・ワトソン――マイルズの弁護士
ジェイムズ・ブキャナン――アメリカ人の若者。〈ピルグリム・ライン〉会長の孫
ジョゼフィーヌ・コルベール――フランス人の高級娼婦
ファン・サンチェス――スペイン国家警察の警察官。中尉
クライヴ・ピュー――殺人容疑者。バークレー銀行の副支店長
マックス・スリーマン――殺人容疑者。高利貸し
ダレン・カーター――殺人犯。〈イヴ・クラブ〉のドアマン
ロン・アボット――殺人容疑者。ギャング・グループの親玉
テリー・ローチ――殺人容疑者。ギャング・グループの親玉

1

「あなたは刑事ですか、サー？」

若い声に問いかけられて、ウィリアムは顔を上げた。「いや、ケント州ショーハムにあるミッドランド銀行の副支配人だが？」

「それなら」若者がつづけた。納得していない顔だった。「今朝、為替市場が開いた時点でのドル－ポンドの為替レートはご存じですよね？」

ウィリアムは昨日の夕方、乗船する直前に百ポンドをドルに換えたときに受け取った額を思い出そうとしたが、少し時間がかかりすぎた。

「一ポンド当たり一ドル五十四セントです」ウィリアムが答える前に若者が言った。「というわけで、お訊きするのを許してもらいたいのですが、サー、刑事であることを認めようとされなかった理由は何でしょう？」

ウィリアムは読んでいた本を自分の前のテーブルに置き、やけに熱心に質問してくる若いアメリカ人を観察した。何としても子供扱いされまいとしているようだったが、まだ髭《ひげ》を剃《そ》る必要もないぐらいで、すぐさま〝プレッピー〟という言葉が頭に浮かんだ。

「秘密を守れるかな？」ウィリアムは小声で訊いた。

「もちろんです」いささか気を悪くしたような声が返ってきた。

「それなら、坐《すわ》ってくれ」ウィリアムは自分の向かいの坐り心地のよさそうな椅子を指さし、若者が腰を落ち着けるのを待った。「いまは休暇中で、これから十日間は私が刑事だということをだれにも教えないと妻に約束しているんだ。刑事だとばれると必ず果てしない質問攻めにあうことになって、休暇が休暇でなくなってしまうのでね」

「でも、どうして銀行員を隠れ蓑《みの》にしたんですか？」若者が訊いた。「だって、スプレッドシートと貸借対照表《バランスシート》の違いもわからないんでしょ？」

「そのことについてはもちろん考えたよ、熟慮と言っていいぐらいだ。妻の意見も聞いて、その結果、銀行員で行くことにした。私は六〇年代にイングランドのショーハムという小さな町で幼少期を過ごし、父が現地の銀行の副支配人と友だちだった。それで、二週間ぐらいなら銀行員に成りすましていられると結論したというわけだ」

「ほかにはどんな職業が最終候補に挙がっていたんですか？　もちろん、多くはなかったんでしょうけど？」

「不動産屋、車のセールスマン、葬儀屋だ。どれも果てしない質問攻めにあう心配がほとんどないだろ？」

若者が声を立てて笑った。

「きみならどんな仕事を隠れ蓑にする？」ウィリアムは主導権を取り返そうとして訊いた。

「殺し屋です。これなら質問攻めにあう心配は絶対にありませんからね」

「私ならすぐに隠れ蓑だと見抜いただろうな」ウィリアムはお話にならないというように手を振った。「だって、刑事かどうか訊いてくる殺し屋なんかいないはずだから、その時点で隠れ蓑だとばれてしまうに決まっている。それで、殺し屋でないとしたら、現実世界で何をしているのかな？」

「チョート校の最終学年にいます。コネティカット州にあるプレップ・スクールです」

「卒業したあとの進路はもう決めているのか？　依然として殺し屋志望でないとしての話だが？」

「ハーヴァード大学で歴史を勉強し、それからロウ・スクールへ行くつもりです」

「そのあとは有名な法律事務所に就職して、あっという間にジュニア・パートナーか」

「違いますよ、サー。ぼくは法の執行者になりたいんです。一年間、『ロウ・レヴュー』で編集者をしてから、ＦＢＩに入ります」

「若いわりにはずいぶん精密な生活設計図を描いているんだな」

若者が眉をひそめ、明らかに気を悪くした様子だったので、ウィリアムはすぐさま付け加えた。「実はきみの年頃の私もまったく同じだったんだよ。八歳のときには、刑事になってロンドン警視庁《スコットランドヤード》へ上り詰めるんだと早くも決めていた」

「それにしちゃ、ずいぶん時間がかかりましたね」

ウィリアムはこの聡明《そうめい》な若者に苦笑した。こいつ、〝生意気〟という言葉の意味を知らないはずはないが、自分がそうであることに気がついていないらしい。だが、おれだって若いころは間違いなくこいつと同じように生意気だったからな。そして、身を乗り出し、手を差し出して言った。「ウィリアム・ウォーウィック捜査警部だ」

「ジェイムズ・ブキャナンです」若者が差し出された手をしっかりと握って応えた。「失礼ですが、どうやってそんなに早く昇任できたんです？　だって、六〇年代に八歳だったのなら、いまの年齢はせいぜい……」

「ハーヴァード大学が入学を認めてくれると確信できる根拠は何なんだ？」ウィリアムは質問をかわそうとして訊いた。「年齢だってまだ……」

「十七です」ジェイムズが答えた。「成績は平均四・八でクラスで一番だし、大学進学適性試験《SAT》も合格する自信があります」そして、一拍置いて付け加えた。「それで、あなたですけど、もうスコットランドヤードというてっぺんに上り詰めているんですよね、警部？」

「ああ」ウィリアムは答えた。首席弁護人に訊問《じんもん》されるのはともかくとして、十代の若者に訊問されるのにには慣れていなかったが、それでもこの若者とのやりとりは楽しかった。

「しかし、そんなに頭がいいのなら、弁護士とか政治家になることをどうして考えなかったんだ？」

「アメリカでは弁護士なんて掃いて捨てるほどいて」ジェイムズが肩をすくめて答えた。「仕事を得るために、大半は交通事故で出動した救急車を追っかけなくちゃならないんです」

「政治家は？」

「ぼくは馬鹿をうまくあしらうのが下手なんです。有権者の気まぐれに付き合ったりもしたくないし、自分の考えをちっぽけなグループ討論なんかで規定されたくもありません。そんな人生はまっぴらです」

「そうは言っても、ＦＢＩの長官になるのなら……」

「ぼくはだれに支配されるつもりもありません。従うとすれば大統領だけですが、彼にだって常に本心を教えるとは限りません」

ウィリアムは笑うしかなかった。こいつ、自信喪失という言葉とは絶対に無縁だろうな。

「それで、あなたは、サー」ジェイムズの口調から緊張が消えはじめた。「首都警察の警視総監になる運命なんですか？」ウィリアムはまたもや躊躇《ちゆうちよ》した。「可能性は絶対に考えておられますよね」答える間もなく、さらに質問が畳みかけられた。「もう一つ、訊いてもいいですか？」

「どう断わっても無駄なようだな」

「一流の刑事になるのに最も大事な資質は何でしょうか?」

ウィリアムは少し考えてから答えた。「生まれついての好奇心かな。それがあれば、何か不自然に感じたらすぐに気づくだろ?」

ジェイムズが内ポケットからペンを取り出し、〈オールデン・デイリー・ニューズ〉の裏にウィリアムの言葉を書き留めはじめた。

「それに、関連する質問を容疑者、証人、同僚に対してできなくてはならない。充分な証拠なしに判断してはならない。そして、何よりも辛抱強くなくてはならない。男性よりも女性のほうが優れた警察官になることがしばしばあるのは、それが理由だ。最後に、すべての感覚を使えなくてはならない――視覚、聴覚、触覚、嗅覚、味覚をな」

「完全に理解したという自信はありませんね」ジェイムズが言った。

「自信家のきみでもそんなことがあるのか、意外だな」口にしたとたんにウィリアムは後悔したが、若者が初めて声を立てて笑った。「目を閉じて」ウィリアムは促し、少し間を置いてからつづけた。「私の外見を説明してくれ」

若者が多少時間をかけて考えてから口を開いた。「年齢は三十からせいぜい三十五、身長は六フィートちょっと、金髪、青い目、体重は百七十ポンドぐらい、引き締まっているけれども、昔ほどではない。過去のどこかで肩に重傷を負った」

「昔ほど引き締まっていないと考える根拠は何だ?」ウィリアムは身構えた。

「体重が六ポンドか七ポンドぐらい多すぎます。それに、今日が航海の初日であることを考えれば、毎日の船の食事のせいではあり得ませんからね」

ウィリアムは顔をしかめ、もう一つの質問をした。「肩に重傷を負ったと考える根拠は？」

「シャツの第一ボタンと第二ボタンが留められていないこと、握手をするために身を乗り出されたとき、左の肩のすぐ下に目立たなくなっている傷痕があることに気づいたんです」

ウィリアムは――いつものことではあったが――またもや、自らの命を犠牲にしてまで自分を助けてくれた新人教育係、フレッド・イェーツ巡査のことを思った。警察官というのは小説に出てくるようなロマンティックなものでは必ずしもなかった。ウィリアムは急いで質問を変えた。「私が読んでいる本は何だ？」

「リチャード・アダムズの『ウォーターシップ・ダウンのウサギたち』です。それから、訊かれる前に答えておきますが、開いておられたのは百四十三ページでした」

「私の着ているものから何がわかる？」

「なるほど」ジェイムズが言った。「実はちょっと気になる点があるんです。答えにたどり着くには、いくつかささやかな質問をさせてもらわなくてはなりません。もっとも、あなたが本当のことを教えてくだされば、ですが」

「法的代理人に電話するまでは質問に答えるつもりのない犯罪者が相手だと考えてくれ」

ジェイムズが一瞬考えてから言った。「それ自体が手掛かりになりますね」

「その理由は？」

「いまの言葉は、過去に法律がらみの問題に直面したであろう疑いを示唆しています。弁護士の電話番号を知っていたら、それは疑いではなくて確かな事実だということになります」

「いいだろう。では、弁護士はいないが、テレビ番組をよく観《み》ているおかげで質問に答える必要がないのを知っている犯罪者だと考えてくれ。何も質問しない状態で、何を突き止めることができたかな？」

「着ておられるのは高級なものではなくて、たぶん吊《つ》るしでしょうが、一等船室で旅をしておられます」

「そこからどんな推理が成り立つ？」

「結婚指輪をしておられるところからすると、奥さまが金持ちなのかもしれません。あるいは、特殊任務を遂行中とか？」

「どっちも違う」ウィリアムは言った。「それはもう観察ではなくて推理だ。だが、悪くなかった」

若者が目を開けて微笑した。「今度は私の番ですよね、サー。どうぞ、目を閉じてください」

ウィリアムは驚きを隠せなかったが、ゲームをつづけることにした。

「ぼくを説明してください」

「頭がいい、自分に自信を持っている。だが、不安もある」

「不安、ですか？」

「きみはクラスで一番かもしれないが、いまもまだ認めてもらおうと必死になっているな」

「ぼくの服装を当ててください」ジェイムズが言った。

「白いコットンのボタンダウンのシャツ、たぶん〈ブルックス・ブラザーズ〉だ。ダークブルーの半ズボンに白いコットンの靴下、〈プーマ〉のスニーカーだが、ジムに行くことは――まったくないとは言わないにしても――滅多にない」

「どうして断言できるんですか？」

「私のところへやってくるときのきみの歩き方だよ。爪先が外を向いていた。しっかり運動をしていればまっすぐになるはずだ。疑うんなら、短距離用アンツーカー・トラックについたオリンピック選手の足跡を見てみるといい」

「それ以外の目立つ特徴は何でしょう？」

「左耳のすぐ下に小さな生まれついての痣《あざ》がある。髪を伸ばして隠そうとしているようだが、ＦＢＩに入ったら髪を短くしなくちゃならないぞ」

「ぼくの背後の絵を説明してください」

「一九七七年五月二十三日にニューヨーク港を出港する、この〈オールデン〉の白黒写真だ。小型船が何艘《そう》も随伴しているところからすると、処女航海に出るところだな」

「〈オールデン〉の名前の由来は何でしょう？」

「それは観察力ではなくて」ウィリアムは言った。「知識の問題だ。その質問の答えを知る必要があれば、あとでいつでも突き止めることができる。第一印象というのは往々にして道を誤らせるから、何であれ絶対に決めてかかってはならない。だが、私が刑事として――きみはそうではないが――推理しなくてはならないとしたら、以下のように考える。この船が〈ピルグリム・ライン〉のものであることからすると、〈オールデン〉は一六二〇年に〈メイフラワー〉でプリマスからアメリカへ渡った、最初の入植者の一人の名前にちなんだものだろう、とな」

「ぼくの身長はどのぐらいでしょう？」

「いまは私より一インチ低いが、最終的には一インチ高くなるはずだ。体重は約百四十ポンド、ようやく髭剃りが必要になったというところだ」

「あなたが目をつむっているあいだに、何人が私たちの横を通り過ぎましたか？」

「母親と子供二人、一人はボビーと呼ばれる少年で、二人ともアメリカ人だった。その直後に、この船の高級船員が通りかかった」

「どうして高級船員だったとわかるんです？」

「すれ違った船員がサーと呼んでいたからだ。それから、年輩の紳士もやってきたな」

「どうして年輩だとわかるんですか？」

「杖《つえ》をついていて、その音が遠ざかっていったからだよ」

「ぼくは半分も気がついていませんね」目を開けたウィリアムにジェイムズが言った。

「断言してもいいが、そんなことはない」ウィリアムは言った。「さて、今度は私が容疑者を訊問する番だ」ジェイムズがとたんに背筋を伸ばし、集中を顔に表わして坐り直した。

「優秀な刑事は常に事実を信頼し、何であれ軽く見るべきではない。というわけで、まず私が突き止めなくてはならないのは、〈ピルグリム・ライン〉の会長のフレイザー・ブキャナンがきみの祖父かどうかだ」

「当たりです。そして、父のアンガスは副会長です」

「フレイザー、アンガス、そして、ジェイムズか。スコットランド系であることが強くうかがわれる」

ジェイムズがうなずいた。

「きっと二人とも、いずれはきみが会長になると考えておられるんだろう」

「そうはならないことは、すでに言明してあります」ジェイムズが即答した。

「私が読んだり聞いたりしている限りでは、きみのおじいさんは我を通すのが当たり前だと考えておられるようだが？」

「そうなんです」ジェイムズが答え、にやりと笑って付け加えた。「でも、ぼくたちに同じ血が流れていることをときどき忘れるんですよ」

「私の父も同じだよ」ウィリアムは認めた。「刑事を専門とする法廷弁護士で、勅撰弁護士《ちよくせん》でもあるが、昔から、私が自分の後を継いで法曹の世界に入り、法廷《バー》で一緒に仕事をするようになると考えている。自分がしたいのは犯罪者を捕らえて裁きを受けさせることであって、法外な手数料を取ってそいつらを野放しにすることではないと、早々に私が宣言しているにもかかわらずだ」

「ジョージ・バーナード・ショウが言ったとおりです」ジェイムズが宣言した。「同じ英語といっても、イギリスとアメリカでは違うんですね。あなたには〝バー〟は法廷と弁護士を意味しますが、アメリカ人にはストゥールと酒を意味するんですよ」

「頭のいい犯罪者は話題を逸《そ》らそうとするのが常だ」ウィリアムは言った。「だが、熟練の刑事ならそんな手に惑わされない。きみはまだ私の質問に答えていないぞ。きみが会長になりたがらないことについて、おじいさんはどう思っておられるんだ？」

「どうやら、ぼくの祖父のほうがあなたのお父さまより性質《たち》が悪いようです」ジェイムズが言った。「ハーヴァードを卒業して〈ピルグリム・ライン〉に就職しなかったら、遺産贈与を一切拒否すると、ぼくを脅しにかかっているんですから。もっとも、祖母が生きている限り、その脅しを実行することはできないでしょうけどね」

ウィリアムは頬を緩めた。

「無理なお願いかもしれませんが、サー、この航海のあいだ、一日に一時間かそこらでいいんです、ご一緒させてもらうわけにはいかないでしょうか?」ジェイムズが訊いた。さっきまでの自信は消えていた。

「楽しそうじゃないか。午前中のいまぐらいがいいな。妻がヨガ教室に出席している時間なんでね。だが、一つ、条件がある。妻に会っても、きみと私の会話の内容を一切漏らさないことだ」

「それで、どんな内容の会話だったのかしら?」ベスが二人の横にやってきて訊いた。

ジェイムズが飛び上がり、いかにもそれらしい顔を作って言った。「金《きん》の価格についてです、ミセス・ウォーウィック」

「だったら、夫にその分野の知識がほとんどないことがすぐにわかったでしょ?」ベスが穏やかな笑みを浮かべて若者に言った。

「いま教えようと思っていたんだが、ジェイムズ」ウィリアムは言った。「妻は私よりはるかに頭がいい。それが妻はフィッツモリーン美術館の絵画管理者を務めていて、私が一介の警部に過ぎない理由だ」

「首都警察史上最年少のね」ベスが付け加えた。

「きみが首都という言葉を口にしたとしても、妻の頭に浮かぶのは世界一の美術館のことであって、ロンドンの警察のことではないだろうな」

「あなたがフェルメールを取り戻すことに成功されたと知ったときは本当に嬉《うれ》しく思いました」ジェイムズがミセス・ウォーウィックを見て言った。

今度はベスの顔に驚きが表われる番だった。「やっとのことで、ですけどね」彼女はようやく返事をした。「それに、幸いなことにもう盗まれる心配もなくなったの。犯人が死んでくれたおかげでね」

「マイルズ・フォークナーですね」ジェイムズが言った。「心臓発作を起こしてスイスで死んだんですよね」

ウィリアムとベスはともに言葉を失って顔を見合わせた。

「あなたは葬儀にまで参列しておられますよね、警部。たぶん、本当に死んだことをあなた自身の目で確かめるために」

「どうして知っているんだ？」ウィリアムはふたたび身構えることになった。

「毎週、『スペクテイター』と『ニュー・ステイツマン』を読んでいますから。それでイギリスについての情報を更新し、自分なりの見方を確立しようとしています」

「もちろん、そうなんだろうな」

「明日、またお目にかかるのを楽しみにしています、サー」ジェイムズが言った。「そのとき、マイルズ・フォークナーがいまも生きている可能性があるとあなたが考えておられるかどうか、突き止められるといいんですが」

2

翌朝の八時を過ぎた直後、マイルズ・フォークナーはサヴォイ・ホテルのダイニングルームをゆっくりと、いつものテーブルに着いているブース・ワトソンのほうへ向かっていた。テーブルのあいだを縫っていくマイルズに目を向ける者はいなかった。

「おはよう」ブース・ワトソンは唯一の依頼人に向かって顔を上げて挨拶した。この男を好きでもないし、信用してもいなかったが、法曹界における非常に数の少ない仲間に見劣りしない生活を維持しつづけるのを可能にしてくれているのが、マイルズ・フォークナーだった。

「おはよう、ＢＷ」マイルズは挨拶を返し、弁護士の向かいに腰を下ろした。

すぐさまウェイターがやってきてノートを開き、ペンを構えた。「いつもどおりでよろしいでしょうか、サー？」

「ああ」ブース・ワトソンは答え、依頼人をもっとしっかり検《あらた》めた。スイスの整形外科医が最高の仕事をしたことを認めないわけにはいかなかった。脱獄し、自分の葬儀に参列して、最近死からよみがえった人物だと気づく者はいないはずだった。いま向かいに坐っているのは、かつては膨大な数の名画を私有していた、成功した起業家とはまるで別人だった。どこからどう見ても、退役した海軍軍人、フォークランド作戦の古参である、ラルフ・ネヴィルの名前を持つ人物でしかなかった。だが、不倶戴天《ふぐたいてん》の旧敵がいまも生きていることを知ったら、ウィリアム・ウォーウィックはマイルズ・フォークナーを鉄格子の向こうへ送り返すまで、倦《う》むことなく力を尽くすに違いなかった。ウォーウィックにとって、それは自分に直接関わってくる個人的な問題、自分が取り逃がした男、首都警察を笑いものにした男の問題であり、さらに……。

「こんなに急いで会わなくちゃならない理由は何なんだ？」ウェイターが退《さ》がるや、マイルズは訊いた。

「昨日、興味深い事件の深層を探っているという〈サンデー・タイムズ〉の女の記者から電話があって、最近〈クリスティーズ〉で落札されたけれども偽物だとわかったラファエロの作品について何か知らないかと訊かれた」

「それで、何と答えたんだ？」マイルズの声が神経質になった。

「本物は故マイルズ・フォークナーのプライヴェート・コレクションで、いまもモンテカルロの未亡人の別荘に掛かっていると答えておいた」

「それもそう長くはない」マイルズは打ち明けた。「結局のところ自分は未亡人ではなかったとクリスティーナに気づかれたからな。手出しされる前に、コレクション全部をもっと安全なところに移すしかなくなった」

「それはどこだ？」ブース・ワトソンは訊いたが、正直な答えが返ってくるかどうかはわからなかった。

「おれの様子をうかがう住民がいなくて、糞《ふん》を引っかけてくれるのは通り過ぎるカモメだけというところを見つけてある」

「それを聞くことができて何よりだ。というのは、きみがラルフ・ネヴィルとして再登場するとしても、その前に何週間かイギリスを離れるのが賢明だと考えるからだ。それに、ウォーウィック警部は妻と一緒にニューヨークで休暇を楽しんでいる。タイミングとしては最高だ」

「あの休暇はクリスティーナが段取りをつけたんだ。おれと彼女が二度目の結婚をするに際して、あの二人が邪魔にならないようにするためにな」

「だが、ベス・ウォーウィックはクリスティーナの既婚付添い女性長を務めることになっていたんじゃなかったか？」

「それはおれが〈オールデン〉に乗っているのを見られてはまずい理由を、クリスティーナが知る前のことだ」

「元妻もそれなりの役に立つことを、きみも認めざるを得ないな」ブース・ワトソンが言った。「それに、彼女が役に立つことの一つには、ミセス・ウォーウィックと仲がいいことがある」

「正直に言うと、BW、いまも生きていることをクリスティーナに知られなかったら、おれとしてはそのほうがよかったんだ。だから、頼むから説明してくれ、なぜあのろくでもない女とまた結婚をしなくちゃならないんだ？」

「なぜなら、それがきみの問題を解決することになるからだ」ブース・ワトソンが答えた。「いいか、彼女なら、怪しまれることなくウォーウィック警部の動向を監視しつづけられるんだ。それを忘れるな」

「しかし、クリスティーナが寝返ったらどうする？」マイルズは訊いた。

「きみが財布を握っているあいだは、それはたぶんあり得ない」

マイルズは納得していないようだった。「ラルフ・ネヴィルの正体がばれて、おれが刑務所へ逆戻りしたら、あり得るんじゃないか？」

「それでも、クリスティーナは依然として私と接触しなくちゃならない。私がどっちについているかは、そのときにすぐにわかるさ」

「しかし、あんたにも選択肢はないんだぞ」マイルズは言った。「なぜなら、二年も脱獄逃走していた犯罪者の法的代理人を、しかも、それが自分のかつての依頼人であったとわかっていながらなぜ務めていたのか、その理由を法廷弁護士評議会に釈明しなくちゃならなくなるんだからな」

「だからこそ」ブース・ワトソンが示唆した。「法的拘束力のある同意書に、クリスティーナに必ずサインさせなくちゃならない。同意に違背したらわれわれ二人と同等の損害を被ることになるという同意書にな」

「さらに、そのサインは彼女がラルフ・ネヴィルと結婚する前、また、絶対にウォーウィック夫婦がイギリス本国に戻る前でなくてはならない」

「ブライティ？」ブース・ワトソンが訝《いぶか》った。

「海軍風《ブライティ》のラルフ・ネヴィル流の言葉遣いだよ」マイルズがかなり満足そうに答えた。

「それで、いつクリスティーナに会うんだ？」

「明日の午前八時に、私の事務所で会うことになっている。そのとき、同意書の内容を一項目ずつ、微に入り細を穿《うが》って説明して、サインしなかったらどういう結果を招くかをしっかりわからせる」

「それでいい。なぜなら、マイルズ・フォークナーがいまも生きてぴんぴんしていることを仲良しのベスに教えれば、それだけでおれのアート・コレクションを簡単に自分のものにできると気づかれたら……」

「きみは朝食をサヴォイ・ホテルではなくて、ペントンヴィル刑務所でとることになる」

「その場合は」マイルズは言った。「躊躇なくクリスティーナの息の根を止めてやる」

「そのことはすでにこれ以上ないほどはっきりさせてある」ブース・ワトソンが言ったとき、ウェイターが二人の朝食を運んできた。「もっとも、正直に言うと、同意書の最終稿ではそこまであからさまな言葉は使っていないけどな」

「イングリッシュ・ブレックファストのフルコースでよろしいでしょうか、マダム？」

「それはあり得ないわね、フランコ」ベスがウェイターのジャケットの胸の名札を見て言った。「二人とも、コーンフレークのメロン添えとブラウン・トースト一枚にしてちょうだい」

「メロンはカンタロープ、ハニデュー、ウォーターの三種類を用意してございます、マダム」

「ウォーターをもらうよ、ありがとう」ウィリアムは答えた。

「賢明な選択ね」ベスが言った。「どこかで読んだんだけど、海の上にいると、平均的な人間は一日に一ポンド、体重が増えるんですってよ」

「そういうことなら」ウィリアムは言った。「目的地がニューヨークで、シドニーでないことに、二人とも感謝しないとな」

「この海の上の宮殿にいられるんなら、大喜びでシドニーへ行くけどね」ベスが部屋を見回しながら言った。「あなた、この船がとても細やかな心遣いをしてくれていることに気づいてる？　毎日、シーツ、テーブルクロス、ナプキンが新しくなっているでしょう。船室へ帰ると、ベッド・メイキングが終わっていて、前の日に着ていた服をハンガーに掛けたり畳んだりしてくれているわ。クリーニングに出したものが毎晩、柳で編んだ小さな籠に入って戻ってくるのも素敵よね。これだけのことを何事もないかのようにやりつづけるんだから、きっと何十人もの人たちが奴隷のように忙しく仕事をしているに違いないわ」

「八百三十人の奴隷が下層に隠れていて」ウェイターが小さく笑って言った。「千二百人のお客さまのために働いています。もっとも、昨今の私どもには機関室がありますので、船を漕《こ》ぐ奴隷はもはやいませんが」

「そして、部屋の中央のテーブルの上座に坐っているのが奴隷監督者かしら？」ベスが訊いた。

「はい、ブキャナン大佐です」フランコが答えた。「奴隷を鞭《むち》打っていないときは、〈ピルグリム・ライン〉の会長を務めておられます」

「ブキャナン大佐？」ウィリアムは繰り返した。

「はい、会長は第二次大戦時、海軍士官でした。もしかして興味をお持ちになるかもしれないのでお教えしますが、故ミスター・マイルズ・フォークナーとミセス・クリスティーナ・フォークナーの友人でもありました。ちなみに、自分たちの代わりにお二人が乗船なさるから、特別待遇で応援してほしいという依頼の電話をミセス・フォークナーからいただいています」

「彼女から？　本当に？」

「テーブルのもう一方の端にいらっしゃるのは会長の奥さま？」

「はい、マダム。ご夫妻はほぼ毎日、どなたよりも早く朝食の席にお着きになります」フランコはそう言うと、注文を通しに向かった。

「彼はどこを取ってもマイルズ・フォークナーと同じぐらい侮れないように見えるわね」ベスが会長をしっかりと観察しながら言った。「でも、その才能を他人のものを盗むのではなくて、もっとはるかに価値のあることを成し遂げるのに使っていることは確かだわ」

「フレイザー・ブキャナンは一九二一年にグラスゴーで生まれて」ウィリアムは言った。「十四歳で学校を出ると、商船の甲板員になった。戦争が始まってイギリス海軍の水兵になり、最終的には大尉として〈ネルソン〉に乗り組んだ。一九四五年には大佐に昇任したが、終戦の数日後に自ら軍を辞めた。そして、スコットランドへ帰り、本土とアイオナ島を結んでいる小さなフェリー会社を買収した。いまは二十四隻の船団を所有し、〈ピルグリム・ライン〉は〈キュナード汽船〉に次いで二番目の規模と名声を誇っている」

「それって、きっと、わたしがヨガ教室に出ているあいだに若きジェイムズから引き出した情報よね？」ベスが仄《ほの》めかした。

「残念、外れだ。〈航海日誌〉に会社の歴史が記されているから、それを読んだんだよ。

ぼくのベッドサイド・テーブルに置いてあったんでね」ウィリアムが答えたとき、フランコが戻ってきて、ウォーターメロンを添えたコーンフレークの深皿を二つ、二人の前に置いた。

「ミセス・ブキャナンのすぐ隣りに坐っているのはだれかな?」ウィリアムは小声で訊いた。

「夫を赦《ゆる》してやってね、フランコ」ベスが言った。「刑事なのよ。そして、何であれ果てしなく捜査をするのが、彼にとってのたった一つの人生なの」

「会長の長男のハミッシュ・ブキャナンさまです」フランコが答えた。「このあいだまで〈ピルグリム・ライン〉の副会長でした」

「このあいだまで?」ウィリアムは訊き返した。「まだ四十そこそこだろう?」

「調子に乗らないの」ベスがたしなめた。

「新聞を信じるとすれば」フランコが声を潜めた。「この前の年次総会で、弟のアンガスさまと交代させられました。いま入ってみえたのがそうです、一緒におられるのが妻のアリスさま、そして、ご子息の……」

「ジェイムズだ」ウィリアムは機先を制した。

「なるほど!」フランコが言った。「もうあの天才少年と遭遇なさったんですね」

「ミスター・ブキャナンのすぐ左に坐っているレディはだれかな?　会長に朝の挨拶もし

なかったけど」

「ハミッシュさまの妻のサラさまです」

「夫が地位を追われたばかりなのに、なぜこの航海に同行することに同意したのかしら？」

「正式には副会長はアンガスさまに代わったわけですが」フランコが湯気の立つコーヒーをカップに注《つ》ぎながらつづけた。「ハミッシュさまはいまも重役でありつづけていて、この航海の最終日に予定されている重役会への出席を義務付けられているのです」

「きみは尋常ならざる事情通のようだな、フランコ」ウィリアムは言った。

フランコはそれには応えずに隣りのテーブルへ移っていった。

「どんな面白い旅になるのかしらね」ベスが依然として会長のテーブルを横目で見ながら欠伸《あくび》を嚙《か》み殺した。「いまあのテーブルに加わった女性はだれなのかしら？」

「きみはぼくより性質《たち》が悪いな」ウィリアムがそう言いながら見ていると、年輩の女性がテーブルに着くのをジェイムズとハミッシュが起立して迎えた。「会長と同年輩だし、二人とも赤毛であるところからすると、会長の姉か妹であってもおかしくないな」そして、テーブルの席順を観察しつづけた。自分が常に確実に支配できるよう、会長がすべての席を割り当てているようだった。

「彼女がだれなのか、わたしがヨガ教室に出ているあいだに、いつでもジェイムズに訊けるでしょ。でも、ブキャナン一族のことはしばらく忘れましょうよ。ニューヨークの一週間の予定を立てたから、それを教えてあげるわ」

「きっと、きみの予定表の最上位はメトロポリタン美術館訪問だな」ウィリアムは言った。

「しかも、一度ではないに決まってる」

「三度よ」ベスが認めた。「土曜日に一八五〇年以前のすべてを、月曜日に先住民美術を、そして、水曜日に印象派のコレクションを鑑賞して回りたいの。オルセー美術館に次ぐ素晴らしさだって、ティム・ノックスが保証してくれているわ」

「いやはや……。で、火曜と木曜は一息つけるのかな？」ウィリアムはコーヒーを一口飲んでから訊いた。

「とんでもない。火曜日はフリック・コレクションよ、あそこには……」

「……ホルバインの傑作『トマス・クロムウェルの肖像』とベッリーニの『荒野の聖フランチェスコ』があるんだよな」

「ときどき忘れることがあるけど、あなたって野蛮人の割には教養があるのよね」

「大学を出て以来、わが妻の講義を聴きつづけているからね」ウィリアムは応えた。「それで、木曜は？」

「近代美術館よ。キュビズムの時代の最高傑作を見る絶好の機会だもの。ピカソとブラックよ。違いがあなたにわかるかどうか、そのときに明らかになるわね」

「作品の下に名前は書いてないのか？」ウィリアムは茶化した。

「あるとしても、観光客のための親切よ。でも、夜は観光客と一緒じゃないわ」

「だれと一緒なんだ？」

「リンカーン・センターのチケットが取ってあるわ。ニューヨーク・シンフォニー・オーケストラがブラームスを演奏するの」

「きっと、『ピアノ協奏曲第二番変ロ長調』だ」ウィリアムは言った。「きみのお気に入りの曲だからな」

「あなたのお気に入りも忘れていないわよ」ベスが言い返した。「だって、イギリスへ帰る前日の金曜の夜は、カーネギー・ホールでエラ・フィッツジェラルドを聴くんだから」

「一体どうやってチケットを手に入れたんだ？　何か月も前に完売してるに決まってるのに！」

「クリスティーナが手配してくれたのよ。重役のだれかを知っているみたい」ベスが一拍置いて付け加えた。「わたし、彼女に対して後ろめたく感じはじめているの」

「どうして？　彼女がこの船でニューヨークへ行けなくなったのは、ラルフ・ネヴィルと結婚することになったからだし、この船の予約を土壇場でキャンセルせずにすんで喜んでしかいなかったじゃないか」

「後ろめたく感じているのは、その結婚のせいなのよ。忘れないでほしいんだけど、そもそもわたしは花嫁の既婚付添い女性長を頼まれていたのよ。それなのに、気前のいいこの申し出を受けてしまって、役目を果たせそうにないんだもの」

「結婚式と日付が重なるのは、きみだってそもそもわかっていたんじゃないのか?」

「違うのよ。クリスティーナは九月の末までの土曜日にリンプトン－イン－ザ－マーシュの自分の教区教会で結婚したかったんだけど、八月十五日しか空いていなかったの。それで、この航海を諦めざるを得なくなったのよ。貰《もら》い物にけちをつけるべきじゃないわ」

いまはベスに打ち明けるときではないとウィリアムは判断していたが、実は二週間前、一本の電話をして、クリスティーナの教区教会には日程に空きがあり、結婚式をすませてからでもこの船でのハネムーンに悠々と間に合うことを突き止めていた。だが、クリスティーナと彼女の新しい夫から目を離したくないとしても、ベスとの船の旅を拒否するなどできない相談だった。そんなことをしたら、ベスに愛想を尽かされる恐れがあった。

「ねえ、気づいてる? サラ・ブキャナンだけど、テーブルに着いてから会長と一言も口をきいていないわね」ベスが依然としてフレイザー・ブキャナンのテーブルを見つめたままで言った。

「たぶん、夫が副会長を辞めさせられたからだろう」ウィリアムは二枚目のトーストにバターを塗りながら仄めかした。

「わたしの話を聞いている振りをしながら、ほかに何に気づいた?」

「ハミッシュ・ブキャナンと母親が話し込んでいて、ジェイムズは関心のない振りをしているが、実は一言も聞き漏らさないよう聞き耳を立てている」

「そして、それをあなたに必ず報告するのよね。だって、この航海のあいだの囮《おとり》捜査官としてあなたに雇われているんだから」

「雇ったわけじゃない、ジェイムズが勝手にやっているだけだ。会長の孫だから、内部情報を際限なく提供してもらうには絶好の立場にいてくれているよ」

「男の人にとっては内部情報で」ベスが言った。「女性にとっては格好の内輪のゴシップね」

「ジェイムズが早々と教えてくれたんだが、この航海中に一族のあいだで全面戦争が勃発しても不思議はないそうだ」ウィリアムはベスの批評を無視して付け加えた。

「わたし、あのテーブルの塩容器になりたいわ」ベスが認めた。

「大人しくしていてくれよ。さもないと、きみのヨガ教室の主任のあの若者から目を離せなくなるからな」

「彼の名前はステファンよ。教室の中年女性のみんなが彼の気を惹《ひ》こうとしているから」ベスがため息をついた。「わたしに望みはないわね」

「きみは中年女性じゃないよ」ウィリアムは妻の手を握った。

「ありがとう、野蛮人。でも、忘れているかもしれないから教えてあげるけど、わたしはもう三十一歳で、子供たちはもうすぐ保育園を卒園するのよ」

「ぼくたちの親があの二人に手を焼いてないといいんだけどな」

「あなたのお父さまはアルテミジアのいたずらを大目に見て……」

「……きみのお母さんはピーターに絵を描くことを教える」

「運のいい子供たち」二人は同時に言った。

「それで、いまに戻るんだけど」ベスが航海中の船内行事予定表を手に取った。「今日の午前中に講堂で講演があって、わたし、それを聴きに行こうと思ってるの」

何だろう、とウィリアムは片眉を上げて訝った。

「プッチーニのオペラについて、レディ・キャサリン・ウィタカーが話してくれるの」

「ぼくは遠慮させてもらうよ。だって、もし彼女がウィタカー判事の妻なら」ウィリアムは部屋を見回して言った。「夫とお喋《しゃべ》りするのも一興だろうからね」

「劇場では、毎晩、違うショウが催されるわ。今夜はマジシャンのラザロで、品物や船客までわたしたちの目の前で消してみせて、度肝を抜いたり驚かせたりするみたいよ。七時と九時の二回公演ね」

「ディナーは時間を区切って複数回提供いたしますが、何回目がよろしゅうございますか？」フランコが戻ってきて、二杯目のコーヒーを注ぎながら訊いた。

「会長と一族はどうなんだろう？」ウィリアムは訊いた。

「八時半ごろにお見えになって、サー、まず食前酒をお召し上がりになり、それからディナーということになっています」

「そういうことなら、二回目にしてもらおうか」

「あなた、何を企《たくら》んでるの？」ベスがしっかりと夫の顔をうかがって訊いた。

「劇場でのラザロ以上に度肝を抜かれて驚かせてもらえて、もっと多くの人間がぼくたちの目の前で消えるのを見られるような気がしているんでね」

3

事務所の机に着いていたブース・ワトソンは椅子から腰を上げた。いかにも気が進まないといった様子で依頼人が部屋に入ってきて、夫の弁護士と握手もしないまま、向かいに腰を下ろした。

ブース・ワトソンは上品な服装のレディと対峙《たいじ》した。彼の依頼人と十一年のあいだ夫婦でいて、そのあと夫と別の道を選んだ女性だった。

夫のほうも妻のほうも長年数えきれないほどの浮気を繰り返し、その挙句にようやく妻のほうが離婚の手続きに取りかかった。だが、夫がレンブラントを盗んだかどで有罪判決を受けて服役したあと、妻は自分の立場が強くなったと感じたが、それは夫が死ぬまでのことだった。そのあと、すべてを失ったと悲観していたのだが、それは夫の葬儀に参列するまでのことに過ぎなかった。そのとき、夫は何事もなく生きていることを知り、彼が死者でありながら生者でありつづけるためには自分と協定を結ばなくてはならないことを知った。それがゲームチェンジャーになることは、妻のほうも、言われるまでもなくわかった。

ていた。

だが、マイルズ・フォークナー——いまはラルフ・ネヴィル——が死者であるより生者であってくれるほうが自分にとっても都合がいいことも、陽気な未亡人《メリー・ウイドウ》は理解していた。なぜなら、そうであってくれれば、マイルズの伝説的なアート・コレクションを自分のものにできるわけで、そのことは最初の離婚同意書に書き込まれて署名もされていた。

ブース・ワトソンは状況が目まぐるしく変化するなか自分が危ない橋を渡っていることをよくわかっていたが、それでも、まだ切札が一枚残っていた。クリスティーナが金に貪欲だという事実である。

「婚姻が成立したらどういうことになるか、それをあなたに説明しておくべきだと考えたのですよ、ミセス・フォークナー」ブース・ワトソンは言った。

「あなたとマイルズがわたしのために何を決めたのか、お尋ねしてもよろしいかしら？」

「いまとほとんど変わりはありません」ブース・ワトソンはクリスティーナの言葉を無視して説明をつづけた。

「カントリーハウスとチェルシーのフラットは、いまのまま使っていただいて結構です。ただし、モンテカルロの別荘は、いずれ立ち入りを遠慮してもらうことになります」

「ほかのだれかを見つけたかしら？」

ほかのどこかだと教えてやってもいいんだが、それはおれの仕事ではないからな、と思いながら、ブース・ワトソンは説明をつづけた。「週に二千ポンドの生活費も現状のまま支払われます。また、家政婦、メイド、運転手も、雇いつづけてもらってかまいません」

「わたしのハネムーンの行先も決めてあるのかしらね、あなたたち二人で？」クリスティーナは皮肉を隠そうともしなかった。

「これからの数か月、マイルズはほとんどイギリスにいません。そして、この結婚は実のところ、地位と財産の保全を目的としたものです。そのために、私はすでに拘束力のある同意書の作成を終えて、あなたの署名を待つだけになっています。忘れないでいただきたいのですが、あなたが得るのは沈黙を守る見返りとしては破格のものです。修正の余地はないので、その同意書にわざわざ目を通す必要もありません」

「ということは、わたしたちは一緒に暮らさないの？」クリスティーナはショックを受けた振りをして訊いた。

「よもやお忘れではないと思いますが、一緒に暮らすことははなから計画にないのですよ。マイルズはあなたがこれまでどおりの暮らしをつづけることに異議はないとしていますが、これからはもう少し地味にしてもらうこと、ミセス・ラルフ・ネヴィルと紹介するために格式ばったところへ同行してもらうことをお願いするはずです」

「もしサインしなかったら？」クリスティーナは椅子に深く坐り直して訊いたが、ブース・ワトソンはすでにペンのキャップを外し、書類の最終ページを開いて、署名すべき場所を人差し指で押さえていた。

「窮乏して、最後は生活保護頼みの暮らしになるでしょうね」

「でも、マイルズのほうもとても長いあいだ刑務所で暮らすことになるでしょうね。そうなりたくなかったら……」

「そうなりたくなかったら、何でしょう?」ブース・ワトソンは訊き返した。

「最初の離婚調停で約束された追加の百万ポンドをわたしにくれることね。思い出させてあげるまでもないでしょうけど、ミスター・ブース・ワトソン、マイルズは死んだのよ。あなたと同じく、わたしもジュネーヴでの彼の葬儀に参列して、あなたの感動的な弔辞を拝聴させてもらっているの。あの人の言いなりになる聖職者からわたしが受け取った遺灰がマイルズのものではないことを警察が知ったら、彼は最終的に百万ポンドどころじゃすまない、はるかに大きな犠牲を強いられるかもしれないわね。でも、約束を守れないとマイルズが思うのなら、ウェディングケーキと披露宴の料理やお酒をキャンセルしてもらってかまわないわ」

長い沈黙がつづき、相手が瞬《まばた》きするのを双方が待った。

「わたしがいまも遺灰を保管していることを、彼に教えてあげてちょうだい。彼が約束を果たさなかった場合の、それがわたしにとっての生命保険ぐらいにはなるでしょうからね」

「一般に、生命保険が支払われるのは被保険者が死んだときです」

「わたしが死んだら骨壺《こつつぼ》をウィリアム・ウォーウィック警部に送るよう、遺言書で指示してあるの。彼が腹を決める役に立つかもしれないでしょうからね」

「油断しないことだ」ウィリアムはアルコーヴの隅のテーブルに腰を下ろしながら、向かいにいるFBI捜査官志望の若者に言った。「もし私が雇われた殺し屋なら、一日のこの時間にきみがどこにいるかを正確に知っているはずだ。そうすれば、きみを襲うのがはるかに簡単になるからな。FBI捜査官になるつもりなら、決まった習慣を作っては駄目だ。これからは、ジェイムズ、私を簡単に見つけられると思わないことだ。二度と同じ場所にはいないからな」

「でも、雇われた殺し屋が豪華客船に乗っている可能性はほとんどないんじゃないですか?」

「その殺し屋の標的がニューヨークへ向かっていて、二千人を超す船客のなかに紛れているとしたらどうだ、楽観はできないんじゃないのか?」

「今朝は奥さまと一緒に朝食をとりましたよね」ジェイムズは話題を変えようとして言った。

「何であれ決めてかかっては駄目だ」ウィリアムは言った。「捜査は常に白紙から始めるんだ」

「でも、妻だと紹介してくれたじゃないですか」

「それは確かな証拠にはならないだろう」

「彼女の左手の薬指に結婚指輪がありました」

「人妻が浮気をするのは珍しいことじゃない」

「浮気の相手があなたの朝食を注文するとは思えないんですが」ジェイムズが反論した。

「仮説としてはまずまずだが、合理的な疑い《ビヨンド・リーズナブル・ダウト》の域を出てはいないな。アメリカでは、こういう場合どういう言い方をするのかな？」

「偏りのない判断基準《オン・ザ・バランス・オヴ・ジャッジメント》に基づいて、です」ジェイムズは答えた。今度は話題を変えたくなかった。「もう一つ気づいたことがあるんですが、奥さまは自分たちのテーブルよりもぼくたちのテーブルに興味をお持ちのようでしたね」

「結婚するとはそういうことだよ」ウィリアムは小さく笑った。「だが、白状すると、彼女はきみたちの一族を怪奇恐怖小説に仕立て上げているぞ。われわれのウェイターから生々しくも立ち入った情報を色々提供してもらってな」

「フランコですね」ジェイムズが言った。「彼は三十年以上前から祖父の船で仕事をしていて、会社のことや一族のことをだれよりも詳しく知っているんです。会社の旗艦とも言うべき〈ピルグリム〉の給仕長に引き上げてやろうと祖父がしたことがあるんですが、断われてしまいました」

「断わった理由は何だろう?」ウィリアムは訊いた。

「船客と触れ合えなくなるのが嫌だからだと口では言っていましたが、本当のところは旅ごとに船客からもらうチップを失うのが嫌だったんだろうと、ぼくはそう踏んでいます」

ジェイムズが一拍置いたあとで付け加えた。「ぼくの見るところでは、フランコというのはたぶん本名じゃないし、イタリア生まれでは絶対にありませんね」

「証拠は?」ウィリアムは訊いた。

「ときどき違う訛《なま》りが出てくるし、一度カルーソーについてどう思うか訊いたことがあるんですが、あの偉大なテノールの名前を知りませんでした」

「疑う理由にはなるが、証拠にはならないな。もっとも、彼が何か隠しているのではないかとは、私も疑っているけどな」

「そう考える根拠は何ですか?」

「私が警察官だとわかったとき、そういう人物がするのと同じ顔をしたからさ」

「彼はこの会社に就職する前、スコットランドで逮捕勾留されていたことがあるんです」

ジェイムズが言った。「でも、祖父でさえもそのことは知りません」

「どうしてきみが知っているんだ?」

「一度、サウサンプトンからの航海のとき、担当のテーブルを替えてほしいとフランコに頼まれたことがあるんです」

「その理由は何だったんだ？」

「ハックニーというところからきた船客がいて、フランコの顔を見た瞬間に、知っているという表情を浮かべたんです。それを目撃したぼくは、その男性と奥さんを夜のディナーで船長と同席させてやったんですよ。フランコについての情報と引き換えにね。まあ、フランコはいまもそれを知らないんですけどね。祖父は幸運だったとしか言いようがありません。だって、フランコには何件か、記録に残っている犯罪すれすれの失敗があって、一度などスコットランドで法廷に立たされているにもかかわらず、そのときの陪審員の評決は〝証拠不十分《ノット・プローヴン》〟だったんですから」

「スコットランドの法律は曖昧なところがあるが、それにしてもずいぶんだな。〝証拠不十分〟が意味するのは、普通、裁判官も陪審員もともに容疑者が有罪であることをほとんど疑っていないけれども、有罪にすべき充分な証拠がないということだぞ。だが、だれにせよきみのおじいさんが極めたのと同じ高みに上り詰めたかったら、その過程で、ときには危険を引き受けなくてはならないだろう。何もないところから始める場合は尚更《なおさら》だ」

「祖父は何もないところ以下から始めたんです。祖父の父が死んだとき、妻と二人の子供に残したのは約百ポンドの借金でした。いまの価値に換算するとどれほどの大金かは、簡単に想像がつきますよね。祖父の母はその借金を完済するのに一生を費やしました。あんなに若くして死んだのはそのせいです」

「きみのおじいさんが自分の子供たちにあんなに厳しい理由も、それで説明がつくかもしれないな」

「証拠は何です？」ジェイムズが教官に倣って訊いた。

「きみの伯父さんのハミッシュが最近の年次総会で副会長を馘《くび》になったと、フランコが教えてくれたんだよ。公平を期すために言うと、彼が使ったのは〝交代〟という言葉だったと思うけどね」

「そんなこと、だれだって知っていますよ」ジェイムズが言った。「大西洋の両岸の新聞がしっかり取材にきていましたからね。父が母に話しているのを聞いたんですが、そういう新聞に全容を公にされずにすんでいる理由はたった一つ、文書による名誉棄損を禁じる法律のおかげなんだそうです」

フランコがコーヒーとホットチョコレートを盆に載せて運んできた。

「ぼくの父が副会長になった理由の一部始終を警部に教えてもかまわないかな？」ホットチョコレートをテーブルに置くフランコにジェイムズが訊いた。

「私の話を除外していただけるのであれば」フランコが答え、現われたときより素速く姿を消した。

「きみやきみのお父さんがすべてを知っているかどうかは怪しいな」ウィリアムは言った。

「会長というのは墓場まで持っていく秘密があるはずだ」ジェイムズが自信満々で言った。

「フローラ大叔母なら全容を知っているはずです」

「フローラ大叔母？」ウィリアムは訊き返した。その名前には心当たりがなく、若者がもっと大きな秘密をうっかり漏らしてくれることを期待した。

「祖父が商船員になるために家を出たあと、一族のなかで最初に大学に行ったのが妹のフローラでした。数学の優等学位を持ってグラスゴー大学を卒業し、そのあと会計学を学んで、そこでもその学年で一番の成績を取りました。まあ、事実上の一番ですけどね。受容《い》れた学生のなかに、男子より頭がいい女子がいるのを認める準備が、学校側に全然できていなかったようなんです。そんなことが起きているころ、祖父は海軍を除隊しました。国王と国のために手柄を立てたんだと、祖父はそれを飽くことなく口にして、いまでもぼくたちに思い出させていますよ。そのあと、どうやったのかはわからないけど何とか資金を作って、本土とアイオナ島のあいだを車と人を乗せて往復する、祖父の言葉を借りるなら、〝くたびれ果てた〟フェリー会社を買ったんです」

「私もそういう船に乗ったことがあるよ」ウィリアムは言った。

「そんな会社を買うなんて正気の沙汰ではないとフローラ大叔母は祖父を諌《いさ》めたんですが、戦後とあって女性がまともな仕事に就くのは難しく、渋々祖父のその会社に入って会計責任者を引き受けました。彼女のお気に入りの言葉がいまも生き延びています――〝彼はポンドを稼ぎ、わたしはペニーの面倒を見る〟。でも、彼女の生来の用心深さと抜け目のない良識にもかかわらず、会社は一度ならず潰れそうになりました」

「自分の腕一本で成功した大富豪というのは、その過程でそういう困難に直面せずにはすまないんじゃないかな」

「一度など倒産宣告寸前まで行き、ダンディー通商貿易銀行が救いの手を差し伸べてくれるのが一日遅かったら、実際にそうなるところでした。祖父がその危機をどうやって脱したのか、ぼくでさえ見当がつきません。確かな事実としてわかっているのは、最初のクルーズ船がクライドで建造されている時期のある週末、金欠で賃金を払えなくなり、ストライキをやるぞと作業員に脅されたことがあったという一件だけです。そのときは一週間眠れなかったと、祖父はぼくにそう言いました。〝大西洋の戦い〟のあいだも毎晩熟睡していた人がですよ」

「その戦いで彼が果たした役割は〈航海日誌〉で一つ残らず読ませてもらったよ」

「あんまり信用はできませんがね」ジェイムズが素っ気なく言った。

「どうして？」

「祖父が自分で書いたものだからです。法廷で証言することになってもっと正確に言うなら、祖父が一語一語、専属秘書のケイ・パターソンに口述したものだからです」

「朝食のときにきみの隣りに坐っていたレディではないのかな？」

「悪くない推測ですよ、警部。でも、祖父には二人秘書がいて、一方は筆記ができ、一方はできないとしたら、祖母と話していたのはどっちでしょう」

「ケイだ」

「そう断言できる根拠は何ですか？」

「とても話がはずんで、きみのおばあさんが楽しそうにしておられたからだよ」ウィリアムが答えたとき、フランコが再登場した。

「もっと何かお持ちしましょうか？」ウェイターが訊いた。

「いや、もう結構だ」ジェイムズが答えた。

「イタリア人だとフランコが船客に思ってもらいたい理由は何だろうな」ウェイターがいなくなるや、ウィリアムは訊いた。

「以前、本人が教えてくれたんですが、船客というのはイタリア人にチップを弾む傾向があるんだそうです」

「この船はチップ制なのか、それは気がつかなかったな」ウィリアムは少し当惑しながら言った。

「それはニューヨークに着いてからでいいですよ」ジェイムズが安心させた。「下船されるとき、あなたがたの船室担当のメイドとウェイター宛に、小さな茶封筒に入れておいてもらえば結構です。それぞれ百ドルが相場ですが、特別にいい仕事をしてくれたと思われたなら、もっと弾んでもらってかまいません」

「きみはおじいさんに憧れているし、尊敬もしているんだな?」ウィリアムは言った。まだ針から外してやりたくなかった。

「恥も外聞もなくね。ハーヴァード大学へ行けるとぼくが自信満々でいられるのは祖父のおかげなんです」

「おじいさんの金と人脈のおかげということか?」

「違います、ぼくにそれは必要ありません。もっと重要な何かです。ぼくは祖父の旺盛な気力と競争心を引き継いでいるけれども、起業家としての天才が欠けているんです」

「おじいさんはいまも、きみがいつの日か会社の会長になってくれることを望んでおられるのではないかな。もっとも、そのときまでに、おじいさんの起業家としての天才を引き継げるだけの確かな手腕を身に着けなくてはならないだろうがね」

「それはあり得ませんね。祖父の後を継ぐのが父になる可能性は充分にありますが、ぼくじゃありません」

「ハミッシュ伯父はそれをどう思っているのかな?」

「いまも会長になる見込みはあると考えていますよ。そうでなかったら、自分と妻の恥を忍んでまで、一族と一緒に過ごさねばならないこの航海に付き合ったりしないでしょう」

「そんなに仲がよくないのか?」

「よくないなんてもんじゃありません。ぼくの父の会長就任を阻止するためなら、手段を択《えら》ばないんじゃないですか。伯父がやらなかったとしても、間違いなくサラ伯母がやりますよ」

「しかし、ハミッシュ伯父の代わりにきみのお父さんを副会長に据えることで、おじいさんはこれ以上ないほど立場をはっきりさせたことになるんじゃないのか？」

「それはそのとおりなんですが、忘れないでください、ハミッシュ伯父はまだ完全に蚊帳の外に置かれたわけではないんです。次の会長を選任するときにフローラ大叔母がどっちにつくか、はっきりしたことはだれにもわかっていません。彼女がキャスティング・ヴォートを握ることは充分にあるでしょう。もっとも、祖父の口から〝引退〟という言葉が漏れるのを、ぼくは聞いたことがありませんけどね」

「きみはどうしてそこまで詳しいことを知っているんだ？　だって、まだ……」

「大学生にもなっていない未成年に過ぎないのに、ですか？　実は、それがぼくのもう一つの有利さになってくれているんですよ。このあいだまで――ぼくがまだ子供だと油断してのことでしょうけど――大人たちは朝食のテーブルで何でもあけすけに話し、ぼくが一言も聞き漏らすまいと耳を澄ましていることに気づいていなかったんです。でも、最近はみんなが、特にハミッシュ伯父がそうなんですが、とても用心深くなってしまいました。というわけで、これからは怪しまれないよう、もっとうまく立ち回る方法を見つけなくてはならなかったんですが、そこにあなたが登場してくれたというわけです」

ウィリアムはまたもや驚くことになったが、何を目論《もくろ》んでいるのかと訊く必要はなかった。

「怪しまれないよう、うまく立ち回って情報収集をする方法を教えてもらえるのなら、この一族について、ぼくの知っている限りのすべてを教えます。あなたの知識と経験をもってすれば、ぼくはハミッシュ伯父より一ヤード先行しつづけられるかもしれません」

「だが、どうしてわざわざそんな面倒なことをするんだ？ きみはこの会社に加わることに関心がないんだろう？」

「それでも、父には会長になってほしいんです。まあ、ぼくが〈ピルグリム・ライン〉を所有するまでですけどね」

「おじいさんから受け継いだ才能のほかに、もう一つ、〝狡猾《こうかつ》〟という才能を持ち合わせているんじゃないかな」ウィリアムは温かい笑みを浮かべてジェイムズを見た。

「そうかもしれません。でも、ハミッシュ伯父よりも抜け目がなく、サラ伯母よりも狡猾である必要が依然としてあるんです。あの夫婦に子供たちがいることを忘れないでください、ぼくよりほんの少ししか年下でない子供たちがね」

「そういうことなら、きみは刑事のように考えるのをやめて、犯罪者のように考えはじめなくてはならないいな」

4

「彼女は何を要求した？」ウェイターが二人に湯気の立つコーヒーを注いでいるとき、マイルズ・フォークナーが訊いた。

「最初の離婚調停で約束した百万ポンドだ」ブース・ワトソンは答えた。

「だが、残念ながら、離婚仮判決の文書に署名する前におれは死んでしまった」

「そして、彼女はそれを証明するためのきみの遺灰を持っている」

「それがどうした？」

「きみは明らかにクリックとワトソンのことを知らないようだな」ブース・ワトソンは言った。「彼らがＤＮＡ二重螺旋《らせん》構造を発見してくれたおかげで、彼女はきみがぴんぴんして生きていることを証明できるんだよ」

「彼女が死ぬ可能性だってなくはないだろう。そうなったら、それもできないんじゃないのか？」マイルズが言った。

「もしクリスティーナが思いがけない早死にをしたら」ブース・ワトソンは慎重に言葉を

選んだ。「警察が最初に事情を聴くのは新しい夫のラルフ・ネヴィルだ。そうなったら、きみの正体がばれるのにそう時間はかからないだろう。だから、自由の身でいたければ、百万ポンドを彼女に渡すことを私は勧めるね」

「そのためには、おれの屍《しかばね》を乗り越えていってもらうしかない」マイルズが断固とした口調で言った。

「それこそまさにクリスティーナが考えていることだ。自分が結婚しようとしている相手が実はだれなのかを、お友だちのベス・ウォーウィックに彼女が教えたら、きみは一巻の終わりだ」

「そんなことをしてみろ、彼女は一夜にして一文無しだ」

「そういう賭けには出ないほうがいいんじゃないか。私は勝つ自信がないな。きみが刑務所に逆戻りして手出しができないでいるあいだにクリスティーナが何をするかは神のみぞ知るところなんだ。それで、訊かせてもらわなくてはならないが、終身刑と引き換えにする価値が一枚の油絵にあるのか?」

二人にコーヒーを注いでウェイターが引き退がるのを待って、マイルズが一言だけ答えた。「ないかもしれん」

「だからこそ、尚更きみは国外へ出ているべきなんだ。数週間でいい。そのあいだに私がクリスティーナをうまく丸め込んで絶対に約束を守らせるようにし、ラルフ・ネヴィルがいつでも都合のいいときにイギリスへ戻れるようにする」

「以前からずっと計画していたことだが、ＢＷ、おれは結婚式がすんだらすぐに新しい家に引っ越すよ」マイルズが言った。「ウォーウィックだろうとクリスティーナだろうと、絶対におれの所在も絵の所在も突き止められないと断言できるところにな」

「それを聞くことができて嬉しいよ。だが、私の意見では、クリスティーナが依然としてウォーウィック夫婦についての内側の情報を提供してくれているあいだは、彼女をこちら側につけておく必要がある。ベス・ウォーウィックととても仲がよくて、夫が何を目論んでいるか、情報を無邪気に話してもらえるのを忘れないことだ」

「そんなに無邪気ではなかったりしてな」マイルズが仄めかした。

「そういう場合も考えて、ラモント警視に復帰してもらい、金を払って彼女を監視してもらうつもりでいる」

「元警視だ」マイルズが訂正した。「あんたこそ忘れるなよ、あいつはもう警察内部にいるわけじゃない。それに、こっちのほうがもっと重要だが、銀行口座を借り越しにしつづけている美人の若い女房に見放されたくないあいだは、あいつは金のためなら何でもするぞ。さらに、改めて言うまでもないことだが、勝馬表彰式場への道を見つけられない馬を応援する才能もある」

「その恐れもなくはない。だが、あの元警視もかつてはホークスビー警視長の次席だったことを忘れないでくれ」

「そうだったのは辞職を余儀なくされるまでだ」

「それでも、いまも警察内部に多くの知り合いがいる。しかも、そのなかの一人は特別だ」

「おれの知っている男か?」

「女だ。ウィリアム・ウォーウィックが率いている捜査班にいて、それ以上に重要なことに、ときどき茶封筒を受け取るのを嫌がっていない」

「それなら、その茶封筒を渡しつづけてくれ。そうすれば、おれたちはクリスティーナにもウォーウィック夫婦にも先行しつづけられる」

「では、クリスティーナが要求している百万ポンドを渡すんだな?」

マイルズが笑みを浮かべてナイフとフォークを手に取った。「一つ、条件がある。もしクリスティーナが約束を破ったら、渡した百万ポンドを月々の手当てを減額する形で完済してもらう。それをはっきりさせておいてもらいたい」

「講演はどうだった?」テーブルに着こうとするベスの椅子を引いてやりながら、ウィリアムは訊いた。

「まず『ラ・ボエーム』の別のアリアを聴いて、そのあと、キャサリンがプッチーニのオペラの劇的なリアリズムを説明してくれたのよ。明日が待ちきれないわ」

「明日は『トスカ』かな、それとも『蝶々夫人《ちょうちょう》』か？」ウィリアムはフランコからメニューを受け取りながら訊いた。

「『蝶々夫人』よ――あなたもどう？」

「それが、蝶になりたがっている蛹《さなぎ》の相手をすることになりそうなんだ。それで、彼女がウィタカー判事の奥さんかどうかはわかったのか？」

「同一人物だったわよ。それで、キャサリンが明日の夜のディナーにわたしたちを招待してくれているの」ベスが言った。そのとき、フレイザー・ブキャナンが妻と腕を組んでダイニングルームに現われ、ウィリアムはそれに気を取られた。夫のほうは洗練されたダブルのディナー・ジャケットで肥《ふと》りすぎの体形をごまかし、妻のほうはクリーム色の上品なロングドレスで、そこにいる、ベスを含めた数人の女性を振り返らせていた。

会長がクリケット・ピッチのように細長いテーブルの上座に着くと、男性全員が起立して会長夫人が夫の向かいの席に腰を下ろすのを待った。

「会長の妹のフローラの隣りに坐っている男性はだれかしら？」ベスが訊いた。

「アンドリュー・ロックハートだ」ウィリアムはメニューを開きながら答えた。「会社の専属医をしていて、重役でもあるし、会長の専属医でもある。会長は二年前に心臓発作を起こしていて、それ以来、すべての航海で会長に同行している」

「そうだとしても不思議はないわよね」ベスが言った。

「ずいぶん肥りすぎてるもの」

「ぼくだってずいぶん肥りすぎるだろうな」ウィリアムは言った。「人生の半分をクルーズ船で過ごしたらね」

「ご注文はいかがいたしましょう、マダム？」フランコが訊いた。

「わたしも夫もコンソメと、そのあとにシーザー・サラダをお願いするわ」ベスはメニューに目もくれなかった。

ウィリアムは苦笑してメニューを閉じ、フランコに返した。

「きみは結婚しているのか、フランコ？」ウィリアムは無邪気に訊いた。

「一年のうち十四週だけですが、サー」

「わたしとほぼ同じね」ベスが言い、ウィリアムの手を取った。

イギリス人には多くの長所と、それ以上に多くの短所がある、とジョージ・バーナード・ショウはかつて〈イングリッシュ・スピーカーズ・ユニオン〉で講演している。長所の一つは、目の前で起きている変化を無視するところだ。イタリア人は遠くから見ているのが好きだし、ドイツ人はどっちかの側につきたがる、アイルランド人はそこに加わらずにはいられない、と。

ベスは会長のテーブルから聞こえてくる声高な会話に気づかない振りをしながら、コンソメを口に運びつづけた。

「今夜のマジシャンのことだけど……」ウィリアムが言おうとした。

「そんなことより」ベスが制した。「わたしよりあなたのほうがはるかによく見えるんだから、あのテーブルの様子を細大漏らさず報告できるでしょう」

ウィリアムは口元が緩みそうになるのを何とかこらえ、ブキャナン一族のテーブルに目を凝らした。

「会長と元副会長が激しく言い合っていて、ほかの同席者はわざと素知らぬ顔をしているように見える」

「きっと、巻き込まれたくないのよ」ベスが言った。

「鋭い見方だ」

「それで、何について言い合っているの？」

「わからない。一言一言を全部聞き取れているわけじゃないからね。だけど、がっかりすることはないよ、明日の朝のうちにジェイムズが細大漏らさず報告してくれるから」

「どうしてもそれまで待たなくちゃならないの？」ベスが腹立たしげに言った。「あの二人ときたら、あなたがジェイムズと次に顔を合わせる前にお互いを殺していてもおかしくなさそうな成り行きじゃないの。何としても、いま知りたいわね」

「ハミッシュ・ブキャナンの飲酒癖に関係がありそうだが」ウィリアムは言いかけたが、

フランコが主菜を運んで再登場したので途中で口を閉じた。ウェイターは客の前にそれぞれのシーザー・サラダを置いたが、二つしか離れていないテーブルで見苦しい言い合いがたけなわなのにもかかわらず、何事もないかのように平然としていた。

「これまでも、たびたびああいうことを目撃しているんでしょうね」ベスがフランコを見上げて言った。

「あんなに激しいのは初めてです、マダム」フランコが二人のグラスに白ワインを注ぎながら認めた。

「一族がみんな一緒にニューヨークまで船で帰るというのは賢明じゃないかもしれないわね」ベスが仄めかした。「だって、去年の年次総会でああいうことがあったんですもの」

「ジェイムズによると、息子のハミッシュとの仲が険悪なのにもかかわらず、全員が同じ船で帰ると主張して譲らなかったのは会長なんだそうだ」ウィリアムは言った。「あの老人には、息子との不和なんか日常茶飯事で、気にも留めなかったんじゃないのかな」

「今夜はあのテーブルの担当でなくてほっとしています」フランコが言い、ワインのボトルをアイスバケットに戻して退がっていった。

「できることなら、わたしに担当させてもらえないかしらね」ハミッシュ・ブキャナンがテーブルに置いた銀のスキットルの中身をコーヒーに加えるのを見ながら、ベスが言った。

「酒を飲むのはやめたと、おまえは私に言ったはずだぞ！」会長がテーブルの上座で吼《ほ》えた。

「実際、やめてますよ」ハミッシュがスキットルの蓋を閉めながら言った。「このスキットルに入っているのは、ドクター・ロックハートに処方してもらっている軽い導眠剤です。お父さんもよく知ってのとおり、ぼくはいい船乗りじゃないんでね、船ではよく眠れないんですよ」

「今夜の海は鏡のように平らで穏やかだ」会長が言い返した。「それに、大金を投じて船が揺れないよう整備し、乗船者全員に静穏な航海を保証できるようにもしてある。無事にベッドに潜り込むことさえできれば、その瞬間に自分がいま海の上にいるとすら思えなくなるはずだ」ハミッシュがまたスキットルの蓋を開けて軽く一口飲んだ。「その導眠剤とやらの味見をさせてもらおう」会長が手を突き出した。要求ではなく、命令のようだった。

「お好きにどうぞ」ハミッシュが銀のスキットルをフローラ叔母に渡して会長に中継してもらった。ベスとウィリアムを含めた数人の船客が見守るなか、会長はスキットルの蓋を開けてたっぷりと口に含んだ。全員が彼が爆発するのを期待して待った。

一瞬の間があった。「ひどい代物だな」会長はそう感想を口にして、スキットルの蓋を閉めた。

「謝罪ぐらいしていただけませんか？」スキットルをテーブルに置いた会長に、ハミッシュの妻が言った。サラの要求にどう応えるか、全員が会長を見た。

「その必要はないのではないかな、マイ・ディア。なぜなら、ハミッシュが酒をやめたなどとは、全員がこれっぽっちも信じていないんだから。もし疑うのなら、あとで船室へ戻ったときに、飲み物のキャビネットに何が入っているか、その目で確かめるといい」

ハミッシュはそれには無反応のまま、戻ってきたスキットルの蓋を開けると、今度はゆっくりと喉に流し込んだあとで蓋をし直し、内ポケットにしまった。

ホークスビー警視長は次の会議のこと、自分の意図を誤解される恐れがあること、それがどういう結果を招くかを、自分の机で思案していた。自分が陰で〝鷹《ホーク》〟と呼ばれていることは知っていたし、褒め言葉だと見なしていた。だが、定年がそう遠いことでなくなり、成功した警察官として晩年を迎えたいま、その評判に傷がつくのは避けたかった。彼の頭のなかではロス・ホーガン捜査警部補こそが欠けている最後のピースであり、一箇所だけ埋まっていない部分にそれを嵌《は》め込めば、ジグソー・パズルは完成するはずだった。ウィリアム・ウォーウィックは生まれついてのチーム・リーダーだが、補佐役は必要だ。ポール・アダジャ捜査巡査部長は優秀ではあるけれども、補佐役たる次席を引き受ける準備はまだできていない。ジャッキー・ロイクロフト捜査巡査部長はその仕事をしたがらないはずだし、レベッカ・パンクハースト捜査巡査はいずれ二人に取って代わるだろうが、いまはその時ではない。

ロス・ホーガンの履歴は改めて確認するまでもなかった。破壊活動と対ゲリラ活動を行なう陸軍特殊空挺部隊《SAS》に四年いて、そのあと首都警察に加わった。わずか二年で地域巡回を卒業し、刑事昇任試験を突破して殺人捜査班に加わった。数年後に美術骨董《こっとう》捜査班に配属され、間もなくして精鋭中の精鋭と認められて囮捜査官に選抜され、それが天職だと気づいた。犯罪グループが合従連衡《がっしょうれんこう》して一つにまとまったら、そのリーダーになるに違いなかった。クィーンズ・ギャラントリー・メダルを一度与えられ、正式な警告を三度受け、容疑者と寝て停職処分を食らい、履歴書を完成させていた。だが、ホークの見るところでは、囮捜査官を辞める潮時だった。ロスが現実世界に戻り、命令に従うことをいまも受け容れられるのであれば、手遅れになる前に別の道へ進ませなくてはならなかった。それとも、もう手遅れだろうか？　警察官を辞めるしかないのか？

ロスはすでに、マイルズ・フォークナーを有罪にして刑務所送りにするに足る証拠を集めただけでなく、自分自身も同じ刑務所に入ってさらなる必要な証拠を集めることまでしてくれていた。危険を承知で危険を引き受ける人間でさえ、彼はもう充分に危険を引き受けたと見なすはずだった。

フォークナーが逃走したとき、ロスは以前にも増して断固たる決意のもと、ふたたびフォークナーに手錠をかけるべく、許可を得ないまま独断専行した。フォークナーが死んだなどとは、一瞬たりと信じていなかったからである。

ドアにノックがあった。

「入れ」ホークは応えた。

この日の朝にホークスビー警視長のオフィスに入ってきた男を見たら、警察官だと信じる者はいないはずだった。薄汚れてくたびれたTシャツに革のジャケット、破れたジーンズという格好だけを見ると、法の番人というより、法を蔑《ないがし》ろにする側にいる厄介者に近かった。

「おはようございます、サー」ロス・ホーガン捜査警部補が挨拶して着席した。

ホークが自分の秘密兵器を見つめてどう切り出そうかと迷っていると、ロスのほうが助け舟を出してくれた。

「今朝の会議に呼ばれたということは、サー、囮捜査官としての役目の終わりが近いと考えるべきですか？」

「いや、もう終わった」ホークは言った。「きみはもう長すぎるぐらい第一線で頑張ってくれた。きみに匹敵する交代要員を見つけるのはほとんど不可能だが、それでも、人類に戻ってもらうのはいましかないと考えた」

「どういう人類を考えておられるのですか、サー？」

「実は、小規模だけれども新しい捜査班を立ち上げたところなんだ。何年も埃《ほこり》をかぶったままになっている、未解決の殺人事件を処理するのが目的だ」

「班長はだれですか？」

「ウォーウィック捜査警部を考えている」

ロスがうなずいた。「あいつのことなら二年以上近くで見てきましたが、早い昇任も当然の仕事ぶりですからね。それで、私は正確にはどういう役廻《やくまわ》りになるんでしょう？」

「構成員はポール・アダジャ捜査巡査部長、ジャッキー・ロイクロフト捜査巡査部長、レベッカ・パンクハースト捜査巡査だ。全員が精鋭だが、きみにはウィリアムの次席をやってもらいたいと考えている、ホーガン捜査警部補」

ロスが笑みを浮かべた。「それ以外の選択肢はあるんですか、サー？」

「あるとも。かつて配属されていたチズウィック署へ交通警官として復帰してもいい」

「あるいは、辞職するか」

「辞めても仕事があるまい」ホークは口元が緩むのをこらえきれなかった。「まあ、冴《さ》えない私立探偵に成り下がって、浮気をしている亭主どもの盗聴をするつもりなら話は別だが、きみに向いているとは思えない」

「いつから始めることになるんでしょう？」

「ウォーウィック警部が十日後に帰ってくることになっている。いまは自らの力で勝ち得た休暇を海の上で楽しんでいる最中だから、彼が帰ってくるまで、きみも休暇を取ったらいいだろう。ただし、少年聖歌隊員と会う前に風呂に入って髭を剃るのを忘れるな」

「そんなことをしたら、だれも私だとわかりませんよ」ロスが言った。

「それこそが私の狙いでもある」ホークスビー警視長は応じた。


フランコが大ぶりなヴァニラ・アイスクリームにホットチョコレートをかけているとき、女性の金切り声がダイニングルームに響いた。ベスがさっと振り向くと、フレイザー・ブキャナン会長が前のめりになって震えながらテーブルの縁を握り締め、苦しそうに喘《あえ》いでいた。

ドクター・ロックハートが弾《はじ》かれたように立ち上がって会長のところへ急行し、ボウタイとドレスシャツの襟元を緩めてやった。フランコが医師のところへ駆けつけた。

「お手伝いすることはございませんか？」ウェイターは訊いた。

「大至急、ストレッチャーを頼む」医師が冷静に指示した。「それから、私の診療鞄《かばん》を持ってきてくれ。診療室にある」

フランコがダイニングルームを飛び出していき、ディナーの最中だった船客は全員が食事を諦めて、目の前で起こっている騒ぎの招かれざる観客になった。

ミセス・ブキャナンがテーブルの向かいの席を立って上座へ急ぎ、夫の手を握った。震えてはいたが、それ以外は驚くほど冷静で、医師の仕事を邪魔するような振舞いは一切しなかった。彼女以外は全員がショックを受けて呆然《ぼうぜん》としていた。それでも一人例外がいて、ウィリアムだけはハミッシュ・ブキャナンから目を離さなかった。ハミッシュは感情を一切面に表わしていなかったが、弟のアンガスは母のそばに行き、その肩を優しく抱いてやっていた。

そのとき、フレイザー・ブキャナンが突然蒼白《そうはく》になってテーブルに突っ伏し、医師が必死に蘇生《そせい》を試みた。だが、彼が会長の死を宣告するのが時間の問題でしかないことは、ウィリアムには明らかだった。

ミセス・ブキャナンがすすり泣きながら、覆いかぶさるようにして夫を抱擁した。ジェイムズが子供に戻って泣き出した。遠くからではあったが、ウィリアムは会長のテーブルにいた一族一人一人の顔をゆっくりと観察し、休暇中であることをすっかり忘れて手掛かりを探した。全員が悲しんでいるわけではなく、そのうちの二人は、思いがけない出来事であるにもかかわらず、驚いている様子すらなかった。ダイニングルームのドアがいきなり弾かれたように開いて、医師の診療鞄を持ったフランコが飛び込んできた。二人の若い船員がカンヴァスのストレッチャーを持ってつづいていた。

ウィリアムはわれ知らずのうちにテーブルを離れ、何か手伝うことはないかと会長のテーブルへ向かった。

「あなたにお願いすることは何もありません、警部」船員が父親を慎重にストレッチャーに横たえるそばで、ハミッシュ・ブキャナンが言った。「本船では、あなたは何の権限もありません」

思わず口をついただけかもしれないが、言わずもがなの発言だというのが、ウィリアムが最初の印象だった。そしてその発言が、この悲劇的な出来事は見たとおりのものでないのではないかという疑いを生じさせた。さらに、不審な死を捜査するときのホークの助言が思い出された——じっと耳を澄まして、しっかり聴きつづけろ。泳がせておけば、犯人のほうから勝手に正体を現わすことが間々あるものだ。ハミッシュ・ブキャナンの言うとおりだったから、他人の私事に首を突っ込むのはやめようと渋々自分に言い聞かせてベスのところへ戻ろうとしたとき、アンガス・ブキャナンが介入した。「私が警部に権限を与えれば、話は別だ」

「こうなった以上、いまや私が一族の長だ。それは、アンガス、おまえもわかっているはずだ」ハミッシュが弟を睨《にら》んで言い返した。

「改めて念を押すまでもないと思うが、ハミッシュ、いまや私は〈ピルグリム・ライン〉の副会長だ。そして、この悲劇は会社の船で起こったんだ」

二人は喧嘩《けんか》腰で睨み合いをつづけていたが、ついにハミッシュが口を開いた。「ドクター・ロックハートに意見を求めるべきかもしれないな」

「お父上は重い心臓発作を起こされたのです。私の知る限りでは、初めてではありません」

　ウィリアムはドクター・ロックハートの言葉が少し出来過ぎているように感じざるを得なかった。それ以上に奇妙なことに、昔からの友人の死を悲しんでいる様子がなく、まるで職務上立ち会っているだけで、それ以上ではないかのようだった。

「さっき言ったとおりです、あなたの力は必要ありません、警部」ハミッシュが言い、賛同を求めて叔母を見た。が、彼女はすぐには応えなかった。

「形だけにせよ警部に調べていただくのが賢明かもしれないと、わたしはそう考えるんだけど」フローラが一族の女家長という新しい役目を担って何とか落ち着きを保とうとしながら言った。「だって、わたしたち一族が寄ってたかって隠蔽工作をしたなんて、噂《うわさ》にもされたくありませんからね」

　彼女に反対する者はいなかった。

　ハミッシュでさえ沈黙したまま、会長の亡骸《なきがら》が医師と未亡人に付き添われ、二人の船員の手でダイニングルームから運び出されるのを見送った。

「わたしたちはどうすればよろしいのかしら、警部」指揮権を握ったらしいフローラが訊いた。

「ジェイムズを除いて、みなさんには各々の船室に戻っていただきます。お一人ずつ話を伺いに行きますので、それまではそこにとどまっていてください。その前に、ミスター・

ブキャナン、スキットルをテーブルに置いていってもらえますか?」

ハミッシュは一瞬ためらったが、銀のスキットルを内ポケットから出してテーブルに置いた。船長——古参らしく、提督《コモドーア》と尊敬を込めて呼ばれていた——がフランコをすぐ後ろに従えてダイニングルームに入ってくるのを見て、その顔をちらりと笑みがよぎった。

「ああ」ハミッシュが言った。「この船の究極の権限を持っている人物の入来だ。よかったら、提督、われわれがもはや何の力添えも必要としていないことをウォーウィック警部に教えて差し上げてくれないかな」

「ミスター・ブキャナンに紹介していただいたとおり、警部、私が本船の最高責任者であり」船長が重々しく口を開いた。「私の決定が最終決定です」

「それは無条件に受け容れます」ウィリアムは応えた。

ハミッシュが銀のスキットルを手に取り、ポケットに戻した。

「ありがとうございます、警部」船長がつづけた。「予備捜査を行なうことができるとお考えであれば、ありがたくそれを行なっていただきます。私としては会長の死因が心臓発作であることを露ほども疑うものではありませんが、それが間違いないことをあなたが確認してくだされば、この一件ははっきりと落着します。どこから捜査を始められますか?」

「銀のスキットルをテーブルに戻すよう、ミスター・ブキャナンにお願いすることからです」

5

ラモント元警視が自宅で競馬新聞を読んでいるとき、ブース・ワトソン勅撰弁護士の事務官から電話があり、明朝十時に事務所へきてほしいと伝えてきた。ブース・ワトソンが接触してきたのは、中央刑事裁判所《オールド・ベイリー》での腐敗警察官裁判以来だった。余計な危険を冒すへまをしたジェリー・サマーズという捜査巡査部長が十年の実刑を食らった裁判だが、そうなったのは、それさえなければ無罪を勝ち取れたはずの決定的な証拠を、ラモントが排除するのに失敗したからにほかならなかった。そういう大失態をしでかしたとあっては二度とブース・ワトソンから仕事の誘いはかからないだろうとラモント自身もほぼ確信していたし、やたらに弁の立つあの勅撰弁護士を好きではなかったが、いまの状況はまさに〝背に腹は代えられない〟という言葉のとおりで、呼出しに応じる以外の選択肢はなかった。

この数週間でミセス・フォークナーの仕事も二つしていたから、利益相反だとブース・ワトソンが見なすのではないかという心配があったが、銀行口座の現状を確かめた結果、もう一人の仕事の依頼主については口を閉ざして知らん顔をすることにした。そして、翌日の午前十時にフェター・コート一の待合室に腰を下ろして待ちつづけた。

ようやく呼び入れられたと思うと、ブース・ワトソンはサマーズのことも、ラモントが入れ替え損ねた証拠のことも何も言わず、すぐさま用件に入った。

「きみの古い友人のウォーウィックの仕事の現状を知る必要があるんだ」

「ウォーウィックは友人じゃない」ラモントは吐き捨てるように否定した。

「それを聞くことができて何よりだ」ブース・ワトソンは言った。「そうであるなら、今度の仕事がもっと楽しいものになるはずだからな。教えておくと、あの夫婦はいま、〈オールデン〉の一等船室でニューヨークへ船の旅をしている」

「それはきっと父親の懐を当てにしての休暇だな。警部の給料で一等船室の旅費なんて払えるわけがない」

ブース・ワトソンはだれの懐から旅費が出ているかをよく知っていたが、次の言葉をわざと繰り返すにとどめた。「警部？」

「サマーズの裁判に勝ったあとで昇任したんだ」ラモントは〝勝った〟という言葉を口にした瞬間に後悔し、それを聞いた金主の口元が強《こわ》ばった。

「ウォーウィックが率いる新しい係についてわかっていることはあるのかな？」

「係ではない、班だ」ラモントは訂正した。

ブース・ワトソンの口元がふたたび強ばった。彼は訂正されるのが、相手がたとえ裁判長であっても好きではなかった。

ラモントは説明を開始した。「ウォーウィックが班長で、班員は四人。ポール・アダジャ捜査巡査部長はこっち側ではない。ジャッキー・ロイクロフト捜査巡査部長はすでに金でこっちに取り込んである。レベッカ・パンクハースト捜査巡査はまだ若くて経験の浅いひよっこだ。さらにロス・ホーガン捜査警部補が加わることになっているが、それはウォーウィックが休暇から帰ってきてからだ」

「ホーガンというのは知らないぞ」ブース・ワトソンが言った。「どういう人物か、教えてもらえるかな」

「タフで、したたかだが、少し一匹狼《おおかみ》的なところがあって、ときとして危険を引き受けるのを厭《いと》わない。この数年は囮捜査官をしていたが、ホークの判断で、孤立無援の仕事から、仲間と仕事をする世界に戻ることになった」

「その理由は？」ブース・ワトソンが訊いた。

「おれの見立てでは、第一線の経験を持つ人間を加えて、チームを強化する必要があったからだ。だから、やつから目を離すべきじゃない。一匹狼かもしれないが、ホークへの忠誠心は疑う余地がない」

ブース・ワトソンはしばらく間を置いてから次の質問をした。「誘惑に負けて無分別なことをする可能性は？」

「万に一つもない。ロンドンの地下鉄の駅で五十ポンド札が詰まった財布を拾っても、最寄りの警察へ届けて、しかも謝礼など期待しない男だ」

「たぶん金はすべての悪の源だが、警視、モーセがシナイ山から持って帰った石板に刻まれていた罪はそれだけではないぞ」

ラモントが少し考えてから応えた。「ホーガンは過去に何人かの女性警官とくっついたり離れたりの関係を持ったことがあるし、一度などは容疑者とそうなって、停職の仮処分を受けたことがある。最近の相手はロイクロフト捜査巡査部長だが、終わりに向かっている証拠はない」

「では、われわれにとって打ってつけのイヴが見つかったかもしれないな」ブース・ワトソンは言った。「林檎《りんご》を齧《かじ》りたいという誘惑に、彼が負けるかもしれない」

「おれはポン引きじゃない」ラモントが苦々しげに言った。

「もちろんだよ、警視。だが、幸いにも私の依頼人のなかに、その方面に特に詳しい人物がいる。だから、ホーガンのことは私に任せてもらって、きみはロイクロフト捜査巡査部長に専念してくれ」

「今度彼女と会うときに突き止めてほしいことが、特に何かあるのか?」

「ウォーウィックの新しい班の捜査対象になる全員の名前だ」

「それは難しくないと思うが、安くはないぞ」

ブース・ワトソンは机の引き出しから分厚い茶封筒を取り出し、テーブルの向かいへと押しやった。この元警視の場合、五十ポンド札の詰まった財布を拾っても最寄りの警察に届ける心配はないとわかっていたから、突き返される心配もないと確信があった。

「きみがどんなに辛《つら》い思いをしているかは想像することしかできないが」ウィリアムはジェイムズの隣りに腰を下ろし、肩を抱いてやった。「きみのおじいさんが心臓発作で亡くなったとは、私はまだ完全には信じていない」

「ぼくもです」ジェイムズが流れる涙を拭こうともせずに言った。「たとえそうだったとしても、スキットルに入っていたのが何だったのか、いまでも知りたいんです」

「それならこれからの四十八時間は、目と耳と頭を最高に研ぎ澄まして働かせなくてはならないぞ。いったんニューヨーク港に着いてしまえば、ニューヨーク市警察が関心を持ってくれることはないだろう。だから、ニューヨーク市警を動かすためには、それなりの根拠を提示して疑いがあることを明らかにする必要がある」

「ぼくは何をすればいいんですか？」

「まず、ディナーのときに一族のだれがどの席に坐っていたか、それを図にしたものが必要だ。さらに、こっちのほうが重要だが、ハミッシュ伯父が飲んでいるものに関して、彼ときみのおじいさんが話していた内容を、記憶にある限り詳しく書き出してもらいたい」

「忘れるほうが難しいですよ」ジェイムズが言い、六枚のメニュー・カードを掻《か》き集めて一枚を裏返すと、そこにテーブルを表わす長方形を書きはじめた。それを囲んでいた一族の最後の名前を書き終えたとき、フランコが白手袋を三組持って戻ってきた。その一組をウィリアムに、もう一組をジェイムズに渡した。三組目は自分用だった。

「次は何をすればよろしいでしょう、サー?」フランコが訊いた。

「この区画全体をロープで囲って立入り禁止にし、ドアに鍵をかけてもらいたい。私の許可がない限り、だれもダイニングルームに入れてはならない」

「承知しました、サー」

「私はドクター・ロックハートとハミッシュ・ブキャナンの事情聴取に行く。二人が寝てしまう前に聴き取りをする必要がある。もっとも、ハミッシュはすでに充分に準備された話を創り上げているだろうけどな。一時間ほどここを留守にするが、フランコ、そのあいだは絶対にだれもこの部屋に入れないでくれ」ウィリアムはジェイムズの肩に手を置いて言った。「おじいさんを満足させてやるんだ」

会長の居室がどこにあるかを尋ねる必要はなかった。第七甲板にあること、一族全員の居室がその層にあること、一族専用で、ほかの客はいないことを、ジェイムズから教えてもらっていた。

エレベーターを出ると、死者を悼む不気味な静寂に迎えられた。会長の居室と思われる廊下の突き当たりのドアの前に、乗組員が一人立って番をしていた。

ウィリアムがノックするまでもなく、長身でがっちりした体格のその男がドアを開けてくれた。部屋に入ると、ミセス・ブキャナンが亡き夫の遺体の横に坐っていまも手を握っていて、顔を上げようとしなかった。

ドクター・ロックハートがベッドの反対側に立っていて、一言も発することなく、手ぶりで控えの間のほうを示した。そして、ウィリアムと一緒にそこへ移ると、静かにドアを閉めた。

「悲しみの最中にお邪魔をしてすみません、ドクター・ロックハート」ウィリアムは口を開いた。「しかし、会長の死の原因に不審を感じておられるかどうかを確かめなくてはならないものですから」

「不審などありませんよ」ロックハートがきっぱりと言った。「実際、すでに死亡証明書にサインを終えていて、ニューヨーク港に着き次第、検視官に渡すつもりでいます。唯一意外な点があるとすれば、もっと早くこうならなかったことです。率直に言って、ミスター・ブキャナンは爆発を待つ時限爆弾でしたからね」

「おっしゃるとおりかもしれません」ウィリアムは言った。「ですが、はっきりさせなくてはならないことが、まだ一つか二つあるのです。スキットルの中身はあなたに処方してもらった穏やかな導眠剤だけだと、ハミッシュ・ブキャナンは父親にそう言いました」

「そのとおりです。ハミッシュだけでなく、一族の一人か二人、船酔いをすることがときどきあるんです。それで、そういうときのために、常に導眠剤を準備しているんですよ。いずれにせよ、ハミッシュとフレイザーは同じスキットルに口をつけて同じ中身を飲んだわけで、それを全員が目の当たりにしているのだから、フレイザーの死因が不自然な何かによるものだと疑う理由はないでしょう」またもや不必要な言葉を発しただれかが現われたということだった。この医師はほかに何を隠しているのか？

「その導眠剤はまだ余分がありますか、ドクター？」ウィリアムは訊いた。「私も今夜はあまり眠れそうにないんですよ」

「もちろん、ありますとも」ロックハートが革の診療鞄を開け、錠剤が半分残っている小瓶をウィリアムに差し出した。そのとき、鞄の底に何かがあるのが目に留まり、疑問の一つについてはもはや質問をする必要がなくなった。

「これで失礼します、ドクター」ウィリアムは言った。「どうぞ、ミセス・ブキャナンに付き添って差し上げてください。奥様もそのほうがありがたいでしょう。ですが、その前に、ミスター・ハミッシュ・ブキャナンの船室を教えていただけますか？」

「三番です。ここを出て左側の最初のドアがそうです」

「ありがとうございます、ドクター」ウィリアムは船室のドアを開けて廊下に戻ると、ゆっくりと左側の三番船室へ足を進めた。そして、深呼吸をしてからドアをノックした。

「どうぞ」完全に覚醒している声だった。

船室に入ると、ハミッシュ・ブキャナンは一方の手にブランディのゴブレットを、もう一方の手に半分になった葉巻を持って、坐り心地のよさそうな大きな椅子にいた。妻の姿はなかった。

「こんな遅い時間にお邪魔して申し訳ありません」ウィリアムは言った。「ですが、おやすみになる前に、二つほどお訊きしたいことがあるものですから」

「気の毒だが、警部、時間の無駄でしたね」ハミッシュが椅子も勧めずに言った。「すでにニューヨークの私の弁護士と連絡を取り、彼の立会いなしでは一切あなたの質問に答えるなと、そう助言されているんですよ。改めて言うまでもないでしょうが、本船はアメリカ船籍であって、アメリカはあなたの司法管轄外だ」

「そうだとしても、父上の死に関する捜査を行なうようにと、船長権限による許可を得ているのです」ウィリアムは応じた。「隠さなくてはならないことがないのであれば、だれであれ私の質問を気になさるには及ばないと思いますが」

「私がそんなに簡単に挑発に乗るとは思わないことだな、警部。頼むから邪魔をしないで、静かに父を悼ませてくれないか」ハミッシュが傍らの灰皿に葉巻の灰を落としながら付け加えた。「それから、弁護士がもう一つ助言してくれたんだが、アメリカの領海に入ったら、きみはもはや本船上で何の権限も有しない、たとえ船長が何と言おうとだ。だから、きみもうベッドに入って、熟睡できるよう努力したらどうだ？」

「熟睡については心配ありません」ウィリアムはドクター・ロックハートからもらった小瓶を出してみせた。少なくともハミッシュの顔にちらりと懸念の色を浮かばせる効果はあった。「ともかく、私がこの一件の調べをつづけているあいだは、この船室にとどまっていていただきたい」

「いやだと言ったら、警部、どうする？　手錠をかけて目隠しをし、舷側から突き出した渡り板を歩かせるか？　まさか、そんなことはしないよな？　さあ、そろそろ帰ってくれないか」ハミッシュがグラスを挙げて乾杯の真似《まね》をしてみせた。

廊下へ出たウィリアムは、あの医師と同じくハミッシュも何かを隠していると確信した。だが、それが何であるかを突き止める時間的猶予がほとんどないことも、二人はそれぞれのやり方で教えてくれていた。〝殺人事件の初動捜査では、最初の四十八時間で眠るのは眠りに落ちてしまったときだけだ〟というのがホークの教えの一つであり、それ以外で眠っていいのは犯人を逮捕したあとだけだった。

急いで第三甲板に戻って安堵《あんど》したことに、フランコがローマ時代の百人隊長《センチユリオン》さながらにダイニングルームの入口で目を光らせていた。

「犯人がだれなのか、何か手掛かりはありましたか？」フランコがドアを開けながら小声で訊いた。

言えなかった。
「本当に心臓発作に過ぎなかったのかもしれないな」と答えたものの、説得力があるとは
「フレイザー・ブキャナンは牛のように頑健な身体の持ち主でした。医者はああ言ってい
ますが、私の知る限りでは、心臓発作に襲われたことは一度もありません。ですから、あ
の銀のスキットルの中身が何であれ、あれが彼を殺したんです」
フランコの言うとおりかもしれないが、勘は証拠にならなかった。ダイニングルームに
入ると、ジェイムズがテーブルに覆いかぶさるようにして、一心不乱にペンを走らせてい
た。ウィリアムは隣りに腰を下ろすと、すでに完成している座席表を観察し、数枚のメニ
ュー・カードを一枚一枚裏返して、そこにジェイムズが事細かく記録している今夜のディ
ナーのときの会話を読みはじめた。文言が消されたり修正されたりしていたが、どういう
会話がなされていたかははっきりわかった。
三枚目のメニュー・カードのメモの最後の部分にたどり着いたとき、目がそこで止まり、
その段落を二度、いや、三度読み直した。
「これは確かか?」ウィリアムはジェイムズが下線を引いている六行を指さした。
「確かです」ジェイムズが顔も上げずに答えた。「もちろん、証拠はありません、だから、
証明はできません。でも、もう一つのスキットルの在処《ありか》については、わかったという確信
があります」

「私はもう見つけたよ」ウィリアムは応えた。

二人はへとへとになって横になり、しばらくしてようやくジャッキーが口を開いた。

「この関係だけど、もうそんなに長くはつづけられないんじゃないかしら」彼女はシーツを顎まで引き上げながら言った。

「それ以外の選択肢はほとんどないだろうな」ロスが応え、煙草《たばこ》を点《つ》けた。「おれたちがやめなかったとしても、ホークがやめさせるだろう」

「寂しくなるわね」ジャッキーが小声で言った。

「これからも毎日会えるじゃないか」

「同じじゃないわよ」ジャッキーはロスの肩に顔を預けた。「ホークはわたしたちのことを知ってるかしら？」

ロスが煙草を深く吸い込んでから答えた。「もちろん、知ってるさ。あの男の目を眩《くら》ましおおせるのは不可能だ。興味本位で訊くだけで特に意味はないんだが、少年聖歌隊員とはどうなんだ、良好なのか？」

「これまで出会ったなかで、ホークの代わりになる能力を持った唯一の人物ね」ジャッキーは尊敬を隠そうともしなかった。

「そんなにできるのか？」

「それ以上かもしれないわ。ホークはすでに彼を同等に扱っているもの」

「ほかの班員はどうだ？」

「一緒に仕事をする価値のある、とてもできる者たちばかりよ。あなたも彼らについていくのに必死ってはめになるんじゃないの？」ジャッキーはからかった。

「来週、みんなと顔を合わせる前に知っておくべきことはほかにないか？」

「これから班が担当することになる五件についてはもう説明したし、ホークは一番面倒な事案をあなたにやらせることにしているわ。でも、わたしがいまもブルース・ラモントと接触していて、気の進まない仕事だけど、結構な報酬を得ていることも教えておくべきでしょうね」

「だれの金なんだ？」ロスが訝った。「ラモントはいまも身丈に合わない贅沢《ぜいたく》な暮らしをしている。だれかが支援しているに違いないんだ」

「ウィリアムはブース・ワトソンに違いないと考えているわ」

「サマーズはいまや無事にペントンヴィル刑務所に閉じ込められているんだぞ。あの弁護士とは名ばかりの犯罪者にとってラモントの使い道がいまもあるとしたら、それは何なんだ？」

「マイルズ・フォークナーよ」

「きみはあいつの葬式に出たんだろう」

「でも、あれはフォークナーの葬儀じゃなかったみたいね。少なくとも、ウィリアムの見方はそうよ」ジャッキーは言った。

「それはないな」ロスが言った。「もしフォークナーが生きているんなら、ラモントはブース・ワトソンがだれよりも信用していない人間のはずだ。いまも高く評価しているとしたら、おれたちの一員と見なして、そっち方面での使い道があると考えているからじゃないかな」

「いまのところ、ほかの手掛かりは何もないんだけど」ジャッキーは認めた。「クリスティーナ・フォークナーは例外ね。ウィリアムの奥さんの友だちなのよ」

「あの女は自分が得をするためなら、手段を択ばずに何でもやるぞ」ロスが煙草の煙で大きな輪を作って吐き出してから付け加えた。「いまも囮捜査官でないのが残念でならんよ。だって、フォークナーを捕まえて、やつら三人を鉄格子の向こうへ送り込むに勝る喜びはないからな」

「三人？」

「フォークナー、ブース・ワトソン、そして、ラモントだ」

「クリスティーナは除外？」ジャッキーはからかった。

「あの女はおれのタイプじゃない」ロスがふたたびジャッキーに覆いかぶさった。

6

「指紋の問題は解決したと思いますよ」翌朝、朝食のテーブルに着いたときにジェイムズが言った。

「どうやったんだ？」ウィリアムは訊いた。「この船に自由に使える鑑識施設はないはずだが？」

「第四甲板に玩具《おもちゃ》を売っている店があれば、鑑識施設は必要ありません」ジェイムズがいかにも自慢げな顔で答えた。

「勿体《もったい》をつけるなよ」ウィリアムはにやりと笑みを返した。

「突き止めるのにそんなに時間はかかりませんでしたが、その店で一番人気の商品というのが〈シャーロック・ホームズ・セット〉だったんです。探偵に憧れる子供は多いんですね。それで、辛うじて売れ残っていたセットを三組、全部買いました」ジェイムズがテーブルの下から一組を麗々しく取り出してみせた。「中身は指紋採取用印肉《フィンガープリント・パッド》、特殊紙、粉剤《ダスティング・パウダー》、小さなブラシ、拡大鏡です。これ以上何が必要ですか？」

「よくやった、ブキャナン捜査巡査。既成概念にとらわれずに柔軟に考えている《シンキング・アウトサイド・ザ・ボックス》な」

「実際は箱のなかにある《インサイド・ザ・ボックス》んですけどね」ジェイムズが蓋を開けると、いくつかに分かれた区画が現われた。

「それは残念」ウィリアムは言った。「だが、でかしたことに変わりはない」

「だれの指紋を調べますか、警部？」ジェイムズがオレンジ・ジュースを一口飲んで訊いた。

「一番手はハミッシュ伯父だ」ウィリアムはジェイムズの作った座席表を確認しながら言った。「最初に彼の銀のスキットル、次に彼のコーヒーカップだ。そうすれば、双方についている指紋を照合できる。二番手はフローラ大叔母だ。彼女はハミッシュ伯父の左側、ドクター・ロックハートの隣りに坐っていた。三番手がきみのお母さん、最後がおじいさんだ」

「テーブルの向かい側の席にいた人たちはどうします？」

「彼らの指紋は必要ない」

「なぜですか？」

「考えるんだな、刑事。合点がいったら《ザ・ペニー・ドロップス》、教えてくれ」

「その表現の出所をご存じですか？」

「もちろんだ」ウィリアムは答えた。

「では、どこで指紋を探しはじめればいいでしょう？」

「水のグラス、ワイングラス、そして、コーヒーカップだ。いいか、ウェイターは手袋をしているから、彼らは除外してかまわない」

「それが終わったら、何をすればいいですか？」

「きみがハミッシュのスキットルから採取した指紋を、私がもう一度確認する。私がすべての鑑定を終えた時点で、きみの仮説に説得力があるかどうかがわかる」

「もしなかったら？」

「そのときは、きみのおじいさんの死因は心臓発作だったということになる。そして、殺人を疑う理由がないことを、私が船長に報告する」

「ハミッシュ伯父のスキットルに祖父の指紋がついていなかったらどうしますか？」

「その場合は、きみとフランコに監視作戦を実行してもらわなくてはならない」

「具体的には何をするのでしょう？」フランコがウィリアムに二杯目のコーヒーを注ぎながら訊いた。

「これからドクター・ロックハートが朝食に下りてきたら、私はすぐさま第七甲板へ直行する。彼が自分の船室へ戻る素振りを見せたら、ジェイムズ、可能な限り速やかに私に知らせにきてくれ。一方で、フランコ、きみはたとえどんなに短い時間でもドクターを足止めしてもらいたい」

いた。

「調子の悪い私の膝がまた文句を言いはじめていると訴えましょう」

「第七甲板の船室のマスター・キイを手に入れるにはどうすればいい？」ウィリアムは訊いた。

「問題ありません、サー」フランコが内ポケットから大きな鍵束を取り出し、〝7〟と記されている一本を外してウィリアムに渡した。

「このせいできみが窮地に立たされることがなければいいんだがな」

「心配は無用です」フランコが言った。「あなたにはすべてについて可能な限りの協力をするようにと、提督から明確に指示されていますから、私は命令に従っているだけで、それ以上のことをしているわけではありません」

間もなく、最初の客が朝食をとりにダイニングルームに入ってきた。彼らはロープで封鎖された会長のテーブルを見つめていたが、フランコに案内されていつものテーブルに着いた。

「そういうことか」ジェイムズが言った。「テーブルの向かい側の席にいた者たちの指紋が必要ない理由が、いまわかりました」

フランコが当然のことながら怪訝《けげん》な顔になった。

「私はそろそろ行く時間だ」ハミッシュ・ブキャナンとドクター・ロックハートがダイニングルームに現われたのを見て、ウィリアムは言った。二人が一緒にいるのは意外でも何でもなかった。「すぐにあの二人の指紋採取作業にかかってくれ」ウィリアムは小声で言い、部屋を出る前にこう付け加えた。「時間はまったくわれわれの味方ではないが、ことを急《せ》かずに、絶対に遺漏のないようにな」

ジェイムズはドクター・ロックハートとハミッシュ伯父が朝食のテーブルに着くのを待ってからテーブルの反対側に腰を下ろし、二人に背を向けた。そして、銀のスキットルを手に取ると、その表面にダスティング・パウダーを振りかけて薄い膜を作った。

「ミスター・ネヴィル、パリでお目にかかれるなんて嬉しい驚きです」優雅な装いの中年女性が言った。大昔からマイルズが知っている、葬式に花まで送ってくれた女性だった。「申し訳ないんですけど、わたしのところのレディは今夜の九時ごろまで、手が空いている者がいないんですよ」

「いや、わざと早くきたんだ」マイルズは言った。「きみの最初の客が到着する前に、二人だけで内々の話をする必要があったんでね」

「そういうことなら、わたしのオフィスへ参りましょうか。そこなら、邪魔が入る心配はありません」

マイルズはヴィクトリア朝様式の閨房《ブードワール》に入った。絶対にだれにも気づかれないように外見を変える、はるか以前から知っている部屋だった。料金が高すぎるというような不満を退役士官風情が一度も口にしないことを怪しんでいるのではないかと気になるときもあったが、マイルズの身体の変わっていない部分がマダム・ブランシュに見えるはずはなかった。

「ちょっと普通でないことを必要としているんだ」マイルズはソファに沈んでいるマダムの隣りに腰を下ろした。ブランシュにとっては珍しくない要求だと思われたが、詳しい話を聞いたときには、さすがの彼女も驚いたようだった。

マイルズはラモントから渡されたブリーフケースに入っている大判の写真を数枚取り出し、ブランシュに渡した。その写真を注意深く検めてから、彼女が言った。「ずいぶん着慣れているみたいですね。本物の女性警察官で通用しそうだわ。彼女がパリにいたら、いくらでも仕事を紹介してあげられますよ」

「ついこのあいだまで、標的の恋人だったんだ」マイルズは率直に言った。「彼女の代わりを提供してもらえないかと思っているんだがね」

「いい候補がいるかどうか確かめてみましょう、大尉」ブランシュがソファから腰を上げて大型のファイリング・キャビネットのところへ行き、二段目の引き出しを開けて、〈ブロンド、ヨーロッパ人、英語に堪能〉とラベルのついたファイルを二冊取り出した。そして机に向かい、ラルフ・ネヴィルから渡された写真に時折目をやりながらゆっくりページをめくっていたが、しばらく考えたあとで三人の候補者を選び出し、その写真をネヴィルの前の机に並べた。

マイルズはブランシュが選んだ三人の若い女性を検めた。

「標的は男十人分の精力の持ち主だが、私に関心があるのは彼の性的な力量ではないんだ」

「この三人なら、だれでもその方面の要求にも応えられますよ。だって、プロですもの。だけど、ほかにどんな技量が必要とされるんです？」

「抵抗できない魅力があるだけでなく、同じぐらい頭がよくなくてはならない。マタ・ハリとベッキー・シャープ、すなわち、スパイと『虚栄の市』の主人公の資質を両方備えていることが必要だ。大事なのは寝物語なんだ」

「それなら、アヴリルやミシェルよりジョゼフィーヌのほうが適役ですね」ブランシュが写真の一枚を指さした。「夜半ごろにもう一度きていただければ、三人のうちのだれが一番役目《フィッツ・ザ・ビル》にふさわしいかをご自分で判定していただけますけど？」

「たぶん、料金《ビル》は結構な額になると思う」マイルズは言った。「それなりに長い期間、彼女に仕事をしてもらうことになるかもしれないからな」

「どう思う？」ベスが訊いた。

「実に素晴らしい。それがきみの首にあったら、もっと見栄えがするだろうな」〈オールデン〉の宝石店のウィンドウに飾ってある極上のネックレスに見惚《みほ》れながら、ウィリアムは言った。「恐る恐る訊くけど、いくらなんだろう?」

「あなたには到底手が出せない金額よ、野蛮人。わたし、どうして銀行家と結婚しなかったのかしら」

ウィリアムはネックレスを見直しながら後ろめたさを感じていた。この船旅は仕事を忘れての息抜きのはずだった。それなのに、乗船した瞬間から、ベスと滅多に顔を合わせていなかった。ヨガ教室に出て、そのあと午前中は講演を聴き、午後は新しく親友になったキャサリン・ウィタカーと映画を観て、夫の不在をほとんど見逃してくれていたが、完全にそうであるわけはなかった。

ベスがウィリアムのボウタイを直しながら言った。「今夜は最高に魅力的に見えてもらわなくちゃ困るわよ」そして、夫のディナー・ジャケットの肩についている髪の毛を払いながら付け加えた。「キャサリンはとても愉快な人なの。その人の夫がどういう人なのか、わたし、会うのが待ちきれないわ」

「ウィタカー判事を最後に見たのはぼくが証人席にいるときだったけど」ウィリアムは記憶を掘り返した。「ぼくの見方に関心はない、訊かれたことだけ証言してくれればいいと言ってくれたよ」

ベスが声を上げて笑って夫の手を取り、一層下の甲板のダイニングルームへ向かった。

玩具がいっぱいに並んでいるウィンドウの前を通り過ぎるとき、空の棚があることに気づいて、ウィリアムは内心で笑みを浮かべた。

ダイニングルームに入ると、待機していたフランコがテーブルへ案内してくれた。会長のテーブルは封鎖していたロープこそ取り払われていたが、空席のままだった。いま、ブキャナン一族は部屋の反対側でいくつかのテーブルに分かれて坐り、二人の兄弟はこれ見よがしに別々のテーブルに着いていた。フランコに先導されてウィタカー夫妻のテーブルに到着すると、判事が立ち上がってウィリアムとベスを迎えた。

「ウィリアム、この二日間に起こったことで疲れているだろうに、よくきてくれた。あまり眠れていないのではないかな？」

「そうですね、眠れているとは言えません、サー」ウィリアムは答え、握手をした。

「ジョージと呼んでくれ。きみたちが妻のキャサリンと知り合いになっているとは思わなかったよ」

「プッチーニについて奥さまと話すのがどんなに楽しいか、私もベスから聞いています」

「わたしもフィッツモリーン美術館再訪を待ちきれません」キャサリンが言った。「だって、いまやわたしだけの専属ガイドに案内してもらえるんですもの」

「ベスと私の出会いもそういう形だったんです」ウィリアムが言ったとき、フランコが戻ってきてそれぞれにメニューを渡した。

「今夜のお薦めは牛の尻肉のステーキでございます」フランコが宣言した。「もう少しあっさりしたもののほうがよろしければ、最高級のスモークサーモンをお持ちできます」

ウィリアムはステーキを注文した。ベスがそれを覆すことはないという自信があったし、実際、ベスは眉をひそめただけだった。全員が注文を終えると、自分の講演を終えて聴く側に回ったキャサリンと一緒に出席した、今朝の講義の説明を始めた。〝ビッグ・アップル：一口齧ってみよう！〟という演題で、講演者はコロンビア大学のサミュエルズ教授だった。

「教授のおかげで、ニューヨークでの過ごし方を考え直すことができたの」ベスが言った。

「結論は、ブルックリン・ブリッジを渡り、セントラル・パークを散策して――」

「夜は駄目だぞ」ウィリアムは言った。

「――ブロンクス動物園へ行くの」ベスがつづけた。

「もちろん、ブロードウェイでの観劇も含まれるわね」キャサリンが付け加えた。「教授によると、できることなら『ラ・カージュ・オ・フォール』のチケットを手に入れるべきなんですって」そのとき、フランコが最初の皿を運んできた。

ベスとキャサリンは公園について熱っぽく話しつづけ、判事はアスパラガスを食べつづけて、口を開いたのは一度きり、オランデーズ・ソースの繊細な味を褒めたときだけだった。最初の皿が片づけられ、二枚目の皿が運ばれてくると、判事はようやくウィリアムを見て言った。「捜査の進展具合を教えてもらってもいいかな？」

「なかなか一筋縄ではいきません。ですが、船長に報告書を提出したことはお教えできます」ウィリアムは答え、ステーキにナイフを入れて、血が滴るのを見た。顔を上げると、三人が三人ともナイフとフォークを置き、期待の目でウィリアムを見つめていた。

「会長の死因は心臓発作だったのかな？」判事がいきなり核心をついてきた。

「可能性はあります」ウィリアムは答えた。「しかし、そうだとすれば原因は何だったのか、私はそっちのほうに関心があります」

ウィリアムが皿の縁に少量のマスタードを載せ終わるのを、三人はまたもやじりじりしながら待った。

「答えを教えてくれるの？」ベスがついに痺《しび》れを切らした。「それとも、料理が冷めるまで待たなくちゃならないの？」

ウィリアムはナイフを置くと、ナプキンで口を拭いてから言った。「犯行がどうやって行なわれたかは教えてもいいが、それにはきみがだれにも、一言も漏らさないという条件が付く」

「そこにはきみも含まれるぞ、マイ・ディア」判事が妻を見て笑みを浮かべた。

ウィリアムはフランコがそれぞれのグラスに二杯目のワインを注ぎ終えるのを待って、ジェイムズが作成した座席表をテーブルの中央に広げた。

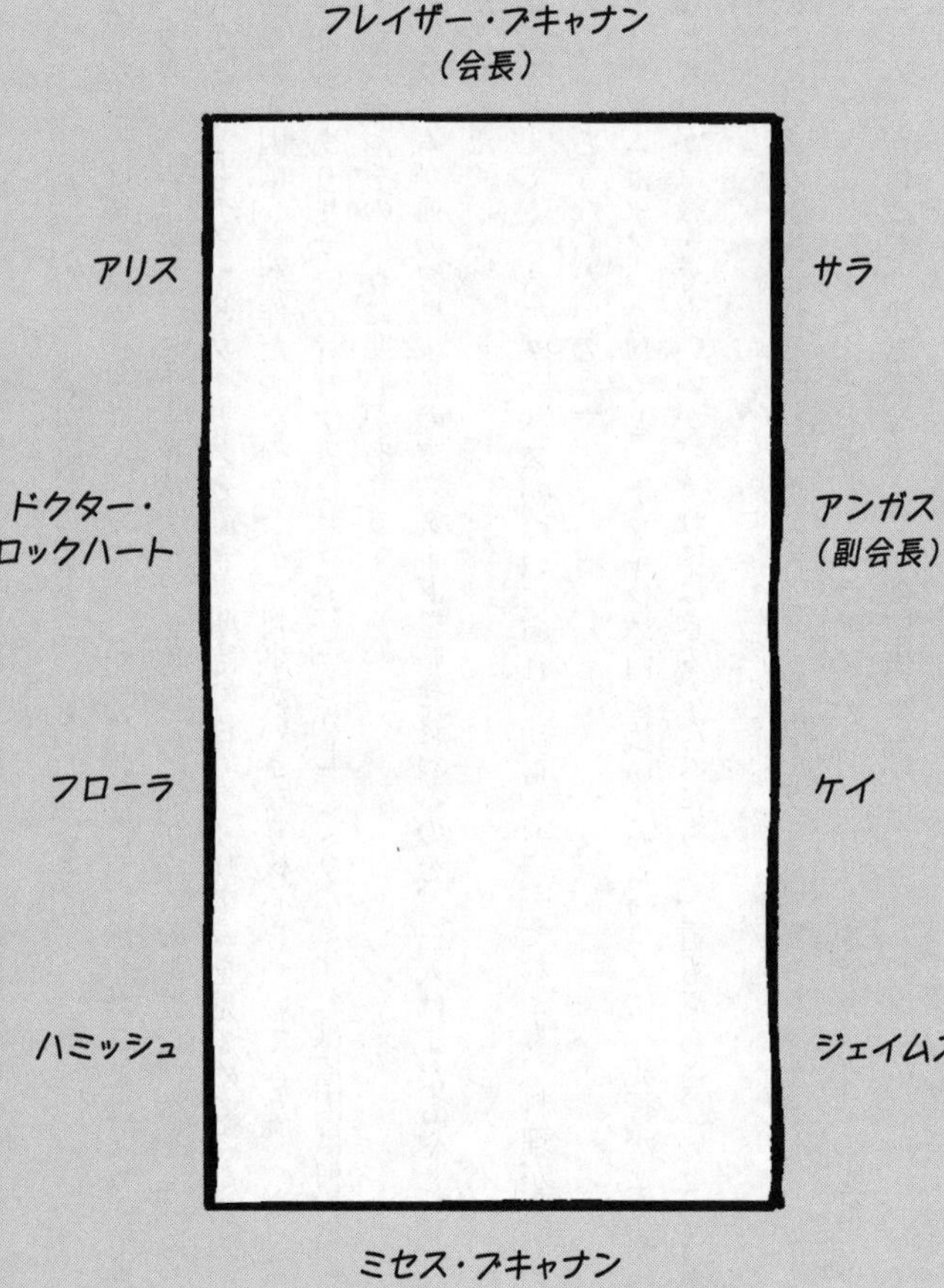
フレイザー・ブキャナン
（会長）
アリス
サラ
ドクター・
ロックハート
アンガス
（副会長）
フローラ
ケイ
ハミッシュ
ジェイムズ
ミセス・ブキャナン

そして少し間を置き、全員がそれを確認するのを待ってつづけた。「まず、ハミッシュ・ブキャナンがテーブルの左側にいて、右手に母親、左隣りにフローラがいることに着目してください」

「フローラ・ブキャナンというのはだれなの？」

「フレイザー・ブキャナンの妹です。〈ピルグリム・ライン〉の経営に侮るべからざる力を持った老婦人で、一族全員が畏怖しています」

「彼女の隣りは？」判事が座席表を指さして訊いた。

「ドクター・ロックハート、会長を死なせないことを人生の唯一の目的としている人物でしたが、今回はそうではありませんでした」

意外な新事実に三人とも一瞬言葉を失い、ステーキを一切れ味わう隙をウィリアムに与えた。

「彼の左隣りは？」ベスが訊いた。

「アリス・ブキャナン、ジェイムズの母親で、アンガス・ブキャナンの妻だ」ウィリアムは座席表の反対側へ指を移動させた。「アンガスはハミッシュに代わって〈ピルグリム・ライン〉の副会長になったばかりだ」

「テーブルのそっちの側は重要ではないのではないかな」ウィタカー判事が言った。

「慧眼《けいがん》です」ウィリアムは応えた。「ですが、ハミッシュ・ブキャナンが何を企んでいたかを突き止めるのであれば、まだ集中しなくてはなりません。ディナーのときに彼がスキットルに口をつけて一口飲むところは全員が目撃しています。それによって、何を飲んでいるのかと、父親であるフレイザー・ブキャナンに詰問されることになったわけです。禁酒したとハミッシュが断言したにもかかわらず、スキットルのなかにウィスキーかブランディが入っているのではないかと疑ってのことでした」

全員が黙って耳を傾けるなか、ウィリアムはナイフとフォークを置いて話をつづけた。

「スキットルに入っているのは、眠りを助けるためにドクター・ロックハートに処方してもらった穏やかな導眠剤に過ぎないとハミッシュは主張しました。しかし、会長は自分で確かめるからと、スキットルを渡すよう要求しました。それが彼らの最初の過ちでした」

ウィリアムはいったん口を閉じ、フランコがそれぞれのグラスにワインを注ぎ足すのを待った。

「どこまで話しましたっけ?」フランコがボトルをアイスバケットに戻すや、ウィリアムはふたたび口を開いた。

「テーブルの上座にいる父親に、ハミッシュがスキットルを渡さなくてはならなくなったところまでよ」ベスが教えた。

「ああ、そうだった」ウィリアムは言った。「それで、ハミッシュはスキットルをフローラ叔母に渡し、フローラはそれをドクター・ロックハートに渡し、ドクター・ロックハートはそれをアリスに渡して、最後にアリスがそれを会長に渡しました」そして、三人が座席表を確認するあいだにワインを一口飲んでつづけた。「会長はそのスキットルの中身をたっぷり飲み、妙な味がしたにもかかわらず酒の類いではないことが明らかだったために、ドクター・ロックハートが処方した薬に違いないと判断しました。そのあと、スキットルをテーブルの下座のほうにいる息子に返しました」

「そのときは、テーブルのどちら側で手渡しがされたのかな?」ウィタカー判事が訊いた。

「そこが肝心な点ですが」ウィリアムは答えた。「同じ側でした」

「思ったとおりだが」ウィタカー判事が言った。「それでも、私にはまだ半分しかわかっていないな」

「スキットルが自分の手に戻ったとき、ハミッシュはそれをもう一度、今度はこれ見よがしに呷《あお》りました。これが彼の二つ目の過ちです」

「わたし、全然話についていけていないわ」ベスが言った。

「もう少しだから辛抱してくれ」ウィリアムは言った。「座席表に集中すれば、すべてが明らかになるはずだ。捜査巡査部長に昇任したばかりのわがジェイムズ・ブキャナンが、今朝テーブルの左側に坐っていた全員のタンブラー、ワイングラス、コーヒーカップから採取できた指紋を一つ残らず照合してくれて、その間《かん》に、私はハミッシュのスキットルについていた指紋を照合しました」

「まだよくわからないんだけど」キャサリンが言った。「もしハミッシュのスキットルが上座にいる父親にリレーして渡されたのなら、テーブルのそっちの側にいた全員の指紋がついているんじゃないの？」

「ところが、そうではなかった」ウィタカー判事が仄めかした。「そのスキットルが会長の手元に届く前に、だれかがそっくりの、しかし、別のスキットルと入れ替えたんだ。それなら、そのだれかの指紋だけが両方のスキットルについていることになる」

「悪くない事件要点及び法律上の論点の説示《サミングアップ》です、裁判長《ミラッド》」ウィリアムはにやりと笑みを浮かべた。「それで、犯人を特定するためには、陪審員はまず証拠を考量しなくてはなりません。フローラはハミッシュからスキットルを受け取り、それをドクター・ロックハートに渡しました。リレー競走のバトンを渡すような形ですね。そして、それをハミッシュに返すとき、同じことが逆方向に行なわれました。簡単でよく計画されていますが、共犯者は例外的に二つの過ちを犯しました。一つ目は――」フランコが皿を片付けにやってきて、ウィリアムは途中で口を閉ざすことになった。

「デザート・メニューをご覧になりますか？」フランコが訊いた。

「いえ、結構よ」キャサリンがジェイムズの描いた座席表から顔も上げずに断わった。

「食後の飲み物《ディジェスティフ》はいかがでしょう？」フランコが敢《あ》えて訊いた。

「いや、結構だ」ウィタカー判事がもう少し強い口調で断わった。やはり、座席表から目が離れることはなかった。用がなくなったフランコが退がった。

その過ちが何なのかをだれが突き止めるかどうか、ウィリアムは様子を見た。

「ハミッシュのスキットルにだれの指紋がついていたかはわかったのかな？」ウィタカー判事が訊いた。「もっと重要なのは、だれの指紋がついていなかったかだ。なぜなら、だれがスキットルを入れ替えたかを、それが教えてくれるはずだからだ」

ウィリアムはここが法廷であるかのように判事に小さく頭を下げて、そのとおりであることを認めた。「私が特定できた限りでは、ハミッシュのスキットルについていたのはフローラ、彼女の隣りに坐っていた、あまり優秀でないドクター・ロックハート、そして、これは当然ですが、ハミッシュの指紋だけでした」

「わたし、わかった」ベスが言った。

「それなら、彼らが何をどうやったかを説明できるよな」ウィリアムは言った。

「スキットルを入れ替えたのは、行きも帰りもドクター・ロックハートに違いないわ」ベスが説明を始めた。「そうでなかったら、彼に戻されたスキットルにも会長の指紋がついたはずだもの」

「ジェイムズの母親の指紋もだ。彼女はドクター・ロックハートと会長のあいだに坐っていて、スキットルを会長に渡したわけだから」

「二つ目のスキットルは見つかったのかな？」ウィタカー判事が訊いた。「フレイザー・

ブキャナンが口をつけて中身を飲んだはずのスキットルだが?」

「見つけました」ウィリアムは答えた。「一つ目のスキットルはドクター・ロックハートの診療鞄のなかにありました。昨夜、彼に事情を聴きに行ったときに目撃したのが最初です。二度目は今朝、彼が朝食をとりに出ているあいだに船室を捜索したときです。ですが、そのスキットルについていたのは彼の指紋だけでした」

「スキットルをきれいに拭いて、自分の指紋だけをつけ直す時間はたっぷりあったわけだからな」ウィタカー判事が言った。「だが、中身についてはどうなんだ?」

「穏やかな導眠剤以上のものでないことは船医が確認してくれました。それについてはハミッシュが主張したとおりです」ウィリアムは答えた。

「きみが真実に到達しそうだと見て」ウィタカー判事が言った。「ハミッシュ・ブキャナンとドクター・ロックハートが共犯であることを証明できなくしたんだ」

「ジェイムズ・ブキャナンがいなかったら、実際にそうだったはずです。一族からはまだ子供だと思われているけれども、〈ピルグリム・ライン〉の会長ではなく、FBIの長官になるつもりで準備をしている、実は明敏で観察力の鋭い若者です」

「それで、彼は何を観察したんだ?」

「それにお答えする前に、当日のディナーの座席表をもう一度見てください。若いジェイムズとハミッシュ伯父の席がまともに向かい合っていることがわかるはずです。そういう位置関係なら、ジェイムズはテーブルで起こっている一部始終をすべて見ることができるわけで、そこにはハミッシュがスキットルに口をつけたところも含まれます。しかし、伯父が口をつけたスキットルは祖父が口をつけたスキットルと同じではないと、その直後に——ジェイムズの言葉を借りるなら〝合点がいった《ザ・ペニー・ドロップト》〟となるわけですが——気づいたのです」

「ジェイムズがそう考えた根拠は？」ベスが訊いた。

「ハミッシュはディナーのあいだずっと、全員の目に見えるところにスキットルを置いていた」ウィリアムは答えた。「愚かな過ちだよ。なぜなら、その一方には〝ＨＢ〟と刻印されているけれども、会長が口をつけたスキットルにはそういう刻印がなかったと、ジェイムズに気づかれてしまったんだからね。そのあと、ドクター・ロックハートの船室を捜索したとき、ぼく自身の目でそれを確かめたけど、ジェイムズの見たとおりだった」

「鋭い若者だ」ウィタカー判事が言った。「しかし、それでもまだ彼らを有罪にするには充分ではないかもしれないな」そして間を置き、束《つか》の間考えた。「もし私がハミッシュ・ブキャナンの弁護人を引き受けたら、ついているべき指紋がついていないだけでは断定できないし、未成年の確証のない証言も信頼するには無理があって、二人を終身刑にするには充分ではないことを陪審員に訴えるだろう」

「同感です」ウィリアムは言った。「しかし、私たちにはまだフレイザー・ブキャナンの遺体があることを忘れないでください。実はすでにニューヨーク市警察に連絡をし、殺人が行なわれたと疑う理由があることを知らせて、明朝の入港時に埠頭《ふとう》で迎えてもらう段取りをつけてあります。検死解剖をすれば、会長が毒を盛られたことが確認され、二人を確実に有罪にできるはずです」

「お見事」ウィタカー判事が言った。「きみはまさしくサー・ジュリアン・ウォーウィックの息子だ」

「もちろん、侮るべからざるレディ・ウォーウィックの息子でもありますけどね」ベスが付け加えた。

「若きジェイムズ・ブキャナンの手助けがなかったら、私をもってしても、あの二人を取り逃がしてしまっていたでしょう」ウィリアムが認めたとき、フランコがコーヒーを運んできて、ウィタカー判事のカップにいつもどおりブランディを垂らしたあと、ウィリアムに封をした封筒を渡した。

「署名入りの自白文書かしら?」キャサリンが仄めかした。

「そうではないみたいですね」ウィリアムは封を切って千ポンドのクーポンを取り出しながら答え、〈ピルグリム・ライン〉のレターヘッド付きの便箋に書かれた手紙を読み上げた。

親愛なるウォーウィック警部

〈ピルグリム・ライン〉の重役会を代表し、わたくしどもの会長の死についての捜査という気乗りのするはずもない仕事をしていただいたことに謝意を表わすものであります。

重役会はその結果としてあなたが休日を十全に満喫なされなかったことを申し訳なく思い、相応の埋め合わせをさせていただくのが妥当であると結論いたしました。同封のクーポンは、ご夫妻がまたの航海で〈ピルグリム・ライン〉にお乗りいただくとき、あるいは、わたくしどものギフト・ショップでのお買い物をなさるときに使っていただければ幸いに存じます。

敬具

会長代行　フローラ・ブキャナン

「台無しになったのはわたしの休暇で、あなたのじゃないわよね」ベスが言った。「だって、あなたったら、これまで見たことがないほど楽しそうだったんですもの」そして、クーポンをひったくってバッグに入れた。

「明日の朝、宝石店は何時に開くのかしらね？」キャサリンが無邪気に訊いた。

7

ドアが執拗《しつよう》に、しかも殴りつけるように叩《たた》かれた。最初、ウィリアムは夢の一部だろうかと訝ったが、目が覚めてもノックはつづいていた。この数日の寝不足を初めて埋め合わせられるはずの眠りを、だれかが邪魔しているのだった。

渋々ベッドを出てドレッシングガウンを羽織り、ドアを開けると、廊下にジェイムズが立っていた。

「大至急、きてください」ジェイムズが言った。「止められるのはあなたしかいないんです」

「止めるって、何を?」ウィリアムは訊いたが、ジェイムズはすでに走り出していた。音を立てないように静かにドアを閉めたが、ベスが寝返りを打って呻《うめ》くのが聞こえた。ウィリアムはまだ半分寝惚《ねぼ》けた状態でジェイムズのあとを追い、廊下を急いで第一甲板への階段を下りた。ジェイムズがドアを開けて教官を待っていた。

下甲板へ出ると、完全正装の船長が小さな集まりを前にして厳粛に祈りを捧《ささ》げていた。

「全能の神よ、私どもはいまは亡きわれらが兄弟の魂をあなたに託し、彼の亡骸を深き海に葬って……」

ウィリアムがぞっとしたことに、ブキャナン一族が頭《こうべ》を垂れ、一段高くなった小さな台に安置された棺《ひつぎ》を取り巻いていた。

「……われらが主イエス・キリストを通じて永遠の命を得て復活するという確かな希望のなかで……」

「何とかできませんか？」ジェイムズが絶望的な声でささやいた。

「どうにもならないな」ウィリアムは首を振った。船上では船長の権限は絶対であり、だれもそれを覆すことはできなかった。

「……世界を判断すべき来《きた》るべき主の栄光の王国で、海は彼らの肉体を解体し……」

ウィリアムは目の前で繰り広げられている茶番劇の観客として、集まりの端にとどまった。

「……彼のなかで眠る堕落しやすいものは変化し、彼の栄光ある身体のように作り変えられる……」

葬儀の参列者をよく見てみると、ミセス・ブキャナンは声を殺して泣き、息子のアンガスは母を慰めようとしていた。いまや一時的とはいえ〈ピルグリム・ライン〉の責任を引き受けることになったフローラ・ブキャナンは、一歩後ろに控え、落ち着きと威厳を保っていた。ハミッシュ・ブキャナンは固く口元を引き締め、隣りに立っているドクター・ロックハートはまったくの無表情だった。

「……全能の働きに従い、それによって彼はすべてのものを自らのうちに押しとどめられるようになる」

船長が祈りの書を閉じ、直立不動の姿勢を取って敬礼した。若い船員が二人、前に進み出て、棺が置かれている台座の一方の端を持ち上げた。参列者が見守るなか、棺はゆっくりと、しかし迷うことなく台座を滑って舷側を離れ、波の下、海底深くにある墓所へと沈んでいった。

ウィリアム・ウォーウィック警部は検視官を説得して遺体を掘り出すこともできたかもしれないが、それは地中数フィートの深さに埋葬されていればの話であって、海の底で眠っている場合は無理な相談でしかなかった。ブキャナン一族は自分たちの一員を葬っただけでなく、彼を殺した犯人を罰することができたはずの証拠も葬ってしまったのだった。

一分ほど静寂がつづいたあと、船長がもう一度敬礼してから命令を発した。ややあってスクリューがゆっくりと回りはじめ、船はニューヨークへ向けて旅を再開した。

ウィリアムは一族が解散するのを脇に立って見送った。ミセス・ブキャナンはアンガスに腕を取ってもらっていたが、しっかりと落ち着きを取り戻していた。ハミッシュとドクター・ロックハートがそのすぐ後ろにいて、いかにも死者を悼んでいるかのように見せながらお喋りをしていた。二人の後ろに一族のほかの者たちがつづき、フローラ・ブキャナンと船長が最後尾だった。新会長がウィリアムに目を留め、船長と別れて近づいてきた。

「あなたに説明しなくてはなりませんね」冷静な声だった。ウィリアムは適切な返事を思いつかず、少し恥ずかしさを覚えた。全員がそれなりに正装しているなかで、自分だけドレッシングガウンにスリッパという格好だった。「昨日、重役会を開いて」フローラ・ブキャナンがつづけた。「フレイザーの最後の要求——遺言書に明記してあるのです——、すなわち、海に葬ってほしいという願いを実行することになったのです」

「そうだとしても、会長に時宜を得ない死をもたらした責任者が重役の一人ではないかと、あなたは疑っておられたに違いないはずですが」ウィリアムは指摘した。

「その可能性はわたくしたちも考えました」フローラが言った。「ですが、フレイザーの専属医が死亡証明書にサインをして、死因は心臓発作だと確認していました。ですから、一族、特にミセス・ブキャナンが、警察による時間のかかる調べを受け容れるよりも、フレイザーの最後の望みを実行すべきだと決めたのです。警察の調べを受けたら、新聞沙汰にならないはずがなく、その爆弾が〈ピルグリム・ライン〉の評判に回復不能なほどの大きな損傷を与えるのは明らかですからね。それはフレイザーが何よりも望まなかったことでしょう」

「いまは亡き会長が何よりも望まなかったのは、息子が罪を犯してそれを罰せられるところを目の当たりにすることだったのではないかと、私はそう睨んでいるんですが」

「あなたの気持ちはわかります、警部」フローラが言った。「ですから、そのときの重役会で決めたことのなかで、あなたが知りたいと思われるかもしれない一つのことをお教えしましょう。ハミッシュを重役から外し、会社とも無関係にすることになりました」

「それでも、莫大《ばくだい》な遺産を受け取ることは依然としてできるのではありませんか?」ウィリアムは苦々しげに言った。

「残念ながら、そうはなりません」フローラ新会長が答えた。「父親の意志によって彼に遺贈されるのは——今日、ハミッシュ自身が父親の遺言書を読んで知ることになるでしょうが——羅針盤《コンパス》一つだけです。あなたのことだから、この暗喩の真意がわからないはずはありませんよね」

「あの優秀なドクターはどうなんでしょう?」

「馘首《かくしゅ》される前に自ら身を引きました。この先、彼に関してわたくしどもに問い合わせてきたところには絶対に就職できないよう、わたくしが個人的に手を打ちます」

踵《きびす》を返そうとするフローラに、ウィリアムは小声で訊いた。「いつ真実を突き止められたのですか?」

「あなたもきっとご存じでしょうけど、若きジェイムズはあなたにとても憧れて尊敬しています。でも、ちょっと甘い言葉で誘惑してやったら、その誘惑に抵抗できなくなって、わたくしの兄の真の死因が心臓発作ではないと、あなたがどうやって証明したかを教えてくれました」

結局、血は常に水よりも濃いことに――この場合は海水だが――ウィリアムはいまになって気づくことになった。

「あの子を責めないでくださいね」フローラが言った。「この旅で、わたくしたち全員、この一族についてとても多くを学んだんですから」

「あなたは何を学ばれたんですか？」

「いつの日か、ジェイムズが〈ピルグリム・ライン〉の傑出した会長になるだろうということです。それがまさにわたくしの兄――彼の魂が安らかならんことを――が欲していたことでもあるはずです」

ウィリアムは船室に戻り、ベスが熟睡してくれていることにほっとしながら、静かにベッドに潜り込んだ。数時間後、ドアが軽くノックされて目が覚めた。

すでに目を覚まして着替えをすませていたベスがドアを開けると、制服姿の若い上級船員が立っていて、敬礼してから言った。「おはようございます、マダム。十時ごろに船橋《ブリッジ》へご夫妻でおいで願えないかと船長が申しております。ニューヨーク港へ入港を予定している時間です」

った。

「もちろんです」ベスが興奮も露《あら》わに応えた。「船長のお心遣いに感謝します」

ウィリアムはベッドに起き上がり、ベスの顔を見た瞬間に抗議の言葉を口にしそうにな
った。

「きみはずいぶんと恥知らずなあばずれだったんだな」バスルームを出たウィリアムは姿見に映る自分に見入っている妻に言った。

「そうなんだけど」ベスが言った。「誘惑に抵抗できなかったの」

「いくらしたんだ?」ウィリアムは心ならずもその装飾品に見惚れながら訊いた。この前宝石店のウィンドウに飾ってあったネックレスだった。

「九百九十五ポンドよ」ベスが答えた。恥じる様子はこれっぽっちもなかった。

「残りの五ポンドはどうなったんだ?　ぼくのためにロレックスの〈サブマリーナー〉でも買ってもらえたのかな、それとも、エタニティ・リングとか?」

「残念ながら、プラスティックのカラー・スティッフナーを二組がせいぜいだったわ。でも、店員が保証してくれたけど、最高級品よ。このネックレスは妻を丸一日ほったらかしにして、深夜まで姿を消していた夫の謝罪と埋め合わせね」ベスがウィリアムの首に抱きついた。

「だからといって、恥知らずなあばずれであることが帳消しにはならないぞ」

「それで、昨夜は真夜中までどこにいたの？」

「フレイザー・ブキャナンの水葬に立ち会っていたんだ」

「でも、わたしはてっきり――」

「ぼくもてっきりそう思っていたよ」

「あの人たち、ほんとに抜け目がないわね」カラー・スティッフナーをシャツの襟に押し込もうとしているウィリアムに、ベスが言った。「それをやってしまえば、検死解剖も裁判もせずにすむし、世間に知られることもないわけだもの」

「そして、正義もなくなる」ウィリアムは言った。

ドアにノックがあり、ベスがドアを開けると、ふたたびあの上級船員が立っていた。

「ご夫妻をブリッジへお連れするよう船長に言われてお迎えに上がりました」

「ありがとう」ベスが若者に腕を絡ませ、ウィリアムはジャケットをひっつかむと、ドアを閉めて二人に追いついた。

「失礼ながら、ミセス・ウォーウィック、本当に素敵なネックレスですね」

「夫がプレゼントしてくれたんです」ベスが応え、少なくともウィリアムを苦笑させることには成功した。

ウィリアムは本音のところでは船長の誘いを渋々受け容れたのだったが、ブリッジに足を踏み入れたとたんに気持ちが変わった。ブリッジの右端から左端までを占有しているコントロール・パネルの途方もない大きさに目を奪われた。船長は周囲をすべて見渡すことができたし、無数の信号が瞬いて、若い上級船員が気を張って目を凝らしているパネルもその例外ではなかった。耳を澄ますと、海上の監視を担当している上級船員が下層の機関室に冷静かつ効果的に指示を与える声を聞き取ることができた。

また、そこにいる全員が黒い腕章をつけていることにも、ウィリアムは気がついた。

「最近はすべてが電子化されているんです」あの若い上級船員がウィリアムの想《おも》いをさえぎった。「それでも、まだ航海の責任を預かる上級船員が二人は必要で、その一人は提督ですが、彼は蒸気船の時代にこの仕事を始めた人なんです」

「ここの責任者はだれなんだろう？」ウィリアムは小声で訊いた。

「監視担当のメイトランド大佐《キャプテン》です」

「提督ではなくて？」ウィリアムは訊いた。すでに気づいていたのだが、船長は数歩背後にいて、手を腰の後ろで組み、一瞬たりと目の動きを止めることなく、しかし、身じろぎもせずに立っていた。

「はい、提督は緊急事態のときだけ責任を引き継ぐのです」

「緊急事態って、たとえばどんな？」ベスが訊いた。

「激しい嵐とか、監視担当員が酔っぱらってしまったとか、ロイヤル・ファミリーが乗船されているとか、そういうときです。私は〈オールデン〉に乗り組んで四年になりますが、提督が指揮権を引き継ぐのを見たことは一度もありません」

「あなたはいつ監視担当上級船員になるの？」ふたたび、ベスが訊いた。

「まだしばらくは実現しそうにありません、マダム。深夜に二等機関士と交替することはときどきありますが、海岸から遠く離れていて、海が穏やかで、ほかの船が近くにいない場合に限られます。海に尊敬を持って向き合わなくてはならないことは、いまも〈タイタニック〉が船乗り全員に思い出させてくれていますから、私が監視を担当するときは航海士も私から目を離しません。ああ、それで思い出したのですが、今朝、舵《かじ》を取っていた上級航海士があなたにとても会いたがっていました。どうやら、あなたと共通の友人がいるようです」

「そんな人がいるかしら、だれでしょう？」ベスが訝ると、若い上級船員は二人を舵のところへ連れていき、熟練有資格甲板員ネッド・ターンブルと引き合わせた。

上級航海士は片方の手を舵から離してウィリアムと握手をした。「ブリッジへようこそ、サー」

「私たちには共通の友人がいるということのようですが？」ウィリアムは訊いた。

「そうなんです。〝何てことだ《イー・バイ・ガム》〟をご存じですよね？」航海士は言ったが、ウィリアムに怪訝な顔をさせただけだったことに気づいて付け加えた。「ラルフ・ネヴィルです。彼に再会できるのを楽しみにしているんですよ。フォークランド危機のときに〈イラストリアス〉に一緒に乗り組んでいたんです。実際、あの当時の熟練有資格甲板員は彼一人でしたからね」

「〝イー・バイ・ガム〟って何のことですか？」ベスが見当がつかないという顔で訊いた。

「普通に発音すれば、〝オー・マイ・ゴッド〟です。当時の下層甲板での彼のニックネームです。あまりにヨークシャー訛りがひどかったのと、存命のイギリス人ではクリケット・プレイヤーのレナード・ハットンが一番偉大だと疑いもなく信じていたせいで、そう呼ばれていました。オーストラリア人の娘と結婚してパースに住むようになってからはすっかりご無沙汰ですが、彼に会うことがあったら、私がよろしく言っていたと伝えてくださいませんか」

「もちろんです、必ず伝えます」ウィリアムは応じた。

「自由の女神は見逃せませんよね」若い上級船員が言い、ベスとウィリアムを右舷へ案内した。

二人とも象徴的な女神像のほうを見つめたが、目に映っているのは彼女ではなかった。

「わたし、本当に馬鹿なことをしたわ」ベスがささやいた。「はなからあなたの言うことを聞くべきだった」

「きみは昔から人を信じて疑わないからな。もっとも、それがきみを敬愛するたくさんの理由の一つでもあるんだけどね。それに、公正を期すなら、この一年、クリスティーナの口からは嘘《うそ》しか出てこなかったんじゃないかな」

「わたし、何か見落としてるわよね？」ベスが言った。「ラルフ・ネヴィルはどうやってクリスティーナとこんなに都合よく懇《ねんご》ろな関係になったのかしら？」

「それは質問が間違っているな」

「だったら、正しい質問は何？」

「クリスティーナはどうしてこの航海のチケットを自ら手放したのか、だ」

「答えは？」

「自分がこの船に乗っていることを、本物のラルフ・ネヴィルと同じ軍艦に乗り合わせていただれかに見られるわけにいかなかった、だ」

「でも、結婚式をするからだって、クリスティーナはそう言ったわよ」

「結婚式はするだろうよ。だけど、相手はだれだ？」

ベスはしばらくウィリアムを見ていたが、やがて訊いた。「あなた、いつからわかっていたの？」

ウィリアムは時計を見た。「参ったな《イー・バイ・ガム》。確信したのはほんの十分ほど前だ」

ベスはすぐさまイギリスへ飛んで帰り、結婚式の前にクリスティーナを問い詰めたかったが、ウィリアムに説得されて諦めることにした。ウィリアムが断言したところでは、それはフォークナーに二度目の逃亡のチャンスを与えるだけであり、逃亡されてしまったら、短くて平凡な彼の人生で人の記憶に残るのがそれだけになってしまうのだった。もう一つ、ベスが思いとどまった理由があるとすれば、ニューヨークにいるあいだは一緒にいると言って譲ろうとしないキャサリンだった。

「メトロポリタン美術館、フリック・コレクション、ニューヨーク近代美術館を専属ガイドとして案内してもらえるなんて」キャサリンが言った。「わたし風情がそれ以上の何を望み得るかしら?」

ウィタカー判事は思慮深くうなずいたが、妻がカーネギー・ホールへベスを同行することと、エラ・フィッツジェラルドのコンサートでウィリアムの席が取れたことを大喜びで報告したときは沈黙を守った。それが不服なわけではなく、エラ・フィッツジェラルドが何者かを知らないだけだった。彼としては早くイギリスへ帰り、マイルズ・フォークナーの再度の裁判の裁判長を務めたくてたまらなかった。刑期もすでに決めてあった。

「クリスティーナについてはどうなんでしょう?」ベスが訊いた。

「犯罪者を幇助《ほうじょ》しているが」ウィタカー判事が答えた。「その容疑を彼女に着せないようにするのはミスター・ブース・ワトソンにとって難しくないでしょう。もっとも、彼女が刑務所にいるラルフ・ネヴィルの面会に行ったら話は別ですがね」

ウィリアムはイギリスへ帰るのを待ちきれなかった。

「去年、ロンドンで起こった殺人事件は何件だ？」ホークスビー警視長は会議テーブルの上座に着席して訊いた。新設された未解決殺人事件特別捜査班の最初の会議だった。

「百八十一件です、サー」ポール・アダジャ捜査巡査部長が答えた。

「家族間殺人は何件だ？」ホークはテーブルの反対側へ目を移して訊いた。部屋はほかの班にあてがわれている兎《うさぎ》小屋より広く、中央のテーブルの周囲には六つの椅子を置くことができた。ホークの机の背後には女王の写真が掲げられ、本棚に置かれた銀のカップが、ホークがかつて首都警察のミドル級ボクシング・チャンピオンだったことを思い出させていた。

「三十四件です」ジャッキー・ロイクロフト捜査巡査部長が答えた。

「有罪が確定したのは？」

「二十九件です。大半は犯人が現場でわれわれの到着を待っていて、残りも二十四時間以内に逮捕されました」

「それは秘密だぞ。家族間殺人の大半は二十四時間、せいぜい四十八時間以内に解決される」ホークは言った。「それまでに捕まらなかった場合、犯人はまんまと逃げおおせたと考えはじめ、その確信を深めていく」

「クライヴ・ピューの場合がまさにそうですね」ジャッキーがファイルを開いて言った。

「妻に百万ポンドの生命保険をかけた二か月後に彼女を殺し、その悲劇からかなりの額の見返りを得ています」

「有罪にならなかった理由は何だ?」ホークが訊いた。

「起訴するに足る証拠がありませんでした。文字通り、人を殺しておいてまんまと逃げおおせたわけです」

「では、必要な証拠を見つけるんだ、ロイクロフト捜査巡査部長」ホークは命じた。「なぜなら、殺人を犯しそうな人間を思いとどまらせるものが一つあるとしたら、それは逃げおおせることはできないという思いだ。それから、家族間殺人とは形容できない事案が百四十七件あるわけだが、パンクハースト捜査巡査、逮捕に至っているのは何件だ?」

レベッカが自分の前のファイルを開くまでもなくホークの質問に答えた。「百四十三件です、サー」

「刑務所送りになったのは?」

「百三十九件です。残る四件も犯人はわかっているのですが、控訴局を納得させて裁判に持ち込むに足るだけのしっかりした証拠を揃《そろ》えることができていません」

「詳細は?」ホークが訊いた。

「四件のうちの一件、マックス・スリーマンですが、この男の場合は特に性質《たち》が悪いと言えます」ポールがファイルを開いて説明を始めた。「高利貸しで、決まった期限に返済できなければ、最後には借りた者の腕か脚を折ります。それでも返済しなければ自分の棺桶《かんおけ》を置く台を借りることになるんですが、葬式代は別に請求されます」

「スリーマンを逮捕するんだ」ホークは言った。「できれば、次の憐《あわ》れな債務者が抹殺される前が望ましい」

「もう取りかかっています」ポールが答えた。

「残るは三件だな」ホークは言った。「パンクハースト捜査巡査、ダレン・カーターの件について教えてくれるか？」

「ダレン・カーターはソーホーにある〈イヴ・クラブ〉の用心棒です」レベッカが答えた。「殺人を犯したことは認めたけれども、計画的なものではなかったと主張し、懲役二年の刑にとどめることに成功して、いまは出所しています。ですが、それはクラブの経営者の代わりに実行した計画的な殺人であることに、わたしの見る限りでは疑いの余地はありません」

「では、そいつを刑務所に戻すんだ。新たな証拠を提出できれば、一事不再理は適用されない」ホークは改めて確認した。「それから、パンクハースト捜査巡査、そのクラブも閉鎖に追い込み、所有者が絶対に二度と経営を認められないようにもしてもらいたい。当面はこの件に集中してくれ。これで、残っているのは長すぎるぐらい長いあいだ埃をかぶっていた二件だな」

警視長が言っているのがどの事件か、テーブルを囲んでいる全員がよくわかっていた。ロン・アボットとテリー・ローチ、イーストエンドのギャング・グループの親玉で、そこでの博打《ばくち》、みかじめ料の取り立て、売春、薬物売買をどちらが仕切るかで小競り合いを繰り返しているのだった。

「きっとこれを聞いたらみんな喜んでくれるはずだが、この特に性質《たち》の悪い二人については、ホーガン捜査警部補に担当してもらう。来週から、ウォーウィック捜査警部の次席として班に加わることになっている」

ポールの顔に落胆が浮かんだ。

「だが」ホークはつづけた。「楽になったなどとは夢にも思わないことだ。なぜなら、詳細な報告書を、捜査活動の状況も含めて、一週間後のこの会議の前に私の机に置いておいてもらわなくてはならないからだ」ボールペンを走らせる三人の手が止まることはなかった。「それから、悪いニュースも聞きたいかもしれないから教えておくが、ついさっきウォーウィック捜査警部から電話があって、一時間ほど前に乗機がヒースロー空港に着陸したとのことだ」

「あと一週間は帰ってこないことになっていたんじゃないですか？」ポールが訊いた。

「そうだったんだが、自分の手でマイルズ・フォークナーに手錠をかけるつもりらしい」

「それはちょっと難しいかもしれませんよ」ジャッキーが言った。「だって、ウォーウィック警部とわたしはジュネーヴでのフォークナーの葬儀に参列して、火葬されるところに立ち会ったんですから」

「立ち会いはしたかもしれないが」ホークは言った。「聖職者がミセス・フォークナーに渡した骨壺にだれの灰が入っているかは謎のままだ」

「フォークナーの灰ではないとお考えになる根拠は何でしょう？」ジャッキーが身構えるようにして訊いた。

「フォークナーが自分のコレクションの宝だと見なしている、そして、そうであることをわれわれが知っているラファエロの作品が、最近〈クリスティーズ〉に出品され、二百二十万ポンドで落札された」

「それはフォークナーが生きていることの証拠にはなりませんよ」ポールが議論を促すためにわざと異議を唱えた。

「モンテカルロのフォークナーの別荘にその作品が掛かっているところを、そう遠くない過去にウォーウィック捜査警部が目撃していなければ、アダジャ捜査巡査部長、私もきみに同意しただろうな。だが、本物がそこにあったということは、オークションで落札されたのが複製であること、売り手が恐ろしくよくできた、専門家の目をも欺くほどの証明書を偽造して本物だと見せかけたことを示唆している」

「だれが偽物に二百二十万ポンドも払うでしょうか？」ジャッキーが訊いた。

「フォークナーがいまも生きていることを、われわれに知られたくないだれかだ」

「それは合理的な疑いを超えているとはほとんど言えない――」

「しかし」ホークがさえぎった。「その作品を買ったのがわれわれの古い友人、ミスター・ブース・ワトソン勅撰弁護士にほかならないのではないかと考えれば、話は変わってくるのではないかな?」そして、一拍置いてつづけた。「依頼人の代わりに、だ」

「それがミセス・フォークナーだった可能性はあるのではないでしょうか?」ポールが言った。

「いや、それはないと思う」ホークは答えた。「クリスティーナ・フォークナーが絵を買うことに興味を示した例は過去に一つもない。彼女が興味を持つのは売ることだけだ」

「私が陪審員なら、それ以上の証拠をもう少し必要とします」ポールが言ったとき、ドアが勢いよく開いてウィリアムが飛び込んできた。

「噂をすればなんとやらだな」ホークが言った。「マイルズ・フォークナーはいまも生きているときみが確信するに至った理由を、いま、アダジャ捜査巡査部長とロイクロフト捜査巡査部長に説明しようとしていたところだ」

「そうなんだ《イー・バイ・ガム》、やつは間違いなく生きている」ウィリアムは応え、一つだけ空いている椅子に腰を下ろした。「というわけだから、今度の土曜日はどんなに予定が詰まっていようと、それをキャンセルしてくれ。なぜなら、諸君にはイギリス海軍を退役したラルフ・ネヴィルなる元士官と、教区教会では未亡人ということになっているミセス・クリスティーナ・フォークナーの結婚式に出席してもらわなくてはならないからだ。だが、実はその二人はとうの昔に結婚していて」そして、一拍置いて付け加えた。「相手も同じだ」

8

その週の土曜日の朝、ロス・ホーガン捜査警部補に率いられた十六名からなる容疑者逮捕連行チームが、リンプトン－イン－ザ－マーシュ・ノルマン教区教会を包囲した。全員が私服で、そのうちの数名は武装していた。

結婚予告は教区雑誌で告知され、三週間前から日曜のたびに地元の助任司祭が説教壇から知らせつづけていた。それによると、式は八月十五日土曜日の午後二時に執り行なわれることになっていた。招待されていない客が数人、その日の朝の七時から八時のあいだに行なわれた、公表されていない婚約式のためにやってきたが、教会のなかに入る者はいなかった。

最初に姿を現わした招待客はミスター・ブース・ワトソン勅撰弁護士、花婿の友人だった。実際のところ唯一の友人である彼は、一時を過ぎてすぐに西の入口から教会に入ったが、その時間分の料金もしっかり請求するつもりでいた。

クリスティーナは二時直前に二番目に到着した。花嫁が花婿より先にやってくるのは異例だが、今回は異例の結婚だった。洒落《しゃれ》たターコイズブルーのスーツにシルクのスカーフ、それに合わせたロングコートという装いで、花嫁衣装というよりはむしろ〝新婚旅行〟の服装に近かった。もっとも、夫と一緒にどこかへ行く計画があるわけではなかったが。

マイルズを乗せた車の運転手は時速七十マイルどころか八十マイルに近い速度で高速道路を走らせ、それでも何分か遅刻しそうだった。彼は十三番出口で降りてリンプトンを目指した。

「後ろを見ないでくださいよ、ボス。どうやら尾行されているようです」

「どうしてそう思うんだ、エディ？」

「われわれと同じ出口で高速道路を降りたタクシーがあるんですが、あなたの招待客が乗っているんじゃないような気がするんです」

「教会まで別の道を取ることはできないのか？」

「できますが、ずいぶん遠回りになります。踏切で足止めを食らったら尚更です」

「それでも、そっちで行こう。そうすれば、尾行されているかどうかもわかるはずだ」

エディが次の交差点で右折すると、ややあって、バックミラーにふたたびタクシーの姿が現われた。

「まだついてきてます。どうしますか？」

「しばらくはこのまま走ろうか」マイルズは言った。踏切の遮断機が下りはじめて、前を走っている大型トラックが減速した。

「やっぱりタイミングが悪かったですね、ボス」

「いや、完璧なタイミングだったかもしれないぞ。これからやってほしいのは……」

「気づかれたかな？」駅に停《と》まっている列車が動き出して遮断機が上がるのを待つ短い車列の後ろにつきながら、タクシーのなかでウィリアムは訊いた。

「可能性はありますよ、サー」ダニー・アイヴズ巡査が答えた。「そもそもタクシーが高速道路にいること自体が珍しいし、時速八十マイルで走るなんてことはまずありませんからね」

「特殊な仕事だったことを思うと、タクシーじゃなくて、覆面警察車両を使うべきだったな」

「逃げることができないうちに逮捕すればいいんじゃないですか？」

「それは駄目だ。いまのところはこっちの仕掛けた罠《わな》に一直線に向かってくれているわけだから、そのあいだは計画通りに進める」

「動き出しました！」メルセデスの助手席のドアがいきなり開いたのを見て、ダニーが叫んだ。「やっこさん、駅のほうへ向かっています」

「車を捨てて、ついてきてくれ」ウィリアムは後部席のドアを撥《は》ね開けて外に飛び出すと、駅のほうへ走り出した。ダニーが路肩の外の叢《くさむら》にタクシーを突っ込んで運転席から降りたとき、ボスはすでに全速力で歩行者用の跨線橋《こせんきょう》を渡っていた。ウィリアムは跨線橋の階段を反対側へ下りると、動きはじめた列車のまだ一つだけドアが開いている乗降口に飛び込んだ。そして窓を開け、プラットフォームにたどり着いたばかりのダニーに叫んだ。「次の駅に警察官を十二人待機させてくれ。それからホーガン警部補に電話して、花婿は教会に現われないことを知らせるんだ」

「彼ったら、自分の結婚式に遅れることになりそうね」クリスティーナはもう一度時計を確かめて言った。

「三時には次の結婚式の予定があるのですが」助任司祭が穏やかに念を押した。

「きっと何かあったに違いない」ブース・ワトソンが言った。

三人は教会の入口を見つめつづけたが、花婿が姿を現わす気配はなかった。

ウィリアムは車両を後方へ一両ずつゆっくり歩いていき、一等車ではコンパートメントを一つずつダブルチェックして、ラルフ・ネヴィルを捜した。もっとも、逮捕するのはマイルズ・フォークナーだったが。列車の最後尾にたどり着くころには、フォークナーはトイレに閉じこもっているに違いないと考えるようになっていた。しかし、トイレには窓がないから、逃げようにも逃げられないはずだった。

「大変お気の毒ですが、ミセス・フォークナー」助任司祭が言った。「次の結婚式に招待された方が何人か、すでに外で待っておられます。これ以上引き延ばすのは無理かと思われます」

「こちらの花婿が時間内にやってくることはないでしょう」ブース・ワトソンが言った。「ですから、今日の結婚式は中止にすべきだと思いますよ。まして、外でじりじりしながら待っている人々のなかに、この結婚式の招待客でも次の結婚式の招待客でもない者が何人も交じっているとしたら尚更です」

「どうしてそうだとわかるの？」クリスティーナは訊いた。

「全員、身長は六フィート以上、同じようなスーツを着ていて、一人としてカーネーションを着けていませんからね」

「十二名の警察官を位置に着けました、警部」聞き覚えのない声が報告した。

「どの駅だ？」ウィリアムは訊いた。

「タンブリッジ・ウェルズです。いま警部が調べておられる列車はあと十五分ほどでそこへ到着します」

「プラットフォームは何本あるんだ？」

「二本だけです」

「両方のプラットフォームの警備をしっかり固めるんだ。もし逃げ道があるのなら、フォークナーは必ずそこを見つけるだろうからな。私は一番先に列車を降りて、許可するまで列車を動かさないよう車掌に指示する」

「了解しました、サー」

ウィリアムは通路を引き返しながら、車両内を再度、今度はもっと慎重に検めていった。窓の向こうに顔を向けて過ぎていく田園風景をじっと眺めている男が一人いて、どこかで見たような気がしたが、これまであまりに多くの人間を逮捕してきていたから、すぐには見分けることができなかった。

十一あるトイレの五つが使用中だった。だが、列車が次の駅に着いてもそのまま使用中のトイレが一つだけ残っているはずで、しかし、そのトイレのドアが開くまでは列車は出発しないことになっていた。

「これ以上あなたの時間を無駄にするつもりはありません」ブース・ワトソンは時計を見て言った。「花婿が現われないことはもう間違いありませんからね」

「だったら、わたしはどうすればいいの？」クリスティーナがぶっきらぼうに訊いた。

「改めて連絡します」ブース・ワトソンは答えた。「ただし、あなたはすでに免責条項のない、法的拘束力のある合意文書にサインしておられることを、くれぐれも忘れないでください」

「本当に残念です、ミセス・フォークナー」助任司祭が言った。「さぞ落胆しておられることとお察しします」

「実はほっとしているんです」クリスティーナが認めた。

「たぶん、簡単な理由があるのですよ」助任司祭はなおもクリスティーナを慰めようとした。

「一つ簡単にわかることがあるとすれば、それが簡単なものでなくなるだろうということです」クリスティーナは言い、独りで通路を引き返した。

教会を出たブース・ワトソンは、さっき目に留まった緊張した顔の若者の一人が首都警察のネクタイをしていることに気づいた。

その少しあとに出てきたクリスティーナを見て、次の結婚式を待っている数人の女性が、彼女の新婚旅行の服装に羨望のまなざしを送った。もっとも、行先は本人も知らないようだったが。

列車は定刻の十四時四十三分にタンブリッジ・ウェルズ駅に到着し、ウィリアムは真っ先に列車を降りると、自分を待っていた警察官の小グループに合流した。トーマス警部補が一歩前に出て自己紹介をしてから断言した。「出口はすべて封鎖しました」

「三人ないし四人を列車内の捜索に回し、トイレをしっかりと調べさせてくれ。そのうちの一つが使用中だったら、そこがやつの隠れているところだ。それから、万一に備えて、もう一つのプラットフォームにも人を配置してくれ」

「すでに配置してあります、サー」

「よし。私がフォークナーだと確認したら、その瞬間に突入してやつを確保しろ。ただし、逮捕して、被疑者の権利を通告する役は私に任せてくれ」

「了解しました、サー」トーマス警部補が応え、大声で指示を飛ばした。ウィリアムはその間《かん》に出口近くで位置に着き、駅を出ていく乗客の一人一人に注意深く目を凝らした。

十分後、プラットフォームにいるのはウィリアムとトーマス警部補だけになった。ウィリアムは車掌が笛を鳴らすのを渋々認めた。

列車が動き出すと、ウィリアムは無線のスイッチを入れた。「ダークブルーのメルセデスを全国指名手配してくれ、ナンバープレートはＭＦ１だ。運転しているのは男、専属運転手の制帽をかぶっているはずだ」

そのとき、ウィリアムは外を眺めていたあの男をどこで見たかを思い出した。

列車が駅を出ていくのを見送りながら、マイルズはほくそ笑んだ。

遮断機が上がったとき――人生で最も長い四分だった――、バックミラーで確認してはっとしたことに、タクシーはいまも路肩を外れた草の上に停まっていて、運転手の姿もなかった。マイルズはゆっくりと車を進めて踏切を渡った。あの列車が次の駅に着くのにそう長い時間はかからないはずで、そのころにはいま運転しているメルセデスを乗り捨て、専属運転手の制帽も処分しなくてはならなかった。人気のない田舎道をひたすら走りつづけていると、ついにバス停に立っている老女が目に留まった。次のバスがいつくるかを知っているようだった。

マイルズは退避車線にメルセデスを停めると、専属運転手の制帽を生垣の向こうへ投げ捨ててバス停へ急いだ。ブリーフケースが唯一の荷物だった。

「ガソリン切れかしら？」老女が訊いたときバスが視界に入り、マイルズは返事もしなかった。

バスに乗った瞬間、行先を知らないことに気がついた。リンプトンへ戻らないことを祈るしかなかった。

「どちらまで行かれますか、お客さん？」女性車掌が訊いた。

「どこまで行くのかな？」マイルズは訊いた。

「セヴノークスです」車掌が答えた。

「では、セヴノークスまで」マイルズは言った。

「六十ペンスです」車掌が切符をプリントアウトしながら言った。

マイルズは五ポンド札を差し出した。

「もう少し細かいのをお持ちではありませんか、お客さん？」

「ないんだ。釣りは取っておいてくれ」

「やった！　ありがとうございます」車掌がサッカーくじに当たったかのように声を上げた。

素速く動くことが必要になるかもしれず、その場合に備えて、マイルズは窓の外へ警戒の目を向けつづけた。パトカーが一台、反対車線をすれ違っていった。

エディがタンブリッジ・ウェルズで列車を降りると、ウォーウィック警部が一人の制服警官と話し込みながら、乗客全員をもう一度目視で確認しているところだった。エディはそのまま彼らの前を通り過ぎ、跨線橋を渡って反対側のプラットフォームへ向かった。そこは乗客より警官の数のほうがはるかに多かった。チャリング・クロス行きの次の列車は十二分後で、その列車に乗り込んだときはウォーウィック警部に笑顔で手を振ってやりたい誘惑に駆られたが、さすがに実行はしなかった。

マイルズはセヴノークスでバスを降りた。終点のバス停の向かいが鉄道の駅で、その前にタクシーが列を作っていた。時間が敵に回っていたから、危険を引き受けるしかなかった。マイルズは道を横切ると、列の一番前のタクシーの後部席に乗り込んだ。

「どちらまで、お客さん？」

「ロンドンのルートン空港まで頼む」

運転手の顔に驚きと喜びが同時に表われた。

「急いでくれ。ただし、スピード違反は絶対に駄目だからな」

「まずは半径三十マイル以内の空港、鉄道の駅、バスのターミナルを調べて監視するんだ」ウィリアムは言った。「二度も逃げられてたまるか」

「それだけの規模の動員をするには警察官の数が足りません」ロス・ホーガン捜査警部補が言った。「土曜の午後だから、大半がもうサッカーの試合の警備に出かけてます」

「やつのことだ、それを計算に入れて逃走計画を立てたに違いない」ウィリアムは言った。

タクシーがルートン空港の前に停まったのは、全国のサッカー・スタジアムから群衆が溢《あふ》れ出しはじめている時間だった。

マイルズは運転手に十ポンド札を渡し、釣りが差し出されるのを待たなかった。コンコースに入るや真っ先に出発便の掲示板を確認した。一時間以内に離陸する便にしか興味はなかった。その条件に合ったのはわずか三便、一つ目は五時四十分のニューカッスル行き、二つ目は五時五十分のモスクワ行き、最後は六時十分のブリュッセル行き。マイルズはブリーフケースを開けると、三通のパスポートを検めて、カナダのパスポートを選んだ。ジェフ・スタイナー、取締役。チェックイン・カウンターへ行って搭乗券を予約し、現金で支払った。ミスター・スタイナーはクレジットカードを持たず、持っているのは現金とパスポートだけだった。

三十分後に機内に入って席に坐ると、起こり得る最悪の事態を恐れながら、客室乗務員が搭乗口の扉を閉めるのを待った。ようやくエンジンが始動し、滑走路へのタキシングが始まったが、離陸するまでの時間はまたもや際限がないように感じられた。空高く上昇する機内から小さな窓越しに愛すべき緑の大地を見下ろしながら、イギリスと再会することがあるだろうかと思わずにはいられなかった。

席に深く坐り直し、背中を預けて、計画の次の段階の検討を開始した。

ブリュッセルに着陸するや、カナダのパスポートを放棄し、フランスのパスポートで入国した。ティエリ・アモディオ、建築家。乗り換えを待つ二時間のあいだに空港の床屋へ行き、理容師を驚かせる要求をした。

三十分後、頭を剃り上げた男は電話を一本かけたあと、バルセロナ行きの便の搭乗を待つ乗客の短い列に並んだ。今回、彼が出国審査で提示したのは、オランダのパスポートだった。リカルド・ロッシ、服飾デザイナー。ロッシはシートベルトを締めると、まずい機内食を省略し、目を閉じて眠りに落ちた。

カタルーニャ州の州都に着陸したときは夜半を少し過ぎて、新しい一日が始まっていた。出口のゲートのそばで待っているスペイン人の運転手を見て、マイルズは嬉しくなった。

「ようこそ、セニョール」運転手が言った。「快適な空の旅でしたか？」

「ああ。何とかな」マイルズは特徴のない黒いボルボの後部席に乗り込んだ。

車はさらに四十分走ってスペインの田舎の奥深くへ入っていき、最近手に入れた地所に着いた。そこを買ったことはブース・ワトソンでさえ知らなかった。りゅうとした服装の執事が玄関のドアを開け、階段を上がってくる主人を迎えた。「お待ち申しておりました、ミスター・フォークナー」

「やあ、メイキンズ」マイルズは応えた。「絶対に変わらないものもあるということだな」

9

「どうした?」ホークスビー警視長が訊いた。

「やつを見失いました、サー」

「それなら、見つけたほうがいいな。さもないと、きみを失うはめになるかもしれん」

それはどういう意味かとウィリアムが訊こうとしたとき、その答えが修辞疑問文の形で返ってきた。

「私の記憶では、ウォーウィック警部」それはよくない印で、そうでなければ〝ウォーウィック警部〟ではなく、〝ウィリアム〟になるはずだった。「たしか、きみの休暇はまだ一週間残っていたな?」

「はい、残っています、サー」

「では、フォークナーを見つけるのに七日の猶予があるわけだ。もし見つけられなかったら、警部、新設の班の班長として別の候補者を選出し、きみの次の職場を選定して、ふさわしい階級に戻すことを考えさせてもらうことになるだろうな。それを考えるには、七日あればお釣りがくるぐらいだ」

電話が切れた。

「あんまり友好的じゃなかったみたいですね」ダニーが言った。

「友好的じゃなかったぐらいじゃすまないかもしれないな」ウィリアムは応えた。「ウォーウィック巡査と呼ばれるようになることだってあるかもしれないし」

「そうなったら、おれも警部を呼ぶときに〝サー〟をつけなくてすみますがね」ダニーが軽口を叩いた。

「だが、それまでは」ウィリアムは言った。「自宅へ送ってもらえるよな？」

「もちろんですとも、サー」

ホークが第二撃を打ち込んできたのかもしれないと思いながら、ウィリアムはベッドサイドの電話を取った。

「もしもし、野蛮人。わたしに会いたくてたまらないんじゃないの？」

「きみが想像している以上に会いたくてたまらないよ」ウィリアムは認めた。その理由を教えたかったが、こう言うだけで我慢することにした。「ニューヨークはどうだい？」電話の向こうで賑《にぎ》やかな笑い声が聞こえた。

「最高よ！　今日の午後、フリック・コレクションに行ったんだけど、ベッリーニについてのあなたの評言、〝言葉を失うぐらい素晴らしい〟は、まさにそのとおりだった。でも、それより何より、結婚式がどうだったかを早く教えてよ。フォークナーを逮捕したのは、あいつが『誓います』と答える前、それともあと?」

「あとだ」ベスが帰ってくるまでにはそうなっていることを願いながら、ウィリアムは答えた。

「クリスティーナはどんな反応だった?」ホークのような口調だった。

「電話では無理だ、マイ・ダーリン。きみが帰ってきたらすぐに一部始終を教えるよ。今夜はどういう予定なんだ?」ウィリアムは訊いた。何としても話題を変えたかった。

「『ラ・カージュ・オ・フォール』を観に行くの。ダフ屋からチケットを買わなくちゃならなかったけど、見捨てられた女がなすすべもなく時間を潰すわけにはいかないでしょ? あなたがいなくて寂しいわ」

「ぼくもだ」

「それから、おめでとう」

「何が?」

「あなたの勝利よ。一部始終を聞くのが待ちきれないわね。そろそろ開演時間だから、もう行かなくちゃ。おやすみなさい、よく眠るのよ」

　よく眠れなかった。実は一睡もできなかった。ベスと問題を話し合って助言を求めたかったのだが、それすると彼女の休暇を台無しにすることになるはずで、実際、『ラ・カージュ・オ・フォール』の幕が上がる前にジョン・F・ケネディ空港へ向かうのではないかとすら思われた。カーテンの隙間から曙光《しょこう》が射《さ》して朝の訪れを告げはじめたが、ウィリアムはすでに冷たいシャワーを浴びて着替えをすませ、深皿一杯のコーンフレークを食べ終えて、電話を二本かけていた。一本はダニーに、もう一本はロスに。

新たな次席への説明をほぼ半分まで進めたとき、ようやくいまが何時か気がついた。謝ろうとしたとき、電話の向こうからくぐもった、知っているような気がする声が聞こえた。明らかに眠っている二人を起こしてしまったのだった。

「できるだけ早く向かいます、サー」ロスが言い、電話が切れた。

「警部によろしくね」ベッドを飛び出すロスにジャッキーは声をかけた。「それから、わたしたちが一緒に過ごす最後の週末を潰してくれたことに礼を言うのを忘れないで」

四十分後、自宅の前にダニーが車を停めた。ウィリアムは後部席の、眠気が残っているにしてもほとんど感じていないという顔のロスの隣りに乗り込んだ。

ホーガン捜査警部補は私服での仕事をする準備がまるでできていないらしく、床に放り出してあったかに見える薄手のブルージーンズにくたびれたTシャツという服装で、履いているスニーカーは高級品だけれどもやはりくたびれていた。だが、それは彼に考えがあってのことだと、ホークならそう言うだろうと思われた。

「何事ですか、サー?」ウィリアムが後部席のドアを閉めたとたんにロスが訊いた。

「最悪だ。実際、おれをウィリアムと呼ぶのに慣れたほうがいいぞ。この週末には、おれのほうがきみを〝サー〟付けで呼ぶことになるような予感がしているんでね」ウィリアムは答え、ホークとの電話での話を詳しく明かした。

「そんなに悪いんですか?」

「悪いどころじゃない」ウィリアムはつづけた。「ホークに指摘されたんだが、一九六七年の刑事裁判法に違背している充分以上な証拠があるから、クリスティーナ・フォークナーを犯罪幇助の容疑で逮捕するのは難しくないそうだ」

「逮捕できれば、少なくとも五年は悪さをされずにすみますね」

「だが、もっと大きな獲物に集中しながら、同時に彼女の監視もつづけるべきだと、ホークはそう考えている。彼女は減刑を見返りに簡単に夫を売るはずだから、われわれは抜かりのないよう準備万端整えておくべきだと信じているんだ」

「裁判になったら、ブース・ワトソンは結局どっちの弁護をするんですかね?」

「うまくやってのけられると思ったら、両方の弁護を引き受けるんじゃないか」

「それで、われわれはこれからどうします?」

「昔ながらの足を棒にしての聞き込みだ。地域巡回の新米警官さながらにな。まずは昨日起こったことをすべて再構成しなくてはならない。それによって、フォークナーが最終的にどこへ逃げ込んだかを突き止められるかもしれない。ダニー」ウィリアムは運転席へ身を乗り出して言った。「フォークナーがおれたち二人を出し抜いた踏切へ向かってくれ」

リンプトンへの車中で、ウィリアムは昨夜しっかり考えて練り上げた計画をロスに説明した。

「スタインベックの『ハツカネズミと人間』さながらですね」ロスが言った。

「自分がどっちかはよくわかってるよ」ウィリアムは言った。「フォークナーを尾行するのにタクシーでなくて覆面警察車両を使っていれば、こんなことにはならなかったはずなんだ。だから、ホークの言うとおり、責められるべきはおれで、ほかのだれでもない。週末までにフォークナーを見つけられなければ、おれは地域巡回に逆戻りだ。だれがおれの代わりになるか、見当をつけるのも難しくない」

「おれを見ないでくださいよ」ロスが言った。「おれは一匹狼で、部下をまとめたり指示したりするタイプじゃありません。だけど、降格されたばかりの巡査部長には交通整理の仕事が与えられるという話は聞いたことがあります。経験は必要ありません」

「冗談でもやめてくれ」ウィリアムが言ったとき、ダニーが車を高速道路に乗せた。

目指す踏切へ着くころには、ロスはいくつかの本質を突いた質問をして、自分自身のアイディアを一つか二つ付け加えていた。ホークがこの男をとても高く評価している理由が、それですぐにわかった。

「あんたとダニーが駅のほうへ走り出すのを見たとき、フォークナーには二つの選択肢があったはずです」ロスは言った。「引き返すか、そのまま踏切を渡るか、です」

「やつは踏切を渡っていきましたよ」ダニーが言った。

「そう断言できる理由は何だ？」ロスが訊いた。

「おれは列車に間に合わなかったんで、車に戻らなくちゃなりませんでした。それで引き返そうと跨線橋を渡っているとき、遮断機が上がって、ダークブルーのメルセデスが踏切を渡っていったんです」

「どうしてそれを追わなかったんだ？」

「ハンドルを握っている男が専属運転手の制帽をかぶっていたから、てっきりフォークナーは列車に乗ったものと思ったんです。それに、おれが最優先すべきは次の駅でやつを待ち伏せできるよう手配することでしたし」

「待ち伏せはしたが、フォークナーはその列車に乗っていなかった」ウィリアムは言った。

「おれとしたことが、運転手とフォークナーが入れ替わっていたことに気づくのに時間がかかった。ここからはフォークナーが考えるように考えよう。おれがフォークナーで、そのメルセデスで踏切を渡るとしたら、目指すのはどこだろうな？」

「リンプトンではないでしょう」ロスが言った。「なぜなら、花婿ならぬ逃亡犯を、新郎付添い人ならぬ警察官たちが待っていることは、もはや自明なわけだから」

「リンプトンまでに分かれ道は一つしかありませんよ」ダニーが割って入った。

「それなら、その道を行ったに違いない」ウィリアムが言ったとき、十字路が近づいてきた。

ダニーがリンプトンの方向を示す標識を無視して右折し、アクセルを踏み込んだ。

「よせ」ウィリアムは制した。「制限速度内で安定走行するんだ。フォークナーなら万一警察と遭遇し、速度違反で停止させられるような危険は冒さない」

「どのぐらい走ってから車を乗り捨てたと思います？」ロスが訊いた。

「そんなに長い時間ではないはずだ」ウィリアムは答えた。「あの列車に乗っていないことに気づいたわれわれが、すぐさま郡内の全パトカーを動員し、ダークブルーのメルセデスを血眼で捜しはじめるのはわかりきっているわけだから」

「それがすでに回収されたり盗まれたりしていなければ」ダニーが言った。「首都警察のヘリコプターを使うほうが、この時代遅れのオースティン・アレグロで捜すより効率的に見つけられるんじゃないですか」

「ホークがそれを許可するとは思えない」ウィリアムは言った。オースティン・アレグロは小さな村をゆっくり通り抜けていき、もう一つの十字路で停まった。

「どっちへ行きます？」ダニーが訊いた。「右ですか、左ですか、まっすぐですか？」

「まっすぐ行ってくれ。左はリンプトンだから、フォークナーが行くはずがない。十五分まっすぐ走って何も見つからなかったら引き返す」

一マイルが過ぎるごとに悲観の度は強まっていったが、次の村に差しかかろうとしたところでダニーが叫んだ。「あった《ビンゴ》！」そして、ダークブルーのメルセデスの横で急停車した。

ロスが車を降りようとしたとき、ウィリアムは小声で言った。「ナンバープレートが違う」

ウィリアムとロスが押し黙るなか、ダニーは車をUターンさせてアクセルを踏み、さっきの十字路に戻るまで減速しなかった。そこで今度は左折し、標識に従ってセヴノークスを目指したが、時速三十マイルの制限速度を上回ることはなかった。

ニューヨークにとどまっていれば、いまごろはフリック・コレクションにいるはずで、乗り捨てられた車を捜してイギリスの田舎をうろうろしなくてすんだのに、とウィリアムは未練に思わずにはいられなかった。

「あいつら、一体何をしてるんだ?」二人組の若者が一台の車のタイヤのホイール・ボルトを緩めているのに目を留めて、ダニーが怪しんだ。ブレーキを踏んで運転席を出たときには、二人組はすでに別々の方向へ逃げ出していて、一人などはホイールを小脇に抱えていた。

「追いかけますか、ボス？」

「いや、ほっとけ」ウィリアムはナンバープレートを見つめて言った。「もっとずっと有難いものを残していってくれたらしい。トーマス警部補に連絡して、牽引《けんいん》トラックをここへ寄越《よこ》し、おれが連絡するまであの車を見張っているよう伝えてくれ」

ダニーが無線で連絡を取っているあいだ、外に出て車の周りを何度か検めていたロスが、近くの生垣の向こうを見て叫んだ。「こっちです、サー」

ウィリアムは急いでロスと合流し、二人して生垣を乗り越えてぬかるんだ畑に入った。ウィリアムは細い木の枝を使って、そこに落ちていた専属運転手の制帽を慎重に拾い上げた。

「ラルフ・ネヴィルが実はマイルズ・フォークナーだと確認できる指紋が、たった一つでもついていてくれればいいんだが」ウィリアムは言った。「いま知りたいのは、やつがここで車を捨てた理由だ」

「あれがその理由かもしれませんよ」ロスがバス停を指さした。

「よく見つけてくれた」ウィリアムはロスと一緒に道を渡ると、屋根付きの乗り場のなかにある時刻表を確認して言った。「土曜日は二時二十分にセヴノークス行きのバスがある」

「時間もちょうどいいじゃないですか」ロスが言ったとき、ダニーがやってきた。

「トーマス警部補はこれからこっちへ向かいます。牽引トラックもすぐにあとを追うとのことでした。次は何をしましょうか、ボス？」

「これを証拠袋に入れて、封をしてくれ」ウィリアムは専属運転手の制帽を渡し、時刻表を再確認した。「おれは次のバスでセヴノークスへ行き、そこで──終点だ──きみたち二人と合流する。ロス、セヴノークスへ着いたら、フォークナーになったつもりですべてを見てくれ。やつの次の動きを知る手掛かりが見つかるかもしれない。おれもバスのなかで同じことをする」

ウィリアムはオースティン・アレグロに戻って走り去る二人を見送ると、バス停に腰を下ろして、次のバスが姿を見せるのを待った。

10

田舎のバスは鈍重な走りで丘陵を越え、甲高いブレーキ音を響かせながら、あるバス停で停まった。男が一人乗ってきて、最前列近くの席に腰を下ろした。

「どちらまで？」男性車掌が訊いた。

「セヴノークス」ウィリアムは答えた。

「六十ペンスです」

ウィリアムは身分証を見せて訊いた。「昨日の午後の十二時ごろ、あるいは一時ごろ、あなたはこのバスに乗っていたのかな？」

「いえ、サー。その時間はローズの担当で、今日は休みです。彼女、日曜は仕事をしないんですよ」

「ローズ？」

「ローズ・プレスコットです。もう何年もこの路線を担当しています」車掌がにやりと笑って答えた。

「ありがとう」ウィリアムは座席に深く坐り直し、窓の向こうを過ぎていく田舎の景色に目をやりながら考えた。フォークナーがまだイギリスにいる可能性はあるだろうか？　想いはサイレンにさえぎられ、一台の警察車両が道の反対側を走り去っていった。トーマス警部補に電話をして感謝を伝えることを忘れないよう、ウィリアムは頭のなかのノートに書き留めた。

バスはときどき旅を中断していくつかのバス停で停まりながら、ゆっくりとセヴノークスを目指していたが、フォークナーが終点の前のどこかで降りたと思われるようなところは一つもなかった。

時計を見たとき、警察の牽引トラックが重たそうな音とともにすれ違っていった。あのメルセデスにフォークナーの指紋が残っているという確信はなかったが、専属運転手の制帽は当てにできるかもしれなかった。終点に着くとロスが待っていて、時間を無駄にしていないことが明らかになった。

「フォークナーがバスを降りてまず目にしたのは」ロスが言った。「鉄道の駅と、道を挟んで真向かいのタクシー乗り場のはずです。ダニーはすでに駅へ行って調べを始めています。いまのところ、タクシーの運転手からは何ら役に立ちそうな情報は得られていません。ラルフ・ネヴィルの写真に心当たりのある運転手もいませんが、午後に仕事でタクシーを使う常連客は至って数が少ないんだそうです」

「そういうことなら、聞き込みをつづけない手はないな。おれはミセス・ローズ・プレスコットに会いに行く」

「そりゃだれです？」

「もうすぐわかるはずだ」ウィリアムはタクシー乗り場へ引き返すロスと別れると、バス・ターミナルへ向かった。

「ローズが」警部の身分証を確認するや、運行責任者が訊いた。「何か悪いことをしたんでしょうか？」

「いや、そうではありません。昨日の午後、彼女が乗務していたバスの乗客を憶《おぼ》えておられるかどうか知りたいだけです」

「あの路線の乗客はほとんど全員が常連で、彼女はその一人一人をよく知っていますよ」運行責任者が大判のフォルダーのページをめくりながら言った。「住所はキャッスル・ドライヴ二三番地です」そして、時計を見て付け加えた。「もう教会から戻っているでしょう」

バス・ターミナルを出ると、ロスがタクシーの運転手にラルフ・ネヴィルの拡大写真を見せていて、ウィリアムはその運転手が首を横に振っているところへ合流した。「当たりの可能性は確かに低いが」ウィリアムは認めた。「わずかでも見込みがあるうちは諦めないでくれ」

ロスがよく聞き取れない何かをつぶやいたが、ウィリアムはそれに構わずタクシーの後部席に乗り込み、キャッスル・ドライヴの住所を運転手に告げて、車が動き出すと訊いた。

「私の同僚が見せた写真の人物だけど、心当たりはないかな?」

「ありませんね、お客さん。昨日の午後はサッカーを観てたんですよ。アーセナルがチェルシーにやられるところをね」

そりゃ驚きだな、とウィリアムは言いたかったが、運転手が二度と口をきいてくれなくなるのを恐れて、自分の贔屓《ひいき》チームは明らかにしないことにした。そして、深く坐り直して背中を預け、すでに知り合いのような気がしているミセス・プレスコットに何を訊かなくてはならないかを考えはじめた。

二三番地に着くと、ウィリアムは運転手に言った。「待っていてもらえるかな、長くはかからないから」

「メーターは止まりませんよ」運転手がにやりと笑って応えた。

ウィリアムは小さな潜《くぐ》り戸を開けると、短い私道を上って玄関のドアをノックした。ややあって、若い女性が出てきた。

「ミセス・プレスコットですか?」ウィリアムは身分証を見せてから訊いた。

「いま、教会から帰ってきたところです。呼んできます」

しばらくして、よそ行きの服装の年配の女性が現われた。「どうぞ、お入りになってください、警部さん」彼女が言った。「いま、お茶を淹《い》れようとしていたところです。あなたもいかがですか？」

「ありがとうございます」ウィリアムは答えてドアを閉めると、案内されてキッチンに入った。彼女がやかんを火にかけながら言った。「どうぞお坐りになって、お若い方。それで、どんなご用件でしょう？」

ウィリアムはラルフ・ネヴィルの写真を出してキッチンのテーブルに置いた。「昨日の午後、セヴノークス路線に乗務しておられたとき、この男性を見ませんでしたか？」

「見ましたとも」ミセス・プレスコットが答え、ウィリアムのカップにお茶を注いだ。

「お砂糖は？」

「いえ、結構です。そこまでの確信がおありになるのはなぜでしょう？」

「そんなに頻繁にバスを使われるとは思えないような紳士で、さらには結婚式に行くような服装をしておられましたからね」ウィリアムはさえぎらなかった。「何より憶えているのは、チケットをお渡ししたとき、小銭を持っていらっしゃらなくて、五ポンド札をお出しになったことです。それに、いつもあの路線のバスに乗ってくださっているミセス・ハスキンスが、あの紳士は立派な車を路肩に置いてきたからガス欠に違いないって、そう教えてくれたんです」彼女がお茶を一口飲んで訊いた。「お金を返せと言っておられるんですか？」

「お金、ですか？」ウィリアムは訊き返した。

「五ポンド札で支払ったバス代のお釣りですよ。でも、お釣りはいいとおっしゃったんですけどね。いずれにせよ、お釣りは一ペニーも返せません。今朝、教会の献金箱に入れてしまったし、助任司祭さまが返してくださるとも思えないし」

ウィリアムは笑った。「その紳士がバスを降りてからどこへ行ったかは見ておられませんよね？」

「道を渡ってタクシー乗り場へ行かれましたよ」

「間違いありませんか？」

「ええ、間違いありません。もしかして、そこでお金を崩してもらって小銭を作り、五ポンド札を取り戻しにいらっしゃるんじゃないかと思ったんですけど、そのまま後部席に乗り込んで行ってしまわれました」

「そのタクシーの運転手はわかりませんか？」ウィリアムはもしかしたらと期待して訊いた。

「ごめんなさい、わからないわ」ミセス・プレスコットが答えたとき、若い女性がふたたび現われた。

「母を刑務所送りにする展望は開けそうですか、警部さん？」

「いや、まだまったく開けていません。ですが、もし逃走を図られたら、手錠はここに持ってきています」ウィリアムはお茶を飲み終えた。

「残念」ミセス・プレスコットの娘が言った。「今夜、恋人がわたしと一緒にいたいと言っているんですけどね」

「それは忘れなさい」母親が断固として言った。「おまえの指に婚約指輪があるのをわたしが見るまでは何も起こらないんだから。いえ、見てからだって同じかもしれないわね」

「ありがとうございました、ミセス・プレスコット」ウィリアムは腰を上げた。「そろそろ失礼します」

「ご苦労様でした」

ミセス・プレスコットが玄関のドアを開けてくれるのを待って、ウィリアムは言った。

「おかげで、いい日になりました」

「わたしもですよ」ミセス・プレスコットが言った。「だって、あの五ポンド札を返さなくちゃならなくなったなんて助任司祭さまに言わずにすんだんですもの。それに、あの写真の男性は五ポンドぐらい、どうということはないんじゃないかしらね」

ウィリアムは抜け目のない女性の両頬に腰を屈《かが》めてキスをし、温かい微笑を返してもらって私道を下った。待っていたタクシーの後部席に乗り込んだとき、メーターが動きつづけていることに気がついた。

「駅へ戻ってくれ」

「彼女、大物犯罪者のようにはおれには見えませんでしたがね」運転手が言った。

「ああ、彼女は犯罪者じゃないよ。もっとも、いまは亡き彼女の夫はアーセナルＦＣのサポーターだったけどな」

「そりゃ犯罪なんですか？」

「チェルシーのサポーターにとってはな」ウィリアムは答えると、必要な沈黙の時間を作り出し、次に何をするべきかを考えた。

タクシー乗り場へ戻ると、ロスとダニーが待っていた。一方は渋い顔で、一方は笑顔で。ウィリアムは渋い顔のほうから先に報告を聞くことにした。

「成果なしです」ダニーが言った。「車掌がそれはそれは丁重に教えてくれたんですが、平日はロンドンへの通勤客が千人を超えて、サッカーの試合のある土曜日はさらに多いんだそうです。それで、自分に関する限り、写真の男はだれであれ都会の紳士と同じようにしか見えないから、憶えていろと言われても無理な相談だとのことでした」

「きみのほうはどうだ、ロス？」

「おれのほうも成果なしですが、報告できることが一つあるとすれば、警部が聞きたいんじゃないかと思われる妙な経験をした運転手がいました。ついさっき客を乗せてここのホテルへ向かったところですが、数分後には戻ってくるはずです」

「コーヒー・ブレークなんかどうです？」ダニーが期待の口調で言った。

ウィリアムは駅のカフェのほうへ顎をしゃくり、テーブルに着くや言った。「ここまでの状況を要約するから、見落としていることがあったら指摘してくれ。われわれが発見した車はフォークナーが運転していたと考えられる。いま、その車はレッカー移動されて、ここの警察の違法車両保管所に駐《と》めてある。その車から指紋が検出されたかどうかわかるまでには、たぶん二日は待たなくてはならないだろう。車については悲観的だと思うが、専属運転手の制帽は見込みがあるはずだから、スコットランドヤードへ帰ったらすぐに鑑識に回す」

「ミセス・プレスコットからは収穫を得られたんですか？」ロスが訊いた。

「大当たりだったよ。写真を見てフォークナーだと特定してくれただけでなく、やつがタクシーに乗ったところも目撃してくれていた。だから、とりあえずそのタクシーを見つける必要がある」

「あれです」ロスが窓の外を見て言った。「いま駅の前に停まったタクシーです」

「おれは運転手に話を聞きに行くが、きみたちはコーヒーを最後まで飲んでくれ」ウィリアムは今朝二杯目のお茶を飲み干すと、道を渡って、列の最後尾についているタクシーへ向かった。

「すみませんが、お客さん」運転手が言った。「列の先頭の車でお願いします」

「用があるのはタクシーじゃなくて、昨日あなたが乗せた客の一人なんだ。同僚によると、あなたはこの人物に見憶えはないけれども」ウィリアムはラルフ・ネヴィルの写真を運転手に見せた。「妙な動きをした客を乗せたそうですね」

「ああ、あのお客さんですか」運転手が応えた。「でも、顔を見ていないから、その人だと断言はできませんよ」

「どんなふうに妙だったんでしょう？」

「おれに顔を見る間も与えずに後部席に乗り込んできたんですよ。それ自体は珍しいことじゃないんですが、左側の席の隅にうずくまって、おれがルームミラーを覗《のぞ》いても姿が映らないようにしたんです。乗り逃げを企んでいる連中がときどきそういうことをするんですが、行先を訊いたときの返事がずいぶん尊大だったから、その心配はないだろうと安心した憶えがあります」

「それで、行先はどこでしたか？」

「ルートン空港でした。でも、行先を告げたあとはまったく口を開かず、空港に着くと黙って私のほうへ現金を差し出して、釣りを受け取ろうともしないで降りていきました」

「そのどこが妙だったんですか？　ただ急いでいただけかもしれないでしょう」

「空港へ向かうタクシーのお客さんの大半は領収書を欲しがるんです、経費として請求できるようにね。でも、あのお客さんはそうじゃありませんでした」

「では、あなたは一度も彼の顔を見なかったんですか？」

「見ていません。ですが、上等な服を着て、革のブリーフケースを持ってました。それで、土曜の午後には珍しいと思いましたね。もっとも、バスから降りてくるのを見ていなかったら、そんなふうには思わなかったでしょうがね」

ウィリアムはささやかながら祈るような気持ちで訊いた。「それは何時ごろでしたか?」

「三時過ぎでした」

「その時間に間違いはありませんか?」

「『マッチ・オヴ・ザ・デイ』を聴いていたんじゃなかったかな。トッテナム対エヴァートン戦で、エヴァートンが開始一分でゴールしやがったんです。あのくそったれどもが」

「ありがとうございました」ウィリアムは写真をポケットにしまった。「とても助かりました」そしてカフェに戻ったが、危うく部下に代金を払わせるところだった。

「よし、ダニー、行くぞ。ルートン空港へ急いでくれ」

セヴノークスを出て空港へ向かう車中で、ウィリアムはさっきのタクシーの運転手との話の内容をロスに説明した。

「あんまり当てにはできないけれども」ロスが言った。「偶然も重なれば偶然ではなくなるからな」

「ルートン空港までの所要時間を知る必要がある」ウィリアムは言った。「それがわかれば、やつがどの便に乗った可能性が一番高いかを突き止められるはずだ」

「ルートンを選んだ理由は何でしょうね。ガトウィック、ヒースロー、スタンステッドと、もっと近い空港があるのに？」ダニーが訝った。

「そこはわれわれがすでに目を光らせていると、そう考えたんだろう」

ウィリアムとロスが可能性のある数種類の筋書きを何度も検討し直しているあいだに、ダニーが空港の前に車を停めた。

「一時間と二十五分です、お客さん」彼が宣言した。

「ここで待っていてくれ」ウィリアムは言った。「たぶんロンドンへ直帰することになると思うが、まだわからない」

そして、ロスと一緒にきびきびとターミナルに入っていくと、インフォメーション・デスクへ向かった。

「いらっしゃいませ、どういうご用件でしょう？」カウンターの向こうの女性が訊いた。

「昨日の午後五時以降に離陸した便を知りたいんだ」

女性がコンピューターのキイボードに指を走らせた。

「ダブリン行き五時五分発の便が定刻に離陸しています」

「やつがそれに乗るのは無理ですね」ロスが言った。

「ニューカッスル行き五時四十分の便が二十分遅れで離陸しています」

「それだと、一晩イギリスにとどまることになる」

「モスクワ行き五時五十分発の便があります」いまもコンピューターの画面を見ている女性が言った。

「それもないな」ウィリアムは言った。

「ブリュッセル行き六時十分の便があります」

「可能性はある」

「エディンバラ行き六時二十分の便があります」

「それはない」ウィリアムは応えた。

「あるいは、コペンハーゲン行き六時二十分の便がありますが」

「そんなに長いこと、ここをうろうろしていたくはなかったはずだ」ウィリアムは言った。

「だとすると、ブリュッセルだろう」

「そこが最終目的地かどうかはわかりませんよ」ロスが言った。「とりあえずこの国を出る最初の便に飛び乗っただけかもしれない」

「そうだな」ウィリアムは応えてインフォメーション・デスクの女性に礼を言うと、ロスと一緒にサベナ・ベルギー航空のカウンターへ行った。そして、今度は警察の身分証を見せてから最初の質問をした。

「昨日の午後六時十分発の便の乗客リストを見せてもらいたい」

「特定のどなたかをお捜しですか?」カウンターの女性がコンピューターのキイボードを

叩いて画面を確認しながら訊いた。

「ラルフ・ネヴィルだ」

女性が乗客リストをもう一度確認して答えた。「この画面で見る限り、そういうお名前のお客さまは当該便にはいらっしゃいません」

「マイルズ・フォークナーは？」ロスが訊いたが、自信はまったくなさそうだった。

「いらっしゃいません」女性が画面を見つめたまま答えた。ロスが写真を見せると、注意深くそれを検めたあとで首を振った。「記憶にあるとは申しかねます」

ウィリアムは一か八《ばち》か訊いてみた。「時間ぎりぎりになってやってきて、現金で支払った乗客はいないかな？」

「本当にぎりぎりになってお見えになったお客さまが一人いらっしゃって、ファーストクラスをご用意できないことがご不満なようでした」

「その乗客の名前を思い出してもらえないかな？」

「申し訳ありません」

「大穴に賭けてみますか？」ロスが訊いた。

「今夜、ブリュッセル行きの便はあるかな？」ウィリアムはカウンターの女性にそう訊くことでロスの質問に答えた。

「毎日、同時刻の六時十分の便がございます。ファーストクラスを二席、ご用意できますが」

「いや」ウィリアムは彼女に穏やかな笑顔を向けてクレジットカードを渡した。「エコノミークラスを二席でいい」

「片道でしょうか、それとも往復でしょうか？」

「片道だ。次にどこへ行くことになるか、まだわかっていないのでね」

彼女にとって、簡単に忘れられない乗客になるはずだった。

「きみはここで航空券を受け取ってくれ。おれはそのあいだに、スコットランドヤードへ戻らない理由をダニーに説明してくる」

ロンドンへ戻ったら、今日はもう仕事を終えていいと聞いて、ダニーは喜んだ。警部がこんなときに冗談を言うはずがなかった。

「だが、その前に専属運転手の制帽を鑑識に渡すのを忘れるなよ。それについている指紋がマイルズ・フォークナーの指紋と一致したら知らせるよう、すでに頼んであるからな」

ダニーが右手を額の前に挙げて敬礼の真似をしながら訊いた。「明日は用がありますか、お客さん」

「用ができるとすれば、おれを職業安定所の前で降ろす仕事だな」ウィリアムは言った。

「そのときは連絡するよ」

ゆっくりと空港へ戻ると、ロスが難しい顔をした男と話し込んでいた。

「問題が生じました」合流したウィリアムにロスが言った。「パスポートです。それがないことが引っかかっているんです。こちらは空港警備保安主任のトーマス・キングで、応急のビザを発行することはできるけれども、警視長以上の地位のだれかの許可がないと駄目だとのことなんです。日曜の午後にホークに電話する度胸は、おれにはありません」

　ウィリアムはカウンターの電話の受話器を上げると、ロスでさえ知らない番号にかけた。ホークはウォーウィック捜査警部とホーガン捜査警部補が日曜をどう過ごしたかを興味深く聞いたあと、短くこう言った。「警備保安主任と話そう」

　ウィリアムが受話器を渡すと、トーマス・キングは何度か「承知しました、サー」と繰り返したあと、受話器をウィリアムに返した。

「もしフォークナーを連れずに帰ってきたら、経費の請求など受け付けないからな」というのがホークの最後の言葉だった。

「ありがとうございます、サー」ウィリアムは応え、受話器を戻した。

「それで、ブリュッセルへは行けるんですか？」ロスが訊いた。

「行ける」ウィリアムは答えた。「だが、戻れるのは一人だけかもしれない」

　シートベルトを締めてボーイング727が離陸して間もなく、ウィリアムはニューヨークから戻って以来初めて深い眠りに落ちた。

　ロスはその間《かん》も選択肢を考えながら情報を更新し、それを書き留めていた。その結果は、ウィリアムが目を覚ましたら考えてもらわなくてはならない、さらなる疑問を生み出すことにしかならなかった。が、ウィリアムが目を覚ましたのは四十分後、車輪がブリュッセル・ナショナル空港の滑走路を打ったときだった。

(a)フォークナーは別の空港へ直行したか?
(b)一晩空港にとどまったか? 半径二マイル以内のホテルをすべてチェックすること。
(c)ブリュッセルからニース(モンテカルロ)への直行便はあるか?
(d)われわれは袋小路に入り込んだのではないのか?

タラップを下りると、制服姿の警備保安主任が出迎えてくれた。ホークが抜かりなく手配してくれたに決まっていた。

「何をお手伝いすればいいでしょう」二人と握手をしたあとで警備保安主任が訊いた。

「昨日の午後七時三十分以降、ここから離陸したのは何便でしょう?」ウィリアムは時計を見ながら訊いた。

「六便でしょうか。それ以上ではないと思いますが、運行日誌を確認してみましょう」警備保安主任が答え、ウィリアムとロスを同行してほかの乗客の流れとは反対方向へ歩き出した。

オフィスに入って長く待たせることなく、警備保安主任が言った。「行先はパリ、サンクトペテルブルグ、マンチェスター、ヘルシンキ、ルートン、そして、バルセロナです」ウィリアムは運行日誌のそのページをしばらく検めたあとで言った。「パリ行きに違いない。そこからなら国内線でニースへ飛べる」

「バルセロナも可能性は低そうだ」ロスが言った。

「そうかもしれないが、一応イベリア航空を当たってみよう。きみはエールフランスを頼む」

「あなたがた二人とも、昨夜の当直でしたか？」ウィリアムはチェックイン・カウンターに着くや前置きなしで予約係に尋ねた。そして、ふたたびラルフ・ネヴィルの写真を出して心当たりはないかと訊いたが、首が横に振られただけだった。

「バルセロナ行きはイベリア航空の土曜の夜のブリュッセル発最終便で」受付係の一方の女性が答えた。「いつものとおり、行楽客でいっぱいでした」

「行楽客のような格好ではなかったはずなんだ」ウィリアムは言った。

二人は写真をもっとよく見直したが、同じ反応が表われただけだった。

「乗客名簿を見せてもらえるかな？」ウィリアムは訊いた。

警備保安主任がうなずき、もう一人の予約係がコンピューターを回転させて、ウィリアムに画面が見えるようにしてくれた。ウィリアムはファーストクラスもエコノミークラスも確認したが、ラルフ・ネヴィルの名前もマイルズ・フォークナーの名前もなかった。

「ありがとうございました」最初の予約係に言ったとき、ロスがやってきて、ド・ゴール空港行きの便にも目当ての乗客はいなかったことを報告した。

「たとえやつがあれらの便の一つに乗っていたとしても」ウィリアムは言った。「三百人もの乗客に紛れ込んでいて、依然として手掛かりなしときているわけだから、また消えてしまったと認めざるを得ないだろうな」

「脱出名人の魔術師フーディーニが素人のように見えはじめていますよ」

「おれたちは新米警官のように見えはじめているんじゃないのか」ウィリアムは思うに任せないもどかしさに苛《さいな》まれていた。

「いつも可愛《かわい》い女の子に追いかけられるんですか?」ロスが訊いた。

振り返ると、イベリア航空のチェックイン・カウンターにいた予約係の一人が走ってくるところだった。

「さっきの写真をもう一度見せてもらえますか?」彼女が言った。

ウィリアムは内ポケットから写真を出して彼女に渡した。

予約係は時間をかけて写真に見入っていたが、やがて顔写真の額部分を手で隠して、さらに目を凝らした。「そうです。間違いありません。この人です。バルセロナ行きの便のファーストクラスのお客さまのなかに、お一人だけ髪のない方がいらっしゃったんです。

パスポートの写真と違っていたのでお尋ねしたら、たったいま剃り上げたところだとおっしゃって、領収書まで見せてくださいました」そして、コンコースの向かい側の理髪店を指さした。

「やつの犯した最初の過ちだ」ロスが言った。

「名前はわかるかな？」ウィリアムは訊いた。

「リカルド・ロッシです。パスポートに服飾デザイナーとあったので憶えているんです」

「きみにキスしたいんだが」ロスが言った。「許されていないんだよ」

「それは残念です」彼女が言い、ロスの両頰にキスをして仕事場へ戻っていった。

「ブリュッセルに住みたかったな」ロスが言ったが、ウィリアムの耳には入らなかった。

理髪店の入口の札が〈営業中〉から〈準備中〉に替わりかけていることに気づいて、すでに動き出していたのだった。警備保安主任が追いかけてきてすかさず身分証を提示すると、店のドアが渋々といった様子で何インチか開いた。

「昨日の夕方、この男の頭を剃りましたか？」ウィリアムはネヴィルの写真を見せて訊いた。

「昨日、私はここにいなかったんでね」ぶっきらぼうな返事が返ってきた。「昨日ここにいたのはカルロのはずだが、今日は休みなんです。そのお客さんから苦情があったんなら、明日の午前中にきてもらえませんかね」そして、ドアが力任せに閉められ、カーテンが降ろされた。

「バルセロナへ行きますか？」ウィリアムが警備保安主任と一緒にチェックイン・カウンターに戻ると、そこで待っていたロスが訊いた。

「無駄だろうな」ウィリアムは答えた。「もうフォークナーは別の目的地へ飛んで、またもや雲を霞《かすみ》と消えてしまっているに違いない。スコットランドヤードへ戻って、甘んじて責めを受けるとしようか」

「いいニュースと悪いニュース、どっちを聞きます？」ロスが訊いた。

「待ちきれないな、早く教えてくれ」

「待つしかないんですよ。だって、ルートン空港へ戻る最終便はついさっき離陸してしまったんだから」

ウィリアムは硬いプラスティックの椅子が何列も並んでいる周囲を見回してから訊いた。

「いいニュースは？」

「あの予約係の娘とディナーと洒落ることになったんです」

翌朝、ダニーはブリュッセルからの最初の便を降りた、乱れた服装で欠伸を連発する二人の刑事を迎えに行った。二人とも、一睡もしていなかった。

「トーマス警部補からさっき電話があって」ダニーは後部席に乗り込む二人に言った。

「あのメルセデスにマイルズ・フォークナーの指紋はなかったけれども、代わりに妻の指紋があったそうです」

「だれも教会へ彼女を迎えにこなかった説明が、それでつくな」

「だけど、もっといいニュースもありますよ」ダニーはつづけた。「あの専属運転手の制帽から、フォークナーの右手と完全に一致する、親指と人差し指の指紋が検出されたとのことです」

「そして」ロスが言った。「マイルズ・フォークナー、別名ラルフ・ネヴィルは、いま、服飾デザイナーのリカルド・ロッシを名乗ってスペインのどこかにいるようだ」

「だが、たぶんいまごろは、その名前も職業もまた変わっているだろうな」ウィリアムは言った。「スコットランドヤードへ戻り次第、われわれの手元にある最新のやつの写真をスペイン警察に送ろう」

「クリスティーナ・フォークナーに事情聴取しますか？」

「いや、まだいい。いま、おれだけの囮捜査官が動いているから、その間《かん》は泳がせておこう」

11

「あなたもわたしと一緒にニューヨークにとどまるべきだったのよ」ベスがゆっくりとベッドルームに入ってきて言った。「エラ・フィッツジェラルドはこの世のものとも思えないほど素晴らしかったし、メトロポリタン美術館に三回も行ったんだから」

「ほんの一週間だったけど、子供たちはきみがいなくてそれはそれは寂しがって、どこにいるんだってのべつまくなしに訊いてたんだぜ」ウィリアムはジャケットを脱いでワードローブに掛けながら言った。「それに、ぼくはぼくで、クリスティーナの車を捜して田舎をうろつき回らなくちゃならなかったしな」

「そのときに、どういうわけか彼女の夫にまたもや逃げられてしまったのよね」

「でも、また見つけたよ」ウィリアムは抵抗した。

「ちょっと待って、それは正確じゃないんじゃないの？　正しくは、彼がどの大陸にいるかは突き止めたけど、いまもそこにいるどうかはまるでわかっていない、でしょう」ベスがブラウスのボタンを外しながら言った。

「名前はわかってる」ウィリアムはネクタイを外しながら言った。

「リカルド・ロッシはブリュッセルへ飛んだけど、バルセロナに着いたときは別人になっているかもしれないでしょう」

「きみはどっちの味方なんだ？」ウィリアムは訊いた。

「あなたに決まってるじゃないの、野蛮人」ベスがブラウスを脱ぎながら答えた。「でも、わたしがクリスティーナを殺したら、あなたの手助けが必要になるからだけどね」

「それはぼくが一番望まないことだな。いまは亡き夫を追跡するについて、あの未亡人は依然として切札的な存在だからな」

「わたしは何をすればいいの？」ベスが勢い込んで訊き、ウィリアムはシャツを椅子に放った。

「今度彼女に会ったら、何も知らない無邪気な振りをしてくれ。そして、彼女がどっちの味方かを突き止めてもらいたい」スカートのファスナーをゆっくり下ろすベスに、ウィリアムは言った。「驚くことになるかもしれないぞ」

「だけど、ラルフ・ネヴィルとマイルズ・フォークナーが同一人物だとあなたが突き止めたことを、彼女ももう知ってるんじゃないかしら」

「そうかもしれないが、彼女はいきなり袖にされた花嫁か」ウィリアムは靴を蹴るように脱ぎながら言った。「それとも、彼の共犯者か、どっちだろうな？」

「いまのわたしの望みはたった一つ、あのろくでもない女を絞め殺してやることなのに、どうしてあなたの計画に加わらなくちゃならないのかしら?」ベスが夫のベルトを緩めながら訊いた。

「ぼくがフォークナーを鉄格子の向こうに送り返すことに成功したら、彼のアート・コレクションは法律的にも依然として彼女のもののままということになり、そうなったら、傑作がもう一点、フィッツモリーン美術館の壁に掛かることになるかもしれないからだよ」ウィリアムは妻のブラジャーの留金を外そうとしながら答えた。「それでも、彼女は死ぬまでシャンパンの海を泳いでお釣りがくるだけの、充分な資産を持ちつづけるわけだけどね」

「若いツバメと一緒にシャンパンの栓を抜きつづけることもね」ベスが付け加え、夫のズボンを一気に引き下ろした。「わたしが留守にしていたあいだだけど、野蛮人」そして、腰を屈めてキスをする夫に訊いた。「わたしの作るシェパードパイとわたしとのセックスと、どっちが待ち遠しかった?」

「すぐにはどっちとも決められないな」ウィリアムは答えた。キスするお互いの口が大きく開き、ベスがベッドに仰向《あおむ》けに倒れ込んだとき、ドアが開いて声が聞こえた。「お父さん、帰ってきたら本を読んでくれるって約束だったでしょ」

思わず笑ってしまったベスに構わず、アルテミジアがベッドに上がってきてウィリアムに本を突きつけた。ウィリアムは慌ててドレッシングガウンを羽織り、ベスはベッドを飛び下りて下着を着けると、急いでブラウスを着直した。

「一章だけだぞ」ウィリアムが言ったとき、ピーターが開け放しのドアから静かに入ってきて、姉のあとからベッドに這《は》い上がった。双子が父親にかじりつき、父親は本を開いて読みはじめた。

「〝プロッド巡査は親切ないい警察官でした。道を渡るおじいさんやおばあさんに手を貸してやり、ヘルメットをかぶらずに自転車に乗っている子供を見つけても注意するだけで見逃してやり、お父さんやお母さんには黙っていてやりました。だから、彼はとても人気がありました〟」

ピーターが手を叩きはじめた。

「〝でも、残念なことに警察本部には〟」ウィリアムはつづけた。「〝プロッド巡査を巡査部長にして、少し偉くしてやろうという考えはほとんどありませんでした〟」

「どうして？」アルテミジアが不満そうに訊いた。

「もうすぐわかるんじゃないかな」ウィリアムはページをめくったが、心ここにあらずだった。

「〝プロッドは奥さんのベリルにもよく言っていたとおり、一生、ただの巡査で満足だったのです。でも、ベリルはそうではなかったので、彼にこう言いました。『あなたはワトチット警部補に負けないぐらい頭がいいのよ。彼はいつだってあなたの手柄を自分の手柄にして偉くなっているじゃないの』〟」

「〝『それがぼくの仕事なんだ』プロッドは説明しました。『いつでも世の中のみんなを助けて、警察の上の人たちに役に立つ知らせを伝えるのがね。実は、ベリル、今日だけは……』とつづけようとしたとき、電話が鳴り出しました。ベリルが電話を取ってしばらく耳を傾けたあとで応えました。『でも、今日、フレッドはお休みの日なんですけど』〟」

「〝『もうそうじゃないんです』ワトチット警部補が言いました。『いますぐマナーハウスに急行するよう、プロッドに伝えてください。空き巣が入って、大事な真珠のネックレスがなくなっているんです。いま、私は使用人に色々訊いているところですが、ミセス・ダウトフルがいますぐしっかりと調べてほしいと言っておられるんです』〟」

ウィリアムがちらりとページから目を上げて様子をうかがうと、ピーターは眠っていたが、アルテミジアはいまも父親の一言一言に聞き入っていた。

「二人とも、もう寝る時間よ」ベスが言った。

「いやよ、まだ聞きたい！」アルテミジアが抵抗した。

「いやじゃない、また今度だ」ウィリアムは娘と息子を両脇に抱えて連れ出そうとしたが、出口で振り返ってベスに笑みを送った。

「プロッド巡査が帰ってくるのを待ちきれないわ」ベスがまたブラウスを脱ぎながら言っ

た。

「この会議を始めるにあたって伝えておく。ロス・ホーガン捜査警部補を正式にわれわれの仲間に迎えることになった」ホークスビー警視長が言った。

班の全員が拍手の代わりにテーブルを叩いて異議のないことを示した。

「これから一緒に仕事をすることになるわけだが、ロスは第一線の囮捜査官として侮るべからざる評判を勝ち得ているのみならず、捜査巡査として四年間、殺人捜査に従事していた。今後のわれわれにとって大いに役に立ってくれるに違いない、貴重な経験の持ち主だ」

「助演男優賞のオスカーを受け取る前に一言言わせてもらうなら」ロスが口を開いた。「マイルズ・フォークナーを鉄格子の向こうへ送り返す責任を負ったこの班の一員になれたことを喜び、光栄に思っています」

「目の前にいたフォークナーを取り逃がしただけの班だけどな」ウィリアムが悔しそうに言った。

「あんたの落ち度じゃありませんよ」ロスが言った。「あのささやかな失態には、堕落腐敗した二人の看守が関わっていたんです。きっとこれを聞いたら喜んでもらえると思いますが、あの二人はダートムア刑務所へ移されて、出てくることは当分ありません」

「だけど、二度目の逃走を許したのは私の落ち度だ」ウィリアムは言った。「だから、あいつをペントンヴィル刑務所へ連れ戻すまで休むつもりはない。服役期間をさらに延ばして、刑期短縮など絶対にあり得ないようにしてやる」

「リカルド・ロッシがわれわれのレーダー・スクリーンに現われるのに、そう時間はかからないはずです」ポール・アダジャ捜査巡査部長が言った。

「そうなるべく」ホークが言った。「私のほうからスペイン警察と国際刑事警察機構《インターポール》に連絡をし、フォークナーの詳しい犯罪歴と、頭を剃ったネヴィルの顔写真を合成して作成したものを送付しておいた。だが、いまはフォークナーのことをとりあえず脇に置いて、われわれの新しい任務に集中しなくてはならない。ウォーウィック捜査警部、情報を更新してくれ」

「ここにいるだれもがよくわかっていると思うが」ウィリアムは説明を開始した。「いかなる殺人事件においても、初動捜査が決定的に重要だ。犯行が行なわれた直後の六十分、それが犯人を確保するのに必要な証拠を回収する最大のチャンス、黄金の一時間だ。防犯カメラ、目撃者、鑑識、犯人がまだ現場付近にいる可能性が、刑事にとって最高の武器になってくれる。しかし、今回手掛ける未解決事件に関しては」彼はつづけた。「すでに黄金の一時間は望むべくもなくなっている。さらに言えば、銀の時間も銅の時間もだ。実を言うと、今回のこの悪党どもはまんまと逃げおおせているだけでなく、自分たちの捜査記録が未解決事件としてキャビネットに放置されたまま見向きもされなくなっていると思い込んでいる。そして、われわれがもう一度掘り返そうとしていることを知らずにいる」

「みんなに知っておいてもらうべきだと思うのだが」ホークが補足した。「今回の件の犯人を法廷に引き出すことができれば、それが悪の世界への重要なメッセージになるはずだと、警視総監はそう考えておられる。さらに、連中の一人でも有罪にして投獄できれば、自分たちもいまだ終身刑の恐れがあることを、ほかのやつらに思い出させられることも、この捜査をする大きな理由だ」

「やつらを追跡する、同じぐらい重要な理由がもう一つある」ウィリアムは言った。「一度、人を殺して逃げおおせることができたら、二度目を考える可能性が充分にあるからだ」

ホークがうなずいて付け加えた。「一人一人がそのことを忘れず、割り振られた未解決事件の捜査に従事してもらいたい。だが、チームとして仕事をすることに変わりはないから、できるときは常に助け合うこと。そして、それぞれ割り当てられた事件では自身が捜査を先導することになるわけだが、逐一をウォーウィック捜査警部に報告するのを忘れないこと」

「では、情報交換から始めよう」ウィリアムは言った。「最も手強《てごわ》い案件を担当することになったわけだから、ホーガン捜査警部補、まずきみから始めてくれ」

「おれは二つの事件を並行して捜査することになります」ロスが口を開いた。「敵対するギャング同士の報復殺人で、相互に関係しています。一方がライヴァル関係にあるグループの一人を殺し、それから間もなくして、もう一方が目には目をというわけで報復しました」

「そのローチ・グループと宿敵のアボット・グループに関しては新聞で読みましたが」レベッカ・パンクハースト捜査巡査が言った。「彼らについて、それ以上のことはほとんどわかっていません」

「これ以上知る必要のあることはほとんどない」ロスが言った。「冷酷で高度に組織されたイーストエンドのギャング・グループだ。クレイ・グループとリチャードソン・グループのように何年も抗争をつづけている。双方が地元でのドラッグ売買、博打を仕切っていて、毎週のみかじめ料の取り立てなんか、議会が税金を取り立てるより効率的にやっている。それに、そいつらの一人を捕まえて刑務所へぶち込んだとしても、あいつらはゴキブリとおんなじで、一匹踏み潰しても二匹が床下から這い出してくる」

「揚げ足を取るようで申し訳ないんですが」ポールが言った。「あのろくでなしどもが殺し合いをつづけたとしても、果たして世間が気にするでしょうか？　むしろ、お互いを掃討し合って、われわれのすべき仕事を代わりにしてくれていると、大いに満足しているんじゃないですか？」

「それは充分にあり得るが、アダジャ捜査巡査部長」ウィリアムは言った。「彼らが犯罪行為をつづけることを許したら、そう遠くないうちにイーストエンドは善良な一般市民は言うまでもなく、警察も足を踏み入れられない場所になるぞ」

「すみません」ポールが謝った。「考えが足りませんでした」

「謝る必要はない、アダジャ捜査巡査部長」ロスが言った。「当時、おれは囮捜査をしていたんだが、〈トロイの木馬作戦〉できみが記憶に残る貢献をしたことはよく知っているからな」

班の全員が笑い、ウィリアムはあのとき目の周りに黒い痣を作ってくれたのがロスだったのを思い出した。

「きみが担当する事件について説明してくれ、ロイクロフト捜査巡査部長」笑いが静まるや、ウィリアムは言った。

「クライヴ・ピューはローチ・グループともアボット・グループとも、これ以上あり得ないほど異なっています」ジャッキーが説明を開始した。「徹底的に冷酷であるのは同じですが、はるかに狡猾です。表の世界では法を守る善良な市民で、悪事を働くことなどあり得ないかに見せています。結婚していて、子供が二人いますが、ともに大学を出ています。本人はバークレー銀行の現地副支店長を務めていて、ロータリークラブから〝今年の実業《ビジネスマン・オヴ・ザ・》家《イヤー》〟に選出されています」

「詳しく教えてもらえますか?」レベッカが促した。

「ピューは二十七年も連れ添った妻を殺したの。そのわずか二か月前、受取人を自分一人にして、彼女に百万ポンドの生命保険をかけているのよ」

「どうやって罪を逃れたんです?」ポールが訊いた。

「彼の言い分はこうです――〝ロータリークラブの会合から帰ったら、妻がバスルームの梁《はり》で首を吊っていて、すぐに警察に通報した〟。現場からは先立つことを詫《わ》びる、タイプ打ちされた謝罪の手紙が見つかりました。明白な自殺のように見えましたが、それは検視官が検死審問で、彼女の死因は頭部を一撃されたことによるもので、そのあとで梁に吊《ハング・アップ》るされたのだと指摘するまででした。陪審員はピューが有罪かどうかを決めることができず、結局、何とも皮肉なことに評決不能《ハング》になりました」

「裁判長は明らかにピューの有罪を確信していた」ウィリアムは補足した。「なぜなら、すぐさま再審を命じたからだ。しかし、専門的な規定によって再審は却下され、陪審員は評決を下す機会すら与えられることなく終わってしまって、ピューはまたもやまんまと逃げおおせたというわけだ。捜査担当責任者はその日の午後のうちに法廷の階段に立ち、本件は終了した、警察も別の容疑者を捜すことはしないと宣言した」

「一つだけこの裁判でよかったことがあるとすれば」ジャッキーが言った。「保険会社が保険金の支払いを拒否したことぐらいでしょうか」

「では、やつは金に困ることになったわけですか」ポールが言った。

「とんでもない。ピューは保険会社を訴え、示談に持ち込んで二十五万ポンドをせしめることに成功したわ」

「二十五万ポンド以下で人を殺すやつはいくらでもいるし、おれはそういう連中をこの目で見てきている」ロスが言った。

「改めて証拠を調べて気づいたんだが」ウィリアムはつづけた。「追跡する価値があるかもしれない、おかしなところが二つある。ピューの義理の弟が姉の死の数日後に供述をしているが、読んでみるとなかなか興味深いんだ」

「でも、その供述は最後の最後に取り下げられ」ジャッキーが思い出させた。「証拠として採用することを拒否されています」

「それでも追跡するんだ」ウィリアムは言った。「一年後に気が変わっていないとは限らないだろう」

「二つ目は何ですか？」ジャッキーが訊いた。

「遺書が見つかっているんだが、それがあったのがライティングデスクの上でなく、遺体の下の床の上だった。しかも、机の上でペンが見つかっているにもかかわらず、署名がされていない」

「でも、一事不再理の原則があるからには」ジャッキーが言った。「ピューが無罪になったのであれば、もう一度裁くことはできませんよ」

「無罪になったわけではない」ウィリアムは思い出させた。「最初の裁きは陪審員の評決不能で、二度目の裁きは専門規定による再審却下だ」

「ブース・ワトソンのことだ、そういう法律的な細かいところを裁判長の前でここぞとばかりに披露に及ぶんじゃないか」ロスが言った。

「あの男の手口なら、サー・ジュリアン・ウォーウィックは熟知している。対処の仕方も心得ていないはずがない」ホークが言った。

「きみの担当の事件に移ろうか、ポール」ウィリアムは言った。「対象は非道極まりない男だな。こんな言語道断なやつはさすがのおれも初めてだ」

「まったく同感です」ポールが自分の前の分厚いファイルを開いた。「マックス・スリーマンは情け容赦のない、手段を択ばない高利貸しです。利子も法外で、十パーセントを超えることが珍しくありません」

「一年でか？」ホークが訊いた。「それなら、法外でもないだろう」

「一か月で、です」ポールが答えた。「返済できなかった借り手に対しては、決まった罰が与えられます。一回目は足の骨を一本折り、二回目は腕の骨を一本折り、三回目以降は単に消してしまう。期限通りに返済できなかったらどうなるかという、ほかの借り手への警告です。行方不明になった借り手が三人いるんですが、殺されたに違いないとわれわれは確信しています」そして、付け加えた。「ですが、死体が一つでも出てこないことには、スリーマンを法廷に引きずり出すどころか、逮捕することもできません」

「どうやって逃げおおせているんですか?」レベッカが訊いた。

「その人物が行方不明になった時間のアリバイが常に鉄壁なんだ。一人目のときはダンスパーティに参加していて、ユニオンジャックを振っているやつの写真が、一瞬ではあるがテレビに映っている。二人目のときはウィンブルドンのセンターコートの観覧席で女子シングルスの準決勝を観戦している。試合の合間に隣りのテーブルの女性のドレスをうっかりアイスクリームで汚し、そのクリーニング代を支払って、領収書を証拠として提出している」

「三人目のときはどうだったんですか?」

「市街地を時速四十三マイルでぶっ飛ばしているところが、マンチェスターの自動速度取締機《オービス》に捕らえられていた。ハンドルを握っている姿が写っている写真と、罰金を支払ったというマンチェスター市議会の領収書を証拠として提出している」

「それなら、だれかほかのやつに殺させたんだ」ロスが言った。

「プロの殺し屋を雇ったんだとわれわれも考えていますが、まだその名前も特定できていないんです」

「三人の死体はいまもどこかにあるはずだな」

ていますが、後でのことではないかと思いますので。……は違いますね。


「そうなんですが」ポールが言った。「どこかがわからないんです」

「まずは一人を見つけるんだ」ウィリアムは言った。「そうすれば、あとの二人も必ず出てくる」

「手掛かりはあるのか？」ホークが訊いた。

「行方不明になっている被害者の妻の一人が、夫とスリーマンの電話での会話を録音していました。今度返済が滞ったらどうなるかを仄めかす以上のことをスリーマンが口にしているそうです。今週、妻に会って話を聞くことになっています」

「勇気のある女性だな」ウィリアムは言い、そのあとで付け加えた。「だけど、法廷で証言してくれるかな？」そして、レベッカを見た。「きみのほうはどうだ、報告すべきことがあるか？」

「〈イヴ・クラブ〉――ソーホーの怪しげな店です――の用心棒で、客を一撃で殺したダレン・カーターは、最初に手を出したのは客のほうだと主張し、法廷では複数の証人が彼の主張を支持する証言をしています。殺された客が〈イヴ・クラブ〉の経営者の妻と浮気をしていたことが後に判明しています。しかし、裁判時にはその事実は証拠として提出されていません。裁判官室での原告側代理人を交えた事前協議で、それは偏見を抱かせる状況証拠に過ぎないと主張し、裁判官がそれを認めたのです。殺意はなかったけれども結果的に死に至らしめたとしてカーターは有罪を認め、二年の実刑に服して、いまは元の職場に復帰しています」

「そのクラブを閉鎖し」ホークが言った。「カーターを終身刑に服させてやるんだ。そうすれば、ソーホーのいかがわしいクラブの経営者全員への明白なメッセージになるだろう」

「一つ、手掛かりがないわけではありませんが」レベッカが言った。「その情報源の証言がしっかりしたもので信頼でき、説得力があると言いきる自信はまだありません」

「まったく大した悪党どもだな」ウィリアムは言った。「しかも、一人を除いた四人が、われわれの仇敵《きゅうてき》、ミスター・ブース・ワトソン勅撰弁護士に弁護されていたわけだ」

「たぶん」ポールが言った。「職業上の理由で、ローチ・グループとアボット・グループの両方を弁護はできないと思ったんでしょう」

「ローチ・グループは依頼料を払ってあの男を雇っているよ」ウィリアムは言った。

「だれかがブース・ワトソンを殺して、われわれの問題を一挙に解決すべきかもしれんな」

掌《てのひら》でテーブルを叩く拍手代わりの音がしばらくつづいた。

「何にする、ロス？」ウィリアムは訊いた。

「ビターをハーフ・パイントでいいです。それ以上飲むと寝てしまうし、あんたたち頭がよくて過激な若者についていけなくなりますからね」

「おれはとても運がいい」ウィリアムは冗談を飛ばし合っている班員を見た。「彼らはプロの警察官の新種で、手を抜いたり、ぶっつけでやるといったようなことをそもそも信じていない。まず証拠を固めてから逮捕する。法廷で持ちこたえられなくなるような結論に、拙速に飛びついたりはしない」

「一緒に仕事をするのが楽しみですよ」ロスが言った。「もっとも、彼らがどういう新種かは、すでに囮捜査官時代に直接経験して知ってますがね。あんたも含めてね」

「そんなふうに言われると、なんだか気味が悪いな」ウィリアムは応え、ビールを一口飲んでつづけた。「今朝の会議で、無給の残業をしてフォークナーを追跡し、鉄格子の向こうへ送り返す手伝いができるかもしれないと言ってくれたよな」

「ええ、一つ、二つ、考えがあるんです。もはやこれは確信と言っていいんですが、ラモント元警視はブース・ワトソンとクリスティーナ・フォークナーの相談役を務めているはずです」

「『二人の主人、一人の召使《ア・サーヴァント・オヴ・トゥー・マスターズ》』という喜劇があったな」ウィリアムは言った。「まあ、これは喜劇じゃないが」

「ジャッキーから聞いたんですが、彼女は友好的な振りをしてときどきラモントと会い、そのときに手に入れた情報をあんたに報告しているんですよね」

「封を切ってない、膨らんだ茶封筒も一緒にな」

「いまやラモントの人生の関心事は金だけだとすれば、彼とブース・ワトソンを同時に罠にかける方法を思いついたかもしれませんよ」

ウィリアムはときどき質問しながら興味を持ってロスの考えに耳を傾け、すべてを聞き終えると言った。「おれとしては全面的に支持するが、ホークの許可を得る必要がある」

「それはあんたに任せます」そのとき、ロスはカウンターにいる若い女性に気を取られた。上品な服装で、白のプリーツスカートはわずかに膝を隠し、ブラウスは第一ボタンまで留められていた。宝石も身に着けていず、化粧気もまったくなかった。とても控えめだが、とても蠱惑《こわく》的だった。独りだとは思えなかった。一瞬目が合うと、恥ずかしそうに顔をそむけた。

「ホークがおれたちにやらせる仕事は常に一番難しいんだ」ウィリアムが言った。

「見込まれていると考えるべきでしょう」ロスはウィリアムの言葉に集中しようとしたが、想いは別のところにあった。

「だけど、きみの計画を成功させられなかったら、ギャングの縄張り争い、自殺、偽装自白の捜査に戻ることになるぞ」

ロスは微笑して、もう一口ビールを飲んだ。

あの女性が笑みを返してきた。

「みんなのところへ行こう」ウィリアムがグラスを手にした。
ロスは渋々ボスのあとについて部屋の奥へ移動した。腰を下ろしたときには、彼女はもうロスのほうを見ていなかった。

仲間の他愛もない冗談にもほとんど関心を示さず、たまに適当に相槌《あいづち》を打ったり言い返したりするだけのロスを見て、ジャッキーはカウンターのほうを一瞥《いちべつ》した。ロスが上の空の理由が、教えられるまでもなく明らかになった。あの女、ほとんど若いころのわたしじゃないの。まったく男ときたら！

「そろそろスコットランドヤードへ引き上げるぞ」ウィリアムが時計を見て言った。

「ちょっと息子の面倒を見なくちゃならないんで」ロスが言った。「先に行っててください。追いつきます」

そして、地下へ下りるやトイレのドアを開け、トイレットペーパーを一枚つかみ取った。そこに電話番号を走り書きし、幾重にも折り畳んですぐに上階へ戻ってみると、ほっとしたことに彼女はまだそこにいた。

「やあ」ロスは通り過ぎざまに声をかけ、四角く折り畳んだ小さな紙をカウンターに置いて店をあとにした。通りに出てすぐに仲間に追いついたが、トイレで用を足すには時間が短すぎることに、ジャッキーだけは気がついていた。

12

ブース・ワトソンは何事もなく税関を通過した。夜の便でロンドンへ戻るつもりでいたから、持っているのはブリーフケースだけだった。空港を出てタクシー待ちの短い列に並び、先頭に出ると運転手に行先を告げた。

高速道路に近づくと、タクシーはバルセロナへ流れ込んでいく車の大渋滞に合流しないで左折した。二十分後、道が一車線になり、数マイル走っていくと、でこぼこの小径《こみち》に変わった。

ブース・ワトソンは肩越しに後ろを一瞥し、尾行されていないことを確かめた。これ以上ないほど明確な指示が与えられていた。〝だれかに尾行されていると思ったら、Uターンして空港へ引き返し、一番早いヒースロー行きの便に乗れ〟。

依頼人がふたたび姿を消したあと、首都警察は彼を追跡する専門部隊を編成するのではないかと考えたが、いかに首都警察といえどもそこまでする予算はないはずだと思い直した。それでも、ブース・ワトソンは何事においても万全の措置を講じるのを旨としていたから、内務省に正式に苦情を申し立て、電話が盗聴されていて、尾行もされていると信じる理由があると嘘の申し立てをした。その結果、どちらも事実ではないことを保証するという丁重な答えが返ってきたが、その答えが書かれたのは〝それをやめさせた〟との確認がホークスビー警視長から取れたあとでしかないだろうと思われた。

タクシーは小径を走りつづけたあと、鬱蒼《うっそう》とした森の手前で停まった。ブース・ワトソンは後部席を出ると、指示されたとおり、運転手が当惑しながら車首を返して空港へ戻るのを待った。その姿が視界から消えると、電動のゴルフカートが森から出てきてブース・ワトソンの横で停まった。

カートのハンドルを握る男は押し黙ったまま、ロンドンからやってきた紳士を乗せて特徴のない森の小径を走り、流れの速い川にかかった細い橋を渡った。その橋を渡りきったところで、ようやくその家――いや、大邸宅、もっと言うなら城と形容するほうが正確かもしれなかった――が目に入った。それと較《くら》べると、リンプトン・ホールは郊外の二《セミデ》軒長屋《タッチド・ハウス》でしかなかった。

開け放した玄関のドアの脇で、メイキンズが出迎えていた。実に優秀かつ忠実な使用人だなとブース・ワトソンが感心していると、執事が小さく会釈をして言った。「おはようございます、サー」まるで頻繁に訪れている客に対するような言い方にもかかわらず、マイルズに会うのは実に数週間ぶりだった。

「ミスター・フォークナーが客間でお待ちでございます、サー」

「待ってなどいられるか」マイルズが颯爽《さっそう》と玄関ホールへやってきて、ブース・ワトソンと握手をしながら言った。「わが田舎小屋へようこそ」

「何が小屋だ、宮殿じゃないか」ブース・ワトソンは言った。

マイルズが先頭に立って長い廊下を歩いていき、ブース・ワトソンはそのあとにつづきながら、長年感嘆しながら見てきて目に馴染《なじ》んだ、数点の絵の前を通り過ぎた。ようやく客間に入ると、大きな張り出し窓から、一方に百エーカーにも及ぶ木々の緑が豊かな田園地帯を、もう一方には青く穏やかな地中海を望むことができた。「地上の天国だな」ブース・ワトソンは言った。

マイルズが坐り心地のよさそうなアームチェアに沈むと、メイドがコーヒーとビスケットを載せた大きな盆を持って入ってきた。いまもここはイギリスで、何も変わっていないかのようだった。

メイドが出ていくのを待って、マイルズが口を開いた。「まずは仕事の話をすませてしまおう。家のなかを案内するのはそのあとだ。クリスティーナはどうしてる？」

「依然として自分の役を演じているが、きみがどこにいるかはまったく知らないままだ。もっとも、しつこく訊いてきてはいるがね」

「それで、どう答えているんだ？」

「口を滑らせた振りをして、きみの姿が最後に目撃されたのはブエノスアイレスで、近い将来にイギリスに戻る計画はないと言ってある」

「信じたと思うか?」

「確かめようはないが、ラモントが保証してくれたところでは、訊かれたらだれにでもそう答えているとのことだ。それに、毎月の手当てを干上がらせたくなかったら、そうしつづけるのは間違いない」

「だが、ウォーウィックとホークスビーのことだ、おれがジュネーヴで火焙《ひあぶ》りになっていないことはもう突き止めているに違いない」

「事実、突き止めている」ブース・ワトソンは認めた。「だが、ラモントによれば、きみはまだあいつらのレーダーに映っていない」

「そう断言できる根拠は何だ? ラモントはもうやつらから情報を取れないんだろう?」

「いまもやつらの一人と接触していることを忘れないでくれ。その一人——女性だが——が、ウォーウィックが目論んでいることのすべてを元警視に詳しく報告しつづけてくれている。安くはないが、少なくともきみの生命保険の無事故祝い金はそれで保証される。ラモントによると、きみのファイル——MF/CR/76748/88——は、ミドルセックスのヘイズにある首都警察文書保管所で埃をかぶっている。そこはいわば未解決事案の墓場であり、埋葬されたら掘り起こされることは滅多にないそうだ」

「それがわかって何よりだ」マイルズが言った。「残りの一生をここに閉じ込められて過ごすつもりはないからな。もっとも、百パーセント危険はないとあんたが保証してくれるまでは、ここを出ることはないがね」

「きみが終わってしまった過去でありつづけていることをいつでも確認できるのが、ラモントを味方につけておく一番の利点でもある。もうしばらくはじっとしているほうが賢明かもしれないな」

「だが、いつまでもそうしているわけにはいかない。地上の天国といえども、時間が経《た》てば牢獄《ろうごく》と変わらなくなる。いつまでもここでじっとしていなくちゃならないんなら、プライヴェート・ジェットやヨット、スイスの銀行口座、メイフェアの金庫に積んである現金の山に何の意味がある？」

「メイフェアの現金には意味がある。クリスティーナ、ラモント、ラモントの情報源の女、その他もろもろの偶発的な支出を、それで賄っているんだ。そのことを忘れないでくれ」

「あんたへ支払いも含めてな」

ブース・ワトソンは肩をすくめた。

「クリスティーナへの手当ての支払いをやめることで、そういう支出を削減する時期にきているんじゃないのか？」マイルズが提案した。

「それは勧められない」ブース・ワトソンはきっぱりと反対した。「彼女はミセス・ウォーウィックの友人であり、彼女と直接つながっている。きみがいまもぴんぴんして生きているとこだって教えられるし、そうなったら、きみのファイルの埃を払うチャンスを彼女の夫に与えることにもなる」

「それはおれたちが望むところではないな」マイルズは言った。「もっとも、あの晩、おれがバルセロナへ飛んだことをやつらが突き止めたとしても、おれを見つけることにはならんだろう」

「だれにも姿を見られないようにしっかり隠れていれば、そうかもしれない」ブース・ワトソンはついにチョコレート・ビスケットの誘惑に負けて身を乗り出した。「だが、リカルド・ロッシが服飾デザイナーではなくて逃走中の犯罪者であることを突き止められたら、この宮殿は軍隊に包囲され、脱出不能の塹壕《ざんごう》同然になるぞ」

「それでも、おれを捕まえることはできないさ」マイルズが自信満々で言った。「その理由を教えてやるよ」そして立ち上がり、ブース・ワトソンがすぐ後ろについてくるものと確信した様子で勢いよく客間をあとにした。廊下の突き当たりまでくると、あるドアを開錠して明らかに書斎と思われる部屋に入り、二人が向かい合って使える大きなパートナーズ・デスクの椅子に腰を下ろした。そのあいだに、ブース・ワトソンはマイルズの背後の壁に掛かっている肖像画を見上げた。

「フランコ将軍だ」マイルズが言った。「スペイン内戦が真っ盛りの一九三七年に、彼がこの隠れ処《が》を造ったんだ。側近中の側近、腹心中の腹心も、この存在を知らなかった」そして、付け加えた。「かなりの手直しをしなくてはならなかったが、それをしておいてよかったことがいずれわかるはずだ。あんたをゴルフカートで迎えに行ったとき、この家まで何分かかった？」

ブース・ワトソンは一瞬考えてから答えた。「六分か七分だな。しかし、警察のオートバイはもっと早く到着するぞ」

「そうだな。それで、客間からこの書斎まで歩いて何分だった？」

「一分、せいぜい一分半だろう」

「保証してやるが、BW、だれであれ招かれない者がこの敷地内に一歩でも足を踏み入れたら——この家が鬱蒼たる森に囲まれているのを忘れないでくれよ——、その瞬間に警報が発せられる。真夜中で、二階の寝室で熟睡していたとしても、おれは三分とかからずに雲を霞と姿を消すことができる」

「たとえ屋上にヘリコプターを待機させてあるとしても、それを撃ち落とすのを連中が躊躇するとは思えないな」

「おれが向かうのは屋上じゃない」マイルズが言った。「あそこに置いてあるヘリコプターはただの目眩ましだ」

時計が十二時を知らせると、とたんに警報装置がけたたましい金属音を鳴らして会話を呑《の》み込んだ。

「予行演習の時間だ！」マイルズが椅子から立ち上がり、壁に埋め込まれている大きな鉄の扉へと歩いていった。扉には取っ手も鍵もなく、ブース・ワトソンに見える限りでは開けるすべがなかった。マイルズが腕時計の表面を指で叩き、そこに明かりが灯《とも》るのを待ってから、八桁の暗号を打ち込んだ。ブース・ワトソンが呆然と見守っていると、扉が一気に開いて、何もない大きな空間が現われた。

マイルズがなかに入り、ついてこいと手招きした。依然として警報が耳をつんざかんばかりに鳴りつづけるなか、ブース・ワトソンは渋々マイルズのあとにつづいた。マイルズが扉を閉め、二人は漆黒の闇のなかに取り残された。マイルズがふたたび時計の表面を指で叩き、別の八桁の暗号を打ち込んだ。直後、その空間の奥にあった二つ目の扉が開き、煌々《こうこう》と明かりの灯った階段室が現われた。

「あんたも見てわかるとおり、BW、たとえウォーウィック警部を先頭にしたのろまどもが書斎まではたどり着くとしても、それには少なくとも七分かかる。さらに、おれの時計と八桁の暗号がなければ一つ目の扉すら開けられない。二つ目の扉なんて論外だ」

マイルズはブース・ワトソンを従えて地下へ下りた。

ブース・ワトソンは書斎にたどり着くと、そこが上の一階の書斎とまったく同じ造りであることを見逃さなかった。違っているのは、フランコ将軍の肖像画がマイルズの等身大の肖像画に替わっているところだけだった。マイルズのアート・コレクションの半分も壁に飾られていた――それはクリスティーナのものであるはずだった。

「ひと月は充分に持ちこたえられるだけの食糧も持ち込んである」マイルズが言った。「おれだけのプールがあって、泳ぐこともできる」

ブース・ワトソンが口を開いて応える間もなく、机の上で緑の明かりが点滅した。「今日の予行演習は以上だ。文明世界へ戻って、昼食にしよう」

「しかし、使用人は……」ブース・ワトソンは訊こうとした。

「書斎に入るのを許されているのはメイキンズだけだ」マイルズが一階への階段を上がりながら言った。「だが、あいつでも八桁の暗号は知らない」そして、二つの頑丈な鉄の扉の最初の一つを開ける暗号を打ち込んだ。その扉が勢いよく開くと、マイルズは一歩足を進め、ブース・ワトソンが横に並ぶのを待ってから扉を閉めた。ふたたび闇に包まれるなか、マイルズがまた時計の表面を指で叩いて新たな八桁の暗号を打ち込むと、外の書斎へ戻る扉が開いた。執事がシャンパングラスを二つ載せた銀の盆を持って待っていた。マイルズは笑みを浮かべた。

「昼食の支度が調っております、サー」

ラモントはロス・ホーガン捜査警部補を尾行しようなどとは思わなかった。この世界で最も優秀な囮捜査官に、あっという間に気づかれるとわかっていた。姿を見られる心配のない場所を確保するだけで満足することにして、監視対象が現われるのを辛抱強く待った。

その日の朝、ロスがジョゼフィーヌ・コルベールのフラットから出てきたのはいつもどおりの七時三十分、洗い立てでアイロンをかけたばかりのシャツにシルクのネクタイという服装は、自宅へ帰るのではなく、スコットランドヤードへ直行することを意味していた。ジョゼフィーヌ・コルベールが出てきたのは十時を何分か過ぎたころだった。いつもどおり、有名ブランドのスウェットスーツ姿で恒例の朝のジョギングに出かけ、三十分ほどで戻ってくると、昼食に外出するまで姿を見せなかった。

彼女の午後は花や食料品を買うこと、美容院へ行くこと、ときどき女友だちとチェルシーで映画を観ることで構成されていた。毎週フェター・コート一でブース・ワトソンとの打ち合わせに出席する以外、彼女がほかの男と一緒にいるところをラモントは見たことがなかった。

ラモントの一日の最後の任務はヴィクトリア・ストリートの〈アーミイ・アンド・ネイヴィ・ストアーズ〉の入口の内側で、ロス・ホーガンがその日の仕事を終えてスコットランドヤードを出てくるのを待つことだった。ホーガンが右折すれば地下鉄で帰宅するということであり、左折すればバスでチェルシーへ向かうということだった。そして、後者のほうが日増しに多くなっていた。

今夜は右折したから、てっきり帰宅するものと思ったのだが、ラモントが驚いたことに、ホーガンは地下鉄の入口を通り過ぎて歩きつづけた。尾行する危険は冒せないとわかっていたので、ラモントも仕事を切り上げて帰ることにしたのだが、ホーガンがある店に入るのを見て考えを変え、その店の入口の上に掲げてある看板に目を凝らした。〈貴金属商――H・サミュエル・アンド・カンパニー〉。入口の陰に隠れて待っていると、二十分後、ホーガンが小さな袋を持ってふたたび現われ、セント・ジェイムズ・パーク駅へと引き返して、そこで地下へ姿を消した。

ラモントが急いで道を渡ってその貴金属店へ入ってみると、若い男がネックレスをウィンドウから引き揚げて、今日の営業を終える準備をしているところだった。ラモントは警察官だったときの身分証を、有効期限の日付を親指で隠して提示した。

「どういうご用件でしょう、警視？」店員が不安そうに訊いた。

「ちょっと前にここにきた男性のことだ。四十代で、身長は六フィート一インチ、ダークグレイのスーツに赤いネクタイをしていたんだが」

「ああ、そのお客さまなら数分前にお帰りになりました」

「何か買ったのかな？」

「はい、サー。婚約指輪をお求めになりました」

人生で最高に幸せな一か月だった。あの偶然の出会いを偶然のままで終わらせなかったことが、信じられないぐらいの幸運をロスにもたらしてくれた。一目惚《ぼ》れこそがまさに彼の常なる宿痾《しゅくあ》であり、狩猟生活者の性質を持ち合わせているがゆえに、獲物を捕らえ、また次の獲物へ移っていくということを繰り返さずにいられなかった。女性をものにしては捨て、ものにしては捨てると非難されるのを、本人は勲章と見なしていた。

しかし、それもジョゼフィーヌと出会うまでのことであり、彼女は〝首ったけ〟という言葉の意味を彼に説明する必要がなかった。彼女が美人で、ロスよりはるかに頭がいいというだけではなかった。失うのが怖いとロスが思った最初の女性だった。なぜ自分を彼女が二度見し、いわんや三度見までしたのか、ロスはその理由がわからなかった。朝は仕事場に一番乗りし、夜は一番最後に仕事場をあとにするというこれまでの決め事が、ときとして守られなくなったのも、人生で初めてのことだった。全員が気づいていた。一匹狼はもはや一匹でなくなっていた。女性をこれほど大切に扱ったのも初めてだった。彼女に頼まれたら銀行強盗もしかねないほどに入れ込んでいた。

ジョゼフィーヌによれば、前の結婚生活は不幸なもので、しかも二年しかつづかなかった。離婚調停は仕事をしなくても楽に生活できる経済状態を作り出してくれ、ロスと同様、二度と恋はできないと思っていた。

今夜、ロスは彼女をディナーに連れ出してプロポーズするつもりでいた。懐に無理を聞いてもらって指輪を買った。二度と結婚するつもりはないとジョゼフィーヌはいつだったか言っていたが、それはマダム・ブランシュに電話をして、これを最後の仕事にするつもりだと通告する前のことだった。

その夜、ロスが普段より早く帰宅すると、ジョゼフィーヌが居間で泣いていた。慰めようとしたが、何を言っても無駄なようだった。顔を上げた彼女を見て、ロスは思わずにはいられなかった――涙に濡《ぬ》れた顔まですごく魅惑的だ。彼女が微笑《ほほえ》もうとしながら言った。「愛してる」彼女がそのことを認めた最初だった。

「ぼくも愛しているよ」ロスは応えた。もう一つの最初だった。本当の気持ちをどう言葉に表わしていいかわからなかったから、どんなに彼女を愛しているか証明するのをもう待たないことにした。片膝を突き、ポケット探って革張りの小箱を取り出すと、その蓋を開けて言った。「これからの一生をあなたと一緒に過ごしたい。結婚してくれますか？」

返事を待ったが、返ってこなかった。彼女がようやく顔を上げたが、依然として言葉は出てこなかった。ロスは身を乗り出し、そうっと彼女の左手を取ると、薬指に指輪をはめようとした。が、その手は引っ込められてしまった。

「結婚したくないのか？」ロスは絶望の口調で訊いた。

「いいえ、結婚したいわ」彼女が小さな声で言った。「でも、本当のことを話したら、あなたのほうがわたしと結婚したくなくなるはずよ」

13

ベスは机の上の電話を取った。

「ミセス・クリスティーナ・フォークナーとおっしゃる女性が受付にいらっしゃっています。お目にかかりたいとのことですが」

最も予想していないときにやってくるはずだとウィリアムに警告されていたにもかかわらず、ベスはこの瞬間の準備を充分に整えていた。

そして、深呼吸をして答えた。「会うわ」待っているあいだ、ウィリアムが容疑者と相対するときに常に思い出すという言葉を呪文のように繰り返した——じっと耳を澄まして、しっかり聴きつづけることだ、後悔するようなことを相手が言うかもしれないからな。

ドアに上品なノックがあった。普段のクリスティーナは自分のためならベスはすべてを中断してくれると言わんばかりに、ノックなどしないでいきなりオフィスに乗り込んでくるのだが、今日は違っていた。

「どうぞ」ベスは応え、机に着いたままでいた。

ドアをそろそろと開けてオフィスに姿を現わしたのは、ベスが知っている、以前のクリスティーナ、自分が支配者だと言わんばかりの過信と自信に溢れたレディではなかった。いまはためらった様子で入口にとどまり、ベスが先に動いてくれるのを待っていた。

ベスはこれまでならクリスティーナが勝手に使っていた暖炉のそばの坐り心地のいい椅子ではなく、自分の机の向かいに置いてある椅子を、まるで相手が自分の部下であるかのように手ぶりで示した。クリスティーナはおずおずとそれに従い、木の椅子に力なく腰を落としたが、依然として口は開かなかった。

じっと耳を澄まして、しっかり聴きつづけること。

「どこから始めるべきかわからないわ」クリスティーナが口ごもりながら言った。

「たまには本当のことを話すことから始めたらどうですか?」ベスは促した。

長い沈黙がつづいたあとで、すべてが一気に吐き出された。「あんなひどいことをしてごめんなさい。赦せないと思われたとしても当然よね」

じっと耳を澄まして、しっかり聴きつづけること。

「あなたは率直で、ごまかしがなく、徹底的に誠実な人よ。でも、わたしはそうじゃない。あなたをとても敬愛し、あなたの友人だと考えるのを誇りに思っている理由はたくさんあるけど、それもその一つなの」

ウィリアムの警告——**お世辞に乗るな。じっと耳を澄まして、しっかり聴きつづけるん**

だ。

「わたしは常にそうであることが可能とは限らない暮らし方に慣れてしまっているけど、マイルズとの結婚という茶番劇のおかげでようやく理性を取り戻すことができたのよ。その結果がどうであろうとね」

クリスティーナが嘘をついているときは、彼女自身もそうとわかっていないことを思い出せ、とウィリアムは言っていた。そのあと、きみの優れた人間性を持ち上げてみせるはずだ。

「でも、この数週間で、あなたとの友情には本当に大きな価値があることに気がついたの。そして、まだ赦してもらえる可能性があるんじゃないかと期待してもいるの。赦さなきゃならない理由なんかあなたにはないんだけど、それでもね」

じっと耳を澄まして、しっかり聴きつづけること。

「マイルズの居所を知っていればもちろん教えるけど、結婚式の日以降、直接の連絡は一切ないの。接触してくるとすれば、あの胸が悪くなるような彼の代弁者、ブース・ワトソン経由なのよ。あの男ときたら、毎月の手当てを受け取りつづけたかったら口を閉じていろと言ってるの。今日、あなたに会いにきたのだって、あいつの指示なのよ。ウィリアムがマイルズの居所を知っているかどうか、それを突き止めるのがわたしの役目なの」クリスティーナが初めて顔を上げてベスを見た。

じっと耳を澄まして、しっかり聴きつづけること。

「わたし、人生で初めて、〝まともなこと〟とウィリアムが言うところのものをすることにしたの」

たとえクリスティーナが泣き出しても、とウィリアムは付け加えていた。絶対に本物だと思わないこと。

ベスは態度を和らげた。「レンブラント、ルーベンス、そして、フェルメールの傑作を確保するに際してあなたが果たしてくれた役割を、フィッツモリーン美術館は決して忘れないでしょう。そのことについては、わたしたちはあなたに恩があります」

「恩なんてとんでもない」クリスティーナが言った。「でも、忠告しておかなくちゃならないんだけど、もし自分が逮捕されて刑務所へ送り返されるようなことになったらフェルメールの所有権を主張して取り戻すよう、マイルズはブース・ワトソンに指示しているわ。そうなったら、わたしにできることは何もないの」

これは本当の話ではないかとベスは初めて思ったが、それでも、じっと耳を澄まして、しっかり聴きつづけることをつづけた。

「信じてちょうだい、わたしはあなたとウィリアムに、自分がどっちの味方かを証明すると決めたの。そのためにできることがあるなら何でも……」

彼女がきみの味方を装って、それを証明するには何をすればいいかを訊いてきた瞬間が、きみが攻撃に移るときだ。まずは小さなことから始めるんだ、とウィリアムは教えてくれていた。彼女がきみの要求を受け容れたら、彼女が拒否できない何かを持ち出して誘いをかける。そして、彼女に最後の質問をする。彼女が本当のことを言っているか、それとも、彼女の金主の指示を伝えにきたメッセンジャーに過ぎないかが明らかになる質問をだ。

「何て親切な申し出でしょう」ベスは言った。「フィッツモリーン美術館は、来年の秋、フランス・ハルスの展覧会を催したいと考えているんですけど、『フルート奏者』があなたのコレクションにありましたよね。あれを六週間、是非とも借りたいんですけど」

もし彼女が要求を断わったら、とウィリアムは言っていた。いまもマイルズがコレクションのすべてを牛耳っていることを意味するが、彼女はそれをきみに知られたくないはずだ。だって、知られたら、きみと取引できる立場にないことまでばれてしまうわけだからな。

クリスティーナが躊躇しながらも答えた。「いいわよ、問題ないと思う」

「ありがとうございます」ベスは応え、もっと大きな疑似餌を投じた。「あの作品を貸してもらえたら、カラヴァッジョの『人間をとる漁師』を埋め合わせるに充分です。実は最近あの作品を購入しようとしたんですけど、価格で折り合いがつかなかったんですよ」完璧な出来の疑似餌だった。

「それは公に売りに出されているの？」クリスティーナが早速餌に飛びついた。

「いえ、そうじゃありません」ベスは言った。「マクラーレン卿《きょう》からフィッツモリーン美術館に内々の打診があったんです。どうやら、お父さまが思いがけず亡くなられて相続の問題が生じたうえに、今年の末までに二千万ポンドの税金を払わなくてはならないようなんです。わたしたちには到底力の及ばない無理な金額だとお断わりするしかありませんでした」そして、一拍置くと内心ほくそ笑みながらつづけた。「もちろん、ここだけの話ですけどね」

「もちろんよ」クリスティーナがそう応じてから付け加えた。「でも、少なくともフランス・ハルスについては力になれるわ。わたしがどっちの味方か、それで証明されるはずよね」そして、腰を上げた。

「あなたが自分を証明しなくてはならないなんて、そんなことは一切ありませんよ」ベスは温かい笑みを浮かべて言った。「でも、お帰りになる前に、もう一つ訊いてもいいですか？」

「何なりと訊いてちょうだい」クリスティーナが言った。

「いま、マイルズはどこにいるんでしょう？」

クリスティーナはためらっていたが、ついに、あたかも大事な秘密を渋々暴露するかのように小声で答えた。「ブエノスアイレスよ」

「ありがとうございます」ベスは言ったが、クリスティーナが嘘をついているのか、本当に居所を知らないのか、判定はウィリアムに委ねるしかなかった。

部屋を出ようと踵を返したクリスティーナは、入ってきたときより多少自信ありげに見えた。

彼女が出ていってドアが閉まるや、ベスは机の上の電話に手を伸ばし、普段ならウィリアムが喜ばないことはわかっていたから束の間ためらったものの、これは普段ではないと見なして、最終的にはスコットランドヤードの彼の直通電話の番号をダイヤルした。

「ぼくと寝るために週に千ポンドを報酬として受け取っている？」ロスは信じられなかった。

「このアパートの家賃と衣服代もね」

「だれが《バイ・フー》？」

「だれから《バイ・フーム》、よ」

「だれから？」

「パリのエスコート・エージェンシー。わたし、あなたを誘惑するために雇われたの」

「それで、向こうはどんな見返りを期待しているんだ？」

「あなたがわたしに話してくれたことのすべてを報告することになっているわ。取るに足りないとか無関係だとわたしには思えるようなものも含めて、一切合財をね」

「そして、きみはそれをやっていたわけか?」

「ええ。だけど、残念ながらあなたはここまで仕事のことを何一つ話してくれていないから、お払い箱になるのも時間の問題かもしれない」

ロスはしばらく黙っていたが、そのあとでようやく言った。「そういうことなら、何とかしなくちゃならないな。そうだな、ようやく突破口ができたと、次はそう報告してくれ」

「でも、あなたが〝ホーク〟と呼んでいる人を裏切ったりは絶対にしないわよね」

「もちろんだ。だが、それは無関係な情報を大量にきみに提供するのをやめる理由にはならない」ロスは自分でも明らかに面白くなっていた。「もちろん警視長には説明しなくちゃならないし、そのエスコート・エージェンシーに金を払っているのはだれだと警視長は訊いてくるだろうな」

「それはわからないわ」本当だった。

「ぼくは見当がついている。ほぼ間違いないはずだ」ロスは言った。「マイルズ・フォークナー、あるいはラルフ・ネヴィルという人物と遭遇したことはないか?」

「ないわ。いまあなたに教えられるのは、最初にある男の人に引き合わされ、その人からあなたについての説明を受けて、そのあとは週に一回ミスター・ブース・ワトソンという人に報告するよう言われたことだけよ」

「やっぱり間違いなかったな、決まりだ」ロスはジョゼフィーヌの腕を取った。「だけど、次の千ポンドを受け取る前に、知っておいてもらわなくてはならないことがもう一つある」

「何かしら？」

「ぼくと結婚してくれますか？」

「それで、わたしとクリスティーナのささやかなやりとりについて、ホークは何て言ったの？」

「きみの〝特別巡査〟張りの貢献に大いに感謝していたよ。いまわれわれにできるのは、きみがここだけの話だと言って口を滑らせた内容を、彼女がブース・ワトソンに伝えてくれるのを期待することだけだ。そうなったら、フォークナーはカラヴァッジョを自分の目で見るためにスコットランドへ行くという誘惑に抵抗できなくなるんじゃないかな」

「クリスティーナがどっちの味方かも、それでわかるわね」

「自分がどっちの味方なのか、クリスティーナ本人もわかっていないんじゃないか？」

「でも、フランス・ハルスをフィッツモリーン美術館に貸してくれたら……」

「もしフォークナーが一枚嚙んでいるのなら、きみはクリスティーナを確信させる努力をしなくちゃならないな。きみがいまや彼女を信頼していて、彼女の言葉の一つ一つを信じていると確信させる努力をな」

「彼女自身でさえ、自分の言葉の一つ一つなんて信じていないわよ」ベスが応えた。

「きみは学習するのが早いな」ウィリアムは言った。「クリスティーナはたぶん間違いなく、カラヴァッジョのことをブース・ワトソンに報告する。それによって、彼女がいまも自分たちの味方だと、あいつらも確信するはずだ」

「その論理についていけるほど、わたしは狡猾じゃないみたい」

「もしフォークナーがスコットランドへ行ってカラヴァッジョを買おうとしたら、ぼくに待ち伏せされ、刑務所へ逆戻りして非常に長い年月をそこで過ごすことになる。そうなると、クリスティーナは彼のアート・コレクションを自分のものにする時間がたっぷりできるじゃないか。公平を期すために一応言っておくけど、それが彼女のものであることは、離婚調停のときの合意によって法的に認められているけどね」

「あなたとクリスティーナとどっちが狡猾なのか、わたし、わからなくなってきたわ」ベスが言った。

「犯罪者が考えるように考えているだけだよ」二人でキッチンへ向かいながら、ウィリアムは言った。

「それで、今夜はどっちが夕食を作るの？」

「ぼくの番だったな」

"ぼくの番" なんて言ったら、質量ともにわたしと同じぐらいの仕事をしているみたいに聞こえるけど、あなたに作れる料理って、スパゲッティ・ボロネーゼとスパゲッティ・ポモドーロの二つだけじゃないの」

「アルデンテがよろしゅうございますか、それとも茹《ゆ》ですぎにいたしましょうか、マダム？」ウィリアムがベスのためにキッチン・テーブルの椅子を引いてやりながら言った。

「その二つの違いもわからないくせに」腰を下ろしながら、ベスがつぶやいた。

「至急会いたいとのことだったが」ブース・ワトソンは部屋に入ってくるラモントに言った。「それは報告に値することがあるという意味なんだろうな」

ブース・ワトソンは自分がこの〝特別相談役〟をどう思っているかを隠そうともしていなかったが、それは特別相談役のほうも同じだった。

「ウォーウィックとやつの新しい捜査班が何をしようとしているか、ロイクロフト捜査巡査部長が興味深い情報を提供してくれた」ブース・ワトソンはうなずいて先を促した。

「連中はいま、五件の殺人事件を捜査している。すべて裁判にはなったけれども、何らかの理由で有罪を勝ち取れなかった事件だ。そのうちの四件は、あんたが被告側弁護人を務めている。それぞれの事案について、捜査の進展状況の報告書をすべて書き写した」ラモントが〈セインズベリー〉のショッピングバッグから五通のファイルを取り出し、それを見ようともしないブース・ワトソンを尻目に話をつづけた。「それからもう一つ、あんたが知りたいんじゃないかと思われる情報に出くわした」

ブース・ワトソンは深く坐り直した。自分がまだ知らないどんな情報があるのかと訝るしかなかった。

「ロス・ホーガン捜査警部補に新しいガールフレンドができた。金に困っている様子はまったくなく、チェルシーの賃貸住宅に住んで、スローン・ストリートで買い物をしている女だ」

ブース・ワトソンは表向き無関心を装いながらも、その情報がさっきよりは気になりはじめた。「その女の名前は？」彼はさりげなく訊いた。

「ジョゼフィーヌ・コルベール。フランス人で、三十代半ば、最近離婚したけれども、いまはロンドンに住んでいる」

「彼女の金の出所はわかったのか？」

「ロス・ホーガンでないことは確かだ。いまの生活ができるに充分な離婚慰謝料をせしめたに違いない」

「面白い」ブース・ワトソンはそう言いながらもう一通のファイルをラモントから受け取ると、今度はそれを開いて、何分かかけて内容を検めた。安堵したことに、ミス・コルベールの職業も、彼女がロス・ホーガンとの関係を持つことになった本当の理由も、ラモントは突き止めていなかった。

「有益だった」ブース・ワトソンは認め、机の最上段の引き出しから分厚い封筒を取り出して、テーブル越しにラモントのほうへ押しやりながら指摘した。「ロイクロフト捜査巡査部長の一週間分の報酬、千ポンドもここに含まれているからな」

「もちろん」ラモントは応えたが、ジャッキーには毎回五十ポンドしか渡していなかったし、会わない週もあった。

「以上か?」ブース・ワトソンは訊いた。終わりの合図だった。

「以上です、サー」ラモントはわざとらしく改まって答えた。婚約指輪の件は黙っていることにした。二週間後に茶封筒を受け取るための切札になってくれるはずだった。腰を上げたが握手はせず、部屋を出て、静かにドアを閉めた。

ブース・ワトソンは時間をかけて五通のファイルを検めた。ウォーウィックのチームが自分のために特に作ってくれたものと言ってもよかった。まずはかつての依頼人と連絡を取り、事件の再捜査が開始されたことを知らせ、何もしないようアドヴァイスすれば、相談をしたいと言ってくるはずだった。

ブース・ワトソンはジョゼフィーヌ・コルベールのファイルに戻り、もう一度読み直した。今週の早い時期にミズ・コルベールと非常に生産的な話し合いをしていて、それが待ち望んでいる突破口を開いてくれたかもしれなかった。ロス・ホーガン捜査警部補はラモントが報告書で仄めかしているとおり、明らかに彼女に夢中だったし、かなり前からそう見えた。彼女はウォーウィックが五つの未解決殺人事件の捜査をしていること、そのうちの二つをホーガンが担当していることも確認してくれていた。もっと重要なのは、ホーガンがマイルズ・フォークナーの名前を一度も口にしていないのを確認してくれたことで、それは思いがけない余禄《よろく》と見なすことができた。便りのないのはいい便りだ。今度フランコ将軍の秘密の隠れ処を訪れたとき、大丈夫だとマイルズに保証してやろう。

しかし、今週の最大の勝利は、毎月一回のクリスティーナ・フォークナーとの話し合いだった。あのとき彼女は、マクラーレン卿なる人物がフィッツモリーン美術館に接触していて、最近、肩書だけでなく税金問題まで相続することになり、結果として家宝のカラヴァッジョを売却するしか道がなくなって、それによって少なくとも二千万ポンドをひねり出そうとしていることを教えてくれた。ブース・ワトソンはもう一人の〝特別相談役〟である税務署の役人に相談しなくてはならなかった。

これは双方から手数料を取る絶好の機会になる可能性が充分にあったが、そのためには自分が仲介役を務めることを、マイルズに認めさせる必要があった。どんなに強い誘惑に駆られようとも、そのカラヴァッジョを自分の目で確かめるためにスコットランドまで行くのがどんなに愚かなことかぐらいは、あの依頼人なら重々わかっているはずだった。

次のバルセロナ行きが楽しみでならなかった。余人をもって代えがたい価値が自分にあると、改めて思わせるに充分な報告をすることができる。

ブース・ワトソンは情報が更新されたそのファイルを、〈マイルズ・フォークナー関連〉の、秘書でさえ鍵を持っていないキャビネットにしまって鍵をかけた。

14

「よし、だれが最初だ?」ホークスビー警視長が訊き、勢いよく一本の手が上がったのを見てうなずいた。

「金曜の夕方、またラモントと会いました」ジャッキー・ロイクロフト捜査巡査部長が言った。

「どこで?」ウィリアムは訊いた。

「キングズ・クロス駅の裏手の小さなパブです。警察も、自尊心のある者なら犯罪者も、あんまり出入りしたがるような店ではありません」

「きみがどっちの味方か、やつが疑いはじめた様子はないか?」

「それはないと思います。酔っぱらったわたしを車で送ってくれましたから」

全員が笑った。

「でも、いいですか」ジャッキーがつづけた。「本当はダブルのジンのほとんどを背後の植木鉢にこっそり捨てていたんです。あの植木鉢の植物が一晩でも生き延びたら驚くしかないでしょうね」

「そのあいだに」ウィリアムは言った。「われわれの目論見をさりげなく、口を滑らせた振りをして教えてやったんだな？」

「警部があいつに教えてやりたい最低限度にとどめましたけどね。五件の未解決事件の再捜査が始まったことは教えてやりましたが、たっぷり余白を残して、今度ブース・ワトソンに報告書を提出する前に、ラモントがそこを埋めなくてはならないようにしておきました」

「そして、今度はブース・ワトソンが、依頼人だった連中にその報告書を渡す。その報告書がその連中とブース・ワトソンに考える材料を提供し、一方でラモントは二人からたっぷりと報酬を受け取るわけだ」ウィリアムは言った。

「ラモントを侮るな」ホークが警告した。「罠をかけられているんじゃないかと一瞬でも疑ったら、それをブース・ワトソンに知らせるだけでなく、自分に有利な材料に変えてしまうぞ。次はだれだ？」

「ローチ・グループとアボット・グループについて突っ込んだ捜査を始めたところですが」ロスが言った。「まったく大した悪党どもですよ。構成員一人一人に、グループ内で個別の役割が与えられています。だれであれ自分たちの邪魔をする者を排除する責任を負っているのはテリー・ローチとロン・アボットです。もし殺人罪で有罪になるとしたら、アボットの場合、少なくともあと五件は考慮に入れてくれと裁判長に頼めるんじゃないですかね。やつはまさしくプロの殺し屋そのもので、やつのグループがイーストエンドで恐れられているのは、それが理由です。目撃者が名乗り出ないのは、そんなことをしたら、次に殺されるのは自分かもしれないと恐れているからです」

「そんなに悪いのか？」ウィリアムは訊いた。

「ローチはもっと悪いですよ」ロスがつづけた。「アボットは射程距離の長いライフルで一発で殺すんですが、ローチが使うのは刃が鋸歯状《きょし》の肉切り包丁です。〝切刻み魔〟の異名を持っていて、千回切り刻まれて死んだら罰としての責め苦から放免してやってもいいと考えているんです。だれであれローチ・グループを裏切ろうとしたら、それを考えただけでこうなるぞという見せしめですよ。何度か実刑を食らってはいますが、ブース・ワトソンのおかげで、最長でも重傷害罪で二年の刑ですんでいます。そして、われわれに充分な予算がなく、高度な訓練を受けた警察官十二人を動員して二十四時間態勢での監視とはいかないのをいいことに、いまもまんまと逃げおおせているというわけです。一つ二つ考えがあるんですが、いまここで共有するのは時期尚早です」

「わかった」ウィリアムは言った。「だが、連中の一人でも捕まえることができたら、ロス、それはきみの手柄《ア・フエザー・イン・ユア・キャップ》になるぞ」

「その言葉の元々の出所はご存じですか？」ポールが割って入った。

「ああ、知っているとも」ウィリアムは答えた。「いまはイギリスの昔の習慣の話をするときではないが、一応説明しておくなら、戦士が戦いで一人敵を殺したら帽子に羽根を一本着ける《ア・フェザー・イン・ヒズ・キャップ》のを許される習慣があり、後の世になって、羽根が勲章に代わったんだ。足を挫《くじ》いても手柄にはならないからな、アダジャ捜査巡査部長。では、きみの報告を聞かせてもらってもかまわないかな」

「私の担当の高利貸し、マックス・スリーマンは」痛いところを突かれたポールが大人しく報告を開始した。「藁《わら》をもつかむ思いの人たちに依然として大きな額の金を貸しつづけ、期限通りに返済できなかったら暴力的な手段に訴えています。ここにいる全員が知っているとおり、客の三人が返済が遅れた直後に杳《よう》として行方が知れなくなっています。スリーマンはそのあと、その三人の不動産は自分のものになると主張しています。文書化されていない契約を重んじることができなかったらどうなるかをほかの顧客に思い知らせる、もう一つの見せしめです。ですが、スリーマンを投獄するだけでなく、同時に破産させる策を思いついたかもしれません。〝カポネの解決手段〟として知られている方法です」

「合法的な課税逃れか？」ウィリアムは訊いた。

「やつが長年にわたっていかなる税金も納めていないことは、証明できるはずです。最近も高等法院が六年の刑を申し渡した例がありますが、それよりも重要なのは、一九八六年に合法的な税金逃れを取り締まる法律ができたおかげで、本来国税庁が受け取るはずの税額の五倍までの罰金を裁判所が科せるようになったことです。ですから、スリーマンは刑務所送りになるだけでなく、無一文にもなるはずです。法廷は彼の資産をすべて剝ぎ取ることができるわけですから。罪の重さに釣り合う罰だと思いませんか？」ポールが満足そうな顔で締めくくった。

「そうかもしれんが」ホークが言った。「それでも、私としてはやつが犯した三人殺しの罪での終身刑のほうがいい。それが現実的でないと証明されたら、そのときは税金の線を考慮しなくてはならないかもしれないがな。ただし、言っておくぞ、ポール、税金の線で行くとしても、それはそれで問題がある。税金関係の裁判は四か月かかる可能性があるし、陪審員がその内容を百パーセント理解することはあり得ない。一方で、一応まともな弁護士なら専門証人をも手玉に取ることができる。だから、用心することだ、ポール。きみは難しい仕事を抱え込むことになる。その最大の理由は、きみ自身が何日も連続して証人席に入り、証言しなくてはならなくなるからだ」

ポールの顔にもはや満足の表情はなかった。

「ジャッキー、われらが元警視と飲んで酔っていないときは何をしているんだ？」

「妻を殺した保険金詐欺の悪党、クライヴ・ピューの捜査をつづけています。あいつはいま、二度目の男やもめになる計画を立てているように思われます」

「だけど、もはや保険会社が相手にしないんじゃないですか？」ポールが訊いた。「二十五万ポンドもせしめられて、痛い目にあわされたんだから」

「今回は保険会社を煩わせないですむだけでなく」ジャッキーが言った。「二十五万ポンドよりもはるかに大きな獲物に狙いをつけているみたいよ」

「それで、今度の新しい犠牲者はだれなんだ？」ウィリアムは訊いた。

「ある年輩の女性に近づいているんですが、その女性というのが夫を亡くして全財産を相続していて、やつの狙いはその財産なんです」

「しかし、その女性だって、やつが金目当てで近づいてきている男の一人だというぐらいのことは見当がついているんじゃないのか？」ウィリアムは言った。

「ピューというのはしたたかで、そんなことを気取られるようなへまはしません。悪事を働いて得た金の遣い道に長《た》けていて、最高級のレストランで二人で食事をし、休暇は五つ星ホテルで二人で過ごし、支払いは常に自分がするんです。でも、もういつプロポーズしても驚きませんね、そのお金ももうそんなに長くはつづかないはずですから」

「ピューが彼女を殺すと考える根拠は何だ？」ホークが訊いた。「一生をその女性と一緒に過ごすだけで満足しない理由は？」

「彼女のほうが十も年上ですが、サー、父親は百一歳まで生きています。それに、こっちのほうが重要かもしれませんが、ピューは愛人——最初の殺人の共犯者だとわたしは確信しているんですが——ともまだ切れていません。ですから、ある日、朝刊を開いたら〝金持ちの相続人、悲劇の死〟という見出しを目にすることになっても不思議はありません」

「二度目は絶対に逃げきれそうにないな」ロスが言った。

「あらかじめ逃走手段を準備しないような間抜けじゃありませんよ」全員がジャッキーに目を向け直した。「休暇で訪れる南アフリカ行きの便をすでに予約しています」

「人を殺しても、十件に一件しか有罪にならないところだ」ウィリアムは言った。

「しかし、わが国には一八六一年の個人に対する犯罪法第九項があります。ですから、いつでも逃亡犯罪人引渡し命令を適用できます」そう言ってポールが全員を沈黙させたが、ホークは例外だった。

「それは南アフリカには馴染みのない法律だろうな」彼は言った。「判事でさえ買収できるとあれば尚更だ」

「われわれが最初の妻殺しを再捜査しはじめたことをブース・ワトソンから知らされたら、考え直すかもしれませんよ」ポールが言った。

「それはどうかな」ホークが言った。「ピューはギャンブラーだ。金が手に入る確率と自分が捕まる確率を考量すれば、南アフリカ警察が相手なら勝てると踏むのではないか？」

「きみを南アフリカへ行かせる余裕がないのが残念だよ、ジャッキー」ウィリアムは言った。「それができれば、やつが何を企んでいるかを次の会議で教えてもらえるのにな」

「パンクハースト捜査巡査はどうした？」ホークがジャッキーのファイルを脇へ押しやり

ながら訊いた。「彼女がナイトクラブの用心棒とどうしているか、それを知りたかったんだがな」

「彼女はいま休みを取っています」ウィリアムは言った。

「用心棒と一緒にか？」ホークが訊いた。

「いえ、サー。アーチボルド・ハーコートーバーンという陸軍大尉と一緒です」

「何者だ？」

「近衛歩兵第一連隊の将校です」ジャッキーが割って入った。「彼のことはほとんど話してくれていませんが、そこから考えると、本当に真剣なんだと思われます」

「彼女を失うことにならなければいいが」ホークの口調が変わった。「前途有望な、実に優秀な警察官だ」

「同感です」ウィリアムは言った。「パンクハースト捜査巡査は祖先である女性参政運動家《サフラジェット》にまったく負けないぐらい自立しています。それに、近衛歩兵連隊の将校一人をうまく操りながら、それと並行して悪党どもを逃がさないようにするぐらいの能力は優に持ち合わせています。ですから、自分の力で勝ち得た休暇を楽しませてやって、われわれは仕事に戻りましょう」

「さっさとしろよ、おばさん。さもないと、飛行機に遅れるぞ」アーチーが急かした。

「慌てなさんな、時間ならまだたっぷりあるわ」レベッカは落ち着き払って応じた。

「ああ、確かにきみの言うとおりだ」アーチーがレベッカの手を取った。「搭乗ゲートは何番だっけ？」

「六十三番よ」

「どうしてぼくの乗る飛行機はいつもいつも滑走路の端なんだ？」アーチーがこぼした。

「わたしが帰国したときはいつも」レベッカは言った。「ジャンボ・ジェットを降りたばかりの四百人の乗客に行く手を阻まれるのよね。でも、いいの。この休暇をとても楽しみにしていたんですもの。いつ以来かわからないけど、とにかく最初の本物の休暇になるはずだもの」

四十九番ゲートの前を通り過ぎようとしたレベッカの目に、奥の隅に坐って〈タイムズ〉を読んでいるブース・ワトソンが留まった。もう一度見直したが、間違いなかった。

「ちょっとトイレに行ってくる」レベッカはアーチーの手を放した。「先に行ってて。すぐに追いつくから」

アーチーの姿が視界から消えると、レベッカは最寄りの電話へ向かった。班長はいまも警視長との会議の最中だろうか、それとも、自分のデスクに戻っているだろうか？

「ウォーウィック捜査警部」つながらないかと諦めかけたとき、ようやく声が返ってきた。

「おはようございます、サー。レベッカです」

「休暇中じゃなかったのか?」

「そうなんですが、お知らせしたほうがいいと思うことがあって連絡しました。実はいま、搭乗便を待っているブース・ワトソンを見かけたんです」

「やつも休暇なんだろう」

「三つ揃いのスーツを着て、ブリーフケースを持ってですか?」

「行先はどこだ?」

「バルセロナです」

「では、きみの行先もバルセロナになったな。着陸したら、すぐに連絡をくれ。そのときには、きみに次に何をしてもらうかが決まっているはずだ」

「あの、一応申し上げますけど、わたし、休暇を取っているんですが?」

「それはもはや過去形だ、パンクハースト捜査巡査。これからはマイルズ・フォークナーの隠れ処を捜してもらうことになる」

「でも……」

「〝でも〟はなしだ、巡査。こんなチャンスは二度とないかもしれないんだ」

ウィリアムは電話を切ると、ホークスビー警視長のオフィスにかけ直した。一方、レベッカは母親なら絶対によしとしないはずの、ありとあらゆる呪詛《じゅそ》の言葉を吐き散らしつづけた。急いで四十九番ゲートへ引き返すと、すでにファーストクラスの乗客の搭乗が始まっていた。ブリティッシュ・エアウェイズのカウンターへ戻って航空券を切り替える時間はなかったから、〈W・H・スミス〉の店内に入ってこっそり見張っていると、ブース・ワトソンが搭乗券を提示し、待っている搭乗便へつづく通路を下って見えなくなった。アーチーが捜しに戻ってきてくれるのを期待した。そうすれば、いまの状況を説明できる。だが、そうはならなかった。最後の乗客の数人が搭乗を終えるのを待ってチェックイン・カウンターへ行き、警察の身分証を取り出して客室乗務員に見せた。

「お待ちしておりました、捜査巡査」レベッカのパスポートを確認するや、その男性客室乗務員が言った。「たったいまスコットランドヤードから連絡があり、あなたをこの便に乗せてほしいとの要請を受けたところです。エコノミークラスの最後尾の席を用意してございます。後部のドアから搭乗いただければ、最後に乗って、最初に降りることが可能になります」

そして、搭乗券をレベッカに渡して付け加えた。「では、よい空の旅をお祈りします。ミズ・パンクハースト」

「一緒に行けない理由をボーイフレンドに説明したいんだけど、その時間はあるかしら？」

「お気の毒ですが、それは無理です。もうゲートが閉まります」

レベッカは人気のなくなった長い通路を渋々歩いていき、その便の最後の乗客になった。離陸してから着陸するまで、緊張はほどけなかった。その間《かん》ずっと、想いはアーチー——

二度と口をきいてもらえないのではないか――と、ウォーウィック捜査警部――喜んで絞め殺してやる――、そして、ブース・ワトソン――たぶんビジネスクラスの最前列にいるはずの、この問題のそもそもの根源――のあいだを行きつ戻りつしつづけた。

バルセロナに着陸するや、これからどうするかを考えはじめた。ブース・ワトソンは迎えがきているのか？　タクシーかバス、あるいは鉄道で市内へ向かうのか？　すでにホテルを予約しているだろうか？　そうだとしたら、そこでフォークナーと会うのか？　それとも、新たな隠れ処へ車で直行するのか？　その場合、わたしはどうすべきか？

着陸前にすでに十を超える筋書きが頭にあり、機がタキシングして降機ゲートに横付けされたときには、頭は刑事としてのそれに切り替わっていた。

女性客室乗務員が後部のドアを開けるや、一瞬の時間も無駄にすることなく、周囲の客のだれよりも早く席を立って、足早にタラップを下りた。ターミナルに入って税関へ向かう乗客の列に加わると、後ろから足早に近づいてくる者がいた。

「もう少しゆっくり歩いて、私と腕を組んだ、捜査巡査」明らかに命令することに慣れている口調で、レベッカは隣りにいる男を一瞥して指示に従った。

「振り返らないで、このまま歩きつづけて。あとは私に任せてくれ」

「わかりました、サー」上官に対する口調になっていた。

「スペイン国家警察のサンチェス中尉だ」男はレベッカのほうを一瞥だにしなかった。

「ホークスビー警視長から私の上司に電話があり、きみのここでの任務がいかに重要なものであるか、一片の疑いも残らないように説明があった」そして、税関に着くまでふたたび口を閉ざした。そこではパスポートの提示を要求されることもなく、ただ敬礼された――パンクハースト巡査ではなく、サンチェス中尉に――だけだった。サンチェス中尉が八つの税関窓口がすべてはっきり見えるところを選んで言った。「標的が見えたら、指さして教えてくれ」

レベッカは税関係員にパスポートを提示するために並んでいる乗客の列――長いうえに次々と最後尾に加わっていた――に目を凝らしつづけ、しばらくして言った。「あれです、六番目の窓口の列に並んでいて、一人だけ休暇を楽しみにやってきているのではないように見える、あの男です」

「三つ揃いのスーツ、五十代ぐらい、髪が薄くなりはじめていて、革のブリーフケースを持っている？」

「そうです」

サンチェス中尉がだれかにうなずいたが、レベッカには見えなかった。レベッカとサンチェス中尉は、税関を通過したブース・ワトソンのあとを追った。彼はそもそも荷物を預けていなかったから手荷物受取り場をそのまま通り過ぎて到着ロビーへ入ると、急いで空港を出てタクシー乗り場へ向かった。

レベッカが見ていると、タクシー待ちの列に並んだブース・ワトソンの後ろに、若い男がそっと並んだ。ブース・ワトソンがようやく列の一番前になってタクシーの後部席に乗り込むと、若者はそのナンバープレートをメモしただけで、次のタクシーに乗らなかった。

「尾行しないんですか?」レベッカは訊いた。切羽詰まった口調にならないよう努力しなくてはならなかった。

「その危険は冒せない」サンチェス中尉が答えた。「きみの上司がはっきり忠告してくれたとおり、尾行されていることに気づいたら、まっすぐ空港へ取って返して、きみがわざわざここまできたのが時間の無駄になってしまう恐れがある。だが、心配は無用だ。われわれは偽装タクシー部隊を持っていて、あのタクシーの運転手もその一員だ。あとで詳しく報告させて、きみの標的をどこで降ろしたかも含めて、スコットランドヤードに知らせる」

「標的がタクシーを乗り換えたらどうするんですか?」

「乗り換えたとしても、そのタクシーの運転手もわれわれの部隊の一員だ」サンチェス中尉が道路の反対側を見てうなずいた。

「では、わたしはせいぜいが走り使いなんですね」

「こう言っては何だが、とても魅力的な走り使いだよ、セニョリータ」

「その発言は、イギリスでは女性差別の非難を免れませんよ」レベッカはにやりと笑ってみせた。

「そうだな。だが、いまきみがいるのはバルセロナだ、イギリスじゃない」

「それで、わたしはこれから何をすればいいんでしょう？」

「フィレンツェ行きの便が予約してある。そこの到着ロビーで、きみのボーイフレンドが待っている」

「どうしてそんなことを？」

「きみの休暇を台無しにしたことを、上司が後ろめたく思ったんだろう」サンチェス中尉がフィレンツェ行きのファーストクラスの搭乗券を差し出した。「イタリアで楽しい時間を過ごせるといいな、セニョリータ・パンクハースト。私の祖母はきみの祖先をとても尊敬し、憧れていたよ。もっとも、わが国の男どもが最終的に女性に参政権を与えるまでさらに数年かかったがね」そして、敬礼して踵を返した。

レベッカはその背中に向かって言うことになった。「一九三一年です」

15

「尾《つ》けられなかっただろうな？」

「それはない」ブース・ワトソンは答えた。「高速道路を降りてからは、一台も車を見ていない」

「尾行されたら、その日のうちにまたもや別のところへ移らなくちゃならないからな」

「今度の行先はどこなんだ？」

「いくつか、明日にでも行けるところを揃えてある。だが、フランコ将軍はここに二十七年隠れていて、こういう場所があるのをだれにも感づかれることがなかった。二十七年後にはホークスビー警視長は死んでいるし、ウォーウィック捜査警部は引退しているさ」

「確かに」ブース・ワトソンは同意するとブリーフケースを開け、ファイルを何通か取り出した。「どこから始める？」

「法外な相談料を払うだけの価値がラモントにあるかどうか、それを検証することからだ」

「警察内部に情報源を抱えているあいだは支払いをつづける価値がある」ブース・ワトソンは応えた。「ただし、自分の得になると考えたら、祖母にでもドラッグをやらせる男だということを忘れないようにしないといけないけどな」

「やつとロイクロフトはできてるのか？」

「たぶん間違いないと思うが、あの二人のつながりは互いの金銭的利益だけだ」

「好き合ってるから寝てるんじゃないのか？」

「共通の利害がある者同士として寝ているのであって、好き合っているから寝ているわけじゃない。あの二人がこの前会ったときだって、ラモントはパブで酔っぱらったロイクロフトを車で送ってアパートの前で降ろしただけで、そのまま自宅へ帰っている」

「彼女は価値のある情報を渡しているのか？」

「ウォーウィックの班がいま取りかかっている、未解決事件の再捜査に関しての情報を更新してくれている」

「おれもそこに含まれているのか？」マイルズが訊いた。

「いや、きみのことは忘れられているようだ。名前すら出てきていない」

「未来永劫《えいごう》そうであってほしいもんだ」マイルズが言った。「ラモントはジョゼフィーヌ・コルベールも見張りつづけているんだな？」

「ああ」ブース・ワトソンはブリーフケースからもう一通のファイルを取り出した。「ホーガン捜査警部補と彼女はできてしまったように見える。週に三回、ときには四回も逢瀬《おうせ》を重ねている。そして、それが結果を出しはじめた。いや、成果を出さなくなりはじめたことのほうが重要だな」

「どういう意味だ?」

「彼女はホーガンが五件の未解決事件のうちの二件を担当していることを確認した。アボットとローチの件だ。彼女はホーガンが口にしたほかの名前も私に報告することになっているが、いまのところ、きみの名前は出てきていない」

「ラルフ・ネヴィルなる退役海軍軍人のことを知っているかと、彼女はホーガンに訊いたかな?」

「それはあり得ない」ブース・ワトソンは否定した。「そんなことをしたら、その場で彼女の正体がばれるし、きみの正体もばれてしまう。ホーガンがきみの名前を、あるいはラルフ・ネヴィルという名前を口にしない限り、きみのファイルは依然としてヘイズの文書保管所にあって、どこへも行かずに埃をかぶっていると確信していいと思う」

「テリー・ローチを捕まえようとしても、ホーガンは時間を無駄にするだけだ。それは保証してやるよ」マイルズが言った。「あの男に不利な証言をしようなんて人間は、イーストエンドには一人もいない。考えもしないさ」

「ローチに会ったことがあるのか?」ブース・ワトソンは訊いた。意外だった。

「刑務所で一緒だった。敬して遠ざけておくべき男だよ。おれと同房だった二人か三人が、シャワーを使っているときに、血は水より濃いことを思い知らされた。つまり、湯でも水でもなく、自分の血を浴びるはめになったということだ」

ブース・ワトソンは思わず身震いした。

「それで、ミス・コルベールは週に千ポンドの価値があると思うか？」マイルズが葉巻を点けながら訊いた。

「確かに掛金は安くないが、そうだとしても、彼女は保険だと考えるんだな」

「女は保険にならない」マイルズが言った。「保険といえば、クリスティーナは最近どうしてる？」

「取引の条件をきちんと守っているよ」ブース・ワトソンは答えた。「ベス・ウォーウィックと会って、魅力的な情報を二つ手に入れてきてくれた」

マイルズの顔に興味が浮かんだ。

「マクラーレン卿なる人物がカラヴァッジョの『人間をとる漁師』を買わないかとフィッツモリーン美術館に言ってきたんだが、金額の折り合いがつかなかったらしい」

「いくらだったんだ？」

「二千万ポンド」

「代々の家宝なのに、しかも、カラヴァッジョの最も有名な作品なのに、それを売りに出す理由は何なんだ？」

「そうせざるを得なかった、というのがその質問への答えだ。第七代マクラーレン卿は途方もない金額の相続税を背負うことになったらしい」

「途方もないって、どのぐらいなんだ？」

「二千二百七十万ポンドだ」

「なるほど、これで彼が何のためにその絵を売ろうとしているかはわかったわけだ」マイルズが言った。

「買うことに関心があるのか？」

「もちろんだ。だが、代わりにやってくれるだれかを探す必要がある。おれの場合、キリストと違って、死からよみがえるわけにいかないからな」

ブース・ワトソンは思わず口元を緩めた。「そのだれかを引き受けるにやぶさかではないぞ」

「そうくると思っていたよ、BW」マイルズが言った。「ところで、クリスティーナが情報を二つ持ってきたと言ったな」

「フィッツモリーン美術館は来秋、フランス・ハルスの展覧会を催そうとしている。それで、ミセス・ウォーウィックがクリスティーナに『フルート奏者』を六週間貸してほしいと頼んできた」

「貸すのはクリスティーナじゃないぞ」マイルズが傲然と言った。

「だから、いまこうしてきみに相談しているんじゃないか」

「その理由は？」

「ミセス・ウォーウィックはあのコレクションがクリスティーナのものだと信じているんじゃなかろうか。もっと重要なのは、彼女の夫も同様だということだ」

「カラヴァッジョの『人間をとる漁師』は」ツアー・ガイドが言った。「疑問の余地なくマクラーレン・コレクションの誇りです。絵の中央にいるのはキリストですが、目はすぐに舟にいる漁師たちへと移ります。水の上を歩くキリストを初めて目の当たりにした使徒たちの顔に浮かんでいるショックの表情は天才にしか描けないものであると、高名な美術史家のサー・ケネス・クラークは書いています」

「価値はいくらぐらいなんですか？」アンディ・ウォーホルのTシャツを着た若者が質問した。

「値はまったくつけられません」ガイドが軽蔑を顔に表わさないようにしながら答え、それを聞いた年輩の紳士の顔に笑みが浮かんだ。車椅子に坐り、両脚はタータンチェックの膝掛けに包まれていた。

「それでも」ガイドがつづけた。「興味を覚えていただけるかもしれませんが、初代マクラーレン卿が一七八六年、ミラノのディーラーからこの傑作を購入したときの金額は五十ギニーでした。そして、スコットランドへ帰ると、ここのダイニングルームに飾られて、そのまま今日に至っているというわけです」

間もなくそうではなくなるがな、と車椅子の紳士は内心でつぶやいた。

「ツアーは以上です」ガイドが締めくくった。「みなさまにお楽しみいただけたことを願っております」そうだったことを示す盛大な拍手が起こった。

ガイドが会釈をしてから言った。「よろしければ、私どもの売店を訪ねるなり、カフェで軽い飲み物をお楽しみいただくなり、敷地内を散策なさるなり、自由にしていただければと存じます。みなさまの無事の帰国をお祈りしています」

車椅子の老人はガイドに礼を言って気前よくチップを弾み、看護師にゆっくりと車椅子を押してもらってダイニングルームをあとにした。「売店へ行きたい」老人は言った。

「承知しました、サー」看護師は標識に従って車椅子を押していった。老人は売店で「人間をとる漁師」の絵葉書とマクラーレン家のコレクションの彩色画付きカタログを買い、また看護師に車椅子を押してもらって、待機していたリムジンへ戻った。私服の若い警察官に気づいたが、その警察官は老人をよく見ようともしなかった。専属運転手と看護師が老人を車椅子から降ろし、リムジンの後部席に坐らせた。

ゆっくりと敷地を出ていくリムジンの後部席で、老人はカタログを開いた。最初のページは一七三六年からいまに至るまでの家系図で、初代マクラーレン卿は産業革命初期の時代に一代で富を築いたようだった。美術に関心があり、最初は素人の趣味だったものが中年になるころには情熱になり、ついには執着と呼べるほどに高じて、〝ヨーロッパ・ツアー〟を敢行するまでになった。一八二二年にこの世を去ったとき、彼のコレクションは民間の収集家のものとしては最高と見なされていた。リムジンがアバディーン空港の前に停まるころには、老人は初代マクラーレン卿の人生の終わりまでたどり着いていた。

魅力的な地上係員が看護師から車椅子を引き継ぎ、税関の列の一番前へ老人を案内した。パスポートの確認が終わるや、老人は待機している機へ直行した。

帰国便の機内で、老人は第二代、第三代のマクラーレン卿がいかにしてそのコレクションにターナー、コンスタブル、ゲインズバラを付け加え、高い評判をさらに高くしたかを知った。着陸した機から降りたのは一番最後で、そのころには、第四代マクラーレン卿が死ぬまでにどのようにして印象派の作品を見つけ、モネを一点、マネを一点、マティスを二点獲得したかを突き止めていた。

車椅子で税関へ向かうあいだは、第五代マクラーレン卿の欲望の虜《とりこ》になった。彼は自国の画家の作品を獲得し、イタリア、フランス、イングランドの巨匠の作品の隣りに飾ることに執心して、マクタガート、レイバーン、ペプロー、ファーカーソンをコレクションに付け加えた。残念ながら、第六代マクラーレン卿は美術には見向きもせず、スポーツカーと尻軽女に入れ込むばかりだった。その結果、浪費を埋め合わせるためにコレクションの数点を売却しなくてはならなかった。六十三歳のときに心臓発作で世を去ったあと、一人息子に遺《のこ》されたのは肩書だけで、税務署に責められたくなければカラヴァッジョと別れる以外に選択肢がなくなっていた。

老人はゆっくりと税関を通過し、到着ロビーに着いたときには、カタログの最終ページまでたどり着いていた。

専属運転手が空港の外、障碍《しょうがい》者用車両駐車区域で待機している車まで車椅子を押していき、主人のために後部ドアを開けた。主人は車椅子を降りると、自分の脚で歩いて後部席に乗り込んだ。マジシャンのラザロも彼を誇りに思うに違いなかった。

16

「双子はどうしたんだ?」ベスとウィリアムがコートを掛けるより早く、サー・ジュリアンが訊いた。

「二人とも、今日はわたしの両親のところに行っています」客間へ向かいながら、ベスが答えた
「幸運なアーサーとジョアンナね」マージョリーが言った。

「厳密にここだけの話《アントレ・ヌ》だが」サー・ジュリアンが言った。「この前やってきたとき、アルテミジアは私にこっそりこう言ったんだぞ――『おじいちゃんのほうが好きよ』とな」

ベスが苦笑しながら言った。「あのませた小娘ときたら、今朝、わたしが二人をイーウエルの実家へ送っていったとき、父にそっくり同じことを言っていましたよ」

「そういうことなら、私の遺言書をピーターに有利になるように書き換えなくちゃならん」サー・ジュリアンが大袈裟《おおげさ》にため息をついてみせた。

「そのときは、わたしの父がアルテミジアに有利になるように遺言書を書き換えるでしょ

うね」ベスが言った。

「ウィリアムは仕事の話は絶対にしないし」マージョリーがコーヒーのカップをベスに渡しながら言った。「ジュリアンは仕事以外のことはほとんど話さないから、あなたの次の計画について教えてもらおうかしらね」

「来秋に開く予定で、フランス・ハルスという画家の展覧会の準備をしているところです」

「たびたび思うんだけど、そういう大きな展覧会を催すためには、裏でどんな下準備がされているのかしら?」

「長くて辛い試練です」ベスが言った。「忍耐と、絶対にやり遂げる決意が必要で、袖の下や腐敗とも無縁ではいられません」

サー・ジュリアンの顔にいきなり興味が表われた。

「展示される作品の数は?」

「運がよければ六十点から七十点でしょうか。そのなかに『微笑む騎士』が入ってくれればいいんですけど」

「それはいま、どこにあるのかな?」サー・ジュリアンが訊いた。

「ウォレス・コレクションが所有しているから」ウィリアムは言った。「少なくとも遠出をする必要はないわけだ」

「人はときどき忘れるようだが」サー・ジュリアンが言った。「わが息子は最近になって名の知れてきた大学で美術史を学んだわけだから、警察に奉職していなければ、いまごろはベスの助手の一人ぐらいにはなれていたかもしれんな」

「そっちのほうがよかったと？」ウィリアムはむっとしてみせた。

「子供じみた言い合いなんか無視して」マージョリーがベスに言った。「大事な展覧会の準備の話をつづけてちょうだい」

「神の下と腐敗のところからだ」サー・ジュリアンが促した。

「ハルスの作品の大半は世界じゅうの公共美術館が所有しています。最高傑作はアムステルダムの国立博物館にあるんですが、メトロポリタン美術館とエルミタージュ美術館は見事な自画像を持っています。さらにもう一つの傑作、『微笑むリュート奏者』はロンドンのシティのマンション・ハウスで見ることができます。でも、主要な作品を別の美術館から借りようとすると、将来のしかるべきときの見返りを期待されるのが普通なんです」

「たとえばどういう見返りなのかな？」サー・ジュリアンがコーヒーを飲んで訊いた。

「ワシントンDCのフィリップス・コレクションが二年後にルーベンスの展覧会を企画しているんですが、『キリスト降架』を三か月借りられないかと、フィッツモリーン美術館にすでに問い合わせてきているんですよ。あそこはハルスの作品を三点持っていて、わたしたちもそのうちの二点を借りようとしているんです」

「ハルス二点とルーベンス一点なら釣り合いの取れた貸し借りだろう」サー・ジュリアンが言った。

「ハルスの作品で個人が所有しているものはどのぐらいあるの？」

「追跡可能なのは十一点だけです。ハルスのような大画家の重要な作品が売りに出されたら、国立の美術館が購入することが圧倒的に多いんです。そうすれば、二度と市場に出回ることはないと保証されますからね」

「それは個人が所有している作品の価値を上げることにしかならないんじゃないか？」ウィリアムが口を挟んだ。「それらが大きな展覧会に貸し出されたら尚更だろう」

「個人で所有している十一人に接触して」ベスは言った。「わたしたちの展覧会に協力してくれるかどうか問い合わせをしてみたの。その結果、三人はうんと言ってくれたけど、とても厳しい条件が付いていた。四人には断わられて、残りの四人は返事もくれなかったわ」

「どうして貸し出したがらないのかしら？」マージョリーが訊いた。「ウィリアムが言うように、その作品の価値が上がるはずなのに」

「お金儲《もう》けのためにこの業界に参入している人たちはそれをよく知っているから、大きな展覧会への協力を惜しみません。拒否する理由で一番多いのは、自分の所有する作品が輸送中に破損する恐れがあるというものなんです。だから、東京のある美術館が所有しているハルスの自画像の傑作を貸し出してもらうのに、説得に大骨を折らなくてはなりませんでした」

「返事も寄越さなかった人たちはどうなの？」マージョリーが訊いた。

「貴重な美術作品を所有していることを税務当局に知られたくない犯罪者の場合がしばしばあるな」ウィリアムがベスの代わりに答えた。「故マイルズ・フォークナーが典型的な例だ」

「〝故〟をつけるのはまだ早いかもしれないぞ」サー・ジュリアンが言った。

「その理由は？」ウィリアムは用心深く訊いた。

「ブース・ワトソンは以前ほど頻繁に法廷に現われていないんだが、それにもかかわらず、いまも毎日サヴォイ・ホテルで食事をしている。早めに引退したか――まずあり得ないだろうが――、われわれのように切れ目なく仕事を求めなくてすむほどの大きな依頼料を払ってくれる単一の依頼人をものにしたかだ。必要がないのに弁護士を雇う者はほとんどいないことを忘れるな」

「妻がまだフランス・ハルスについての質問をしようとしている最中に、そこに割り込んで邪魔をする弁護士は特にね」マージョリーが言った。

「悪かった」サー・ジュリアンが謝った。「私は人をうんざりさせる法律家になりつつあるようだな」

そんなことはないと言ってやる者は一人もいなかった。

「作品を世界の一方の端からもう一方の端まで移動させなくちゃならない場合がときどきあるって言ったわよね」マージョリーが質問を再開した。「それにはお金がかかるんじゃないの?」

「たまにですけど、びっくりするぐらいの料金がかかることがあります」ベスは答えた。「そんな大切な作品を預けても大丈夫だと信頼できる運送会社は、イギリスにはほとんどありません。絶対に自分の目の届くところに置いておかなくてはならないから、作品は貨物室ではなくファーストクラスで、自分と一緒に移動しなくてはならないと主張して譲らないキュレーターもいるぐらいです。それをやったら安くすむはずはないし、その上に保険料の心配もしなくてはなりませんからね。ヴァチカンにあるレオナルド・ダ・ヴィンチやミケランジェロは絶対借りることができないんですが、なぜかというと、〈ロイズ・オヴ・ロンドン〉が彼らの作品の保険を引き受けたがらないし、教皇が教令による例外を認めたことがないからなんです」

「そういうとき、政府に力を貸してもらうことはできないの?」マージョリーが訊いた。

「それどころか、邪魔をしてくれることさえ間々あります」ベスは答えた。「たとえばどこかの美術館が作品を貸し出したいと考え、外務省がそれを留保する権利を持っている場合、海外への輸送許可申請を拒否できるんです」

「それはそうだろう」サー・ジュリアンが言った。「パルテノン神殿にあった彫刻群、エルギン・マーブルを貸し出してほしいとギリシャのアテネ国立考古学博物館が頼んできたら、それがわずか六週間であっても、反対の大声が上がるとしか思えないからな」

「それに、ユダヤ人の問題がある」ウィリアムが言った。

サー・ジュリアンが沈黙した。

「第二次世界大戦のときにドイツがユダヤ人所有者から盗み、いまも公共の美術館に展示されている傑作が何点かある。そのうちのいくつかは後にソヴィエトによって〝解放〟され、いまはサンクトペテルブルクのエルミタージュ美術館や、鉄のカーテンの向こうに何事もなく隠れていたほかの美術館で見ることができる」

「そういう作品について、元々の持ち主にできることは何もないの？」マージョリーが訊いた。

「ほとんどないでしょうね」ベスは答えた。「そういう国の関係当局は、自分のものだと主張する元々の所有者の主張を聞くことすら拒否しています。それに、自分たちに対する抗議運動が起こる恐れのある国の展覧会に盗品を貸し出すなんて、そもそもあり得ません」

「そういう犯罪を犯しているのはソヴィエトだけではない」サー・ジュリアンが言った。

「かつて、ヘルマン・ゲーリングは、世界じゅうの物故した大画家の最高傑作を自分だけのために集めていた。そのすべてが正当な所有者に返されたとは信じられない」

「返されたものもなくはないけれども、数えるほどでしかない。ほとんどは戦後、西ではなく東へ旅をしている。赤軍が連合軍より早くベルリンに到達したことを忘れないように。だから、連中がベルリンへの道々集めた作品を見たければ、ビザが必要になる」

「イギリスはどうなの？」マージョリーが訊いた。「この国の主要な美術館にそういう怪しげな作品は展示されていないの？」

「いや、展示されているよ」ウィリアムが言った。「フィッツモリーン美術館の最高傑作のうち、三点は有名な犯罪者から寄付されたものだ」

「〝寛大な未亡人が永久貸与してくれたものよ」ベスが言い返した。

「〝寛大な〟の前に、〝亡夫にほとんど負けず劣らずの悪である〟という形容詞がつくんじゃないのか？」ウィリアムがさらに言い返した。「それに、もしやつがいまも生きていたら、〝永久貸与〟を〝当面の貸与〟に変える抜け穴を必ずや見つけずにはいないと、そう覚悟したほうがいいぞ」

「証拠は？」サー・ジュリアンがジャケットの襟を引っ張りながら言った。

「クリスティーナ・フォークナーの代理人が、ほかならぬブース・ワトソン勅撰弁護士なんだ」

「正確には証拠とは言えないが、それでも……」

「二人とも、子供じみた真似はいい加減にしなさい」マージョリーが諫めた。

「実は、乗り越えられないかもしれない最大の問題があるんです」ベスはつづけた。

「きっと現実的な、おそらく金にまつわる問題だな」サー・ジュリアンが言った。

「そうなんです。批評家に好意的な見方をしてもらうためには、また、そういうそれなりの確信を得るためには、少なくとも六十点から七十点の傑作を展示しなくてはなりません。好意的な批評をしてもらえれば、充分な数の市民がその批評に惹かれて展覧会に足を運んでくれますから。わたしたちの場合、その数は週に一万人ほどです。それが達成できなかったら、ティムがたびたびわたしに念を押しているとおり、フィッツモリーンは実際に損をして、資金難に陥ることになるんです」

「ティム・ノックスといえば」サー・ジュリアンが言った。「王室の絵画コレクションの管理責任者《サーヴェイヤー・オヴ・ザ・クイーン・ピクチャーズ》に推薦されるという噂があるぞ」

「あくまで噂で終わってくれることを祈ります」ベスは言った。「だって、彼の代わりになれる人なんていないんですから」

「王室のコレクションにハルスの作品は含まれているの？」マージョリーが話を本線に戻した。

「三点、含まれています」ベスは答えた。「それに、公共の美術館の要請に対して、女王陛下は常にとても寛大でいらっしゃいます」

「展覧会が待ちきれないわ」マージョリーが言った。

「お二人を初日の夜に招待します」ベスは約束した。「それで、お母さまの懸念は承知のうえでなんですけど、お父さまがいま関わっていらっしゃる裁判のことを聞かせていただけますか？」

「一時間はかかるが、大丈夫か？」サー・ジュリアンが訊いた。

「さっさと始めなさいよ」マージョリーが急かした。

サー・ジュリアンは椅子に深く坐り直すと、一拍置いてから一言だけ発した。「詐欺だ」そして、自分でぎりぎりだと思うまで勿体をつけて引き延ばしてから言葉を継いだ。「原告側代理人として、あるとりわけ狡猾で悪知恵に長けた被告を追及しているところだ。飼い主に虐待されている驢馬《ろば》を救う慈善事業を隠れ蓑にしていた男だよ」

「そんな戯言《たわごと》に引っかかる人なんているんですか？」ベスが訊いた。

「何百人もいるようだな。〈飢えている驢馬の写真を載せた〈デイリー・テレグラフ〉の四分の一ページ広告を見せるだけで、多額の寄付が一気に集まった。ここは悪党と動物愛護者の国らしい」

「でも、本当に驢馬を救ったのだとしたら？」ベスが訊いた。

「驢馬はいなかった」サー・ジュリアンは言った。「いたのは自分の金を手放したくてたまらない憐れな空想家たちだけで、彼らが手放した金は被告の尻ポケットに収まって終わった。ミスター・ブース・ワトソンに弁護を依頼できたのも、その金があったればこそだ。最近では滅多に法廷に現われないあの男が、珍しく中央刑事裁判所《オールド・ベイリー》に足を運ぶことになるらしい。あいつが弁護するとなると、二足歩行をする種類の驢馬が何頭か、証人席に入って証言したとしても不思議はないな」

しばらくは笑いが静まらなかった。

「裁判はいつ始まるの？」ウィリアムは訊いた。

「明日の午前十時の予定だったが」サー・ジュリアンが答えた。「ブース・ワトソンが延期を要請して、私も仕方なく同意した。卑しむべきわが敵はスコットランドに切迫した用があるらしいが、だれの用かは教えてくれないだろうな」

「もしかして、場所は言わなかった？」ウィリアムは訊いた。

「言わなかった。できるだけ情報開示をしないですませようとするのはいつものことだがな」

ベスとウィリアムは顔を見合わせたが、何も言わなかった。

「電話を一本させてもらってもいいかな、お父さん？」

「ああ、もちろんだとも、息子よ。書斎の電話を使うといい」

「ありがとう」ウィリアムは立ち上がると足早に部屋を出た。

「私が言ったことに関係する電話かな？」サー・ジュリアンが訊いた。

「いいえ、ブース・ワトソンが言わなかったことに関係する電話です」ベスは答えた。

「気をそそってくれるじゃないか」

「電話の相手もわかりますよ」

「ホークスビー警視長に決まっている、間違いない」サー・ジュリアンが言った。「戻ってきたときに何と言うか、それも見当がついている」

「『申し訳ない、お母さん。だけど、これから帰らなくちゃならないんだ』」ベスが引き継いだ。「『思いがけないことが起きてしまってね』」

ドアが開いて、ウィリアムがやはり足早に入ってきた。

「本当に申し訳ないんだけど、お母さん、これから帰らなくちゃならないんだ……」

「いますぐ対処しなくてはならないことが起きたんだな」サー・ジュリアンが言った。

「どうしてわかったの?」ウィリアムが訊いた。

「わかったわけではない。だが、私がブース・ワトソンとスコットランドのことを口にしたとたんに緊急の電話をしなくてはならないとくれば、気がつくなというほうが無理だ」

ウィリアムは餌に食いつかず、母の両頬にキスをして言った。「お昼を一緒に食べられなくて、本当にごめん」

「ブース・ワトソンは待たせておいていい類いの輩《やから》ではないからな」サー・ジュリアンが言った。「依頼人の利害に関わるとあらば、実に素速い動きができる男だ」

「二週間後に会うのを楽しみにしているよ」ウィリアムは父の忠告を無視して言った。

「次は双子ちゃんを連れてこられるといいわね」マージョリーが言った。

「アルテミジアは置いてきてもいいぞ」サー・ジュリアンが恨めしそうに言った。「あいつは明らかにほかの男を狙っているらしい」

「あの子はどっちの男も狙っていると思いますよ」ベスは言った。マージョリーとサー・ジュリアンは玄関まで送ってくれた。

両親に別れを告げるや、ウィリアムはふたたび沈黙し、ロンドンへ戻る道へ出てからようやく口を開いた。「フォークナーは危険を冒してまでカラヴァッジョを見にくるかな？」

「コレクターというのは熱い人たちだから」ベスは言った。「普通は代理の人間に判断を委ねたりはしないわ。二千万ポンドを超える価格になりそうとあれば尚更よ」

「そういうことなら、ブース・ワトソンがリカルド・ロッシなる服飾デザイナーと一緒に現われてくれることを祈ろう」

「でも、ブース・ワトソンだけが依頼人の代理としてやってきて、フォークナーが姿を現わさなかったら」ベスは言った。「また無駄足に終わるんじゃないの？」

「必ずしもそうとは限らない」ウィリアムは答えた。「なぜなら、ブース・ワトソンがその絵を運んでくれれば、取り憑《つ》かれたコレクターの家の玄関までまっすぐにわれわれを連れていってくれるかもしれないだろう。そして、そのコレクターは玄関の階段で両手を広げて、キリストならぬぼくを待っていてくれるかもしれない」

翌朝、ジョゼフィーヌが目を覚ますと、ロスがドレッシングテーブルに向かって手紙を書いていた。

「わたしへの置手紙かしら、縁を切るっていう？」彼女は伸びをしながらからかった。

ロスがペンを置いて言った。「そうじゃない。首都警察を辞めることにしたんだ」いつになく真剣な口調だった。

「でも、昇任したばかりでしょう」

「囮捜査官を辞めてから状況が変わった」ロスが言った。「イーストエンドで二組のギャングがわれわれを出し抜きつづけているときに、机に縛りつけられて書類仕事なんかしていられないよ」

「でも、あなたが囮捜査官に戻りたくても、ホークスビー警視長に拒否されたら、そのときはどうするの？ ほかの選択肢があるの？」

「首都警察の前は陸軍特殊空挺部隊《SAS》にいた。そのときの部隊長がコーマック・キンセラ少佐という恐るべきアイルランド人で、朝飯のトーストにゴキブリを載せて食うことを何とも思わない人だった」

「焼いたゴキブリ、それとも、茹でたゴキブリ？」ジョゼフィーヌが軽くやり過ごそうとして訊いた。

「生きたままだ。そのほうが食いにくいから、余計にやりがいがあると言っていた。彼の副官のガレス・エヴァンズ大尉はウェールズ人で、ウェールズを代表するには龍《ドラゴン》は軟弱すぎるという考えの持ち主だった。二人とも四十歳になる前にＳＡＳを辞めて、〈悪夢の休日《ナイトメア・ホリデイズ》〉という旅行会社を立ち上げた。モンテカルロやサントロペじゃないところへの旅を専門としている会社だ」

「ほかに行くところなんてあるの」ジョゼフィーヌがため息混じりに訊いた。

「〝われわれと一緒に二週間生き延びろ、そうすれば不可能に思われるものはなくなる〟というのが〈ナイトメア・ホリデイズ〉の謳《うた》い文句だ。種類の違う体験ツアーが三つ用意されていて、一つ目が〝不快な体験〟、二つ目が〝厳しい体験〟、三つ目が〝耐えがたい体験〟だが、群を抜いて人気があるのが三つ目なんだ」

「待ちきれないわ」ジョゼフィーヌが言った。「もっと詳しく教えて」

「〝不快な体験〟は、八人からなるグループが北極圏に連れていかれて放置され、二週間自活する。支給されるのはテントが一張りと一週間分の食料で、参加者一人一人が千ポンドの現金を持っていくことが認められる」

「北極に取り残されているのに、現金が何の役に立つの？」

「グループの担当責任者の元ＳＡＳ部隊員にその金を渡せば、予定より早く帰ることができるのさ」

「聞けば聞くほどそそられるわね」ジョゼフィーヌが言った。「わたし、〝厳しい体験〟に参加しようかな」

「その特別な体験では、幸せな十二人がアマゾン川を二千マイル遡ったブラジルの熱帯雨林に放り出される。支給されるのは六艘のカヌーと――」

「一週間分の食糧ね」ジョゼフィーヌが言った。

「呑み込みが早いな。そして、三百マイルは下流にある次の村まで、自分たちでカヌーを漕いでたどり着かなくてはならない。その川に常に一緒にいてくれるのはアリゲーター、アナコンダ、ピラニア、そして、非友好的な先住民だけだ。だから、参加者は夜もほとんど眠ることができない」

「それはそうでしょうね」

「それでもまだ、グループの担当責任者の元ＳＡＳ隊員に千ポンド渡せば、モーターボートがどこからともなく現われて、最寄りの町まで連れていってくれる。しかし、パスポートも返してもらえないし、航空券も渡してもらえない。したがって、自力で帰るしかない」

「それに何の意味があるの？」

「脱落する前にもう一度考えさせるためだよ」

「三つ目のツアーに参加したいかどうか、わたし、よくわからなくなってきた」

「〝耐えがたい体験〟だな。そのツアーに参加するには前の二つのツアー、〝不快な体験〟と〝厳しい体験〟を最後までやり遂げなくてはならない。それまでは、参加すると名乗りを上げることすらできない」

「勿体をつけないで、三つ目のツアーの内容を詳しく教えてよ」

「参加者はまずチリのクエレンの港で降ろされる。そこから大昔の漁船で一週間をかけてホーン岬を回り、そのままブラジルの東海岸の港を目指すんだ」

「そんなに過酷な旅には聞こえないけど」

「それはリオデジャネイロに着くまで船を降りられないとわかるまでだ。何しろ二千五百マイルの距離があるし、航海のあいだじゅう、波の高さが三十フィートということも珍しくない。それでもいいことが一つあるとすれば、捕まえたものは何でも食べていいということだ」

「この場合は、千ポンド払ったらどうなるの？」

「フォークランド諸島へ連れていかれ、パスポートも金も持っていないことがわかったときに総督の機嫌がよくて同情してくれるのを祈ることになる。残念ながら、彼も元ＳＡＳだから、たぶん留置場に入れられて休日を終えることになるだろうな。しかも、フォークランド紛争を忘れていないアルゼンチンのゲリラ六人と一緒にだ」

「現金を渡したあとで、船の舷側から突き出した板の上を歩かせられないのが不思議なくらいだわ」

「恐るべきキンセラ少佐はそれをツアーのオプションとして考えていたんだが、さすがの彼もそれは少しやりすぎだと、最後の最後に思い直したらしい」

「そんなツアーに安くないお金を払って参加する人がいるの？」ジョゼフィーヌが信じられないという様子で訊いた。

「土壇場で参加を見送る弱虫が出てくることを期待する、キャンセル待ちの長い列ができているよ」

「敢えて訊くけど、あなたはその旅行会社でどんな役割を期待されているの？」

「冒険ツアーに同行する元軍人を選抜する責任者だ。応募資格があるのはＳＡＳ、海兵隊、特殊舟艇部隊《SBS》に限られる」

「あなたが選ばれた理由はいまわかったけど」ジョゼフィーヌが言った。「本当にその会社に転職するの？」

「首都警察の二倍の給料を提示されている」

「これからはお金がいくらでも必要になるものね」

「そのとおりだ。だって、恐るべき警視長ではなくて恐るべき元少佐の内緒話をぼくから聞いて、きみがやつらに報告したところで、週に千ポンドなんて払ってもらえないだろう。

だとしたら、今度はぼくが週に千ポンドを稼ぐ番だ。ぼくたち二人が一緒に新しい生活を始められるようにしなくちゃならない」

「わたしたち三人よ」ジョゼフィーヌがお腹《なか》に手を当てた。

一瞬の間を置いて理解したロスが飛び上がり、足が床に着いた瞬間に言った。「できるだけ早く結婚しないと駄目だ」

「どうして？」

「母は昔気質《かたぎ》のアイルランドのローマカトリックで、〝嫡子〟だの〝庶子〟だの〝私生児〟だのという言葉をあたかも流行《はや》り言葉のように使っているんだ」

「わたしが売春婦だったことがわかったら、何とおっしゃるかしら？」

「きみがプロテスタントだったら、そっちのほうがはるかに大きな問題になるだろうな」

17

「このツアーはこれで終了です」ガイドが言った。「楽しんでいただけたでしょうか」温かい拍手がつづいた。「記念の品をお求めなら一階に売店がございます。また、カフェも開いておりますので、一息入れたい方はご利用ください。敷地内も自由に散策していただいてかまいませんが、本日は午後一時に門が閉まることをお忘れなく。どうもありがとうございました」

ウィリアムとロスはほかの参加者のあとにつづいて部屋を出ると、売店もカフェも無視して正面玄関へ向かった。

「立ち止まるなよ」ウィリアムは手入れされていない広い芝生を横切り、城を見通すことのできる小さな林のほうへゆっくりと歩きながら言うと、ほかの訪問者に声が届かなくなる場所まで無事にたどり着いたところで訊いた。「観察結果は？」

「カラヴァッジョはいまも暖炉の上に、みんなに見えるように掛かっています」

「あの部屋について、ほかに気づいたことは？」

「四人掛けのテーブルが一脚用意されていました。明らかにブース・ワトソンがそこで昼食をとる予定になっているんじゃないですか」ロスが言った。「依頼人が一緒であろうとなかろうとね」

「警備は？」ウィリアムは移動しながら訊いた。

「ないも同然です。小品はすべて壁に捩子《ねじ》留めされて、観覧者が近づきすぎないようロープで仕切ってあるだけです」

「警報は？」

「〈ペンフォールド〉が設置されているけれども、ずいぶん旧式です」

「見えなかったものは？」

「警備員が一人も見えませんでしたね。私人の住まいでなくて公共の美術館なら、どの部屋にも配置されていますよ」

「結論は？」

「この城の地主《あるじ》の第七代マクラーレン卿は、必要最小限のスタッフを雇う余裕しかない。そして、フォークナーがそれに気づかないはずがない」ロスが言った。「だとすると、フォークナーは姿を現わすと考えるべきでしょう」

「だとすると、まだ現わしていないとも考えられるわけだ」ウィリアムは言った。「地元の警察は人手不足で、二十四時間態勢で毎日監視するとしても、そのために割ける人員は巡査一人だということを忘れるな」

ロスは何も言わなかった。

「それはともかく」ウィリアムは言った。「ダイニングルームへ戻ってから何か気づいたか?」

「吟遊詩人の回廊がダイニングルームの上を取り巻くように延びていました」

「そこへはどうやって行くんだ?」

「狭い螺旋階段で上がるようになってましたね。警備といっても、階段の下にロープが張られて〝立入り禁止〟の標識が置いてあるだけでした」

「それ以外に気がついたことは?」

「カラヴァッジョの作品の真向かいに大きな窓があって、中庭が見えるようになっていました。たぶん、正面の門も見えるはずです」

「ほかには?」

ロスは一瞬考えたが、何も言わなかった。

「吟遊詩人の回廊の左側に、小型のハンブルク・オルガンがあった」ウィリアムは言った。「だれであれあの回廊に隠れていれば、下のダイニングルームからは見えないだろう」

「われわれ二人が隠れられるだけの余裕がありますかね?」

「ない。少年聖歌隊員だけだ」ウィリアムはにやりと笑ってみせた。「いずれにせよ、われわれが二人ともいなくなったら、ガイドが気づいて捜しにくる可能性がある」

「ツアーの前に参加者を数えることはしていませんでしたよ」

「鋭い観察眼だな」ウィリアムは額に指を触れて敬礼の真似をした。「そうだとしても、ツアーが終わったら、きみにはここに戻ってきてもらいたい。フォークナーが現われた瞬間に動き出せるよう、覆面車両で待機している部下に状況説明をしてほしいんだ。ほかにガイドが言ったことで、特に明らかになったことはないか?」

「敷地内の門はすべて、一時に閉じられると言っていましたね」

「それはつまり、今日のツアーはあと一回しかないということだな。そういうことなら、急いで戻ろう。逃す余裕はない」

二人は急いで坂を下って城へ引き返した。なかに入るや、ウィリアムは受付に坐っている年輩の女性から入場券を二枚買い、ツアーの開始をホールで待っている十人より少し多いグループに加わった。

ロスが一言も発しないままグループの一番前へ移動し、ウィリアムは一番後ろ近くにとどまった。ガイドが挨拶を終えると、すぐにツアーが開始された。ウィリアムは部屋から部屋へ移動しながら、コレクションの宝石とも言うべき数点の前で足を止め、束の間見入る誘惑に抵抗できなかった。今夜、ファーカーソンの一点、ターナーの一点、ペプローの一点について、ベスに話してやるのが待ちきれなかった。刑事に戻ったのは、ようやくダイニングルームへ戻ったときだった。

初代マクラーレン卿が二百年前、いかにして「人間をとる漁師」を獲得したかをガイドが説明しているあいだも、ロスはグループの一番前にとどまっていた。

ウィリアムはカラヴァッジョと同時代の、彼ほど有名ではない画家による肖像画を見る振りをしながら、吟遊詩人の回廊へつづく螺旋階段のほうへさりげなく近づいていった。ガイドがコレクションの要となる作品についての説明を締めくくり、次の部屋へと移動しはじめた。熱心な参加者の数人がその傑作を最後にもう一度見たいという誘惑に負けて束の間そこにとどまり、そのあとでグループに合流した。

ウィリアムは自分が一人だけになったことを確認するや、素速くロープをまたいで回廊への螺旋階段を上った。一度か二度、階段が低く軋《きし》み、だれにも気づかれていないことを振り返って確かめなくてはならなかった。回廊にたどり着くと足早に回廊の急カーヴを曲がり、オルガンの奥の端の壁に背中を預けてうずくまった。

大きな出窓からの視界ははっきり開けていたが、下のダイニングルームのテーブルも、カラヴァッジョの作品も見えなかった。改めて腰を落ち着けて、これまで数えきれないくらいやってきたことを今度もやることにした。待機と忍耐、そして、何をするにしても集中力を失わないこと。

ガイドがツアーの終了を宣言するや、ロスは真っ先にグループを離れ、大急ぎで城を出た。今回、ガイドは売店とカフェには言及したものの、敷地内を自由に散策してかまわないとは言わず、門は一時に閉まると念を押しただけだった。

ロスはさっきの小さな林へ戻って位置に着いた。城の正面玄関と、道路へつづいているすべての門を、はっきり見通すことができた。内ポケットから無線を取り出し、緑のボタンを押した。

「ウォーウィック捜査警部はいまも屋敷のなかにいる。おれは外に出て、正面入口から七十ヤードほどの敷地内で位置に着いている。フォークナーが現われたら、その瞬間に知らせる」

「了解」雑音混じりの応答が返ってきた。「われわれも城に近づく車を見たら、真っ先にそちらに連絡する」

「了解」ロスは無線を内ポケットに戻した。

ウィリアムは大きな出窓の向こうをうかがい、残っていたツアーの参加者が三々五々、訪問者用駐車場へ向かうところを見ていた。下のダイニングルームで足音がし、ウィリアムはオルガンと壁のあいだにさらに深く身体を押し込むと、脚を引き寄せて両膝のあいだに顎を埋めた。

ウェイトレスが二人、お喋りをしながらテーブルの準備の仕上げにかかっていた。二人が口を閉ざし、だれかがダイニングルームに入ってきて声を轟《とどろ》かせた。「念を押すまでもないと思うが、マクラーレン卿はこれがとても大事な会合だと考えておられる。われわれはすべてにおいて遺漏がないよう、気を抜くことなく準備しなくてはならん。わかったか?」

「はい。わかりました」二人のウェイトレスが異口同音に答えた。

ロスが目を凝らしていると、最後の訪問者が——実際には二人がまだ残っていたが——出ていったとたんに門が閉まった。二階の大きな出窓を一瞥し、ウィリアムの首尾はどうだろうと考えた。数分以内に車が現われなかったら、結局はまたもや無駄足に終わったことを受け容れなくてはならない。その場合、いつまでここにじっとしていなくてはならないのか。また、この城をどうやって抜け出すのか。だが、確かなことが一つある。ウィリアム・ウォーウィックがそれを考えていないはずはないということだ。

無線が鳴り、向こうからずいぶんなグラスゴー訛りの声が聞こえた。「専属運転手付きの車が城のほうへ向かっていて、後部席に二人乗っている。三分ほどで、そっちの視界に入ってくるはずだ」

「了解」ロスは応えた。

ウィリアムが窓の向こうに目を光らせていると、正面の門がゆっくりと開きはじめた。

直後、一台のＢＭＷが入ってきて城のほうへ向かった。その姿は正面玄関に着くはるか以前にウィリアムの視界から消えてしまったが、ロスの目には車道《ドライヴ》で停まるまでが、いまもはっきりと見えていた。運転手が飛び降りて後部席のドアを開けた。二人が現われた。一人は洒落た服装の女性で、そのまままっすぐ正面玄関へと歩き出し、その後ろに黒のロングコート姿のブリーフケースを持った男がつづいた。

二人は階段の上で待つマクラーレン卿に迎えられた。卿はくすんだグリーンのジャケット、マクラーレン家の象徴のタータンチェックのキルト、厚手の茶色の靴下、そして、彼の母親なら実用本位と形容するだろう靴という服装だった。彼の隣りに立っている年輩の女性に、ロスは見憶えがあるような気がした。玄関の扉が閉まり、全員がなかへ消えた。

ウィリアムはすでに全身が強ばってしまって、それをほぐす必要があったが、どんなに小さな音も立てるわけにいかなかったから敢えて動かずにいた。ややあって遠くで銅鑼《どら》が鳴り響いたと思うと、間もなく、少人数のグループが友好的にお喋りをしながらダイニングルームに入ってくるのがわかった。

「ここが二百年ものあいだ『人間をとる漁師』が飾られているところです」マクラーレン卿のものでしかあり得ない貴族的な口調だった。

〝見事な〟、〝すごい〟、〝傑作〟という満足そうな声があとにつづいた。

「昼食にしましょう、どうぞお坐りください」マクラーレン卿が促し、客の一人に向かって付け加えた。「絵の真向かいの席にどうぞ、そのほうがよく見えますからね」客は返事をしなかった。

椅子が引かれる音、ウェイトレスが部屋を出ていく忙しげな低い足音がした。テーブルに着いている者のうち二人の声はとてもはっきり聞こえたが、カラヴァッジョの真向かいに坐っている——ウィリアムに背を向ける形になっている——人物の声はほとんど聞き取れなかった。そのとき女性の声がして、ウィリアムはすぐにその主がだれであるかがわかった。レディ・マクラーレンでないことは確かだった。

ロスは林に隠れたまま、見通すことのできない城の壁の向こうで連中は昼食に何を食べているのだろうと想像しようとした。スモークサーモン、そして、時季を考えると自分の領地で獲《と》れたライチョウだろうか。唇を舐《な》めながら、吟遊詩人ならぬ捜査警部が窓の向こうに現われるのを、いつまでだろうと待つしかないのだと諦めた。そのときに捜査警部が親指を立ててみせたら、待機している部隊にすぐさま城へ急行するよう——警光灯も点けず、サイレンも鳴らさずに——無線で指示することになっていた。彼らが正面玄関に着くころには、ウォーウィック捜査警部がフォークナーを逮捕しているはずだった。親指が下を向いていたら、客はフォークナーではなかったこと、捜査警部が密《ひそ》かに脱出を企てることを意味していた。

ウィリアムはダイニングテーブルで交わされている会話に注意深く耳を澄ました。一言一言をすべて聞き分けられるわけではなく、一人はいまだ一言も発していなかった。

「では、本題に入りましょうか」主菜が片づけられるや、マクラーレン卿が切り出した。

「金額はどのぐらいを考えておられますか？」客の一人が初めて口を開き、余計なことは一切省いて単刀直入に訊いた。

「三千万ポンドが適正な価格だと考えています」

「私見ですが、二千万ポンドのほうが近いのではありませんか？」

「それ以上の価値があることは間違いありません」マクラーレン卿が言った。

「それには同意しますが、これは大安売りの処分セールでしょう」

ウィリアムはマクラーレン卿の顔にどんな表情が浮かんでいるかを見てみたかった。

「あなたが相続の問題を抱えておられるあいだは、主導権を握っているのは買い手のほうなのですよ」その客が一拍置いてつづけた。「しかしながら、私としては二千二百万ポンドを提示したいと考えています。もっとも、それには付帯条件が付いていますがね」

「付帯条件？」マクラーレン卿が面食らった様子で訊いた。

「金額を提示してから一週間は二千二百ポンドのままですが、二週目になると二千百万になり、三週目になると二千万になるという条件です」

ウィリアムはマクラーレン卿が支払わなくてはならない相続税の額を、フォークナーが正確に知っていることに気がついた。おそらくは完済期限がいつなのかも――それを過ぎれば、未済分については利子を含めて支払うことになるのだった――知っているに違いなかった。

「考えさせてください」マクラーレン卿がいまも冷静で動じていないと装おうとしながら応えた。

「時は刻々と過ぎていきますよ」同じ客が言った。フォークナーの言葉をメッセンジャーが伝えているのだった。

「客間でコーヒーにしましょう」マクラーレン卿が遠回しの脅しを無視して言った。ふたたびテーブルの椅子が引かれる音がして、昼食をとっていた者たちがダイニングルームをあとにした。

ウィリアムはのろのろとした重たい足音を聞いて、それがマイルズ・フォークナーのこの世での代理人のものであることに気づいた。

テーブルが片づけられ、ウェイトレスが引き上げてドアが閉められるまで、オルガンと柱のあいだにうずくまったまま動かないでいた。物音が一切しなくなって初めて動き出し、窓のところまで這っていって、ロスに親指を下に向けてみせたとき、ふたたびドアが開いた。ウィリアムはぺたりと腹這いになって動きを止めた。

ロスは何度か悪態をついてから、待機部隊に無線で連絡し、簡単なメッセージを伝えた。

「作戦中止、撤収」

もう一度門が開いてBMWが視界から消えていくのを見るまでに、ロスもウィリアムもさらに一時間待たなくてはならなかった。


ダイニングルームにだれもいないと確信できるまで、ウィリアムは腹這いになったまま動かなかった。回廊の手摺《てすり》越しに下を覗いて人の姿が見えないことを確認したあと、忍び足で螺旋階段を下りて、ダイニングルームを横断した。誘惑に負けて、最後にもう一度カラヴァッジョを見たあと、ドアを薄く開けて隙間から外をうかがい、人の気配がしたら売店かカフェに隠れる態勢を整えて、人気のない廊下に出た。一足ごとに自信を深めながら、それでも慎重に正面玄関を目指した。玄関のドアの取っ手を回そうとしたそのとき、背後で声がした。「どうかなさいましたか、お若い方?」

ぎょっとして振り返ると、年輩の女性が受付で午前中の売り上げを確認していた。

「どうも。そうなんですよ、午後のツアーのチケットを買いたいんです」ウィリアムは躊躇なく反応し、財布から一ポンド札を取り出した。

「申し訳ありません。本日は終了しました」

「ああ、そうですか。それは残念だな。カラヴァッジョに会うのを楽しみにしていたんですけどね」

「午前の部の一回目にお見えになっていませんでしたか?」彼女が確かめるようにウィリアムを見つめて訊いた。

「ええ、あのツアーにも参加していました。でも、明日にはロンドンへ帰らなくちゃならないんで、もう一度見ておきたかったんです」

「明日の朝一番においでになっていただくしかありませんね。だって、それがあの絵を見る最後のチャンスになるかもしれませんから」

ウィリアムは危険を承知で踏み込んだ。「最後のチャンスとはどういうことですか?ガイドによれば、あのカラヴァッジョは二百年前からの家宝で、マクラーレン卿のコレクションの誇りだとのことでしたが?」

「ええ、そのとおりでした。でも、残念なことに、息子にはあれを売る以外の選択肢がないのですよ」先代伯爵の未亡人がカウンターの向こうから出てきてホールを横切り、玄関のドアを開けた。「ほら、あの相続税とやらいうもののせいでね」彼女はため息とともに付け加え、ウィリアムを送り出してドアを閉めた。

昼食の席にいた四人目の正体が、ウィリアムはいまわかった。マクラーレン卿の母親だった。

「その昼食の席にクリスティーナもいたの？」その夜遅くなってベッドに入ったウィリアムにベスが訊いた。

「いたよ。あのカラヴァッジョに興味津々の買い手の役を演じていた」ウィリアムは答えた。「もっとも、喋っていたのはほとんどブース・ワトソンだったけどね」

「そうなんだ。だったら、わたしはまたもや彼女の嘘に騙《だま》されたわけね。わたし、約束する。あの女にまんまとしてやられるなんて、二度とないことをね」

「それなら、きみは彼女を殺して、ぼくがその事件の捜査を指揮することになるのを願うしかないな」

「あなたなんか必要ないわよ」ベスが言った。「わたし、あの二人を一滴の血も流さないで殺す方法を知ってるんだから」

「どういう方法なのかな？」ウィリアムは訊いた。

「マクラーレン卿が申請するであろう輸出許可を、『人間をとる漁師』は国家として重要な絵画であることを理由に拒否するようティム・ノックスが政府に助言したら、フォークナーがそれを手に入れるにしても何年もかかるわ。そして、彼が責めるべき人物は一人しかいない。クリスティーナよ」

「それはぼくが最も望まないことだ」ウィリアムはきっぱりと言った。「ホークスビー警視長が〈名画作戦〉を認可したところなんだ。だから、その絵を新しい所有者に運ぶ仕事をだれがやるのか、きみに突き止めてもらう必要がある」

「そんなの、電話二本ですぐにわかるわ」ベスが言った。「でも、わたしへの見返りは何？」

「フォークナーに再度手錠をかけて、絵と一緒に連れ戻すことだ」

「あなたがそれをやってのけたら」ベスが言った。「わたしはティム・ノックスに頼んで、カラヴァッジョを国に納めることでマクラーレン卿の相続税を相殺してくれるよう、大蔵大臣に進言してもらうわ」

「その〝国〟というのは何を意味するんだ？」

「フィッツモリーン美術館よ、当たり前でしょ」

「きみとクリスティーナとどっちがより狡猾で悪辣か、ぼくにはわからなくなってきたな」

ベスが明かりを消した。

18

「彼女、すごくない？」花嫁と花婿が入ってくると、彼女を初めて見たベスが言った。

「ロスが彼女に首ったけなのも当然だな」ウィリアムは言った。

「あなたはそうならない？」

「ぼくはとうに諦めてるよ。何しろ、きみに首ったけという紛れもない事実には抗《あらが》いようがないからな。不細工で憐れな女なんですが、サー……」

「それでも、おれのものなんです」ベスが引き取った。「『終わりよければすべてよし』ね」

「いや、『お気に召すまま』だ」

「あなたの問題は、中途半端に教養があるところよね」

「きみの問題は――」

「静かに」ベスが制し、ロスとジョゼフィーヌが登記官の前に着席した。

「メリルボーン・オールド・タウンホールへようこそ」登記官が参列者に向かって言った。

「婚姻式の進行役を女性が務めるのって、どうもしっくりこないわね」ベスがささやいた。

「きみは素晴らしく古風だからな」ウィリアムはベスの手を握って言った。

「だから、結局あなたと結婚することになったんじゃないの、野蛮人」

「わたくしはロスとジョゼフィーヌの婚姻手続きを進める役を与えられたことを大いなる喜びとするものであります」登記官がつづけた。「まず指摘しておくべきでしょうが、今日、二人がお互いに対して行なう誓いは終生のものであり、教会においてなされたほかのすべての誓いとまったく同じく、倫理的にも法律的にも拘束力を持つものです」

こんなに気を許して幸せそうなロスを、ウィリアムは見たことがなかった。真新しい流行のスーツ、真新しい白いシャツにカフスまで着けて、ボタンホールに赤いカーネーションをさして仕上げた装いは、長年彼が潜り込んでいた悪の世界の住人が見たら驚いただろうが、この結婚式に招かれている人々のなかにそういう輩は一人もいなかった。

登記官が厳粛に訊いた。「この結婚に何であれ法的障害が存在することを知る者は、男性であれ女性であれ、それをいまここで明らかにしてください」ベスがウィリアムの手を握り返した。自分たちの結婚式当日、マイルズ・フォークナーが婚姻に疑義を申し立て、その下手な企てをクリスティーナが阻止してくれたのを思い出したのだった。

今回、そういう声は上がらなかった。

花嫁と花婿が誓いを交わすのを見て、ウィリアムは頬が緩むのを抑えられなかった。これまで出会ったなかで一番タフな男がここまでなすすべなく愛の虜になってしまったことが、いまもって信じられなかった。

登記官が宣言した。「二人の結婚が法律的に成立したことを宣言するのは、わたくしにとって大いなる喜びであります。では、誓いのキスを」

ロスとジョゼフィーヌが夫婦として初めてのキスを交わした。

「腹が減ったな」ウィリアムがささやいた。

「辛抱しなさい。式のあと、メリルボーン・ホテルでの昼食に招待されているんだから」

「待ちきれないよ。何しろ何週間もまともな食事にありつけていないんだから」

ベスにしたたかに踝《くるぶし》を蹴飛ばされて、ウィリアムは大袈裟な悲鳴を上げた。

式の参列者は花嫁と花婿に従って部屋をあとにすると、オールド・タウンホールの階段を下りて舗道に出た。ウィリアムはいまもベスの手を握ったままメリルボーン・ロードを渡り、ホテルへ向かった。

男が一人、道の反対側のバス停に坐って、招待客のなかで知っている者全員の名前をメモしていた。知らない顔は三つだけだった。花嫁と花婿をじっくり観察して、自分がコールガールと結婚したことにホーガンは気づいているだろうかと訝った。いずれにせよ、雇い主にすぐに連絡をして、報酬をくれてやりすぎたあの売春婦はもう信用できないことを知らせるつもりだった。そのとき、ロイクロフト捜査巡査部長の姿が目に留まった。あいつもう信用できないのだろうか？　あいつがおれに提供してくれていた情報は、ウォーウィック捜査警部がすでに調べて知っているものなのか？　最悪を想定する必要があるが、その一方で、利点になるようにしなくてはならない。あの売春婦が偽情報を流したことにして責めを負わせ、おれはあの女の正体を暴いた手柄を頂戴しよう。それで間違いなく唯一の収入の道を失わずにすむはずだ。

ラモントはゆっくりと披露宴へ向かう参列者が全員視界から消えるのを待って最寄りの電話ボックスに入り、番号を押して待った。

「フェター・コート一です」電話の向こうから声が返ってきた。「ご用件は？」

「ミスター・ブース・ワトソンをお願いしたい——急ぎの用件だ」

「豪勢じゃないか」ウィリアムはビュッフェ・テーブルの列に加わりながら言った。

「ねえ、あなたは二ポンドの減量中なのよ、それを忘れないで」ベスが注意した。

ウィリアムは妻の忠告を無視してコロネーションチキン、トマト、そして、サラダを山盛りにすると、今度はテーブルの反対側へ回って、皿の空いているところをハム、チーズ、新じゃがいもで埋めた。

「野蛮人を洞窟から引きずり出すことはできるかもしれないけど」ベスがため息をついた。

「どんなに文明化しようとしても、野蛮人はしょせん野蛮人なのよね」そして、スモークサーモンを一切れ、茹卵《ゆでたまご》を半個、サラダを少し皿に取って部屋を横切り、新婦とお喋りをしているポール・アダジャのところへ行った。彼の皿はウィリアム以上と言ってもいいぐらいの大盛だった。

「こちらはベス・ウォーウィック、ウィリアムの奥さんです」ポールが口に料理を詰め込んだまま紹介した。

「ロスはご主人を激賞しています」ジョゼフィーヌが言った。「でも、あなたももう間違いなくご存じでしょうけど、ロスは囮捜査をしているときがいつでも一番幸せなんです。ずっとそうでいられたら、警察を辞めるなんて考えは絶対に生まれなかったでしょうね」

「ウィリアムと正反対ですね」ベスは言った。「ウィリアムも短期間ですけど囮捜査をしたことがあるんです。でも、スコットランドヤードへ戻ってチームのみんなと仕事をしたくてたまらないようでした」

「それがわれわれのチームワークが素晴らしい理由ですよ」ポールが言った。

「ところで、ハネムーンはどこへ行くのか、教えてもらってかまわないかしら？」ベスは訊いた。

「ロスが四つの選択肢を提示してくれたんです」ジョゼフィーヌが答えた。「〈ナイトメア・ホリデイズ〉の三つのツアーの一つに参加するか、ロワール渓谷のワイナリー・ツアーに参加して最高のワインを試し、おいしい地元の料理を堪能してから最終目的地のパリへ行き、〈リッツ・カールトン〉で長い週末を楽しむか、です」

「きっと簡単には決められなかったでしょうね」ベスが言った。

「ほぼ即決でした」ジョゼフィーヌが認めた。「でも、帰ったら、ロスは自分が客に勧めることになる三つのツアーすべてを試しに体験することになるし、わたしは家にいて、母親になるためのすべての準備をすることになりますけどね」

「〝厳しい体験〟を一緒にやらないかと、実はロスに誘われたんですよ」ポールが打ち明けた。「残念ながら、日程が私の予定がびっしり埋まっているときとかぶっていましてね」

二人と一緒に笑いながらベスが部屋の向こうにちらりと目をやると、ホークスビー警視長が年輩の女性と話し込んでいた。

「認めなくてはなりませんが、息子が結婚するとは、わたしは夢にも思ったことがありませんでした」彼女が言った。「ですから、今回のことは意表を突かれた、まったくの驚きというほかありません」

「しかし、嬉しい驚きなのではありませんか、ミセス・ホーガン？」ホークは言った。

「ご子息を大いに誇りに思われて当然です。もっとも、私のほうは彼を失うことになって残念至極ですが」

「実際、褒めてやりたいぐらいですよ、警視長。でも、善きローマカトリックとして、警視長、この結婚が本来なら認められないものであることは、あなたも必ずやお気づきになっていますよね」ミセス・ホーガンが義理の娘のほうへちらりと目をやった。

「申し訳ないのですが、私は堕落したカトリックでして」

「彼女の前の職業に関して言うなら、〝堕落した〟では不充分ではありませんか？」

ホークは適切な返事を思いつかなかった。

「ウィリアムと話しているのはだれ？」お代わりを求める長い列に加わったジャッキーが、自分の前にいるポールに訊いた。

「コーマック・キンセラ少佐です。ロスの新しいボスですよ。完全に常軌を逸した人物ですからね、ロスは故郷へ帰ったような気がするんじゃないですか」ポールがチキンの脚の最後の一本をつかみながら答えた。

「ロスはいつから出社するんです？」ウィリアムは訊いた。

「来月からです」キンセラが答えた。「だから、彼が警察官でいるのは、ハネムーンから帰ってから二週間ということになりますね」

「最高のタイミングですね」ウィリアムは言った。「彼なしでは進められない任務が、最後に一つ残っているんです」

「敢えて訊いてもよろしいかな？」キンセラが言った。「スコットランドヤードで自分がしていた仕事について、ロスは何一つ教えてくれないんですよ」

「それは私も同じです」ウィリアムは言った。「教えたら、仕事を失うことになります」

「そうなった暁には」キンセラが内ポケットから名刺を出した。「是非連絡をください」

「夫があなたのところで必要とされる理由は何でしょう?」ウィリアムの隣りにやってきたベスが訊いた。

「ロスが上級現地同行員としてわが社にきてくれたことは、われわれにとってこの上ない幸運なのですよ、ミセス・ウォーウィック」キンセラが答えた。「しかし、遠くない将来、私の代わりの新社長を探さなくてはならなくなります。率直に言いますが、会社を次の段階へ引き上げてくれる人物として、ご主人ほど打ってつけの人材はいないと考えているのですよ」

「〝耐えがたい体験〟以上の何があり得るんでしょう?」

「年俸八万ポンド、会社の株、利益の一パーセントを報酬として考えています」

「私がその仕事に最適だと、あなたが考えられる根拠は何でしょう?」ウィリアムは訊いた。「だって、知り合ってまだ十分かそこらでしかないんですよ?」

「あなたが首都警察史上最年少の捜査警部であること、そして、自分が仕えたなかで最も優れた警察官だとロスが認めていること、それが根拠です。実を言うと、あなたに会う前から、私の肚《はら》は決まっていました」

「ホークスビー警視長には教えないほうがいいでしょうね」ベスが言った。

「何を教えないほうがいいんだって?」近づいてきていたホークが訊いた。

「キンセラ少佐がウィリアムに仕事を提示してくださったところなんです」ベスが面白そうに白状した。

「それは私の目の黒いうちは許さない」ホークが言った。

「どれほどの犠牲を払ってもかまいませんよ」キンセラがにやりと笑って応じた。

「それを阻止するためなら、私のほうもどれだけの犠牲を払ってもかまわないな」ホークが言った。「私はウォーウィックをもっと高みに押し上げる計画を持っているが、休日にキャンプをする会社の経営はそのなかに含まれていない。さらに言うと、私はだれであれ自分の邪魔をする者を殺すにやぶさかでない」

「殺人を考えること自体、それを実行するのとまったく同等の悪だと福音書が教えていませんでしたっけ？」ベスが雰囲気を軽くしようとして言った。

「その場合は」ホークが言い返した。「ほかにも殺してもいいと思う相手が五十人いることを考慮してくださるよう、主にお願いしなくてはならないだろうな。それに、正直なところ、きみはその候補者の筆頭ですらないがね」そして、キンセラを睨んだ。

ウィリアムは微笑したが、その直後、いまの筆頭がだれなのかがはっきりとわかった。

「いずれにせよ」ホークがつづけた。「私もそう遠くない将来に引退することになる。そして、だれかが私の後を襲うことになる」

それを聞いてベスでさえ沈黙し、ウィリアムは耳元でささやかれる言葉に気を取られた。

「空港へ向かう前に話ができますか？」

「もちろん」ウィリアムは答え、キンセラとの応酬はホークに任せてその場を離れた。

「大作戦が始まる前に、ハネムーンから帰ってきましょうか？」だれにも聞かれる恐れがないと確信するや、ロスが訊いた。

「すべてを一週間延期した。そうすれば、必ずきみがいてくれるからな。きみなしでこの特別な作戦を始めたくない」

「スコットランドヤードが加わることを専門の引っ越し屋たちはどう思っていました？」

「大歓迎とはいかなかったが、内心はどうあれ、異議は唱えなかった。ホークが彼らに思い出させてくれたおかげだよ。彼らの大半は契約するか否かの権限を政府に握られていることをな。それでも、何日かは多少なりと反抗的だったが、内務大臣が彼らの親玉に電話をしてけりがついた。おれが聞いているところでは、長い話にはならなかったそうだ」

「作戦開始が待ちきれませんね」

「ジョゼフィーヌに知られるなよ」ウィリアムは言った。「どうしてかというと、これからの一週間、彼女がきみのために別の計画を立てているからだ。だから、気を許してハネムーンをしっかり楽しめばいい。きみが帰ってきて、おれが関わったなかで最大の作戦の引鉄《ひきがね》を引くときには、最高に切れ味がいい状態でのきみが必要になるからな」

「〈トロイの木馬〉より大きいんですか？」ロスが訊いた。

「あれはホークスビー警視長の作戦だった。〈名画〉はおれの作戦だ」

それから一週間、ロスはロワール渓谷を巡り、最高のワインを──グラスを空にすることは許されなかったが──味わって、空腹には程遠い状態で何度もつづけざまにヌーヴェル・キュイジーヌを堪能した。ハネムーンの最後の三日はパリ観光を楽しみ、もうすぐイギリスへ帰らなくてはならないことを忘れた。それでもどうにか毎朝欠かすことなく五マイルを走って、そのあとジョゼフィーヌと一緒にクロワッサンとコーヒーの朝食をとった。ロスの見るところ、朝食はフランス人には受け入れがたい習慣のようだった。彼が留守のあいだ、ウィリアムとホークは最後の最後まで微に入り細を穿って、寸分の時間的誤差も許されない作戦の微調整を行なった。

次の月曜の朝、日焼けして帰国したロスが仕事に復帰したときには、すべての準備が万全に整い、警視総監の許可を待つだけになっていた。

「この作戦が成功したら」ウィリアムと一緒に計画の最終検討を終えたロスが言った。「おれは幸せな気分で警察を辞められますよ。まあ、あんたがもうおれのボスじゃなくなるのだけが理由ってわけじゃありませんがね」彼はそう付け加えて笑った。

「失敗したら」ウィリアムはにこりともしないで応じた。「おれも警察を辞めることになる。だが、そのときは依然としてきみのボスだ」

19

　ベスが注意してくれていたにもかかわらず、ウィリアムは気にもしていなかったのだが、実際にやってみると美術品の梱包《こんぽう》には長い時間と多くの人手が必要だった。

　鍵を握る人物《キイ・パーソン》はイアン・ポスゲイトという、カラヴァッジョが輸送中に破損した場合の保険を引き受けるだけでなく、万一目的地へ着かなかった場合には二千二百万ポンド満額を補償してくれることになっている、〈ロイズ・オヴ・ロンドン〉の上級ブローカーだった。輸送の最初から最後まで警察が自分のアシスタントを装って同行してくれるのを、ポスゲイトは歓迎してくれていた。

　ウィリアムとロスは邪魔にならないよう脇に退いて、その道の玄人の仕事ぶりを眺めていた。美術品上級管理者のミスター・ベンモアはゴヤ、レンブラント、そしてベラスケスについては右に出る者がいなかったが、最近、テート美術館のためにウォーホルを梱包したときは、アシスタントの一人に任せていた。

　四人がかりでの時間のかかる作業が始まり、二人が梯子《はしご》の中段まで登って、残る二人がその下で待ち受けた。まずは梯子の上の二人が絵の収められている額縁の何箇所かにチェーンをかけ、そのチェーンを手繰りながら注意深くゆっくりと下ろしていって、下の二人が下りてくる額縁を手を添えて支えた。二百年のあいだ一族の誇りが掛かっていて、いまは何もなくなった黒い方形を見つめているマクラーレン卿が、目で見てわかるほどに年を取ったことにウィリアムは気がついた。

額縁の下辺が腰の高さまで下りてくると、四人はチェーンを外して額縁を支え、緩衝材の上にゆっくりと下ろしていって、それが特別に用意された梱包用の型枠に沈んで落ち着くのを少しのあいだ待った。この独特の型枠は大工の職人芸のなせる業で、その大工はカンヴァスを見たことがないにもかかわらず、凝った装飾を施して金を被《き》せた額縁のサイズを寸分たがわず再現していた。

絵がしっかりと梱包用の型枠に収まるや、表面がポリエチレンの保護シートでゆったりと覆われ、専門職のチームがミスター・ベンモアの監督の下、その型枠をやはり同じ大工が作った、補強された輸送用の外枠に収めた。同等の技術と体力が要求される繊細な仕事だった。ミスター・ベンモアの最後の役目は、バルセロナまでの長旅のあいだに型枠のなかのものが動く恐れがないことを確認したあと、輸送用の外枠に木の蓋をして、電動ドライバーで捩子留めすることだった。二十四本の捩子がすべて打ち込まれるのを、ロスが数えながら確認した。

徹底的な最終検査が終わって満足したミスター・ベンモアが、お茶の休憩時間《ティー・ブレーク》を宣言した。

二十分後、作業が再開され、二人が輸送用の外枠を持ち上げて、残る二人がその下に幅の広いスケートボードを挿し込んだ。その上に輸送用の外枠がそっと下ろされ、ゆっくりとダイニングルームを出て、廊下を玄関へと向かっていった。大理石の床を守るために、スケートボードの通り道には保護シートが敷かれていた。

玄関ホールにたどり着くと、ウィリアムはこの城の主を一瞥した。彼はウィリアムの知っている年輩の女性の肩を抱いていた。彼女はかけがえのないものとの別れに涙をこらえていた。

絵が輸送用の外枠に入った瞬間から、振動や衝撃を和らげるために空気ばね《エアサスペンション》を採用し、空調設備を整えたトラックに積み込まれて固定されるまで、ずっと直立したままで一度も横に寝かせられなかったことにウィリアムは気がついた。それは「人間をとる漁師」が自分の乗っている舟から落ちないようにするための配慮だった。

アバディーン空港までの十二マイルの旅で、そのトラックが時速三十マイルを超えることはなかった。

ウィリアムとロスは覆面警察車両でトラックのあとにつづいた。その空港はプライヴェート・ジェットの利用客が多く、彼らを待っていたのもプライヴェート・ジェットだった。

ミスター・ベンモアが最初にトラックを降り、今度も彼の監督の下、四人の部下が細心の注意を払ってジェット機の貨物室へ絵を移動した。「人間をとる漁師」はここでも直立したままだった。貨物室の扉が閉まるまで、ミスター・ベンモアとイアン・ポスゲイトは木製の輸送用の外枠から目を離さなかった。四人の乗客がバルセロナ行きのプライヴェート・ジェットに乗り込んだ。

二時間後、スペインの地に降り立つと、滑走路でサンチェス中尉が出迎えてくれていた。彼もまた準備は万端で、ミスター・ベンモアの不安そうな監督の下、つなぎの作業服を着た四人の警察官が貨物室から輸送用の外枠を降ろし、クッションを補強して温度調節機能を持ったヴァンに、直立させたまま積み込んで固定した。

ロスはサンチェス中尉の隣りの助手席に乗り、ウィリアムはミスター・ベンモアとミスター・ポスゲイトと一緒に後部席に腰を下ろした。ウィリアムが前との仕切りを軽く叩いて合図すると、サンチェス中尉があたかも葬列のようにゆっくりと車を走らせはじめて、旅の最後の部分が開始された。

その日の午前中、ブース・ワトソンは早い便に乗り、最も価値の高い依頼人との打ち合わせに向かった。

その日のマイルズは珍しく機嫌がよく、最新の情報が届くのをじりじりしながら待っていた。二人は客間に坐り、暖炉の上の壁の大きな空間と向かい合った。「人間をとる漁師」の居場所になるはずのところだった。

「待っているあいだに」マイルズが言った。「ロンドンに関する情報を更新してもらおうか」

「いいニュースもあるし、あまりいいとは言えないニュースもある」ブース・ワトソンはブリーフケースからお定まりのファイルを取り出しながら言った。「残念ながら、きみの女が私に届けてくれていた報告はもはや信用できなくなった。まあ、彼女については、そもそもきみから相談されたわけではなかったがね」

「何なんだ、早く教えてくれ」マイルズが苛立《いらだ》ちを隠そうともせずに急かした。

「先日、メリルボーンのオールド・タウンホールで、ジョゼフィーヌ・コルベールとロス・ホーガン捜査警部補が結婚した。きみが彼女に金を払って誘惑させ、ウォーウィックのチームが何を目論んでいるか、情報を引き出させていた男だ。彼女はいまや間違いなくあのチームの絶対的な一員だ」

「いますぐにあの女への支払いを中止しろ」マイルズが言った。苛立ちは怒りに代わっていた。

「すでにその手続きはすんでいる」ブース・ワトソンは言った。「彼女について、ほかにしてほしいことはないかな？」

「あんた自身が関わる必要のあることは一つもない。いずれにせよ、あんたがどうやってその情報に遭遇したかのほうに興味がある。結婚式に招待されたとは思えないからな」

「しばらく前からラモントにホーガンを監視させていたんだ。きみに警告しておかなくちゃならないだろうが、ラモントはロイクロフト捜査巡査部長がいまも、われわれではなくてウォーウィックの側にいるんじゃないかと疑っているぞ」

「ロイクロフトに会いつづけるよう、ラモントに言うんだ。そうすれば、おれたちが疑っていることをあの女に感づかれずにすむ。あの女の忠誠心がどっち側にあるかがわかったいま、次の報告は面白いものになるはずだ。ラモントを幸せなままにしておくことが肝心だからな」

「ラモントを幸せなままにしておくのに必要なものは一つだ」ブース・ワトソンは言った。

「そして、向こう側はそれをくれてやれないときているからな」

「それはクリスティーナについても同じだ。彼女に船を乗り換えられる危険は冒せない」

「その危険はたぶんない。きみを捨ててミセス・ウォーウィックの側についたらどうなるかは、クリスティーナだってわかっている。この国に家がなくなり、ロンドンにフラットがなくなり、車も専属運転手もなくなって動けなくなり、服を新調する金もなくなり、昼食仲間のレディたちもいなくなり、若いツバメも間違いなくいなくなる。そして、ウォーウィックのところの予備の寝室で寝て、ウォーウィック一家の食べ残しで満足するしかなくなるんだ。彼女がそんな馬鹿なことをするものか」

「それなら、どうしてクリスティーナに金を払いつづけているんだ?」マイルズが訊いた。

「ウォーウィックの妻と接触しつづけている限り、彼女はわれわれの切札でありつづけるからだよ。ウォーウィックが次に何を目論んでいるかを突き止める必要が出てきたときとかにな。それに、ウォーウィックの妻も、別の種類の賄賂に目が眩みやすいようだ」

「勿体をつけないではっきり言え」マイルズが腹立たしげに急かした。

「クリスティーナがフランス・ハルスを貸してやると言ったら舞い上がったじゃないか」

「おれのフランス・ハルスだ」マイルズが訂正した。

「あの絵と一緒にいられないのはほんの数週間だ。もっと悪い結末になる可能性があったことを考えれば小さな犠牲だろう」

「展覧会が終わったその日に、間違いなく戻ってくるようにするんだぞ。ほかにも何かあるのか?」

「ある」ブース・ワトソンは答えた。「あのカラヴァッジョを買ったことで、ロンドンのきみの資産はほとんど底を突いた」

「それは〈マルセル・アンド・ネッフェ〉の買収が完了した瞬間に補充される。それに、ラシディの隠し金庫にまだ現金があるのを忘れるな」

いまやその特別な資金源も干上がろうとしていることを、ブース・ワトソンはこの依頼人に教えたくなかった。が、それには別の理由があった。

マイルズが時計を見た。「おれのプライヴェート・ジェットが定刻に着陸していたら、あの絵がここに着くまでに一時間ほどあることになる。昼飯を食う時間ぐらいはありそうだが、どうだ？」

エンジンをかけ、ギヤをローに入れてゆっくりとヴァンを出したあと、サンチェス中尉はミスター・ベンモアが繰り返す指示を忠実に守って決して走行車線を離れることなく、高速道路であるにもかかわらず、常に時速三十マイル以下を維持したまま走りつづけた。ロスは黙って助手席に坐り、周囲のすべてに目を光らせて、想定外のことが起こった場合に備えた。すでに気づいていたが、高速道路上には四台の警察オートバイの姿があり、二台が前方に、二台が後方にいて、あたかも通常の交通整理任務に当たっているかに見せていた。高速道路を降りて田舎道に入るや、ロスはビデオカメラのスイッチを入れ、ここからの行程のすべての段階を記録できるようにした。

サンチェス中尉が羨ましそうな顔で訊いた。「スコットランドヤードの標準装備ですか？」

「とんでもない。妻からの贈り物です」

「私の場合、唯一妻からもらえるとしたら、娘をもう一人ぐらいでしょうね」

「現状は何人？」

「三人です。でも、まだ息子を諦めちゃいませんよ」サンチェス中尉が言ったとき、ヴァンが森に突き当たり、停車するしかなくなった。

ロスはビデオカメラを切ってダッシュボードにしまい、サンチェス中尉が仕切りを強く叩いて、後部席にいる者に到着を知らせた。

ウィリアムがミスター・ベンモアをうかがうと、不安そうな顔で、びっしょり汗をかいていた。

サンチェス中尉がクラクションを鳴らし、高い松の木のてっぺんから数羽の鳥が飛び立った。二度目のクラクションを鳴らそうとしたとき、森からゴルフカートが現われ、ヴァンの前で停まった。

がっちりした筋肉質の男が二人降りてきてゆっくりとヴァンを一周し、一人が運転席のドアを開けてサンチェス中尉といくつか言葉を交わした。サンチェス中尉はすべての質問の一つ一つに充分な答えを用意していた。男はサンチェス中尉に敬礼の身振りをしたあと、もう一人の同僚と合流し、二人して大きな木製の輸送用の外枠を確認して、乗っている者の数を数えた。そのあと、クリップボードにチェックマークを入れてドアを閉めると、ゴルフカートへ戻っていった。そして、ついてこいとサンチェス中尉に手ぶりで合図した。

ロスはダッシュボードからふたたびビデオカメラを取り出し、横のボタンを押して記録を再開した。撮影をつづけていると、曲がりくねった特徴のない小径をゆっくりと移動して、木の橋に着いた。流れの速い川を渡り、ようやくあたりが開けたところへ出ると、周囲の景色を圧倒している宮殿のような屋敷が見えてきた。

　サンチェス中尉はゴルフカートのあとについて手入れの行き届いた芝生を横切り、砂利敷きのゆったりした車道《ドライヴ》を屋敷へと上っていった。ロスは頭のなかでプランＡをもう一度復習した。もし玄関のドアを開けて現われたのがフォークナーだったら、かつて同じ刑務所に服役していたのと同じ人物であることがばれないようにするためにヴァンの後ろに回り、荷降ろしの監督を装うことになっていた。

　フォークナーが屋敷のなかに運び込まれる輸送用の外枠のあとについていこうとした瞬間、四人の武装警察官が彼を捕まえて手錠をかけ、そのあとサンチェス中尉が逮捕して、被疑者の権利を聞かせてやることになっていた。

　あの二人のボディガードがちらりとでも抵抗する素振りを見せたら、辛抱強く高速道路をパトロールしていたオートバイ警察官がすぐさま行動に移り、遅滞なくここにやってくることになっていた。

　玄関のドアが開き、執事が現われた。だが、フォークナーの気配はなかった。そもそもそう簡単にいくはずはないんだと自分に言い聞かせながら、ロスはプランＢに切り替えた。

　サンチェス中尉と一緒にヴァンを降りると、ゆっくりと後部へ回って、ミスター・ベンモアが監督する輸送用の外枠の荷降ろしを見守った。彼は自分の部下の専門担当員に代わって四人の素人が同行したことにすでに苦情を申し立てていたが、その申し立てはにべもなく却下されていた。山ほど唸《うな》ったり呻いたりして苦労した挙句、ようやく輸送用の外枠がヴァンから降ろされ、専門担当員を装った四人の警察官がサンチェス中尉と執事のあとについて屋敷に入り、さらにロスとミスター・ベンモアが同行したが、ウィリアムは見えないところにとどまった。フォークナーの気配は依然としてなかった。

玄関のドアが閉まると、ウィリアムは野球帽を目深にかぶり直し、ヴァンの後部席を出て運転席へ移動した。フォークナーに見られる危険を冒すわけにはいかなかった。見られた瞬間に正体がばれてしまう。自分の手で逮捕したかったが、今度玄関のドアが開いたときは、サンチェス中尉が容疑者を連れて勝ち誇って出てくるだろうと思われた。あの絵がこのまま折り返してスコットランドへ帰ることを知ったら、ミスター・ベンモアは間違いなく混乱するどころではすまないだろうが、それについてはホークスビー警視長、内務大臣、そしてスペイン警察のあいだで合意が成立していた。

カラヴァッジョの作品という入場チケットを持った四人の警察官がゆっくりと玄関ホールを進んでいき、サンチェス中尉はその間《かん》、執事とお喋りをしていた。最終目的地の客間に着いてみると、暖炉の上の壁の大きな空間が、決してそこに飾られることのない「人間をとる漁師」の居場所であることを示唆していた。

輸送用の外枠が慎重に絨毯《じゅうたん》敷きの床に降ろされ、四人の警察官が後ろに下がって、ほかの仕事と同じぐらい専門技術を要すると言われている仕上げ仕事——荷ほどき——の準備にミスター・ベンモアが取りかかるのを見守った。

まずはドライバーで捩子が一本ずつ取り出されはじめると、ロスは開け放されたドアの陰に身を潜めた。そこにいれば、フォークナーが入ってきたときに不意を打つことができる。

ミスター・ベンモアは輸送用の外枠の二十四本の捩子をすべて抜き取り、蓋を取り外すと、今度は梱包用の型枠を開いて、カンヴァスの表面を覆っているポリエチレンの保護シートをめくった。その作業を終えて結果に満足すると、専門担当員を装った四人の警察官に指示して、名画を棺から取り出すべく、金《き》を被せた額縁の四隅を持たせた。自分自身がやるときには滅多に口に出さないはずの〝ゆっくり《レンタメンテ》〟という言葉を、十回は下らないぐらい繰り返さなくてはならなかった。

四人の警察官は腰を屈めてそれぞれに額縁の隅を持ち、梱包用の型枠から名画を取り出した。隠れていなくてはならないにもかかわらず、もっとよく見たいという誘惑に負けてロスが一歩前に出たまさにそのとき、執事がふたたび客間に入ってきた。そのすぐ後ろにフォークナーがつづいていた。

ロスは慌ててドアの陰に引っ込もうとしたが、フォークナーがとたんに気づいて隠しようのない衝撃を顔に表わし、すぐさま踵を返して、玄関ホールをいまきたほうへと走り出した。ロスも負けじと走り出し、サンチェス中尉がすぐ後ろにつづいた。

執事が素速く客間の出口に立ち塞がったが、ラグビーの試合なら一発退場必至のハイタックルをロスに見舞われてひっくり返り、決定的に重要な何秒かを主人のために稼いでやることができなかった。

ロスはフォークナーを追って玄関ホールを突っ切り、長い廊下を走りつづけて、一歩ごとに距離を縮めていった。驚いたことにフォークナーが足を止め、時間を確かめてドアを開けると、なかへ飛び込んでドアを閉めた。ロスは取っ手をつかんだが、ほんの一瞬遅かった。一度、全力で体当たりを試みたが、ラグビーのフォワードが八人全員でスクラムを組んでも、そのドアを開けるのは不可能なようだった。

フォークナーはドアに体当たりする音を聞いて歪《ゆが》んだ笑みを浮かべると、部屋を突っ切って頑丈な鉄の扉の前に立った。腕にしている時計に八桁の暗号を打ち込むと、巨大な扉が従順に指示に従って勢いよく開いた。フォークナーはその向こうへ飛び込むと、巨大な扉を閉め、四本の太いボルトがそれぞれの位置に滑り込むのを待った。

そしてもう一度時計の表面を指で叩き、盤面に明かりが灯るのを待って、二つ目の暗号を打ち込んだ。すぐに奥の扉が開いた。フォークナーはその扉の向こうへ入ると、頑丈な金属の扉を閉めた。安堵のため息をついてから、自分のもう一つの世界へつづく階段を下りていった。何度も予行演習をしたおかげで逃走行動はまんまと計画通りに運んだが、これからどうするかはもっと本気で考えなくてはならなかった。

書斎に着いて真っ先にしたのは、電話を一本かけることだった。

20

執事は怒れるロスに鍵を渡すのをためらわなかった。結局のところ、もうボスには逃げおおせるに余りある時間ができているはずだった。

ロスが廊下を駆け戻ってみると、そこにはサンチェス中尉とウィリアムがいて、二人の警察官がドアを破ろうと無駄な試みをしていた。その無益な苦労の代償は肩にできた痣しかなかった。

ロスは急いでドアを開錠したが、フォークナーの姿はどこにもなかったし、それはだれにとっても驚くに当たらないことでもあった。

「この金属の扉をよく見て」ウィリアムは言った。「何が見えるか、あるいは、こっちのほうが重要だが、何が見えないかを教えてくれ」

「取っ手も鍵もついていない」ロスが即座に答えた。

「ダイヤルもない」サンチェス中尉が付け加えた。「どうやって開けるんだ？」

「それを知っているのは、たぶん一人だけだ」ウィリアムが言ったとき、執事が飲み物を載せた盆を持って再登場したが、今度はもっと力を込めて殴ってやろうかとロスに思わせただけだった。

「この扉はどうやったら開くんだ？」ウィリアムは厳しい口調で訊いた。

「私は承知しておりません、サー」執事が盆をテーブルに置きながら答えた。表情に変化がないところからすると、本当のことを言っているように思われた。

補足質問をしようとしたとき机の上の電話が鳴りはじめ、ウィリアムは応答するよう執事に促した。

執事が受話器を上げた。

「もしもし、サルトナ邸でございます。ご用件を承ります」

ウィリアムはメモ帳とボールペンをポケットから取り出し、〝サルトナ〟とメモして下線を引きながら、一方的な会話に耳を澄ました。

「やつらはまだそこにいるのか？」

「はい、サー。申し訳ございませんが、ミスター・サルトナはただいま留守にしております。メッセージを承りましょうか？」

「ブース・ワトソンはいまもおまえと一緒か？」

「はい、サー。あなたさまがお戻りになられたとき、お目にかかれるのを楽しみにしていらっしゃいます」

「そこにいる警官どもが一人残らず引き上げて空港へ向かったことが確認できたら、すぐに連絡をくれ」

「もちろんでございます、サー。あなたさまからお電話があったことをお伝えしておきます」執事が受話器を戻し、ウィリアムを見て言った。「ほかにお手伝いできることがございますか？」

ロスが拳を固めて一歩前に出た。

「いや、ない」ウィリアムは素速く二人のあいだに割って入った。「実際、もう退がってもらうほうがいいかもしれない」

「仰せのままに」執事が会釈をし、それ以上何も言わずに出ていった。

ドアが閉まるのを待って、ウィリアムはいまのところ通り抜けることのできない鉄の扉を指さして言った。「あの向こうに何があるかを突き止めるにはかなり大きな道具が必要だな」

「言うは易《やす》く行なうは難しですよ」サンチェス中尉が応じた。「ここは昔、フランコ将軍の秘密の隠れ処だったんです。いまはあなたの国で言うところの文化財登録建造物《リステッド・プロパティ》になっていますから、裁判所の許可がないと一切手を触れることができません」

「だったら、裁判所に相談せずにやるしかないか？」ロスが言った。

「いや、それは駄目だ」ウィリアムは首を振った。「いいか、ロス、いまわれわれがいるのはバタシーの裏通りじゃない。ここでは、われわれには何の権限もないんだ」

「だれが気にしますか？　まったく少年聖歌隊員ときたら」ロスは思うに任せない不満を隠せない様子だった。

「私が気にします」サンチェス中尉が答えた。「なぜなら、われわれがいまいるのはバルセロナの裏通りでもないからです」

「いずれにせよ」ウィリアムは言った。「フォークナーはいまごろスペインの弁護士に電話をして、われわれの行動制限命令を当局に出してもらっているに決まっています。あなたが溶接トーチ使用許可を申請するのに先んじてね」

「いつまででも待てばいいんですよ。だって、やつにしても結局は出てこないわけにいかないんだから」ロスが提案した。

「この扉の向こうに、もう一つの世界があると考えて間違いないと思う」ウィリアムは言った。「やつが再登場するまでどのぐらい手をつかねて待つことになるか、それは神のみぞ知るところだ」

「やつが再登場するはるか前に、われわれのほうがフォークナーの弁護士に追い払われるでしょうね」サンチェス中尉が付け加えた。

ウィリアムはうなずいたが、ロスはいまだに納得していないようだった。

「これもたぶん間違いないと思いますが、その弁護士はおそらく私の知っている人物です」サンチェス中尉がつづけた。「だとすれば、あらゆる異議を覆す裁判所命令を手に入れるまで、われわれにできることはありません」

「それまでどのぐらいかかるんだ?」ロスが訊いた。

「数日か、数週間か、数か月になる可能性もあります」サンチェス中尉が答えたとき、また机の上の電話が鳴り出した。二回で鳴り止《や》んだところからすると、この建物のどこかの別の内線電話が応答したのだろうと思われた。

サンチェス中尉が受話器を取り、彼が過去に数えきれないほど剣を交えた女性と執事のあいだで交わされる会話に耳を澄ました。

「スペイン警察の担当者はだれなの?」女性の生真面目な声が訊いた。

「サンチェス中尉です」本人が割り込んで答えた。

「こんにちは、中尉」彼女が言った。あたかも部下に呼びかけるかのようだった。

「こんにちは、セニョーラ」

「最初にはっきりさせておきますけど、中尉」理性的であろうと努力している声だった。

「もしわたしの依頼人の自宅で何であれ不当な行ないがあったとわかったら、躊躇なく警察を訴えて、あなたの直接責任を問いますからね。わかっていただけたかしら?」

「よくわかりました《アブソルータメンテ》、セニョーラ」サンチェス中尉が叩きつけるように受話器を置いた。

「またもやフォークナーにしてやられたわけか」ロスが言った。

「必ずしもそうではないと思いますよ」サンチェス中尉が言った。「ここと高速道路のあいだに、パトカーを二台配置してあります。だから、やつが逃走を図ったら、待ち伏せを食らうことになります」

「屋敷の反対側はどうなんですか？」ウィリアムは訊いた。

「そっちへ逃げたら、切り立った崖が正面に待っているだけです。フランコは絶対に不意打ちを食う心配のない場所を選んだんですよ。われわれにとってまずいのは、二十四時間態勢での作戦を長期間つづけるだけの人的資源が私にないことを、フォークナーがわかりすぎるぐらいわかっていることなんです。最近は何でもかんでも予算ですからね」サンチェス中尉がため息をついて付け加えた。

「では、われわれとしては、やつが最も予想していないときに戻ってくるしかありませんね」ウィリアムは言った。

「そのときはぜひ声をかけてください」サンチェス中尉が言った。「フォークナーという男をこの目で見てみたいんですよ」

　それを聞いて、ロスは黙ってにやりと笑みを浮かべた。サンチェスは見て見ぬ振りをすると言っているのだった。

「しかし、それまでは」サンチェス中尉が言った。「今日、われわれにできることはほとんどありません。ですから、みなさんを空港へお送りするほうがいいかもしれません」

ロスが両膝を突いて鉄の扉の左隅を注意深く検めているのに気づいて、ウィリアムは訊いた。「何か気になるものがあるのか？」

「何もありません、サー」ロスが答え、ゆっくりと立ち上がった。

〝サー〟付きで呼んだのは、サンチェス中尉に知られたくない何かに気づいたことを意味していた。

ウィリアムはロスと一緒にサンチェス中尉につづいて部屋をあとにすると、廊下を半分ほど行ったところで足を止め、壁に掛かっている「フルート奏者」をじっくりと見て眉をひそめた。

「その絵がどうかしたんですか、班長？」ロスが訊いた。

「残念ながら、そうなんだ。ロンドンへ帰って、この絵をリストから外したほうがいいと妻に教えたら、きっと喜ばないだろうな」


地下の書斎にいるフォークナーは、スペインの弁護士が差し迫った問題にすぐさま対応してくれたことに満足して受話器を戻した。これで警察は当分ここに近づけないはずだが、いずれ加勢まで連れて戻ってくるかもしれず、それまでにどのぐらいの時間を稼げるかが問題だった。

専用の電話帳を開いてページをめくり、〝R〟の項へたどり着いた。その番号がいまも使われていることを祈るしかなかった。椅子に坐り直し、言うべき言葉を何度も検討してから受話器を上げて番号を押した。

しばらく呼出し音が鳴りつづけたあとで受話器が上がる音がし、声が応えた。「だれだ？」

「マイルズ・フォークナーだ。私のことは憶えていないかもしれないが……」

「ミスター・フォークナー。忘れるわけがないでしょう。この思いがけない喜びのお返しに何をすればいいんでしょう？」

「きみはだれだ？」

「このファミリーの長老です」

「きみの息子のテリーに伝えてもらいたいことがあるんだ」

「全身を耳にして聞かせてもらいますよ、ミスター・フォークナー」

「私の代わりに、彼にしてもらいたい仕事がある」

「わかりました。しかし、その前に報酬が折り合わないとね」

「現状の相場はどのぐらいだ？」

「仕事の難易度によります」

「対象は警官の女房だ」

「それは安くありませんよ、ミスター・フォークナー」

「いくらだ？」

「一万ポンドというところですかね」

「いいだろう」フォークナーは答えた。値引き交渉をしているときではなかった。

「支払い方法は？」

「明日の朝、ブルース・ラモント元警視が現金で届ける」

「彼ならわれわれの居場所を知らないはずがありませんね」ファミリーの頭《かしら》が応えた。

「あとは対象の名前だけ教えてもらえれば結構です」

「なんだかんだ言っても、結局のところ、フォークナーのプライヴェート・ジェットのほうがよかったな」ロスが言った。

「乗れる便がこれしかなかったんだ」ウィリアムは応えた。「それに、正直なところ、ぎりぎりなのに席が二つ空いていたのだって運がよかったんだからな」

「それじゃ敢えて訊きますが、ミスター・ベンモアとミスター・ポスゲイトはどこにいるんです？」

「キリストと四人の漁師と一緒に、ファーストクラスにいるよ」

「そういうことなら、万一この便がイギリス海峡に不時着水したとしても、われわれのうちの少なくとも一人は海の上を歩けるわけだ」

ウィリアムは離陸して巡航高度に達すると、メモ帳を開いて訊いた。「おれが見つけられなかった何を見つけたんだ？」

「それを説明するには大西洋を渡りきるまでかかりますから、班長から始めてもらったほうがいいんじゃないですか」ロスが言った。

「書斎での執事の電話から始めようか」ウィリアムは重責から解放されてほっとしたがゆえの嫌みを無視して言った。「あの電話の相手はフォークナーで間違いないと、おれはそう睨んでいる」

「そう考える理由は何です？」

「電話を取ったとき、相手がフォークナーだと執事がはっきり知っていたからだ」

「そう確信できる根拠は何です？」

「執事は『はい、サー』と二度応え、『もちろんでございます、サー』で締めくくった」

ウィリアムはメモを見ながら言った。「あの特別な状況があることを予期してよくできた台本を作り、何度もリハーサルをしたもののように、おれには聞こえた」

「それでは推測の域を出ませんよ」ロスが言った。「陪審員を納得させるにはもっと確かな証拠が必要だ」

「いいだろう。その数分後にフォークナーの弁護士から電話があったとき、着信音は二連音で、それは普通、外線であることを示している。だが、最初の電話は一回ずつしか鳴らなかった。だから、あれは内線電話に違いない」

「悪くないが、おれが見た限りでは、執事はあんたにわざとメモを取らせたんです。目的は何でしょうね？」

「サルトナだよ。フォークナーの新しい別名だと、おれに思わせたかったんだ。それは間違いない。だが、脱走を企てるときがきたとフォークナーが判断したら、その名前が新しいパスポートに記載されるはずはないとおれは睨んでいる」

「少年聖歌隊員にしては上出来です。だけど、これからおれがその上をいってみせましょうか」ウィリアムは苦笑せざるを得なかった。ロスはいまも彼を少年聖歌隊員呼ばわり――しかも面と向かって――する、警察内で非常に数の少ない者の一人だった。ウィリアムはメモ帳を閉じると、坐り直して耳を傾けた。

「あんたがヴァンのなかで無駄に時間を費やしているとき、おれはフォークナーを追いかけて廊下を走っていたんですが、やつがいきなり足を止めて時計を見たんです。警官に追いかけられているときに犯罪者が時間を確かめるとはどういうことだ、とおれは自問しました。そのとき、やつが時計に触り、時計の盤面が明るくなったんです」

「それで、その修辞的疑問の答えは何だったんだ、警部補？」

「書斎のドアの鍵が簡単に開けられてしまうことを、やつはあらかじめ知っていたんです。なぜなら、それが警察が踏み込んできたときの逃走計画のすべてだったからですよ」

「それで、盤面が明るくなった腕時計は〝ロス・ホーガン仮説〟のどこに当てはまるんだ?」

「まず、隠れ処へつづくあの鉄扉に取っ手も鍵もついていなかったのはなぜだと思います?」

「きみの結論は?」

「あれは時計じゃなくて、あの頑丈な金属の扉を開ける鍵だったんです。盤面が明るくなったのは暗号を打ち込むためで、その暗号を打ち込んだら扉が開くんです」

「やつが雲を霞と消えたうえに、直後に執事に電話できた理由は、それで説明がつくわけだ」

「もし興味があるんなら」ロスがつづけた。「あの扉を造った会社の名前もわかりますよ」

「〈NP〉だろ?」ウィリアムは言ったが、ロスが何を言おうとしているのかいまだに判然としなかった。

「少年聖歌隊員にしちゃ悪くありませんが、〝NP〟が何の頭文字かわかりますか?」

「わからない。だが、きみがこれから教えてくれるんだよな?」

「〝ノージー・パーカー〟です。パーカー大佐こそが、あの扉を開ける方法をわれわれに教えてくれる唯一の人物です」

「しかし、きみはわずか一週間後に警察を辞めるんだぞ、これを片づけるには時間が足りないだろう」

「おれの仮説が正しいことを証明するつもりなら、引退を少し延期しなくちゃならないかもしれませんね」

「何かに取り憑かれた二人が経営する、休日のキャンプ会社で働くことになっている元警察官をだれが必要とする?」

「あんたですよ」ロスがジャケットの内ポケットからブリキの小箱を取り出して蓋を開けた。ビニール製の鍵の鋳型が現われた。

「フォークナーの書斎のドアの鍵か?」

「本体を盗んだら」ロスが言った。「われわれが空港へ着くはるか前に鍵を取り換えられてしまうでしょうからね」

「ほかには?」

「あります」ロスが小型のビデオカメラを取り出した。「森を抜けてあの屋敷の玄関へたどり着く、唯一安全なルートが記録してあります。だから、おれなしではあんたは生き延びられません」

ウィリアムは敗北を認めて相棒と握手をした。そのとき、客室乗務員が身を乗り出し、二人のそれぞれにピラフと温め直した牛肉、ビニールの小袋に入ったブラウンソースの載った盆を手渡した。

「ほかには？」ウィリアムは再度訊いた。

「あります」ロスが再度答えた。「ファーストクラスの最前列で、キリストの隣りにいたいんですがね」

「それは少年聖歌隊員のほうがふさわしいんじゃないかな……」

「罪人《つみびと》を一人救うほうがいいでしょうよ」ロスが反撃した。

フォークナーは机の電話の受話器を取って耳を澄ました。

「危険は完全に去りました」執事が言った。「空港に配置していた者からたったいま電話があり、あの二人がロンドン行きの便に乗り込むのを見届けたとのことです」

「あの二人？」フォークナーは繰り返した。

「ウィリアム・ウォーウィック警部と、次席のロス・ホーガンという警部補です」

「警部の妻は近いうちに不快な驚きに襲われることになるが、その理由は秋の展覧会用に準備するつもりだった、おれのフランス・ハルスが手に入らなくなることだけじゃないからな」フォークナーは叩きつけるように受話器を戻すと部屋を出て階段を上がり、時計を指で叩いてから八桁の暗号を打ち込んだ。内側の扉が開くとその敷居をまたぎ、一階の書斎へ戻るためにまた八桁の暗号を打ち込んだ。

扉が開くと、メイキンズが注いだばかりのシャンパンのフルートを銀の盆に載せて出迎えていた。フォークナーはフルートをつかんで歩きながら訊いた。「ミスター・ブース・ワトソンはいまもここにいるのか？」

「はい、サー。客間でお待ちです」

書斎をざっと見回すと、徹底的に調べた痕跡がありありと残っていた。「あの警部が爪痕を残していったというわけだ」フォークナーはそう言い捨てて書斎を出ると、廊下の壁に掛かっている額縁の傾きをわざわざ直してから客間へ向かった。

客間に入るや、ブース・ワトソンが立ち上がった。フォークナーは手近の椅子にどすんと腰を落とし、もはや必要のなくなった壁のフックを見上げた。あのカラヴァッジョが飾られるはずの場所だった。

「どうやら、あのカラヴァッジョは、おれがどこに隠れているかを突き止めるための餌に過ぎなかったらしい」

「そのようだな」ブース・ワトソンが同意した。「それに、これを聞いたらさらに不愉快の度が増すだろうが、あいつら、あの絵を持って帰ったぞ」

「あんたはおれがマクラーレン卿宛に切った小切手を絶対に使えないようにしてくれればいいんだ」

「それはすでに銀行に手を打ってある。マクラーレン卿は今朝、その小切手を銀行に持参していて、私が銀行に電話をしたときには現金化される寸前だった」

「おれはまだあの絵を手に入れるのを諦めていないからな」フォークナーは何もない壁を見上げて言った。

ブース・ワトソンは応えなかった。

「どうやって警察の目を逃れたんだ？」フォークナーは訊いた。

「メイキンズが最上階のメイドの部屋の一つに連れていって、ベッドの下に隠れさせてくれた」

「警察はその部屋を調べなかったのか？」

「一人だけやってきたが、庭師がメイドとお楽しみの最中だったんで、詫びを言っただけですぐに立ち去ったよ。だが、これからここは常時監視されることになり、きみはそれを何とかしなくちゃならなくなるだろうな」

「いつかこういうことになると、前々から予測はしていたからな、少なくとも備えは充分にしてある」フォークナーは言った。「だが、いま必要なのは逃走計画だ。やつらのことだ、遠くない将来に戻ってくるに違いない」

「いつ、どうやって逃げるんだ？」ブース・ワトソンが訊いた。「ここにつながっている道路はすべて、毎日二十四時間態勢でパトロールされていると考えなくちゃならないぞ」

「道路を使って逃げるつもりはない」

「だが、いつかきみが教えてくれたとおり、この屋敷の反対側には切り立った崖があるだけじゃないか」

「フランコが地下の書斎から浜までつながるトンネルを掘っていなかったら、そうだろうな。だが、ほかのすべての準備が完璧になるまでは、おれも動く余裕がない。というわけで、あんたにはロンドンに戻ったら残業をしてもらわなくちゃならない。まずは、おれのヨットの船長と連絡を取って、指示があり次第、出港できる準備を整えておくよう伝えてもらう必要がある」

「コレクションは？」

「おれと一緒に行く。そこでは、資産はそれだけになるかもしれない」

「提案させてもらってもいいかな」ブース・ワトソンが言った。「これからは鍵をかけて書斎で寝るんだな。そうすれば、ウォーウィックが真夜中にやってきたとしても、逃げる時間はたっぷりあることになる」

「いい考えだ、ＢＷ。すぐにメイキンズにキャンプ用ベッドを買いに行かせよう」

「ロンドンへ戻ったら、ほかに私がやることはあるか？」

「あと一つだけ。一万ポンドを現金でラモントに渡して、それを明日の朝、テリー・ローチに届けるよう言ってもらいたい」

ほかの経験豊かな勅撰弁護士同様、ブース・ワトソンも答えのわかっている質問はしなかった。

21

「それで、今度はヨーロッパのどの都市へ行ったの、野蛮人？」ベスがウィリアムに二杯目のブラックコーヒーを注ぎながら訊いた。

「ぼくがロンドンを離れたと考える根拠は何なんだ？」

「わたし、昨日、二ポンド借りなくちゃならなかったの。そのときにあなたの財布を覗いたら、ペセタ紙幣が入っていたのよね」

「〝借りる〟という言葉の意味を定義してくれないか」

「将来のいつの日かに満額返済するという意味よ」

「どのぐらい先の将来なんだ？」ウィリアムはトーストにマーマレードを塗りながら訊いた。

「わたしが生きているあいだかしらね」ベスがウィリアムの額にキスをして言った。「話を逸らすのはやめて、スコットランドへ行ったあと、どこへ行ったか、さっさと教えなさいよ」

「ぼくがスコットランドへ行ったと考える理由は?」

「千ペセタ紙幣と一緒にアバディーン行きの片道航空券が入っていたわ。ペセタって、まだスコットランドの自国通貨じゃないわよね」

「どうせぼくの財布から抜くんなら、二ポンドより千ペセタのほうがよかっただろうに。そっちのほうが価値が高いんだから」

「だから、話を逸らさないの」ベスが繰り返した。「あなたがスコットランドへ行かなくちゃならなかったのはマクラーレン卿に会うためだったこと、いえ、もっと正確に言うと、彼のカラヴァッジョに会うためだったこと、そうしなくてはならなかった唯一の理由はマイルズ・フォークナーがそこに現われるのを期待してだったことは、もう見当がついているんだから。それに、あなたがそこまで苦労しなくてはならなかった裏には、マイルズ・フォークナーのこの世の代理人が関わっているんじゃないかしら?」

ウィリアムはもう一枚のトーストにバターを塗った。

「あなたが話したくなかったとしても、それは問題じゃないの」ベスが言った。「だって、クリスティーナとお昼を食べることになっていて、きっと彼女がすべてを明らかにしてくれるから」

ウィリアムは後ろめたさを感じていた。クリスティーナがフィッツモリーン美術館に貸し出す約束をしているフランス・ハルスが秋の展覧会に展示されないことをベスはもうすぐ知ることになるだろうし、そうなったのは、ほかのだれでもない彼女の夫のせいなのだから。「そろそろ出かけなくちゃ」彼は言った。「さもないと、ホークの会議に遅刻してしまう」

「もうペセタは残ってないの？」ベスがもう一度キスをして訊いた。

「きみのような女性には用心しろと、父が警告してくれていたっけな」ウィリアムは五ポンド札を渡しながら言った。

「お父さまって本当に慧眼よね、尊敬するわ」ベスが言った。

ホークスビー警視長が会議テーブルの上座に着き、チーム全員が顔を揃えていることに満足の表情を浮かべながら、右を見て言った。「フォークナーは今度のことで、自分が生きていることをわれわれが知り、追跡を続行していることを知ったわけだ」

「そういうことです、サー」ウィリアムは答えた。「ふたたび姿をくらます前にやつを捕まえるのであれば、われわれがその計画を練る時間は多くないことになります」

「われわれ？」ホークが訊き返した。

「フォークナーを三度も取り逃がさないために、ロスは警察を辞めるのをひと月延期してくれました」

「それはふたたび囮捜査官の真似をしないわけではないということか？」

「そのようです」ロスに返事をする隙を与えず、ウィリアムが代わりに答えた。「スペイン警察はこの上なく協力的ですが、警視長にバルセロナにいる同役と話してもらえれば助けになると、サンチェス中尉は考えています」

「その同役とは、今朝、もう話をした」ホークが言った。「だから、きみたち二人が目論んでいることを完全かつ詳細に、いいか、完全かつ詳細にだぞ、私に報告しつづけてくれるだけでいい」

「了解しました、サー」ウィリアムは応えたが、ロスが自身の目論んでいることを完全かつ詳細に自分に報告しつづけてくれなければ、それが不可能なことはよくわかっていた。

「ウォーウィック捜査警部とホーガン捜査警部補が税金でヨーロッパをぶらついているあいだ、残った者たちは何をしていたのか、まずはきみから報告してもらおうか、パンクハースト捜査巡査」

「ダレン・カーターは」レベッカが口を開いた。「依然として〈イヴ・クラブ〉のドアマンとして働いていて、それ以外は休憩時間にときどきマリファナを吸うぐらいです。逮捕するには証拠が脆弱《ぜいじゃく》です。ただし、ビールを二杯飲んで口が軽くなったときの話の様子では、うまく逃げきったといまも考えています」

「クラブの経営者はどうだ？　同じく有罪か？」ホークが訊いた。

「酒類提供時間を午前二時まで延長できるよう申請したばかりです」

「管轄の治安判事と話して、その申請を絶対に却下させるんだ。理由は何かと訊かれたら、私に電話をするよう言えばいい」

「わかりました」レベッカが応えてメモを取った。

「はっきりさせておくが、捜査巡査」ホークが依然としてレベッカだけを見てつづけた。「あのクラブが閉鎖され、ダレン・カーターと経営者が両方とも刑務所送りになるまで、私は満足しないからな」

「わかりました、サー」レベッカは繰り返したが、今度はメモを取らなかった。

「きみのほうはどうだ、アダジャ捜査巡査部長、少しはましな知らせか？」

「その質問の答えは、イエスでもあり、ノーでもあります」ポールは答えた。「スリーマンはいまも法外な利子で金を貸しつづけていて、だれであれ期日通り返済できない者には、そもそも存在しない債務不履行を適用すると脅しています。ですが、それについて、私にできることはほとんどありません」

「どうして？」ウィリアムが訊いた。

「これまで事情聴取した被害者全員が、貝のように固く口を閉ざすか、スリーマンという名前すら聞いたことがないと否定するかなんです。最近指を一本失った被害者でさえそうでした」

「明らかにわれわれよりスリーマンのほうを怖がっているわけだ」ロスが言った。

「だけど、彼らを責めるわけにはいかないだろう」ウィリアムは言った。

「行方不明になっている三人に多少でも近づいているのか?」ホークが訊いた。

「いえ、サー。三人とも影も形もありません。しかし、スリーマンのところのチンピラは相変わらず返済日に三人の妻の家へ押しかけ、なけなしの金をもぎ取りつづけています」

「この先、三人の妻のうちの一人でも協力的になってくれるかもしれないぞ」ホークが仄めかした。

「それについてはあまり楽観できないんじゃないでしょうか、サー。私がスリーマンの名前を出すたびに、そんな名前は聞いたこともないと全員が言い張っていますから」

「では、次の犠牲者が姿を消す前に、やつが捕まることを願うしかないわけだ」

「言うは易く行なうは難しです、サー。次の犠牲者候補は十二人もいて、だれがそうなっても不思議はありません」ポールが長い名簿を見て言った。「私の手助けをしてくれている捜査巡査は三人しかいませんし、そのうちの一人は警察官になりたての新人です」

「人手不足の言い訳は私には通用しないぞ」ホークが咎《とが》めた。「とにかく、スリーマンとやつのところのチンピラをまとめて留置房にぶち込んで、そこでクリスマスを過ごさせてやるんだ」

ポールはうつむいたままだった。

「次はきみだ、ロイクロフト捜査巡査部長。またもや妻を殺しそうなあの男はどうしている？　あの女性はやつに騙されようとしていることに気がついたか？」

「残念ながらまだです、サー。先週、チェルシー・タウンホールの登記所でほとんど二人だけの結婚式を行ない、ミセス・ピューになりました。そして、翌朝にはケープタウンへのハネムーンに出発しています。数週間後に悲嘆に暮れた男やもめがもっと金持ちになって、喪服を着ずにイギリスへ帰ってきても驚かないでください」

「ケープタウンの同役に情報を提供して、ピューから目を離さないよう頼んであるんだな？」

「その同役を突き止めるだけで一週間かかったうえに、ようやく連絡がついたと思ったら、いまでさえ四十九件の殺人事件を抱えている有様だから、将来起こるかもしれないというだけのことを気にかけている時間はないと言われてしまいました。何かあったらすぐに連絡するとのことでしたが、いまもって一本の電話もありません」

「あまり有望とは言えないな」ウィリアムが見込みを口にした。

「ケープタウンへ飛んで、ミセス・ピューとこっそり会ったらどうだ」ロスが提案した。

「そして、とても短いハネムーンになってしまうかもしれないし、それ以降の日々が幸せにつづくなんて期待はすべきでないと警告してやればいい」

「もしジャッキーがそれをやったら」ウィリアムは言った。「ピューは間違いなく首都警察を訴えて、やつが殺しを実行しても罪を問えなくなるだろうな」

「話としては非常に面白いが、警部補」ホークが言った。「いずれにせよ、ジャッキーをケープタウンへやって遊ばせておけるほど、人材は余っていない」

「それなら、どうすればいいんでしょう?」ジャッキーが訊いた。

「当面はじっと待つんだ。二人がイギリスへ帰ってきたら、そのときに捜査を再開すればいい」

「帰ってこなかったら?」

「別の事件を見つけて担当させてやるよ」ウィリアムは言った。

「最後に、ロン・アボットとテリー・ローチだ」ホークが言った。「そっちのほうで何か進展はあるか、ロス?」

「未知の新事実はほとんどありません、サー。あの二つのグループは依然として小競り合いをつづけていて、遠くない将来、大っぴらな戦争状態に突入するのではないかとの懸念があります」

「それを許すわけにはいかないぞ」ホークが言った。「その最大の理由は、いまだに足を踏み入れるのがはばかられる地域があること、パトロール警官の数が充分でないことを書き立てるチャンスを、またもや新聞にくれてやるはめになることだ。ウィリアム、ほかの三件は身動きが取れていないようだし、ホーガン捜査警部補は間もなく警察を辞めることになっている。だから、アボットとリーチの件についてはきみに肩代わりしてもらいたい」

「〈名画作戦〉を犠牲にしてですか？」ウィリアムは訊いた。「ロスと私とでフォークナーを確実にイギリスへ連れ戻し、十年の刑期を一日も減らすことなく服役させられる計画を考えついた確信があるんですが？」

「さらに、脱走の罪もそこに加わるから、何年かはわからないけれども刑期はもっと長くなります」ロスがすかさず付け加えた。

「われわれは賞金稼ぎではない」ホークが言った。「成功の確率が五割以上あると確信させてもらわないうちは、そんな作戦を許可するかどうか考慮するつもりすらない」

「今日の午後、フォークナーの書斎の金属の扉を造った会社と面会することになっています」ロスが言った。「それで成功の確率が上がるかもしれません」

「彼らがその扉の開け方を教えてくれたら」ホークが言った。「きみに一パイント奢《おご》るにやぶさかではないな」

「〈トロイの木馬作戦〉に成功したとき、私はハーフ・パイントしか奢ってもらっていませんが」ポールが思い出したように言った。

「ハーフ・パイントでも多いくらいだ」ウィリアムは言った。「考えてもみろ、きみはあの夜の大半を救急外来で過ごして動けなかったじゃないか、足を捻挫してな」

チーム全員が掌でテーブルを叩きはじめ、藪《やぶ》をつついたポールを神妙にさせた。そのときホークの秘書が駆け込んできて彼を救ってくれた。

「ついさっき、サウス・ケンジントンで女性が殺されました」彼女は言った。「スコットランドヤードに応援要請がきています」

「現地所轄署の殺人捜査班に対応させるよう伝えろ、アンジェラ」ホークが秘書に応えた。

「われわれだって手一杯なんだ、あいつら、それがわかっていないのか？」

「担当の警察官が断言したところでは、通常は自分たちだけで対処するとのことでしたが」アンジェラが言った。「その女性は発見されたとき、鋸歯状の包丁を喉に突き立てられて、しかも貫通していたそうです」

「ローチだ」ウィリアムとロスが同時に言い、弾かれたように立ち上がった。

「すぐに向かうと伝えてくれ」ウィリアムは秘書に言うと、ジャッキーに向かって指示した。「正面入口にパトカーを待機させて、おれと無線をつなぐよう所轄の担当に言ってくれ。そうすれば、現場へ急行しているあいだに状況説明を聞くことができる」

ロスと一緒に正面入口へ走り出そうとしたウィリアムは、いきなり足を止めて振り返るとポールに言った。「すぐにテリー・ローチに対する全面緊急手配を発令しろ。対象は武装している可能性があって危険だと警告するのを忘れるな。まだ現場からそれほど遠くへ行っているはずはないが、この件に関しては、決定的に重要なのは最初の四十八時間ではなくて四十八分だ。逮捕する前にイーストエンドへ逃げ込まれたら、鉄壁のアリバイ証人を十人以上仕立て上げて、ホワイトチャペル地区の外へは終日、一歩も出ていないと断言させるに決まっているからな」

ポールが手近の受話器を握るのを確認するや、ウィリアムは部屋から廊下へ飛び出し、エレベーターが突然故障するのを恐れて、階段を二段ずつ駆け下りた。一階にたどり着いてロビーに入ると、ダニーの車が正面入口のドアの前に着いたところだった。

ウィリアムがスウィング・ドアを押し開けるときには、すでにロスが後部席に飛び乗ろうとしていた。すぐにあとにつづいたウィリアムが開いたままになっている後部席のドアを閉める間もなく、ダニーが一気に車を出して加速させた。

ダニーはサイレンを鳴らしながらスコットランドヤードを飛び出し、ヴィクトリア・ストリートの角の赤信号を無視して直進した。何台かの車が危うく急ブレーキを踏み、苛立ちのクラクションを響かせた。

「現場はわかってるのか?」ウィリアムは助手席の背にかじりついて訊いた。

「プリンス・アルバート・クレッセントです」ダニーがハイド・パーク・コーナーのほうへ向かいながら答えた。数台の車が左右によけ、バックミラーに映る車が邪魔されることなく走りつづけられるよう減速した。

ウィリアムの頭に真っ先に浮かんだのは、プリンス・アルバート・クレッセントにフィッツモリーン美術館があることだった。その不安を締め出そうとしたとき無線が鳴り、ウイリアムはそれをつかんで応答した。「ウィリアム・ウォーウィック捜査警部だ」

「ウェストエンド・セントラル署の担当のプレストン警部補です、サー。たったいまロイクロフト捜査巡査部長から連絡があって、至急あなたに状況説明をするようにとのことでしたが」

「そのとおりだ」無駄な言葉は一言も発したくなかった。

「若い女性がプリンス・アルバート・クレッセントで喉を切られました」プレストンが言った。「私の見たところでは、計画的で、あらかじめ対象がわかっていたように思われます」

「被害者の身元は？」

「わかっていません、サー。たまたま目撃した通行人によると、一台の車がその女性の横で停まり、ストッキングをかぶって顔を隠した、がっちりした体格の男が飛び降りてきて、彼女の顔を何度か切りつけてから最後に喉にとどめを刺し、車に戻って猛スピードで走り去ったそうです。すべては数秒のあいだの出来事だったとのことでした」

「その車のナンバーを見た者はいないのか？」

「アダジャ捜査巡査部長にも同じことを訊かれましたが、黒のＢＭＷに間違いないと思うという、犯行の目撃者による供述しかありません」

「被害者の人相はわかるか？」

「難しいですね、サー。損傷がひどいんです」

「肌の色と年齢はどうだ？」

「白人で、三十代前半でしょうか」

ウィリアムの心臓が早鐘を打ちはじめた。

「凶器は？」ウィリアムが訊いていると、車列を縫って走っていたダニーが渋滞を抜け出した。

「鋸歯状の薄い刃を持った小型のナイフです。喉に突き刺したままになっていて、だれがやったかをわれわれに教えようとしているかのようです」

「教えようとしたのさ」ウィリアムは言った。そのとき、遠くで別のサイレンが聞こえた。

「おれが行くまで、救急隊を被害者に近づけないでくれ」

「了解しました、サー」プレストンが答えた。

何事かと通行人を振り向かせながら、ダニーが〈ハロッズ〉の前を一気に走り抜けた。現場が近くなるにつれて、ウィリアムは胸の内で祈りを捧げながら、考えすぎだと自分に言い聞かせずにいられなかった。ダニーがようやくブレーキを軽く踏んだものの、左折してプリンス・アルバート・クレッセントに入ったときの速度計は、依然として時速五十マイルを指していた。二百ヤード手前からでも、大勢の警察官がそこにいるのがわかった。道の向かい側では、野次馬が舗道に群れて現場に見入っていた。

現場を取り巻くように張られた青白の規制線のすぐ手前で、ダニーが急停車した。

ウィリアムは一番先に車を降りると規制線をくぐり、舗道の血溜《だ》まりにぐったりと倒れている命を失った肉体へと走ったが、近づいたとたんに膝から崩れ落ちて絶叫した。「嘘だ！」

ロスが直後に追いついてきたが、その死体がだれのものかわかった瞬間に激しく嘔吐《おうと》した。

これほど経験豊かな二人の警察官が、二人とも初めて殺人現場に臨場したかのように反応するのを見て、プレストン警部補は驚かずにはいられなかった。

「被害者を知っておられるんですか？」彼は恐る恐る訊いた。

「知っているとも」ロスが妻を優しく掻き抱いて答えた。「あの野郎、ぶっ殺してやる」

22

　ウィリアムはベスと一緒にパリで長い週末を過ごしたいとずっと思っていた。ルーヴル美術館、オルセー美術館、そして、もちろんロダン美術館を訪れる話をたびたびしていた。その機会が訪れたら、リヴォリ通りでウィンドウ‐ショッピングをし、モンマルトルでは気に入ったからというだけでピカソの絵を数フランで買ったアメリカ人女性の話を思い出して、大道画家の油絵を買うかもしれなかった。

　セーヌ河の船下りを楽しみ、少し余計にワインを飲み、雄鶏の赤ワイン煮込み《コック・オ・ヴァン》を楽しみ、そのあいだにチーズの盛り合わせを味見するという、世界じゅうのほかのどこでもできない体験をして、最後に左岸のこぢんまりしたペンションに帰る。エッフェル塔の誘惑には一応抵抗するものの、最終的には何十人もの観光客と一緒にエレベーターに押し込まれて、地上で最もロマンティックな都市の壮大な景観を一望する。しかし、それは今週ではなかった。

　ウィリアムは北駅で列車を降りるとタクシーを探し、運転手にパリ郊外の住所を教えた。

二十分後、聖マリア教会に着くと、運転手に五十フラン払い、教会の左側の開いているドアのほうへ三々五々小径を上っていく会葬者に加わった。

前から三列目までは、十数人の、ウィリアムが見たこともない最高級の服装の女性で占められていた。ゆっくりと通路を下って、友人の後ろの信徒席に腰を下ろした。その友人はうつむいて祈りを捧げつづけていた。

頭上の時計塔が時刻を知らせると、聖職者が入場し、祭壇の前の階段の上で足を止めた。葬儀は静かに重々しく執り行なわれたが、ウィリアムはそのフランス語をすべて理解できたわけではなかった。それでも、寄宿学校で習っただけのフランス語でも式の進行に遅れずについていくことはできたし、たぶん親戚か、一族と古い友人関係にあるのだろうと思われる、年輩の紳士の感動的な弔辞も何とか聞き取ることができた。

式が終わると、全員が教会墓地に集《つど》った。棺が地中に下ろされていくのを見守るウィリアムの頭にあるのは、死んだあともしばらく舗道に倒れたままだったところをここにいる人たちが目の当たりにせずにすみ、美しい女性としてだけ記憶することになったのがせめてもの慰めだという思いだった。唯一の救いは、あまりに早すぎる誕生にもかかわらず、彼女の娘が生き延びたことだった。ロス・ホーガンの妻が妊娠していることをローチが知っていたら、それはあり得なかっただろう。

聖職者が十字を切り、会葬者に祝福を与えると、そのあと若い女性たちが次々とロスの両頰にキスをして、彼がこれまでの生涯で愛したたった一人の女性への想いを、彼女たちも疑いの余地なく共有していることを伝えた。

ウィリアムは最後の弔問者になるのを待ってロスと対面したが、心情を吐露するのが難しかった。抱擁して「本当に残念だ」としか言えなかったとき、皮肉屋で感情に左右されることのなかった警察官が泣き崩れた。

「何日か、休ませてもらいます」ロスが言った。「片をつけなくちゃならないことがあるんで、それが終わり次第復帰します」

ウィリアムは駅へ戻るタクシーのなかで、空港へ向かう列車のなかで、ヒースロー空港へ帰る機内で、その言葉を反芻《はんすう》しつづけた。自分にもホークにも一切の事情説明なくして囮捜査に戻るのではないかと不安だった。

ロスは席の取れる一番早い便で、その日のうちにロンドンに戻るつもりでいた。計画の第一段階を実行するためには、余分な時間は一瞬たりとなかった。しかし、そうならなかったのは、ジョゼフィーヌの葬儀で弔辞を読んだ――ロスには一言も理解できなかったが――年輩の紳士に声をかけられたからだった。

「失礼だが、ミスター・ホーガン」その英語はわずかに訛りが残っているに過ぎなかった。

「私はピエール・モンデラン、いまは亡きあなたの奥さまの財務顧問《フィナンシャル・アドヴァイザー》をしていた者です」そして、文字が浮彫りになった名刺を差し出した。「坐りませんか、話に少し時間がかかるかもしれないので」

「残念ながら、私はあなたの弔辞を一言も聞き取ることができませんでした」ロスはモンデランと並んでベンチに腰を下ろしながら言った。「それでも、彼女の友人たちが感動していたのはよくわかりました」

「そう言ってもらえるのは嬉しい限りです」モンデランが応え、外套《がいとう》のポケットから封筒を出してロスに渡した。「私の弔辞を翻訳したものです。私は奥さまをとても尊敬していました。あなたの都合のいいときに読んでもらえればと思います。奥さまの時宜を得ない死は、実行すべき最後の仕事を私に残してくれました。私はジョゼフィーヌ個人の財政の面倒を見ていたんですが、それはある企業連合《シンジケート》のほかの女性についても同じでした」

「シンジケート、ですか?」

「彼女たちの共同持株会社は〈貞潔の処女《ヴエスタル・ヴアージン》〉という名前で登録されています。全員で十二人なんですが、一人一人が毎月一万フランずつ、ある合弁企業に投資していました。それを、彼女たちの代わりに私が管理していたのです。実にうまくいっていたと、あなたにもわかってもらえると思います。目的は仕事をやめても将来の心配をしなくてすむに充分な経済的蓄えを作ることでした。残念ながら、ジョゼフィーヌは――あなたならさしずめ〝虎の子〟と呼ばれるはずの――その恩恵にあずかることがもはやできませんが、彼女の最近親者であるあなたに引き継がれることになります」

モンデランが二通目の薄い白封筒を内ポケットから出してロスに差し出した。

「しかし、彼女の家族とか親友はどうなんです？　彼らが優先されるべきではありませんか？」

「彼女は家族のことを一切語っていません。それから友人については、断言しますが、全員がすでに充分に豊かです」

「そういうことなら、どこかの立派な慈善団体に寄付するのもいいかもしれません」ロスは封筒を開けたくなかった。

「どうするかを決めるのは私ではありませんが、サー」ムッシュ・モンデランが言った。

「それでも、もしあなたが私の依頼人なら、あなたには母の思慮深さの恩恵を受けるかもしれない娘がいることを、丁重に思い出していただくでしょうね」ムッシュ・モンデランは受託者としての最後の仕事を終えると、それ以上は何も言わずに腰を上げ、ロスに会釈をして去っていった。

ロスは封を開けていない封筒を見下ろし、娘の将来に思いが及んでいなかった自分に後ろめたさを覚えていたが、しばらくしてようやく封を切って、ミスター・ロス・ホーガンＱＧＭ《クィーンズ・ギャラントリー・メダル》宛の小切手を取り出した。どういう手柄を立ててクィーンズ・ギャラントリー・メダルを授けられたのか教えろと何度もジョゼフィーヌに迫られたことが思い出された、思わず頬が緩んだ。その質問に対しては、何とかごまかして話を逸らすのが常だった。

小切手に記されている数字の桁を三度確認し直してようやく、自分が人生で初めて金持ちになったことに気がついた。しかし、実のところ気分は貧しいままで、もしジョゼフィーヌがそれで戻ってきてくれるのなら、小切手を八つ裂きにしてもかまわなかった。

その夜、ベスは帰宅したウィリアムに、今日はどこの外国の都市で過ごしたのか訊く必要はなかった。もう知っていた。一緒にパリへ行きたかったし、実際、そのはずだったのだが、アルテミジアが水疱瘡《みずぼうそう》に罹《かか》り、過去の例からするとすぐにピーターに伝染するのがほぼ確実だったから、諦めざるを得なかった。それでも、その日一日、ジョゼフィーヌのことが頭から離れることはなかった。

双子に就寝前の読み聞かせをしてやろうとしたそのとき、玄関のドアが閉まる音が聞こえた。階段を駆け下りると、ウィリアムがコートを掛けているところだった。しばらくのあいだしっかり抱き合ったあとで、ようやくウィリアムが訊いた。「アルテミジアの具合は？」

「よくなりはじめているけど、案の定、今度はピーターが罹っちゃって。二人とも、おやすみ前の読み聞かせをあなたにしてもらいたがっているわ」

「もちろんだよ。そのあと、夕食のときに、パリでのことを全部きみに話してやろう」と言ったものの、どこまで詳しく話すかはまだ決心がついていなかった。

階段を上がる足取りは疲れていたが、部屋に入るや子供たちがベッドを飛び下りて左右の脚にかじりついてきて、とたんに元気がよみがえった。想いはふたたびロスへ引き戻され、これと同じ喜びが娘によって彼にもたらされることを確信した。そういう想いが容赦なく邪魔されたのは、アルテミジアがこう言ったときだった。「第三章からよ。プロッド巡査がどうなるか、早く知りたいわ」

ウィリアムは娘を見て微笑した。発疹《ほっしん》はほぼ目立たなくなっていた。その笑みが消えて眉間に皺《しわ》が寄ったのは、ピーターにそれが現われはじめていることに気づいたときだった。

「いいかい」ウィリアムは言った。「発疹に触っちゃ駄目だって、プロッド巡査はいつも子供たちに言っていたんだ。それを忘れるなよ」

ピーターがうなずくのを見て、ウィリアムは本を開いた。「どこまで進んだかかな?」

「マナーハウスへ行くようにって、プロッド巡査が命令されたところまでよ」アルテミジアが言った。「すぐにってね!」

「マナーハウスで何がなくなったか、憶えてるかな?」

「ミセス・ダウトフルの真珠のネックレスよ」

「プロッド巡査の奥さんの名前は何だっけ?」

「ベリルよ！」アルテミジアが答えた。「プロッド巡査は警部補になると思ってるわ」

ウィリアムはうなずき、読み聞かせを開始した。

「〝プロッド巡査はマナーハウスへ着くと、自転車を車庫の壁に立てかけ、先に着いて仕事にかかっている警察官に加わりました。彼らは手掛かりを見つけようと地面を捜索していましたが、プロッド巡査は手掛かりなんか見つからないような気がしました。内部犯行だと確信していたのです〟」

「内部犯行って何？」ピーターが訊いた。

「ネックレスを盗んだのはマナーハウスに住んでいる者か、働いている者だと、プロッド巡査はそう考えているんだ」

「だれなの？」アルテミジアが迫った。

「わからない」ウィリアムは答え、欠伸を嚙み殺してページをめくった。

「でも、お父さんは刑事なんだから、知ってるに決まってるわ」アルテミジアが疑いを知らない子供の理屈でまたもや迫ってきた。

「〝プロッド巡査はマナーハウスの玄関のドアが開いていることに気づきました〟」ウィリアムは彼女を無視して読み聞かせを再開した。「〝そして、ずいぶん前からダウトフル家に仕えている、皿洗い担当のメイドがワトチット警部補に連れられて出ていくのを目にしました。ワトチット警部補はかなり満足そうでした。プロッド巡査は知っていたのですが、エルジーはお茶や軽食を運ぶワゴンからチョコレート・ビスケット一枚だって盗むことはありません。真珠のネックレスなんてとんでもない。すぐに署に戻って、ワトチット警部補の間違いを正さなくてはなりません。さもないと、あの憐れな娘は犯してもいない罪で裁判にかけられることになってしまいます。プロッド巡査は手掛かり捜しを仲間に任せて、自分は自転車へ引き返しました。ヘルメットをかぶろうとしたとき、魚屋のヴァンがその日の獲物を届けにやってくるのが目に留まりました。プロッドが驚いたことに、魚屋のミスター・ネトルズは屋敷の裏の厨房《ちゅうぼう》入口のそばではなく、玄関のすぐ前にヴァンを停めました。ネトルズがヴァンを降りて玄関の階段をゆっくりと上がっていくと、ドアベルを押すまでもなく貴婦人が早々とドアを開け、大きな段ボール箱を渡しました。そして、さっさとなかに引っ込んで姿を消してしまいました。

どうしてネトルズは毎週金曜日にするように、勝手口へ回ってコックに魚を届けなかったのでしょう?　プロッド巡査は何だか変だと思ったので調べることにしました。ゆっくりとヴァンに近づいてみると、ミスター・ネトルズは段ボール箱を助手席に置き、自分は運転席に坐って、いまにも車を出そうとしているところでした。

プロッド巡査は運転席側の窓をノックして言いました。『あんた、何を企んでいるんだ?』ネトルズは赤信号のように真っ赤になり、急いでエンジンをかけると、ギヤを三速に入れて正門へと飛び出していきました。プロッドはマナーハウスの玄関の階段を駆け上がり、力いっぱいドアを叩きました。少し間があってドアを開けた執事に、電動で開いたり閉まったりする正門をいますぐ閉じるよう言いました。執事がそのためのスイッチを押し、門がぎりぎりのところで閉まって、ネトルズはそこから外へ出られなくなりました〟

――今夜はここまでにしようか」ウィリアムは言った。

「駄目よ、お父さん！」アルテミジアが叫び、ピーターが同調した。「もっと！」

「仕方がないな、あと二ページだけだぞ」ウィリアムは大袈裟にため息をついて言った。

「〝あっという間に三人の警察官がヴァンを取り巻き、プロッド巡査は助手席のドアを開けて段ボール箱を取り出しました。開けてみると、牡蠣《かき》がぎっしり詰まっていて、その一つをこじ開けると、なかに真珠が入っていました。真珠は段ボール箱のなかではなく、普通は海の底で見つかるものだということを、プロッド巡査は知っていました〟」

玄関ホールで電話が鳴りはじめた。ウィリアムは本を置いて言った。「ベス、出てもらえるか？　いま、プロッド巡査が真犯人を逮捕しようとしているところなんだ」そして、子供たちを見て読み聞かせをつづけた。「〝プロッド巡査はすぐさまミスター・ネトルズを逮捕し、彼を地元の警察署へ、証拠と一緒に連れていくよう巡査二人に言いました。『おまえたちは何をするつもりなんだとワトチット警部補に訊かれたら何と答えればいいんだ？』と巡査の一人が質問しました。『プロッド巡査がマナーハウスで真犯人を逮捕しようとしています』と答えればいい、とプロッド巡査は言いました。『そして、だれが真犯人かを知ったら警部補は驚くかもしれない……』」その先をつづけようとしたとき、ベスが顔を覗かせた。

「ジェイムズから電話よ」彼女が言った。

「ジェイムズ？」

「ニューヨークのジェイムズ・ブキャナンよ」

「お父さんは電話に出なくちゃならないから、そのあいだ、お母さんに続きを読んでもらいなさい」ウィリアムは言った。

「それだとミスター・プロッドがだれを逮捕するか、お父さんは知ることができないじゃない」アルテミジアが言った。

「あとでお母さんが教えてくれるんじゃないかな」ウィリアムはベッドを下りて部屋を出ると、ベスに本を渡して受話器を手に取り、ジェイムズに話す隙を与えずに言った。「嬉しい驚きだよ」

「電話した理由を知ったら、そうでもなくなるかもしれませんよ」ジェイムズが応えた。

「難しい状況に直面していて、どうすべきか教えてもらいたいんです」

「何でも訊いてくれ」ウィリアムは冷静に応じた。

「最近のことなんですが、チョート校のぼくの親友の一人が、ハーヴァード大学の入学試験で替え玉を使ったことがわかったんです」

「証拠はあるのか?」

「最初にぼくが頼まれたんです。断わりましたけどね。でも、合格者が発表されて驚いたことに、彼が上位六人に入っていたんです」

「そうだとすると、だれかが不合格になっていなくちゃならないな。そして、それは合格間違いなしだとクラスの全員が予想していただれかだ」

「そうなんです。名前だってわかっています。奨学生なんですが、片親で、いつも金に不自由しているんです」

「それで」ウィリアムは言った。「きみの疑いを学校側に伝えるべきかどうかを知りたいわけだ」

「当たりです。あなたが同じジレンマに直面したらどうされるか、それを教えてもらいたいんです」

ウィリアムがずいぶん長く黙ったままなので、とうとうジェイムズが訊いた。「まだつながってますよね、サー?」

「ああ、つながっているとも」ウィリアムは答えた。「白状するが、私も寄宿学校時代に似た体験をしているんだ。友人――親友ではなかったが――を捕まえたんだよ。あまりに頻繁に学校の売店で万引きを繰り返していたんでね」

「校長に教えたんですか?」

「ああ、最終的には教えた」ウィリアムは答えた。「だが、見て見ぬ振りをすべきだったのではないかと思わない日は一日としてなかったよ」

「でも、なぜですか？」ジェイムズが訊いた。「明らかに正しいことをしたのに？」

「その友人はその学期限りで転校させられ、一年後にドラッグをやって退学になった」

「あなたへの跳ね返りはあったんですか？」

「クラスメイトに嫌われたのは確かだな。告げ口屋とか裏切り者とか陰口を叩かれたよ。面と向かって罵られたことも結構あった」

「暴力は恐れても、言葉に怯《ひる》むことはない、ですか」ジェイムズが言った。

「最近、また同じ経験をした」ウィリアムは思いに耽《ふけ》りながらつづけた。「警察学校で一緒だった同僚警察官を捜査しなくちゃならなかった。管轄の麻薬界の大物《ドラッグズ・バロン》から賄賂を受け取っていると信じるに足る理由があったがね」

「捜査対象を逮捕するに充分な証拠が出てきたんですか？」

「たっぷりとな。彼は長期刑に服しているんだが、私は今回も同僚から白い目で見られているよ。しかし、悪と対峙するのを仕事にしようといまも考えているのなら、友人は大目に見て、知らない相手、あるいはもっと悪く言うと、嫌いな相手は容赦しないというような分け隔てはしてはならない」

「朝一番に校長に面会して」ジェイムズが言った。「ぼくの懸念を伝えます」

「懸念は証拠にはならないぞ」ウィリアムは改めて念を押した。「だが、校長の倫理規範を試す機会であるのは確かだな。今回の場合は特にそうだ」

「どうして今回の場合は特にそうなんですか？」

「二人の若者が関わっていて、校長の判断がその二人の全人生に影響を及ぼすからだ。いずれにしても、どういう結果になったかは教えてもらいたいな」

「もちろんです、サー。でも、とりあえずはミスター・プロッドのところへ帰してあげますよ。奥さまから聞いたけど、真犯人を逮捕するところなんですよね？」

「そうなんだ。そして、やはり意外な結末を迎えることになっている。ところで、電話を切る前にもう一つだけ教えてくれないか、ジェイムズ。きみもハーヴァード大学に合格したと思っていいのかな？」

「もちろんですよ、サー。ジョン・クインシー・アダムズ一般奨学金を勝ち取りました」

「見て見ぬ振りをしない男が、いまやもう一人誕生したわけだ」

「パリであったことについての詳細な事後報告をしてもらいたい」ホークが言った。

「ロスは葬儀こそ何とかやり通しましたが、そのあとで私に言ったことがちょっと気になっているんです」

「教えてくれ《エンライトン・ミー》」

「北駅へ戻るタクシーのなかで一語一語を正確に思い出してメモしてあります」ウィリアムはメモ帳を開いた。「〝何日か、休ませてもらいます。片をつけなくちゃならないことがあるんで、それが終わり次第復帰します〟」

「片をつけるとしたら、フォークナーしかあり得ないな」ホークが言った。「その数日でロスが何をしようとしているか、心当たりはないか？」

「ローチを殺すつもりじゃないでしょうか」

「それをやったとして、だれがロスを責められる？」ホークが小声でだれにともなく言った。

「しかし、ロスのような専門技術を持っただれかがやるとしても、それは簡単ではないはずです」ホークの呟《つぶや》きを無視して、ウィリアムは言った。

「忘れるなよ、ロスは陸軍特殊空挺部隊《SAS》で四年、殺人捜査班で四年の経験があり、ついこのあいだまで囮捜査に従事していたんだぞ。人を殺すについて、彼より上手《うわて》の人間はそうはいないはずだ」

「ロスを呼んで」ウィリアムは言った。「ことの重大さをわからせるべきだと考えますが」

「私もそう思う」ホークが言った。「あいつがやろうとしている、後悔するはめになることをやめさせるためには、まずは彼を見つけなくてはならない。もしロスが本当にローチを殺したら、われわれはもっと大きな問題を抱え込むことになる」

「たとえばどんな問題でしょう？」

「数日後に復帰してきたロスは、これまで喪に服して娘に付き添っていたけれども、ようやくフォークナーを鉄格子の向こうへ連れ戻す仕事に復帰したくなったと、きみにはそう言うだろう。だが、実際に頭にあるのは、どうやってやつを殺すか、それだけのはずだ」

23

そのホームレスは煙草の吸い差しをだらしなくくわえ、くたびれた乳母車を押してのろのろと道を下っていた。四つの勲章――この変装で唯一の本物の部分だった――をつけた、裾を踏んでしまいそうな軍用の大外套が、ずいぶん昔に忘れられた戦争の古強者《ふるつわもの》であることを示唆していた。黒い髪が脂ぎって固まり、以前はティーポットに被せる保温カヴァー《ティーコージー》だったように見える毛糸の帽子の下から飛び出していた。無精髭が伸び放題に伸びて、何フィートも先から体臭が鼻を突き、彼とすれ違う人々は様々な反応を見せていた。女性はたいてい憐れみの表情を浮かべ、タトゥーを入れた若者は軽蔑を露わにし、なかには一ポンド貨を渡して後ろめたさから逃れようとする者までいた。ローリング・ストーンズの『サティスファクション』を大音量で轟かせているパブの近くまでくると、ホームレスはなかにいる者たちに約束した。心配するな、あっという間に終わらせてやるからな。

パブを通り過ぎながらも、招かれざる客がやってきて誕生パーティを邪魔しないよう入口で番をしている、二人の用心棒から目を離さなかった。二人のうちの一人を数年前に逮捕していたのだが、その男は足を引きずるようにして通り過ぎる老いぼれを見直そうともしなかった。ちょっとでも乳母車を覗き込んでいたら、コーンフレークの空き箱、かつては〝エディンバラ一のショートブレッド・ビスケット〟が入っていたブリキ缶、クリネックスの空き箱、煙草が一本突き出ているマルボロの箱が入っていて、人道支援団体の〈オックスファム〉でも受け取りを拒否するに違いない、擦り切れた毛布が片隅に突っ込んであるのが見えたはずだった。

交通信号の前までくるとボタンを押し、緑色の小さな男が浮かび上がるのを待って道を渡ると、その道をゆっくりと上っていって十字路にたどり着いた。そこがローチ・グループとアボット・グループが支配する二つの帝国を分ける、非公式な境界線だった。いかにも喧嘩早そうな顔つきの若者が二人、歩道の先をパトロールしていた。彼らの目的は一つだけ、ローチ・グループがアボット・グループの縄張りに迷い込まないようにすることだった。ホームレスは足を止め、彼らの一人に煙草の火を貸してもらえないかと頼んだ。

「うろうろしないでさっさと失《う》せろ、宿無しの馬鹿老いぼれが」間髪を入れずにそう返事が返ってきて、ホームレスはそのとおりにした。歩きつづけて、明かりの灯っていない、どんなにやる気に逸《はや》っている恋人たちでも避けるだろうし、警察官でも暗くなったら敢えて一人で行こうとはしないはずの小路に入った。

乳母車を押して小路の半ばまでくると、だれにも興味を持たれていないのを確認してからティーーコージー・ハットを脱ぎ、大外套のポケットにしまった。大外套も脱いで畳み、乳母車の隅に押し込んである毛布のさらに下に突っ込んだ。髪は脂ぎって固まったままだし、無精髭もそのままで、体臭も依然として吐き気を催すほどだったが、黒のトラックスーツに黒のスニーカーという黒ずくめの服装になると、腰も背筋もしっかり伸ばして、もう一度小路の後方と前方を検めた。野良猫一匹いなかった。

コーンフレークの箱に手を伸ばしてそのなかからライフルの銃床を出し、次に〝エディンバラ一のショートブレッド・ビスケット〟の缶の蓋を開けて小型の暗視照準スコープを取り出した。最後に乳母車の押し手の一方の端を軽く叩いた。細い、完璧に重さを量った銃身が滑り出てきた。それらをわずかな時間で組み合わせ、レミントンM40狙撃ライフルを完成させた。第一候補の武器ではなかったが、ロン・アボットが気に入っているタイプだった。そのあとマルボロの箱を手に取ってトラックスーツのポケットに入れた。そして小路の一番奥の建物へ敏捷《びんしょう》に近づくと、裏の壁に取りつけられている排水管を、二階の窓から忍び込む泥棒《キャット・バーグラー》よろしくよじ登りはじめた。SASの若い兵長として参加し、後に叙勲候補者名簿に名前が載ることになった、イラン大使館包囲作戦が思い出された。

最上階にたどり着くと、下を見て、気づかれていないかどうかをもう一度確かめた。だれもいなかった。有利な場所はすでに慎重に選んであった。そこが視界に入るのは古い倉庫からだけで、その倉庫は毎日午後六時にドアが閉まっていた。

屋上に上がると、腹這いになってゆっくりと反対側へ移動し、そこから二つの建物を隔てる距離を確かめた。選んでおいた有利な地点まで十フィート九インチ。それは問題ではなかった。ライフルを肩に担いでの跳躍はすでに何度か試していて、その平均は十四フィートを少し超えていた。

後戻りして腰を落とすと、屋上を取り巻いている壁をスターティング・ブロックの代わりにして前に飛び出し、建物の端を目指して全力疾走した。最後の一歩でトップスピードに到達し、建物の端まで数インチのところで、踏切板の位置を正確に知っているオリンピックの走り幅跳び選手のように宙に飛んだ。そして、後ろに数フィートの余裕を持って隣りの建物に着地した。片膝をついて息を整え、脈拍数が五十四で安定するまで動かずにいた。

そのあと、建物の端へと這っていったが、下は見なかった。SAS時代の指揮官のパーカー大佐には黙っていたが、実は高所恐怖症だった。さらに数分待って立ち上がり、周囲を詳細に検めて、文句なしだと満足した。もっとも、その場所は事前に注意深く選んであった。いまいるのはロン・アボットのフラットの真上で、アボット自身は——すぐに突き止めることができたのだが——習慣にこだわる男だった。それは簡単に敵に標的にされる原因になるがゆえに、SASでは死に至る罪と見なされていた。アボットの場合、金曜の夜はファミリーのメンバーと一緒にロムフォードのドッグレースに出かけ、悪事で手にした儲けのいくらかを失うと決まっていた。そのあとは必ず現地のナイトクラブでのディナー――と言っても、有名なのは料理ではなかったが――が定番になっていた。フラットに戻るのは日付が変わった一時ごろ、若い女を一人、ときには二人、連れているのが普通だった。

ロスがその場所を特に選んだもう一つの理由は、いまや誕生パーティが最高潮に達しているパブをはっきり見通せることにあった。直線距離で二百四十ヤードは、高性能精密ライフルにとって余裕の射程範囲内だった。

ライフルの銃床をそうっと肩に当て、暗視照準スコープの十字線を用心棒の一人の額に合わせた。射程距離内だった。その姿勢を二分維持したあと、ライフルを降ろして休憩した。

本物の標的が現われるまで、長く待つことになるはずだった。何しろやつの三十四回目の誕生日なのだ。マルボロの箱からしっかりと磨き上げた銃弾六発を取り出し、観閲式で行進する兵士のように一直線に立てて並べた。そのあとは腰を落ち着けて待つだけだったが、集中力を失うことは一瞬たりとなかった。

最初の酔っぱらいがパブから出てきたのは夜半を過ぎた直後で、ロスの知らない男だった。二人目はテリー・ローチの叔父のスタンで、数分後に出てくるや、胃のなかのものを洗いざらい舗道にぶちまけた。スタンは二十年前から刑務所を出たり入ったりを繰り返していて、いまはファミリーに養ってもらっているという噂があった。

ロスはライフルを構え直し、暗視照準スコープの十字線の中心をスタンの皺が刻まれた額に合わせて引鉄を引いた。撃鉄が当たる小さな音がしただけで、スタンは自分が銃弾の入っていない試し打ちの疑似標的にされた幸せに気づくことなく歩きつづけた。

本当の標的はまだ少なくとも一時間は現われないだろうと思われたが、それでも六発の銃弾を早々と弾倉に収めた。万一ということがあるかもしれなかった。

それからの一時間、上機嫌に大酔した客が途切れることなくパブから出てきて、おぼつかない足取りで自宅のほうへ歩いていった。昼の日なかでも、タクシーは寄りつかない界《かい》隈《わい》だった。

そのとき、何の前触れもなく、誕生パーティの主役が現われた。千鳥足でパブを出てきた彼は二人の肩を借りなくてはならない様子だったが、その二人にしても他人を助けられる状態ではなかった。

ロスは落ち着いて電話を取り出し、999を押した。「必要なのは警察でしょうか、消防車でしょうか、救急車でしょうか?」と交換手に訊かれたあとで、きっぱりと答えた。

「警察です」テリー・ローチがつんのめり、窓の桟をつかんで身体を支えた。

「警察です。どうしました?」

「ホワイトチャペルのプランバーズ・ロウで撃ち合いです」ロスは切羽詰まった口調にな

るようにしながら言った。

「あなたのお名前を——」しかし、ロスはすでに電話を切っていた。あとでどこかに棄《す》てるつもりだった。

ライフルの銃床をふたたび肩に当てると、左手で銃身を固定し、暗視照準スコープの十字線の中央を標的の額に合わせた。オマーンでしたことを、いまホワイトチャペルで再現していた。そのあと、誕生パーティの主役の額から膝へ狙いを下げた。かつての連隊付き曹長の言葉が耳の奥で鳴り響いていた——集中し、普通に息をし、闇夜に霜の降るごとく、静かに、ゆっくりと指を絞る。一気に引くんじゃないぞ。銃弾は空気を切り裂いて標的へ向かった。直後、ローチが右脚を抱えてうずくまり、身悶《みもだ》えしはじめた。

予想に違わず、肩を貸していた二人が、銃弾を食らってもがき苦しんでいる男をパブへ引きずり戻そうとした。ロスは暗視照準スコープの狙いを一インチ下げて十字線を合わせ直すと、ふたたび、しっかりとライフルを構えて二度目の引鉄を引いた。今度の銃弾はローチの股間を目指していた。膝を抱えていたローチの両手がいきなり股間を押さえ、またもや悶えはじめた。どうやらまともに急所に命中したらしかった。男の一人は声を限りに助けを求めながらいまもローチをパブへ引きずり込もうとしていたが、もう一人の男は反対方向へ逃げ出していた。

とたんにパブのドアが大きく開き、ローチ一族とグループのメンバーが飛び出してきた。

一人がローチのほうを指さし、手の空いている者全員が彼のほうへ突進していった。ロスは最後の一発を見舞うべくライフルを構え直し、ローチの苦悶に終止符を打つことになる額ではなく、さらに数インチ下に狙いをつけた。三発目の銃弾は喉仏のすぐ上に命中し、首を貫通して、パブの壁に突き刺さって止まった。

建物の横をうかがうと、下のフラットの窓に明かりが灯りはじめるのがわかった。そうなってほしい窓は一つだけだったが、その願いは間もなく叶《かな》えられた。

三つの空薬莢の隣りにライフルを置いて一度深呼吸をすると、姿勢を低くして走り出し、端まで行ってふたたび宙に舞った。今度はライフルを置いてきたおかげで身が軽くなっていたので、さっきより高く飛ぶことになった。無事に着地すると受け身を取って一回転してから立ち上がった。建物の向こう側の角へ向かっていると、遠くからサイレンが聞こえてきた。排水管を伝っての降下を始めたが、登山家が口を揃えて言うとおり、下りるのは上るよりも時間がかかり、難しかった。

地面に足が着くと同時に小走りに小路へ引き返し、乳母車に押し込んであったティー・コージー・ハットをかぶって大外套を着た。小路の端に着くと、すぐ近くで大勢の人の声がしていた。ロスは戦場のほうへ歩きつづけた。危険だったが、声を上げている者が敵か味方かわからなかったし、流れに逆らって現場から逃げていると敵に思われる可能性があるとしたら、そのほうがもっと危険だった。追い抜いていく者たちの一人が乳母車の横腹にぶつかって足取りを緩めたが、そのなかにちらりと目をやっただけで、そのまま走っていった。いずれにしても、隠さなくてはならないものは乳母車のなかにもうなかった。

乳母車を押してパブのほうへ歩きつづけた。もはや縄張りも境界もなくなって、全面戦争が始まっていた。

一台目のパトカーが〈プランバーズ・アームズ〉の前で急停車したと思うと、通りはあっという間に防護装備と暴動鎮圧用の盾に身を固めた武装警察官でいっぱいになった。彼らはローチ・グループ、アボット・グループ双方の構成員を片っ端から捕まえて囚人護送車《ブラック・マリア》へ放り込んでいった。

少年聖歌隊員がパブの前で作戦の指揮を執っているのを見たとき、ロスは笑みが浮かぶのをこらえられなかった。彼の前をまっすぐに通り過ぎた。そのまま素知らぬ顔で歩きつづけるつもりでいたのだが、背後で通りの真ん中に人が落ちてくる鈍い音がして思わず振り返ったのだけが過ちだった。

24

午前二時過ぎまで起きていたにもかかわらず、ロスは五時前にまた起床した。掏摸《すり》のジミーとの約束があった。もっとも、当人はスコットランドヤードの警部補が朝食に付き合ってくれることを知っているわけではなかったが。

ロスは時間をかけて冷たいシャワーを浴び、髪を洗い、剃刀《かみそり》の助けを借りて四日前からお構いなしだった無精髭を片づけた。時計を見ると、ジミーが現われるはるか前に間違いなく〈パトニー・ブリッジ・カフェ〉に着けるはずだった。前科者との用がすんだらすぐにまた橋を渡って引き返さなくてはならなかった。もっと大事な約束がチェルシーで待っていた。

ジミーについてロスが一つ知っているのは、その業界で右に出る者のない腕の持ち主だということを別にすれば、空腹で仕事に行くのが好きでないということだった。ジミーは過去に二度、実刑判決を食らって服役していた。だが、どういうわけか二回とも陪審員を一人ならず魅了し、自分は幼少期の貧しい教育の犠牲者であり、機会を与えられれば改心して新しい人生を始めるという主張を繰り返して、それを信じさせることに成功していた。二度目のときは、過去の犯歴を知っている一回目と同じ陪審員であればもっとはるかに長い刑が言い渡されたはずだったが、イギリス人は昔からフェアプレーを信じていて、疑わしきは罰せずを旨としていた。

ロスは七時前にカフェに着き、ブラックコーヒーを注文して、カウンターの一番奥のストゥールに腰を下ろした。七時半を過ぎてすぐにジミーが姿を現わし、窓際の定席で〈サン〉を読みはじめた。

ロスが存在を明らかにしたのは、ウェイトレスがジミーの定食――目玉焼き二つ、ベーコン、マッシュルーム、トマト、ハッシュドポテト――の皿を運んできてからだった。それを見る限り、〝イギリスで美味《うま》い食事を食べたければ、朝食を三度食べることだ〟というサマセット・モームの見解にジミーは同意するに違いなかった。もっとも、ジミーがサマセット・モームを知っているはずはなかったが。

「わざわざご足労いただくような、どんな借りがおれにありますかね、警部補？」向かいに腰を下ろしたロスに、ジミーが不安そうに訊いた。「おれを捕まえようとしても、朝っぱらのこの時間に、そんな証拠はどこを探したってありませんよ」

「おまえさんの助けが必要なんだ、ジミー」

「おれはいまも、昔も、これからも、情報屋にはなりませんよ。おれの柄じゃありません」

「おれはもう警察にいないんだ」ロスは言った。「辞めたよ」

ジミーは疑わしげだったが、それはロスがポケットから丸めた札束を取り出してテーブルの真ん中に置くまでだった。

「そんな大金をもらうとしたら、引き換えに何をしなくちゃならないんです?」ジミーが物欲しそうに現金を見つめて訊いた。

「おまえさんがいつもやってるのと逆のことだ。取るんじゃなくて、戻してもらいたい」

ロスは言い、頭にある計画を正確に説明した。

ジミーの朝食が彼の腹にすべて姿を消したときには、二百ポンドもまた姿を消していた。

「さらに二百ポンド渡す用意があるが、それは仕事が完了したあとだ」

「それじゃ、おれが知る必要があるのは時間と場所だけですね」

「それについてはまた連絡する」ロスは言った。「おまえさんを見つけるにはどこに行けばいいかもわかったからな」そして腰を上げ、次の約束に遅れない用心に時間を確認しようとしたが、その時計がなくなっていることに気づいただけに終わった。

掏摸のジミーが肩をすくめ、ロレックスをロスに返しながら言った。「腕が鈍ったと思われたくなかったんですよ、警部補」

「おめでとう、警部」その日の午前中、オフィスに入ってきたウィリアムにホークが声をかけた。

「何がおめでたいんですか、サー?」

「ローチ／アボット問題をついに解決したじゃないか」

「しかし、本当にそうなんでしょうか?」ウィリアムは思案しながら言った。

「それはどういう意味だ? きみのチームは十四人のグループ構成員を逮捕したし、都合のいいことに最も凶悪な二人まで死んでくれたんだぞ」

「ちょっと都合がよすぎるんじゃないでしょうか?」

「すべての証拠が口を揃えて、ロン・アボットがテリー・ローチを殺したと言っているじゃないか。凶器のライフル、空薬莢、そして、死体まである。滅多にないぐらいの幸運だ」

「そう見えるよう、事前に仕組まれていたとしたら話は別です」ウィリアムは言った。

「だれがそんなことをするんだ?」ホークが訊いた。

「凶器と三発分の空薬莢を、アボットが住んでいる建物の屋上に残していっただれかです」

「しかし、ローチの手下の二人が屋上にいるアボットを捕まえて通りへ放り捨てるところを、屋上へたどり着いたわれわれの部下がぎりぎりのところで目撃しているだろう」

「ぎりぎりのところで、が問題なんです」ウィリアムは繰り返した。「一般市民がたまたま深夜の一時十三分に999に電話通報し、われわれの部下が現場に到着したときにちょうど三発目の銃声が聞こえたというのは、偶然にしては少し出来過ぎていませんか？　私が現場に到着した時点では、ローチはまだ生きていました。ですから、電話通報がなされたのは一発目が発砲される前だったのではないかと私は疑っています」

「きみは何をしようとしているんだ？」ホークの口調が変わった。

「捜査責任者として、真実を知ろうとしています」

「それで、何らかの結論に達したのか？」

「三発を発射したのは特別慰労休暇中だけれども自分自身を慰労するつもりのないだれかではないかと、私の勘はそう言っています。しかし、アボットを建物の屋上から放り出したのがローチ・グループの構成員の二人であることは、われわれの部下が目撃していますから疑いの余地はありません。ですが、それもロスの計画の一部だったに違いないと私は睨んでいます」

「アボットがローチを殺していないのなら、どうして屋上にいたんだ？」

「自分のフラットにいるときに銃声を聞き、何が起こったのか確かめるために屋上に上がったんです。後に、彼のフラットで凶器と同型のライフルが見つかったのも妙だと思いませんか？　なぜ二挺《ちょう》持っていたのか、その答えを考えているところです」

「前に進むための材料はきみの勘だけか？　ほかに何かないのか？」

「屋上でマルボロの空き箱も見つかっています」

「マルボロの愛好者はたくさんいるし、私もその一人だ。もっとましな材料が必要だな、捜査警部」

「われわれの部下が両グループの構成員を捕縛しているさなかに、ロスが私の目の前をまっすぐに通り過ぎました。ホームレスに変装して、乳母車を押していましたがね」

「一体そこで何をしているのかと、なぜ訊かなかった？」

「救急車に運び込まれる前にローチを訊問しようとしていたものですから」

「ローチはまだ生きていたのか？」ホークが信じられないという口調で訊いた。

「そのあと二十分生きていました。おそらく、それもロスの計画の一部です」

「しかし、そのホームレスがロスであることを証明できないだろう」

「戦功勲章を四つ着けていました」

「可能性のある容疑者は一万人もいる。その全員を訊問するのか？」

「クィーンズ・ギャラントリー・メダルを授与されていない九千九百九十九人は除外できます」

「ロスがそんな失策をしでかすとは思えないがな」

「失策ではないと思います。きっと私に見せたかったんです」

「それなら、どうして逮捕しなかったんだ?」

「その瞬間、ほんの数フィートしか離れていない舗道にアボットが墜落してきたからです。白状しますが、そっちに気を取られてしまいました」

「ロスを呼んで事情聴取するのか?」ホークが訊いた。

「それは意味がないと考えます。すべての質問に対して周到に準備した疑問の余地のない答えを返すでしょうし、われわれが立件に足る証拠を何も持っていないことを教えてやるだけに終わるはずですから」

「それでも、彼を班の一員として残して、フォークナー追跡を一緒にやりたいのか?」

「ロスがいなかったら、あの屋敷の玄関にすらたどり着けません。ましてフォークナーの書斎など論外です」

「きみの見立てどおり、彼がローチを殺したのなら、フォークナーの隠れ処に入るときに銃を持たせないほうがいいぞ。フォークナーを殺すところをだれに見られようと気にもしないはずだからな」

ドアが開いて、彼よりもはるかに背の高い大男が現われた。腕を組み、握った拳には左右ともに〝憎悪《HATE》〟のタトゥーが彫られていた。

「何の用だ?」というのが第一声だった。

彼は玄関番の向こうの萎《しな》びた老人を見た。樫《かし》の机に向かって大きな革張りの椅子に坐っていたが、まるで呑み込まれているかのようだった。

「千ポンド貸してもらいたいんです、ミスター・スリーマン」彼はスリーマンを見つめて不安そうに言った。ずいぶん小柄だが、頭の悪そうなボディガードよりも嫌悪を感じさせた。

「理由は？」スリーマンが鋭い口調で訊いた。口はほとんど動いていなかった。

「車を買わなくちゃならないんです」

「理由は？」スリーマンが繰り返した。

「製薬会社の販売担当員として就職することになったんですが、自前の車を持っていると言ってしまったんです」

「担保は？」

「その車と、週給の二百ポンド、そして、販売手数料です」

「住まいは？」

「チェルシーの小さな一戸建てです」

「持ち家か？」

「いいえ、借家です」

「期間は？」

「あと十六年借りていられます」

「車の証明書と賃貸契約書が必要だ。今夜、うちの若いのが取りに行く」スリーマンが言い、ドアのところにいる大男へ顎をしゃくった。「両方とももちろん返してやるが、それは全額返済が完了してからだ。もちろん、通常の利子も取るからな」

「それで、借りる条件は?」

「貸金は千ポンド」スリーマンが言った。「毎月六百ポンドを、これから三か月にわたって支払ってもらう」

「しかし、それでは利子がほとんど百パーセントじゃありませんか?」彼は抵抗した。

「車が欲しいんなら、それがこっちの条件だ。どうするかは、おまえ次第だ」

彼が長いことためらっていると、スリーマンが机の引き出しの鍵を開けて五十ポンド紙幣を丸めた束を一つ取り出し、数えることもしないでテーブル上を滑らせて寄越した。

彼はその現金を見つめてなおもためらっていたが、ついに震える手でそれをつかむと、踵を返して帰ろうとした。

「帰る前に言っておくが」スリーマンが彼の背中に向かって言った。「これから三か月、毎月決まった日にうちの者が回収に行く。その日に支払えなかったとしても、文字にした催促状は送らない。忘れないよう、若い者が何かを残してくる」

彼は身震いして五十ポンドの束を取り落とし、玄関番が足元に落ちたそれを腰を屈めて拾って返してから言った。「また会うのを楽しみにしてるぜ」そして、ドアを開けた。「必ず家にいろよ」

「もちろんです」ロスは約束した。

25

「スリーマンの件の突破口ができたかもしれません」ポール・アダジャ捜査巡査部長がウィリアムの机のそばの椅子に腰を下ろした。

「聞かせてくれ」ウィリアムは手にしていたボールペンを置いて椅子の背にもたれた。

五十ポンド紙幣が一枚入った透明な証拠袋をポールが差し出した。「匿名の人物が正面受付におれ宛に置いていきました」

「指紋の確認に抜かりはないよな――検出されたのか？」

「おれの指紋が検出されました」ポールが認めた。

「きみにしては間の抜けたことをしたものだな。ほかには？」

「マックス・スリーマンの指紋がありました」

「多少はましだが、そのしたり顔からすると、もっと意外な人物の指紋が出てきたんだろう」

「レオニード・ヴェレニッチの指紋がついていました」

「凶暴さがあまりに度を超しているんでロシア・マフィアから追い出された、あのサイコパスか？」

「そうです」

「やつはドレスデン刑務所で終身刑に服しているんじゃなかったか？」

「プーチン大佐なる人物と出会うまではそうでしたが、いまは外に出て、もっと役に立っているようです」ポールが言った。「わからないのは、どうやって入国審査をくぐり抜けたかです」

「スリーマンとつながっている、やはり悪の世界で生きている人物なら難しくないかもしれないぞ」ウィリアムは言った。「だとしたら、いまわれわれがやらなくてはならないのは、まずはやつを見つけることだ」

「簡単ではないと思いますよ。モスクワでは〝死のささやき〟として知られていましたからね」

「この紙幣を受付に置いていった人物が見つけ方を知っているに違いない」

「しかし、その人物がだれなのかがわかりません」

「おれにはわかってる」

ロスはこれまでビジネスクラスに乗ったことは一度もなかったが、この何日かほとんど寝ていなかったし、ケープタウンに着いたときに頭が研ぎ澄まされていなくてはならなかったから、仕方なく割増料金を払ってクラスを格上げした。これができるのもジョゼフィーヌのおかげだと、天を見上げて、ほとんど常に頭のどこかにいつづけている彼女に改めて感謝した。

死が差し迫っていることをミセス・ピューに知らせる余裕は二日しかなかったし、その間《かん》もマイルズ・フォークナーは最優先事項のままだから、もしウィリアムに呼ばれたら何をおいても駆けつけなくてはならない。まあ、あの少年聖歌隊員におれを見つけられれば、だが。

坐り心地のいい座席に背中を預け、邪魔されることのない長い眠りが訪れるのを楽しみに待った。隣りが空席なのがありがたかった。

男性客室乗務員が乗降口のドアを閉めようとしたとき、肥りすぎの男が息を切らして飛び込んできて、どたどたと通路を歩きながら座席番号をいちいち確かめはじめた。ロスは機の小窓の向こうを覗いて機とターミナルビルをつないでいる空中通路《エアブリッジ》が切り離されるのを見ながら、乗り遅れる寸前で間に合ったその客が通り過ぎてくれることを祈った。が、直後に革張りの座席が押し潰されて悲鳴を上げ、その男が隣りに腰を落とすのがわかった。いまも喘いでいた。

「危ないところだった」男が荒い息の下で言った。

ロスは新たな隣人を一瞥した。ニストーンは減らせたかもしれないが、まだ肥りすぎだった。〈ナイトメア・ホリデイズ〉の候補者でないのは間違いなかった。

ロスは巡航高度に達するとすぐに座席を倒して毛布を掛け、アイマスクを着けた。次にそれを外したのは、男性客室乗務員のアナウンスを聞いたときだった。「乗客のみなさま、ただいまから最後の食事をお持ちいたします」

「どうも」十一時間の旅の連れが手を差し出した。「ラリー・T・ホルブルック三世です。ケープタウンへはどんな用で？」

ロスが一番必要としないのが、夜、充分に睡眠をとったかに見える話好きなアメリカ人だった。本当の用を教えてやったらどんな反応が返ってくるだろうという思いが、ちらりと頭をよぎった。妻を殺して彼女の富を乗っ取った非常に不愉快な個人が終生幸せに暮らすのを阻止しようとしているんだ、と言ってやったら。

「ロス・ホーガンです。休暇で、クリケットのテストマッチの観戦に行くんです」ロスは握手をしながら言った。それで一瞬会話が途切れたが、一瞬でしかなかった。

「それは羨ましい。私は仕事です。この前いつ休みを取ったか思い出せないぐらいですよ。ところで、ロス、あなたはどんな仕事をしているんです？」

ロスはすぐには答えなかった。まずＳＡＳに志願したとき、国家秘密情報法にサインしなくてはならず、したがって、自分が何をしているかをだれにも教えるわけにいかなかった。警察に奉職してからも、同じ法律に縛られていた。

「旅行会社に勤めています。あなたは？」ロスは答えたが、その瞬間に後悔した。

「金融ブローカーです。短期債務の回収をしているんですよ。回収の必要な大金をあなたがだれかに貸していたら、私はあなたの僕《しもべ》です」

ロスはいきなり眠気が吹っ飛び、シートベルトを締めながら訊いた。「具体的にはどういう仕事ですか？」

「あなたの勤めている旅行会社にキャッシュフローの問題が生じたと想像してください。信用できる顧客だけれども、支払いまで六十日、ときには九十日かかることがしばしばあるとします。その間《かん》も旅行会社は支出がつづきます。たとえば、賃貸料とか社員の給料ですね。私がそれらの債権を買い取れば、あなたの会社は当面の財政を心配することなく業務をつづけられるわけです」

「その場合、あなたの儲けはどこにあるんです？」

「六十日、あるいは九十日待って、私の顧客が貸していた金の満額を相手から回収し、私と顧客との付き合いの長さに応じて、二パーセントから三パーセントの手数料を頂戴するんですよ」

「しかし、九十日を過ぎても支払いがなされなかったら」ロスは言った。「あなたは満額を失うんじゃないですか？」

「そのとおりです。しかし、私が取引するのは〈S&Pグローバル・レーティング〉の格付け上位にいる会社だけですからね。私はハイリスク・ハイリターンという危ない橋は渡りません。それはつまり、大儲けではないけれども、ちょうどいい儲けを意味するんです。私の会社を創ったのは祖父ですが、〝相手を正しく遇すれば、必ず戻ってきて、何度でも一緒に仕事をしてくれる〟というのが口癖でした」

「ミスター・ホルブルック……」

「ラリーでいいですよ」

「ラリー、実はいま、あなたの力が必要かもしれない問題を抱えているんです。しかし、その前に白状しておかなくてはなりません。私は旅行会社に勤めているのでもないし、テストマッチはこの時期には行なわれません。実は首都警察の捜査警部補です」ロスは身分証を見せた。

その身分証を慎重に検めたラリーが声を上げた。「確かにスコットランドヤードだ！喜んでお手伝いしますが、警部補、恐るべき警察にだってできないことがあるとしても、私ごときがどんな力になれるんです？」

「手始めに、あなたのおじいさんが絶対に一緒に仕事をしなかったはずの高利貸しにどう対処すべきか、それを教えてもらえませんか」

「ディナーはいかがなさいますか、お客さま？」女性客室乗務員がメニューを差し出しながら訊いた。

「もちろん、もらうとも」ラリーが答えた。

「私ももらう」ロスも同調した。

「いいでしょう」注文をすませるや、ラリーが言った。「あなたの問題を、最初から最後まで、ゆっくりと説明してください。あなたには些末《さまつ》に見えることでも、何一つ省かないようにお願いします」

ロスはマックス・スリーマンについて警察が知っていることを、時間をかけて一つ残らずラリーに教えた。スリーマンの仲間について、必ず期日に客に借金を返済させる常套《じょうとう》手段について。

女性客室乗務員がディナーの盆を下げ、コーヒーを注ぎ終わるのを待って、ラリー・T・ホルブルック三世が意見を述べた。

「面白い」彼は砂糖を三つコーヒーに入れながら口を開いた。「あなたは二語でスリーマンのアキレス腱《けん》を明らかにしてくれました。いまや、あなたはそれを強みにできますよ」

「その二語を特定できれば、でしょう」

ラリーがカップを掻きまわしはじめた。「あなたは弓を持っているんですよ、警部補。だから、私は矢を提供するだけでいいんです」

「刑事の頼りは手掛かりです」ロスは念を押した。

ラリーがコーヒーを一口飲んで、鞘《さや》から矢を取り出した。「六百ポンドの一回目の回収日について、スリーマンは何と言いましたか？」

「必《ウィズアウト・フェイル》ず その月の決められた日、でした」

「〝ウィズアウト・フェイル〟、その二語を強みにしなくてはなりません。なぜなら、取立人が現われる時間と場所がわかっているからです」

「時間ははっきりしていません」ロスは言った。

「その日の朝、スリーマンが一番に電話をするのはあなたです」ラリーが言ったとき、男性客室乗務員が二人のカップにコーヒーを注ぎ足した。

「どうしてそこまで断言できるんです？」

「借金の取り立ては一回目が一番簡単なんです。本当に面倒なことになるのは、そのあと、借り手が次第に借金の深みにはまっていって、本人にその気があっても返せなくなったときです。私の場合は何日か猶予を与えますが、まあ、一つの取引の儲けだけを考えているわけではないのでね。ただし、それはこの業界のスリーマンども、脅しと期限で取引をしている連中にはできないことなんです。だから、返済日にスリーマンの取り立て屋が現われたら、必ず六百ポンドを渡す準備をしておいてください。そうすれば、車でついていって、運転席でやつらの動きを監視していられます」

「その理由はこれから教えてもらえるんですよね」ロスは促した。

「忘れないでくださいよ、やつはそのあと、返済しようと待ち構えているわけではない客の取り立てに一日を費やすことになるんです。断言しますが、一番取り立ての難しい客が一番後回しにされます。あなたはそのときにそこにいたいんじゃないんですか？」

「おれも大概頭が悪いな」ロスは言った。

「そんなことはありません。私は三十年以上も負債回収業をやってきて、そのあいだに、そのスリーマンとやらいう高利貸しにまったく引けを取らない冷酷な悪党に出くわしてきていますからね。これを聞いたら喜ばれると思いますが、あいつらは葬式にきてくれる者もいなくて、一人寂しく死んでいくのが普通です」

「一回目の支払いのときに幸運に恵まれなかったらどうなんです？」

「その場合は、次の月の返済日に期待するしかありませんね」

ロスはすでに車をどこに駐めるかを考えはじめていた。どうすれば見つかる心配をしないで……。

「最後に一つ訊かせてください」男性客室乗務員がコーヒーカップを下げてテーブルを格納すると、ラリーが言った。「奥さんを亡くされたのはどのぐらい前ですか？」

ロスはびっくりしてしばらく言葉を失い、ようやく気を取り直して訊き返した。「つい最近です。しかし、どうしてわかったんですか？」

「私は六年前にマーサを亡くしました」ラリーが言った。「いまだに指輪に触るのをやめられません。去る者は日々に疎しと言う人たちもいますが、そんなのは嘘です。それが本当なら、私は五十ポンドも肥っていないし、飛行機で暮らしてはいません」そして、着陸降下までの短い眠りを貪ろうと座席を倒し、顎まで毛布を引き上げて目をつむった。

「ありがとうございます」ロスは言った。洞察力があって礼儀正しい男がよその席でなくて隣りに坐ってくれたことがありがたかった。

「ヒースロー空港の警備保安主任から一番に電話です、班長」ポールが言った。

ウィリアムは内線の一番を取ると、よく知っている声に耳を澄ました。「おはようございます、サー。ジェフ・ダフィールドです。ロス・ホーガン捜査警部補が国際線の予約をしていたら知らせてほしいとのことでしたので、連絡させてもらいました」

「つづけてくれ」ウィリアムは応えた。

「ロス・ホーガン警部補は昨夜九時三十分のケープタウン行きブリティッシュ・エアウェイズ〇二七便に搭乗していました。当該便は現地時間の午前九時に到着しています」

「ありがとう」ウィリアムは言った。「彼は帰りの便も予約していたかな？」

「いえ、サー。帰りの航空券は日時も便も指定されていません。ですが、予約され次第、すぐにお知らせします」

「今週末までには予約するはずだ」ウィリアムはそう教えたが、説明はしなかった。

26

「滞在名簿にお名前を頂戴できますか、サー？」フロント係が大きな革張りの名簿を天地を逆にして差し出したとき、机の電話が鳴り出した。「おはようございます、マウント・ネルソン・ホテルでございます。ご用の向きをお伺いいたします」

ロスは名簿のページをめくってクライヴ・ピュー夫妻の名前を探した。その週の早い時期にチェックインする予定だったのはわかっていた。

「お手伝いいたしますか？」電話を終えたフロント係が、名簿の特定のページに目を凝らしているロスに言った。

「そうだな」ロスは平然と答えた。「友人がチェックインしているかどうか知りたいだけなんだよ。ラリー・T・ホルブルック三世だ」

「当ホテルにそのお名前の方は滞在していらっしゃいません」フロント係が言った。ロスはそれなりにがっかりした顔をしてみせながら、大きな鉄製の鍵を受け取った。「四階の三三号室でございます。お荷物はポーターがお運びします。快適な滞在になりますようお祈り申しております」

〝快適〟はロスの頭になかった。「ありがとう」ロスは応えると、ポーターについてホールを横切り、エレベーターへ向かった。途中で、ウィンストン・チャーチルの写真の前を通り過ぎた。このホテルのヴェランダに坐り、大きなブランディ・グラスを手に葉巻を燻《くゆ》らせていた。

エレベーターが四階に着くと、ふたたびポーターのあとについて分厚い絨毯を敷いた広い廊下を進んだ。壁には英国皇太后、この国の首相を二度も務めたヤン・スマッツ、植民地首相だったこともあるセシル・ローズといった、過ぎ去った時代の客の写真がセピア色になったまま掲げられて、その時代が過ぎ去ったのを認めるのを嫌がっているかのようだった。ポーターが三三号室の鍵を開け、ロスのスーツケースをベッドの足元の台に置いた。ロスは礼を言ってチップを渡した。

張り出し窓のところへ行き、目に飛び込んできたテーブルマウンテンの全景の美しさに仰天して息を吞んだ。頂きの上にいくつもの雲がふわふわと浮かんでいた。キングサイズのダブルベッドへ引き返し、それを見たとたんにまたジョゼフィーヌを思った。そのあと上衣を脱いでベッドに横になった。寝心地を確かめるだけのつもりだったが、目をつむった瞬間に深い眠りに落ちた。

「あなたにです、班長」ポールが受話器を渡した。「バルセロナのサンチェス中尉と名乗っています」

「やあ、ファン」ウィリアムは受話器を受け取って言った。「何か進展がありましたか?」

「ありましたよ、妻がまた妊娠しました。今度は男の子だといいんですが」

「おめでとうございます」ウィリアムは笑って祝福した。「しかし、この電話はそれを教えるためではありませんよね」

「あの特別な方面についても、いくつかいい知らせがあります」サンチェス中尉が言った。「ホークスビー警視長から電話を受けた私の上司が、〈名画作戦〉を次の段階に進めることを、いくつか但し書きはついていますが、許可してくれました」

「日時は決まっているんですか?」ウィリアムは訊いた。

「ええ、今度の日曜日です。あなたのほうもそれ以上待つ余裕はないと思ったものですからね。というわけで、その前に会って、詳しい検討をする必要があります。あなたの都合さえよければ、水曜の午後に私がロンドンへ飛ぶこともできますよ」

「了解です」ウィリアムは予定を記したノートをめくって応えた。「泊まる場所の心当たりはあるんですか?」

「スコットランドヤードの近くにある安いホテルを推薦してもらえるとありがたいんですが」

「ロンドンは安いホテルで有名じゃありませんからね」ウィリアムは応じた。「私のところでどうです？　妻と双子にも会ってもらえるし」

「ありがとうございます」サンチェス中尉が言った。「しかし、それは少し厚かましい……」

「では、そういうことにしましょう。ここに着いたら受付から電話をください」ウィリアムは受話器を戻すと詳細な打ち合わせをしなくてはならないから、ホーガン捜査警部補をつかまえてくれ。サンチェス中尉とジャッキーを見て言った。「ホーガン捜査警部補をつかまえてくれ。木曜の午前九時までにここに戻っていてもらう必要がある。さもないと、われわれ全員が時間を無駄にすることになる」

「でも、いまどこにいるんですか、サー？」ジャッキーが言った。「自宅にはいませんよ」

「ケープタウンのピュー夫妻と同じホテルだ」

「ホテルの名前はわかっているんですか？」

「いや、ロイクロフト捜査巡査部長、ホテルの名前はわかっていない。きみに仕事を見つけてやろうと思ってね」

　生々しい夢から覚めたロスは自分がまだ服を着たままなのに気づき、ここがどこなのか一瞬わからなかった。腕時計を見ると午後六時十八分だった。すぐに活動を開始し、まずはベッドを下りて着ているものを脱ぐと、それを椅子に放り投げてからバスルームで長いシャワーを浴びた。

勢いよく噴き出す冷たい水がすぐに心身を覚醒させてくれ、活動レヴェルを一段階上げてくれて、頭にある試案を分析検討できるようになった。シャワーを出て身体を拭いたときには活動レヴェルはさらに一段階上がっていたが、それでも、ミセス・エイミー・ピューとの遭遇手段を見つけるまでには至っていなかった。何をしようとしているか、夫に気づかれるわけにはいかない。

数分でも彼女と過ごせれば、そのときに話すべき物語は完全に出来上がっていた。自分は保険代理人で、夫が彼女に百万ポンドの生命保険をかけて受取人になっていることを伝えるべきだと考えている。そして、それを伝えたあと、最初の妻の死の状況を知っているかと訊く。答えがイエスなら次の質問が準備してあるし、ノーならしっかり準備した短いスピーチをする。

真新しいワイシャツ、ゴルフ倶楽部《クラブ》のネクタイ、スーツという服装は、人気のない暗い裏路地より五つ星ホテルが似合うだれかのように見せてくれていた。ロスはルームキイを手に取ると、心身の活動レヴェルを最高にして部屋をあとにし、ダイニングルームへ向かった。

そのホテルはジョゼフィーヌなら古風で趣があると形容するだろう素朴さを装った魅力

を充分に備えているかもしれなかったが、ネルソン・ルームへ入ってボーイ長を見た瞬間に、プロを相手にすることになると覚悟しなくてはならなかった。

「お部屋の番号をお伺いしてよろしゅうございましょうか、サー？」丈長のモーニングコートにピンストライプのズボンという服装の、長身で細身の男が訊いた。

「三三号室だ」ロスは答えた。部屋を見回すと、レストランの奥の小さなアルコーヴに坐っているカップルが目に留まった。その二人の左側の席は埋まっていたが、右側は空いていた。

あれこれ考えているところへボーイ長が割って入った。「今夜はお独りでございますか、それともお連れさまがいらっしゃいましょうか？」

「今日と明日は独りだ。あの窓際のアルコーヴ席は空いているのかな？」

ボーイ長が座席表を確認した。「申し訳ございません、サー、すでに予約がなされております」

ロスは財布から五十ランド札を一枚抜き取り、予約リストの上に置いた。

「ご案内いたします」ボーイ長が友好的な笑顔になって言った。このボーイ長に関しては古風な趣もないし素朴でもないな、とロスはボーイ長が掏摸のジミーのように札をポケットに入れるのを見ながら思った。

ロスはサイドテーブルから〈ニューヨーク・タイムズ〉を一部取ると、ボーイ長のあとについて部屋を横断し、アルコーヴ席へ向かった。ピュー夫妻に背を向ける形で腰を下ろし、新聞を開いて読みはじめた。二人が気づいたとしても、ちらりと見られたぐらいではアメリカ人だと思ってもらえるはずだった。わずかに身体を後ろへ反らすと、ミセス・ピューの言葉は断片的に、しかし、夫のほうの言葉はほとんど一言も漏らさず聞き取ることができた。

ワイン・ウェイターがやってきた。「料理をお決めになるあいだ、お飲み物をお持ちいたしましょうか?」

ロスは長いワイン・リストに目を通した。いまや南アフリカのワインはフランスのものにほとんど引けを取らなくなっている、もっとも、フランスは絶対に認めないだろうけど、とジョゼフィーヌがかつて言っていたのが思い出された。そのあとに、彼女のもう一つの耳よりな情報がつづいた――現地のワインのほうがフランスからの輸入ものよりはるかに安いのよ。ロスはウェスタン・ケープのマルベックのハーフボトルを選んだ。ワイン・ウェイターが退がると、内ポケットからシガレットケースを出してテーブルに置いた。

ちらりと目をやった新聞の見出しはこうだった――〝ジュネーヴでイラク－イラン和平交渉始まる〟。背後の会話に集中しようとしていなかったら、その記事を読んだはずだった。

「お決まりになりましたでしょうか、サー?」ノートを開いてペンを構えたテーブル担当ウェイターが訊いた。

「野菜スープ、そのあとにランプ・ステーキをミディアムでお願いしよう」ロスは注文を終えると、テーブルの向かいの、決して埋まることのない空席に目をやった。

ウェイターが退がるのを待ってシガレットケースを開け、蓋の裏についている鏡を見た。ミセス・ピューの後頭部しか映らなかったので、夫の顔が完全に映るように蓋の角度を調節した。このシガレットケースは〈カルティエ〉でさえ大喜びするような金額で、〈NP〉が客のために作ったという曰《いわ》くがあった。

ピューは新しい配偶者を気遣う振りをするのに苦労しているようで、きっとこれまでに何度も聞いている違いない物語に熱心に聞き入っているように見せ、終始顔に笑みを貼り付かせていた。

ワイン・ウェイターが戻ってくると、ロスはシガレットケースを閉じたが、隣りのテーブルの会話には聞き耳を立てつづけた。そのあいだにソムリエがマルベックのハーフボトルの栓を抜き、少量をグラスに注いで試飲を促した。

「素晴らしい」ロスは答え、ワイン・ウェイターにグラスを満たさせた。

スポーツ欄までたどり着いてヤンキースがオークランド・アスレチックスに勝ったことを知り、ふたたびシガレットケースを開いてピュー夫妻が食事を終えたことを知った。ここで知り得た情報のなかで唯一重要なものがあるとすれば、明日の午前中にピューが銀行へ行くこと、共同名義の口座を開くべきだと妻に提案したことだった。そして、夫の提案に妻のほうがまったく乗り気でないことも、彼女の身振りでわかっていた。この前の班会議でのジャッキーの報告が思い出された――請求書が何通か未払いのままだとしたら、ピューは急速に金が枯渇しはじめているに違いありません。

十二時ごろには戻るとピューが妻に言い、ケーブルカーでテーブルマウンテンの頂きに登って、料理より眺めで有名なそこのカフェで昼食にしようと念を押した。

ピューが銀行に行っているあいだの留守を利用して妻と会う段取りをつけるか、懐具合がどのぐらい悪化しているかがわかることを期待してピューを尾行するか、ロスはどちらを取るか決めなくてはならなかった。

ピューが腰を上げ、ロスはシガレットケースをポケットに入れたが、二人がレストランを出ていくあいだは新聞を読みつづけ、何分か待ってから自分も席を立った。ボーイ長の前を通り過ぎるとき、五十ランド札をもう一枚、こっそり手渡した。よくしてくれたことへの改めての礼ではなく、この先のどこかで頼まなくてはならないかもしれないことへのあらかじめの礼だった。

「彼はケープタウンにいます」ウィリアムは言った。

「そこで何をしているんだ？」ホークが訊いた。

「きっとピュー夫妻を監視しているんだと思います。たぶん、夫が慎み深い花嫁を狙って立てている長期計画について、手遅れになる前に彼女に教えてやろうとしているんでしょう。しかし、サンチェス中尉と打ち合わせる木曜の午前中には戻ってくると、私は確信しています」

「その確信の根拠は何だ？」ホークが訊いた。

「彼にはその翌日に絶対に外せない約束があるんです」

「約束の相手はだれだ？」

「マックス・スリーマンの借金取立係、レオニード・ヴェレニッチです。ポールが保証してくれていますが、やつの場合、新規の顧客への最初の取り立ては、必ず決められた日に行ないます」

「では、ロスはやつを待ち受けるわけだ。だが、ロスは何を考えているんだ？　なぜと言って、〝死のささやき〟は、避けることができるのであれば、捜してまで会いたい男ではあるまい」

「ロスが何を考えているかはわかりませんが、サー、私はロスを止めるつもりです。さもないと、彼を逮捕しなくてはならなくなりますから」

「きみがくるのは想定内だろう」

「彼はいまヴェレニッチしか眼中にありません、不意を打てるといいんですが」

「それはどうかな」ホークが言った。「妻を失ってからというもの、あいつはまるで何かに憑《つ》かれているかのようだ。最初はアボットとローチ、いまはピュー、次はスリーマン。たぶん、ダレン・カーターまで視野に入れているだろう。一体どこで終わるんだ?」

「マイルズ・フォークナーです。間違いありません」

27

ロスが目を覚ましたとき、ロンドンは五時、ケープタウンはすでに六時を過ぎていた。決めなくてはならなくなるまで、そう長い猶予はなかった。

朝食をとろうとだれよりも早くダイニングルームへ下りたが、テーブルは昨夜の反対側を選んだ。万に一つピュー夫妻が憶えているかもしれず、気づかれる危険は冒せなかった。

掏摸のジミーと同じく、ロスも朝食はしっかりとって一日を始めることにしていたから、まずは深皿一杯のポリッジ、次いで、ハイランド地方の宿でも合格と見なされるはずの、軽く焼いた燻製《くんせい》の鰊《にしん》を二匹選んだ。

ピュー夫妻が現われるのを待ちながら、昨日の〈ロンドン・タイムズ〉を読んだ。

第三面の長い記事にじっくり目を通した。その下に少年聖歌隊員の写真がついていて、警察担当記者はキャプションで読者にこう知らせていた。〝ロンドンのイーストエンドで最も恐れられた二つのギャング・グループを屈服させた警察官〟。ほっとしたことに、記事のなかに乳母車を押して戦場のど真ん中を通り過ぎていったホームレスについての言及はなく、〝イーストエンドで競合する二つのギャング・グループの内輪の抗争であり、それ以外の関連はない〟と警察担当記者は結論していた。しかし、ホークに報告するときにウィリアムが同じ結論を提出したとは、ロスには思いにくかった。

あのハネムーンのカップルは自分たちの部屋で朝食をとっているのではないかと不安になりはじめたとき、クライヴ・ピューが悠然と入ってきていつものテーブルへ直行した。そして、同じく燻製の鰊を注文してから〈フィナンシャル・タイムズ〉を読みはじめたが、株価の最新情報にたどり着いても、妻がやってくる気配は依然としてなかった。彼女が姿を現わさなければ、二人のうちのどちらを選ぶか、ロスに選択の余地はなかった。

ピューがようやく腰を上げてダイニングルームをあとにし、フロントで係とちょっとお喋りをしてからホテルを出ていった。ロスはあまり距離を置かずに尾行を開始した。囮捜査をしているときが一番充実していたし、この対象の監視をつづけるのは難しくなかった。ピューはダークブルーのブレザーコート、クリーム色の開襟シャツ、きちんとプレスされたグレイのフランネルのズボンという服装だったが、白いパナマ帽のおかげで見失う恐れはほとんどなかった。パナマ帽の品質を知るには編み目がどれだけ詰まっているかを見ればいい、それでこの客が自分を買う余裕があるかどうかがわかるとジョゼフィーヌが言い、おれは帽子を持っていないんだと応えたことがあった。いまのロスはありふれたTシャツにジーンズ、スニーカーという格好で、賑やかな町の中心部の雑踏する通りで人の群れに溶け込んでいた。

近づきすぎないようにしなくてはならなかった。尾行の対象は素人かもしれないが、見られる危険を冒すわけにはいかない。今夜のディナーもピューの隣りのテーブルでとるつもりでいたから尚更だった。

ピューはまず薬局に立ち寄り、そんなに時間を置かずに出てきたあと、一街区《ブロック》を歩いて今度は高級百貨店に入った。ロスもあとを追って店に入り、後方の死角になっているあたりでシルクのスカーフの品定めをしている振りをした。ピューは煙草売り場のカウンターで、店員に箱入りの葉巻、モンテクリストを見せてもらっていた。

「二箱もらおう」ピューがクレジットカードを渡した。数分後、店員が当惑顔でカードを返し、小声で何事かささやいたが、ロスには聞き取れなかった。

「何かの間違いに決まっている」ピューが腹立たしげに言った。「銀行に電話してくれ」

店員は渋々言われたとおりにしたが、受話器を戻すと、当惑の色をさらに深めて葉巻の箱を棚に戻した。

顔を真っ赤にしたピューが踵を返して荒い足取りで最寄りの出口へ向かい、ロスはあとを追った。

「失礼ですが、お客さま」若い女性が追いかけてきて声をかけた。「いま、手にお持ちのスカーフはお買い求めいただけるのでしょうか……？」

ロスは同じぐらい当惑してスカーフを返した。幸いにもピューはすでに店を出ていたから、見られずにすんだ。

通りに出ると、ピューはすぐに見つかった。白いパナマ帽が通りの向こうで上下していた。すぐそこまで追いついたとき、ピューはケープ銀行に入ると、一番近いところにある窓口へ直行した。

「支配人に話がある」彼は声高に要求した。「いますぐにだ」

ロスはフロアの奥の机へ歩いていき、ボールペンを手に預金口座申込用紙に目を落としつつ、ピューと同じく、支配人がやってくるのを待った。

ややあって、きちんとした服装の長身の男が現われた。会いたいと要求して苛立っている人物に見当をつけるのは、彼にとって難しくなかった。

「何かございましたか、お客さま？」彼は丁重に訊いた。

「支配人か？」ピューが驚きを隠せない様子で訊いた。

「さようでございます、ヤウバートと申します」支配人が答えて手を差し出したが、ピューはその手を握り返そうともしなかった。

「私はクライヴ・ピューだ。きみの銀行のせいで大恥をかいたぞ」

「それは申し訳ございません、お客さま」支配人が言った。「その件につきましては、私のオフィスで、お客さまと二人だけでご相談させていただければと存じますが？」

「格好だけの特別扱いなどしてもらわなくて結構だ、ヤウバート。私のクレジットカードを拒否してくれた理由を知りたいだけだからな」

「本当に私のオフィスで問題を話し合わなくてよろしいのですか？」

「必要なのは話し合いではない」ピューはほとんど叫んでいた。「説明と謝罪だ。いまの仕事を失いたくないのなら、せめてそのぐらいはしたらどうだ」

このフロアで、いまや二人の応酬に興味を持っているのが自分だけではないことにロスは気づいた。

「お気の毒ですが」支配人はほとんどささやくような、しかし、そこにいる全員にはっきり聞こえる声で言った。「お客さまの口座は私どもの貸越し限度を大きく超過していますので、私としても選択の余地がなかったのです」

「それなら、私のほうも選択の余地はないな」ピューが言った。「口座をほかの銀行に移すことにする。明日、手続きにくるから、必要な書類を耳を揃えて準備しておいてもらおう」

「承知いたしました。お見えになるのは何時ごろになるか、お尋ねしてよろしいでしょうか？」

「お見えになるのは、お見えになったときだ」ピューが言った。「きみの部下はまだ大人の仕事をする準備ができていない、それがよくわかった」

ロスは囮捜査の鉄則を破り、気づかれることなくつきまとうことになっている人物を殴り倒したい衝動に駆られた。ピューが踵を返し、憤然として銀行を出ていかなかったら、実際にそうしていたかもしれなかった。

あとを追って外に出たが、ホテルへ戻ろうとしているのがわかった時点で尾行を中止した。今夜、いまの出来事がディナーの席でどういう話に変貌しているか、それを聞くのが楽しみだった。

「ホーガン警部補が明日の会議に間に合わなかったら」ディナーのすんだキッチンのテーブルを囲んで二本目のワインを楽しみながら、ファン・サンチェス中尉が言った。「作戦の全面中止を宣言することになるでしょう。彼がいなかったら、フォークナーの隠れ処の玄関にすらたどり着けないでしょうからね」

「間に合いますよ」ウィリアムは応えたが、口ぶりほど確信があるわけではなかった。

「そうであることを祈りましょう」サンチェス中尉が言った。「ホーガン警部補が現われるかもしれないと期待してぐずぐず引き延ばすのは、私の上司が許してくれません。われわれスペイン警察は、自分のところの犯罪者への対応ですでに手一杯ですからね。上司がそう念を押す声がいまも聞こえていますよ」

「ホークにそっくりね」ベスが言った。

「同類《カット・フロム・ザ・セイム・クロース》ですよ」サンチェス中尉が言った。「英語の表現はこれでよかったかな？」

「英語がとてもお上手ですけど、どうしてですか、ファン？」ベスが訊いた。

「母はスペイン人ですが、父がウェールズの出身で、じゃんけんで負けてスペインに住むことになったんだそうです。もっとも、いまも聖人はダビデ、花はウェールズの国花のラッパズイセン、スポーツはラグビーしか認めていませんけどね」

ベスが微笑して無邪気に訊いた。「ロスが明日の午前中の会議に間に合ったら、それはウィリアムがまたバルセロナへ行くことを意味するのかしら？」

「ぼくがバルセロナへ行ったと考える根拠は何なんだい？」ウィリアムがにやりと笑って訊き返した。

「最初の手掛かりは航空券よ、二つ目はスペインの通貨ね。それで疑いが確信に近くなり、ファンがうちに泊まることになったのが最後の決め手よ」

「聞こえないな」ウィリアムはだれにともなく、しかし、みんなに聞こえるように言った。

「あなたが答える気分じゃないんだったら」ベスが客のグラスにワインを注ぎ直しながら言った。「お客さまに訊いてもいいんじゃないかしら。本当に『人間をとる漁師』を見たんですか、ファン？」

「誘導尋問だ」ウィリアムは割って入った。「本当はほとんど何も知らないのに、そうでない振りをしてあなたを引きずり込もうとしているんです。いいから無視してください。そうすれば、諦めますよ」

「ええ、この目で見ました」サンチェス中尉が認めた。「でも、残念ながら、そのときはほかのことに気を取られていて、しっかり鑑賞する時間がありませんでした」

「もしかして、気を取られていたのは所有者になるはずのだれかにかしら？」ベスが依然として探りを入れつづけた。

男二人は束の間沈黙したが、ついにウィリアムが言った。「フォークナーがあの絵を鑑賞する時間はファンよりも少なかった、と言うにとどめておこうか。それに、悲しいかな、われわれのだれであれ、あの名画に再会できる可能性は低いかもしれない」

「もちろん、有能な紳士であるあなたたち二人が何とかしてフォークナーを逮捕し、彼が本来いるべき鉄格子の向こうへ送り返すことに成功したら、話は別よね。そのときはわたしの親友のクリスティーナの助けを得て、フィッツモリーン美術館があの傑作を手に入れられるかもしれないから、あなたたち二人もそこでなら、だれにも邪魔される心配なく鑑賞できるわよ」サンチェス中尉もウィリアムも返事をしなかったが、ベスは諦めなかった。「そうなったら、あなたたち二人のせいでフランス・ハルスの『フルート奏者』をフィッツモリーン美術館が手に入れ損ねた埋め合わせにはなるんじゃないかしら。あれも『人間をとる漁師』と同じ家に住んでいると、わたしは睨んでいるんだけど」

「いやはや、抜け目のない女性ですね、あなたの奥さんは」それがサンチェス中尉の唯一の感想だった。

「実は、抜け目のない女性は一人じゃないんです」ウィリアムは言った。「明日の朝食まで待ってください、アルテミジアに会えますよ」

ウィリアムが寝室への階段へ向かおうとしていたちょうどそのとき、電話が鳴った。受話器を耳に当てると、紛《まが》うことなきジェイムズ・ブキャナンのボストン訛りが向こうから聞こえてきた。

「あなたの助言を受け容れて、サー」ジェイムズが一言も無駄にせずに本題に入った。「ぼくの捜査結果を校長に報告したところ、調査すると約束してくれました」

「それで、約束は守られたのか?」ウィリアムは訊いた。

「いえ、そうはならなかったようです」ジェイムズが言った。「その友人は依然としてハーヴァード大学に籍があって、いまもぼくと同じ階の部屋にいますからね」

「その捜査結果がなぜ無視されたか、きっと納得できる理由を見つけ出したんだな」

「見つけるには見つけたんですが、状況証拠に過ぎなくて、裁判に耐えられそうにないんです」

「その判断をしてやろうじゃないか」ウィリアムは言った。

「ぼくのクラスのハーヴァード合格間違いなしのはずの一人が、見事に不合格でした」

「それは証拠にはならないが、彼が関与を認めて、証人が少なくとも二人いれば話は別だ」

「身代わりを使った友人の父親がチョート校の基金調達委員会の委員長をしていて、今年は記録的な金額を調達しています」

「依然として証拠にはならないが、動機には加えられるな」

「それに、チョート校でもハーヴァード大学でも校長と同期です」

「そういう人物はほかにも複数いるだろう」ウィリアムは関心を示さなかった。

「校長と同じような口ぶりですね」ジェイムズが言った。「どういう決断を下したかを最後に訊いたとき、簡単にこう言ったんです。『きみの告発を裏付ける、絶対的に確たる証拠がなかったんだよ、ブキャナン』とね」

「それは校長の言うとおりだ」ウィリアムは意地悪く応えた。「だが、きみの友人が最終的にどうなるかは、何としても知りたいものだな」

「たぶん、あなたの友だちと同じ運命をたどるんじゃないですか、刑務所行きですよ」ジェイムズが言った。

「今回のことで、きみは訴えて出る前に反駁《はんばく》の余地のない証拠を集めることが重要だと学んだわけだ。〈ピルグリム・ライン〉の会長よりもＦＢＩの長官になりたいといまも思っているのなら、大いに役に立つ教訓を得たことになるな」

「いまは父が会長をしているんですが」ジェイムズが一拍置いて付け加えた。「父は祖父ではありません」

受話器を戻したあと、ウィリアムはジェイムズの最後の言葉をしばらく考えた。

ロスが席に着いて新聞を顔の前に広げて読んでいると、ピュー夫妻がダイニングルームに入ってきて、慇懃《いんぎん》なボーイ長にいつものテーブルに案内された。ピューは今朝の銀行でのことをいまも腹立たしげに妻に喋り散らし、妻は気の毒そうにその話を聞いていた。ロスが気づかないはずがなかったが、モンテクリストを二箱買おうとしてクレジットカードを拒否されたことは、話から省かれていた。

ピューがふたたび妻の説得を試み、共同名義の銀行口座を開くべきだと説明しはじめたが、ロスにとっては隣りのテーブルから断片的に聞こえてくる言葉の切れ端を耳にするだけで、妻がいまも納得していないことを知るには充分だった。この先同じ問題が起きないよう口座を別の銀行へ移す手続きをするために、明日の朝、今日行った銀行を再訪するとピューが告げたとき、妻はうなずいたが、何も言わなかった。

明日の朝は銀行へ行くピューの尾行をしない、とロスはすでに決めていた。ホテルにとどまり、数分でいいからミセス・ピューをつかまえて、ホークスビー警視長の言い方を借りるなら、彼女に事実を教えてやることができるのを期待するつもりだった。

隣りのテーブルの話題が、ホテルに勧められた明日の夜の『レ・ミゼラブル』の観劇へ移った。二階正面席《ドレス・サークル》の最前列をホテルが何とか予約してくれていることを、ピューが改めて確認した。それを聞いてミセス・ピューは嬉しそうで、ロスにはときどき自分のほうへ聞こえてくる言葉しか聞き取れないにもかかわらず、笑い声とグラスを合わせる音で新婚夫婦の雰囲気が変わったことがわかった。ウエイターに料理の注文を終えたピューがテーブルに身を乗り出し、ささやくにしては大きな声で妻に言った言葉がロスを驚かせた。

「鬘《ウイッグ》がちょっと傾いているよ、マイ・ラヴ」

ミセス・ピューがゆっくりと立ち上がって言った。「すぐに戻ります」そして、あとは何も言わずにテーブルを離れた。

ロスがシガレットケースの蓋の鏡を調節して覗き込むと、ピューが内ポケットからシガーホルダーを取り出した。まだ主菜も運ばれていないのに、奇妙だった。

ピューがシガーホルダーの蓋を外して葉巻を取り出し、自分の前のテーブルに置いた。そして混んでいるダイニングルームを注意深く見回したあと、シガーホルダーを逆さにして底を指で叩き、白い粉を自分のワイングラスに落とし込んだ。そのワイングラスをフォークの柄で掻き回してから葉巻をシガーホルダーに戻し、また内ポケットにしまった。ふたたびダイニングルームを見回したあと、自分のワイングラスと妻のワイングラスを置き換えた。最初から最後まで一分とかかっていなかった。

ロスはボーイ長のほうを見た。何組かの客をテーブルに案内している最中だった。彼が近づいてくるのを見てメニューの裏にメモを走り書きし、口の前に指を立ててみせた。ボーイ長はメモを読むと、さりげなく隣りのテーブルへ移動した。ピューはレストランの入口のほうをじっと見つめていた。

「お邪魔して申し訳ございません、お客さま」ボーイ長は言った。「お客さまに国際電話が入っております。受付の電話でお待ちでございます」

「名前は聞いたのか？」ピューが詰問口調で言った。

「申し訳ありません、伺っておりません。ご婦人で、急いでいらっしゃるとのことでございました」

ピューがすぐに立ち上がり、急いでレストランを出ていった。

ロスはピューがいなくなるや〈ニューヨーク・タイムズ〉を床に落とした。腰を屈めて新聞を拾い、立ち上がったときにピュー夫妻のワイングラスをふたたび置き換えた。掏摸のジミーも顔負けの早業だった。

ロスがバーのほうへ歩いているとき、腹を立てたピューが足取りも荒く戻ってきてすれ違っていった。彼が腰を下ろすのとほとんど同時に、妻が再登場した。

ロスはバーの一番奥のストゥールに腰を下ろし、コーヒーを注文して新聞を読みつづけた。ピューのほうを見ると、彼はグラスを挙げて乾杯し、妻が嬉しそうにそれに応じるところだった。ピューがグラスを空にし、妻が一口飲んだところで、主菜が二人の前に運ばれた。

ナイフとフォークを手にした瞬間、ピューが真っ青になって震え出し、口から泡を吹きながらテーブルに突っ伏した。

「お医者さまをお願い！」ミセス・ピューが金切り声で叫んだ。少し離れたテーブルにいた男性が弾かれたように席を立って駆けつけたが、一通り診ただけでなすすべのないことが、そこにいる全員に明らかになった。

ロスは目の前で繰り広げられる出来事を見守った。ややあって、二人のウェイターがボーイ長に付き添われてストレッチャーを運んできた。客の何人かが顔をそむけ、ほかの者たちは怖いもの見たさに抵抗できないまま、命を失った肉体がストレッチャーに乗せられ、取り乱した未亡人と一緒に部屋を出ていくのを目で追いつづけた。

ロスは騒ぎに紛れてそっとその場を離れた。ボーイ長とすれ違うとき百ランド札をまたもやこっそり渡してやると、感謝の小さな会釈が返ってきた。ロビーから目立たないようにして見ていると、ストレッチャーは待っていた救急車に乗せられて、もはや必要のなくなった救急隊員に引き継がれた。ミセス・ピューが泣き崩れるなか、彼らの一人がいまは亡き彼女の夫の脈がないことを確認し、目をつむらせて、静かに顔を覆ってやった。

ロスはこれまで悲嘆に暮れる数多くの未亡人に遭遇していたから、ミセス・ピューの涙が本物だと確信できたし、一方で、それが意外でもあった。あの唾棄すべき獣《けだもの》を本当に愛していたなどあり得るだろうか？　遺体安置所行きになるのが彼ではなくて自分になるはずだったと知ったら、想いは変わったかもしれない。救急車が走り去っていくと、ロスはゆっくりとフロントへ行って自分の部屋のキイを受け取った。

「お客さま宛のメッセージをお預かりしております」フロント係が言った。

ロスは小さく折り畳まれたメモを開くと、一読したあと小声で言った。「やるじゃないか、少年聖歌隊員。お見事だ」

「どうかなさいましたか？」フロント係が訝った。

「次のロンドン行きの時刻はわかるかな」

「午前中一番の便が九時にございます」そして、ちらりと腕時計を見てからつづけた。「もしお急ぎでしたら、お客さま、二時間後に出発予定の深夜便にぎりぎり間に合うかもしれません」

「精算をして、その深夜便のビジネスクラスの席を予約してくれ。空港までのタクシーも頼む」

ロスは階段を二段ずつ、四階まで駆け上がって急いでドアを開けると、手当たり次第に荷物をスーツケースに放り込んでフロントへ駆け戻り、精算を終えた。エンジンをかけたまま待っているタクシーのトランクにポーターがスーツケースを収めてくれた。時間に間に合うように空港に着いたら百ランドのチップを弾むという約束は効果覿面《てきめん》で、運転手はすべての速度制限を無視して走りつづけた。ロスはその日の夜に搭乗した最後の乗客だった。

「今夜のディナーはいかがなさいますか、お客さま」離陸したとたんに男性客室乗務員が訊きにきた。

「いや、いらない」ロスは言った。「アイマスクを貸してもらうだけでいい」

「承知いたしました」

隣りの席にラリー・T・ホルブルック三世はいなかったから、今夜はぐっすり眠れるだろうと楽しみだった。〈パトニー・ブリッジ・カフェ〉でのジミーとの朝食と、そのあと、スコットランドヤードでのウォーウィック警部への報告に間に合うようには帰れるはずだ。わからないのは、少年聖歌隊員がどこまで知っているかだった。

28

「おじさんはプロッド巡査？」翌朝、朝食に下りてきたサンチェス中尉にピーターが訊いた。

「そうじゃないんだな」サンチェス中尉は双子の向かいの椅子に腰を下ろしながら答えた。「おじさんの一番下の女の子が言ってるんだけど、おじさんはプロッド巡査みたいに賢くないそうだよ。事件をすぐに解決しないからだってさ。どっちかというとワトチット警部補だと思ってるみたいだ」

アルテミジアがくすくす笑い、ベスが客の前にベーコンと卵の皿を置いた。

「おじさんが今日の朝ごはんに何を食べたか知ったら、おじさんのお父さんは焼きもちを焼くだろうね」サンチェス中尉がナイフとフォークを手にしながら言った。

「おじさんのお父さんは朝ごはんを食べないの？」アルテミジアが訊いた。

「口に食べものを入れたまま喋るんじゃない」ウィリアムは娘をたしなめた。

「だれが真珠のネックレスを盗んだの？」ピーターが訊いた。

「おじさんにはわからないな」サンチェス中尉が認めた。

「今夜、お父さんが帰ってきて、続きを読んでくれたらわかるわよ」アルテミジアが言った。

「今夜、お父さんが帰ってきたらな」ウィリアムが言ったとき、玄関ホールで電話が鳴りはじめた。

「朝のこんな時間にかけてくるなんて、一体だれかしら？」ベスが訝った。

「たぶん、ホークだ」ウィリアムは席を離れて出口へ向かった。

「きっとプロッド巡査だよ」サンチェス中尉がささやいた。

「そうならいいんだけど」アルテミジアが言った。「それだったら、あなたを助けて、事件を解決してくれる――」

ウィリアムはキッチンを出てドアを閉めると、玄関ホールのテーブルの上の電話を取った。「ウィリアム・ウォーウィックです」

「おはようございます、サー。ヒースロー空港警備保安主任のジェフ・ダフィールドです。ホーガン捜査警部補が今朝一番の便でケープタウンから到着し、たったいま入国審査を通過しました」

「ありがとう、ジェフ。少なくとも私の問題の一つはこれで片づいた。感謝する」ウィリアムは重ねて礼を言って電話を切り、キッチンへ戻った。

「ブロッド巡査に会ったことがある？」ピーターがサンチェス中尉に訊いているところだった。

「ないけど、会いたいね。そうすれば、いま、きみのお父さんとおじさんに力を貸してもらえるからね」

「彼に関する電話でした」ウィリアムは彼らのゲームに加わった。「いまスコットランドヤードへ向かっているところです。われわれも行きましょう」

「お父さんったら、行儀が悪いんだから。どっちのおじいちゃんも言ってるわよ、朝ごはんを食べ残して仕事に出かけちゃいけないってね」

「おじさんもおじいちゃんたちに賛成だな」サンチェス中尉が同調して卵とベーコンを食べつづけ、ウィリアムは降参して坐り直した。

「ごめんなさいね」ベスが謝った。「アルテミジアは聞いたばかりのことを繰り返す傾向があるんです」

「謝ることはありませんよ」サンチェス中尉が言った。「私に三人の娘がいることをお忘れなく」

「そして、もうすぐ四人になるのよね。ウィリアムから聞いていますよ」

「私は四人の子の父親になるにふさわしい何をしてきたんでしょうかね」サンチェス中尉が言った。

「おはようございます、警部補」掏摸のジミーが言った。「一緒に朝飯《あさめし》をどうです?」

「時間がないんだ」ロスは空になって片づけられようとしているジミーの皿を羨望の目で見ながら答えた。「だが、二度目の二百ポンドがいまも欲しいのなら、今夜十時三十分にウォーダー街のクィーンズ・シアターの前にくるのを忘れるな」

「予定がどうなっているか、確かめないとね」ジミーがティーカップに三つ目の砂糖を入れながら言った。

「もしこなかったら」ロスは言った。「一回目の二百ポンドを返してくれるまで、毎朝一緒に朝飯を食って、逃げられないようつきまとってやるからな」

「よくわかってますよ、警部補。あんたのアイルランド気質は隠そうとしても無駄ってもんです。短気で執念深いときてる」ジミーはスプーンでたっぷり掬《すく》い取ったマーマレードをトーストに載せながら言ったが、それをナイフで塗り伸ばしはじめるころには、警部補はいなくなっていた。

サンチェス中尉は自分の前のテーブルにカタルーニャ地方の大きな地図を広げ、それをさらに詳しく見ようと、班の全員が周りに集まった。

「ウォーウィック警部とホーガン警部補には」彼は始めた。「バルセロナに到着したらすぐに車で郊外の作戦指揮センターへ向かってもらい、そこで最終検討会議を行ないます。そのあと、全員が夜間作戦用装備に切り替えます」

「それで、魔法を使うにふさわしいとき《ウィッチング・アワー》はいつだ？　作戦開始の時刻は？」ホークが訊いた。

「午前零時です、サー」サンチェス中尉が答えた。「覆面車両で市内を抜け、フォークナーの敷地まで二キロのところで車を降ります」

サンチェス中尉があらかじめ地図に記入していた×印を指し示し、ウィリアムはうなずいたあとで訊いた。「間違いなくそこにいるという確信はあるんですか？」

「敷地へ上っていく道に監視カメラを設置し、崖の下の浜のパトロールをつづけています。いまのところ、人が現われた様子はありません。フォークナーはいまもあの屋敷から動けずにいると、ほぼ断言してもいいと考えます」

「忘れないでください、ブース・ワトソンは月曜日のバルセロナ行きの便を予約しているんですよ」レベッカが割って入った。「もしフォークナーがそこにいないのなら、わざわざ留守のところへ行く理由がないんじゃないですか？」

「鋭い指摘だ」ウィリアムは言った。「だが、ブース・ワトソンがバルセロナへ行くのは、自分の依頼人の予定外の出発の最後の仕上げをするのが目的ではないかと、おれはそう睨んでいる。もしそうだとしたら、今回がフォークナーと再会する最後のチャンスになるかもしれない」

「われわれとしては、ホーガン警部補にここから」サンチェス中尉が森の端に指を置いた。「ここまで連れていってもらわなくてはなりません」指がフォークナーの隠れ処の玄関へ動いた。

ウィリアムは首を振った。「それはできません。ロスが確信しているところでは、あの隠れ処に一切気づかれることなく侵入するには、五階の使用人居住区画の窓の一つをくぐり抜けるしかありません。この前われわれがあそこへ行ったとき、その窓の三つが一日じゅう開け放しになっていることに彼は気づいたんです。ここと、ここと、ここです」そして、人差し指を屋敷の見取り図の上で移動させた。「これは非常用梯子の隣りです」

サンチェス中尉がうなずいたあとで、もう一度提案した。「それでも、われわれが森の端に着いたらどうすべきか、その計画をホーガン警部補に説明してもらう必要があります。そこから先は警報や罠といった、歓迎されない訪問者を驚かすためのあらゆる仕掛けがしてあるはずですから」

「ロスなら、あと数分でここへやってくるはずです」ウィリアムは時計を見て言った。

「そう確信する根拠は何なんだ？」ホークが訊いた。

「搭乗便が二時間前にヒースロー空港に着いています。実は驚いたんですが――」そのとき、いきなりドアが開いて、ロスが大股で入ってきた。

「遅れて申し訳ない。ちょっと処理に時間がかかることがあったもので」

処理に時間がかかったのは〝こと〟じゃなくて〝人〟じゃないのかとウィリアムは思ったが、とりあえず満足して言った。「いま、サンチェス中尉から、われわれがバルセロナへ着いてからの行動計画を説明してもらっているところだ」

「われわれだけで行けるのは敷地へつづく道のとっかかりまでで、それから先はあなたに誘導してもらわなくてはなりません」サンチェス中尉がロスに言った。

ロスは会議テーブルの自分の席に腰を下ろし、自分たち三人がどんな警報であろうと発せられることなく森の端から屋敷の奥の非常階段に到達するか、その計画を詳細に説明しはじめた。途中でさえぎる者はいなかった。ひとしきりの質疑応答のあと、ウィリアムはようやく散会を宣言した。

「開かずの扉の問題がまだ残っているのではないのか？」全員が腰を上げようとしたとき、ホークが言った。

「今日の午後、フォークナー以外にあの扉の開け方を知っている唯一の人物と会う約束をしてあります」ロスが言った。「帰ってきたら報告します」

「そういうことなら、明朝八時にもう一度全員に集まってもらおう」ウィリアムは言った。「そして、計画の最終検討を行なう」

「明朝八時にどうしても外せない約束があるんだが、今夜、あんたに電話して情報を更新しますよ、班長」ロスが言った。説明はなかった。

「いいだろう」ウィリアムはそう応えて全員を驚かせたが、明朝八時にホーガン捜査警部補がどこにいるかははっきりわかっていた。自分もそこへ行くつもりだったからだ。

「わたしの知らない何を知っているんですか？」ベスは机の向かいの椅子に腰を下ろしたクリスティーナに訊いた。

「ほとんど何も知らないわ」クリスティーナが答えた。「確信があるのは、カラヴァッジヨがどこにあるにせよ、そこにマイルズがいることぐらいかしら」

「フランス・ハルスもですか？」ベスは訊いた。

「残念ながら、そうでしょうね」クリスティーナが言った。「それがどこにあるか知っていたら、信じてちょうだい、あなたに教えるわよ」

ベスはクリスティーナを信じていなかったから、ウィリアムの忠告を受け容れ、じっと耳を澄まして、しっかり聴きつづけることに徹した。

「わたしが知っている確かなことは、ブース・ワトソンが月曜の午前中にバルセロナへ飛ぶ予定でいることだけよ。それとマイルズのヨットが土曜の夜にモンテカルロを出港するのとは、偶然ではあり得ないわ。二人が最終的に同じ場所にいたとしても、わたしは驚かないでしょうね」

「それはマイルズが間違いなくまたどこかへ移動することしか意味しませんね」ベスは言った。

「わたしもそう思うわ」クリスティーナが言った。「それに、もしヨットが関わっているのなら、コレクションも移動するはずよ」

「あなたの情報の出所はどこなんですか？」ベスは訊いた。

「ラモント元警視よ。お金を払ってくれる人は一人より二人がいいに決まってるんですって」

「マイルズに気づかれないことを祈りましょう」ベスは言った。「だって、あなたからもお金が行っていることを知ったら、マイルズはラモントを馘にするでしょうし、そうなったら、マイルズに関する情報があなたに入ってこなくなるわけだから」

「さて、わたしが知っている限りのことは、もうあなたに教え尽くしたわ」クリスティーナが腰を上げた。

クリスティーナの話を疑っていたが、それでも彼女が帰り次第、ウィリアムに電話するつもりだった。もっとも、クリスティーナがたったいま暴露した情報を伝えたときの夫の反応は、すでにわかっていた。

「あの女がどっちの側についているか、ぼくにはいまだに確信がないな」

た〈ノージー・パーカー〉の名前はチャリング・クロス・ロード一一四Aのドアの上にあった。一日に一人か二人以上の客の相手をすることは滅多になく、しかも面会の予約が必要で、相手をしてくれるのは必ずその主《あるじ》という店だった。ロスは五分前に足早にその店に入り、恐る恐るカウンターに近づいた。

「そう緊張するな、伍長《ごちょう》」決して忘れることのできない声が言った。階級で呼ばれるのはほとんど十年ぶりだったが、かつての上官の前ではいまだに気を許すことができなかった。

「奥さんがなくなったそうだが、気の毒だったな」ロスが陸軍特殊空挺部隊《SAS》にいた四年間に聞いていたときと較べて、パーカー大佐の口調はずいぶん柔らかくなっていた。「それでも、伍長、われわれはとりあえず未来を考えなくてはならないぞ」声に威厳が戻っていた。

「ビデオカメラの改良をお願いしていた件ですが、可能だったでしょうか?」

「そんなに難しい仕事ではなかったよ」大佐が答え、カウンターの下から何の印もついていない箱を取り出した。「どんな警報でもブービートラップでも検知しながら、進行中の作戦をすべて記録することができる」

　施錠されているのに鍵のついていない扉のことを訊こうとしたとき、大佐が言った。

「一九五〇年代の〈シルヴァークロス〉の乳母車は使い物になったか?」

「最高でした、サー。対象区域のど真ん中をまっすぐに通り抜けましたが、誰一人振り返ろうともしませんでした。計画通りに作戦を実行し、ギャングにも警察にも気づかれずに逃走に成功しました」

「あの騒ぎのことは〈タイムズ〉で面白く読ませてもらったよ」大佐が初めて笑みを浮かべた。「それから、シガレットケースはどうだった?」

「見事に役に立ってくれました。もっとも、これからはコンパクトを覗いている女性を見ても、本当に化粧を直していると鵜《う》呑《の》みにはしないでしょうね」

「絶対に女を信用してはならない、以上」大佐が言った。

ロスもその見方にまったく異存がなかったが、それはジョゼフィーヌと出会うまでだった。

「さて、あの二つ問題の片がついたいま、次の任務の手助けを必要としているのではないかな?」

「ご明察です、サー」ロスは答えた。「最近、ある件で国外捜査をしたときに、取っ手も、鍵も、ダイヤルもついていない大きな鉄の扉に遭遇したのです。その扉の左下の隅に、〈NP〉の文字が彫られていたものですから」

「あれは〈セサミ・セーフ〉だ。開け胡麻《オープン・セサミ》だよ」大佐が言った。「東ドイツから逃げてきてうちの会社に入った秘密警察《シュタージ》の一人が完成させたものだ」

「ですが、暗号がないのにどうやって開けるんです?」

「暗号はある。ただし、持ち主が同じ部屋にいるときだけだ」

「ということは、それは時計ですね」ロスはフォークナーが書斎に入る直前に腕時計を指で叩いたことを思い出して言った。

「その可能性はある」大佐が直接の答えを回避した。「いいか、私はあの紳士を客として受け容れたことをずっと後悔している。フォークランド作戦に参加した海軍軍人だと言っていたが、実は嘘ではないかと疑っている。ただ飯を食って、てんとして恥じない見下げ果てたやつだとわかったからな」

その上に極めつきの悪党です、とロスは付け加えたかったが、やめたほうがいいと思い直した。

「実は、あの男は〈セサミ・セーフ〉の代金を完済していない。あれを設置してやってから二年も経つのにだ。だが、いずれは時計のバッテリーを交換する必要がある。だから、払わずに逃げおおせることはできない。バッテリーも、うちでしか交換できない独特のものだからな」

「その法外なただ飯の値段はいくらでしょう?」ロスはその話を持ち出しただけでも軍法会議ものだと思いながら訊いた。

「残念ながら、おまえさんの格で払える額ではないよ」

「とりあえず、教えてみてください」

「五千ポンドで貸し借りなしだ」

ロスは小切手帳を出すと、カウンターの上のボールペンを取って数字を書き込みはじめた。

「宝くじにでも当たった《ウォン・ザ・プールズ》か？」大佐が敢えて訊いた。

「違います、サー。妻を失った《ロスト・ア・ワイフ》んです」ロスは小切手を渡しながら言った。

「悪かった」大佐が本心から悔いた謝罪をすると、ロスに背中を向けて壁に埋め込まれた小さな金庫に暗号を打ち込み、扉を開けた。そして、文字盤に何も書いてない腕時計を取り出し、表面を指で叩いた。とたんに文字盤に明かりが灯り、大きな文字で時間が浮かび上がったと思うと、数秒後に明かりが消えた。大佐はその腕時計をかつての戦友に差し出した。

「暗号がわからなければ、私には使えません」ロスは言った。

「いま何時だ、伍長？」

「三時二十分です」ロスはカウンターの奥の壁の時計を見て答えた。

「軍隊式では？」大佐が吼えた。

「１５２０時です」ロスは答えた。

「月と年は？」

「9、そして、88」

「正解だ。15 20 09 88」

「時刻、月、年ですか」ロスは言った。「実に簡単だ」

「それが優れているのは、時間が一分ごとに変化し、それに従って暗号も変化するところだ。だが、伍長、おまえさんの敵は軍人でも紳士でもないかもしれないが、それでも早朝に起床して寝込みを襲う必要があることを忘れるな」

「それこそ私が計画していることおりのことです」ロスは応え、時計を腕に巻いた。

レベッカ・パンクハースト捜査巡査はウォーダー街を望むワイン・バーの、窓際のテーブルにいた。慎重に選んだ席だった。レストランの二階の小さなバーは、夜を目いっぱい楽しむ若者で賑わっていたが、レベッカは仕事だった。監視の特等席からは、仕事中のダレン・カーターを一切の障害物なしで完全に見通すことができた。監視を始めてからしばらく経って、対象のルーティンだけでなく、仕事の内容もわかってきていた。カーターは〈イヴ・クラブ〉で一番偉くて一番力を持った門番だった。彼――彼だけ――が、クラブへ入れていい客を選ぶことができた。レベッカはこの数週間で、彼の客選びの傾向がわかりすぎるぐらいわかるようになっていた。

歓迎されるのは通りに迷い込んできた、金を持っていて、その金を色仕掛けで巻き上げられそうな外国人だった。少し飲みすぎてくれればさらに巻き上げられる。歓迎すべきでない連中――タトゥーを入れてジーンズを穿《は》いた若いやつら、特に集団――は、慇懃に、ときにはあまり慇懃でなく、入店を拒否することになっていた。「申し訳ありません、うちは会員制なので」と言えば、たいていはよそへ行ってくれた。もしそうならなかった場合でも、次に何が起こるかを仄めかしてやると、決定的に説得力が強くなった。それでも簡単には諦めない者には、顔ですごんで見せ、それでも舐めてかかってくる者はしたたかに突き飛ばした。だが、レベッカが見た限りでは、重傷害と見なして逮捕状を取れるようなものは一つもなかった。

　レベッカは魚が餌に食いつくことを願って何時間も辛抱する釣り人のように、自分も待つしかないと覚悟を決めた。少なくとも自分がいるのは飲み物を楽しめる暖かいバーで、土砂降りの川岸ではなかった。それでも、報告書が日を追うにつれて短くなっていることは痛感していた。実際、最近は書き込む日付が変わるだけになっていた。このまま成果を上げられなかったら、配属替えは時間の問題ではないかと不安だった。

　少なくともアーチーのことを考える時間はたっぷりあった。この仕事を愛していたし、経験豊かな精鋭が集まったチームの一員でありつづけたかったが、そう遠くないうちに将来についての決断をしなくてはならないこともわかっていた。アーチーは対等のパートナーとして一緒に住む話をしはじめていた。彼はいま北アイルランドに駐屯していたが、若い陸軍士官としてこれからも頻繁に海外赴任することになりそうだった。「この仕事にはつきものだからね」とも言っていた。一人の人間が同時に二箇所にはいられないのだから、レベッカは首都警察を辞めたくなるはずだと独りよがりの考え方をしていることが、それではっきりした。

彼と結婚したら、それは愛する仕事を諦めて陸軍士官の妻になり、二人か三人という標準的な数の子供を作って、アーチーの言い方を借りるなら〝お偉方《ビッグウィッグ》〟を招いてのカクテル・パーティを催す司令官夫人の手伝いをするのが最大の楽しみになることを意味した。そっちの方向での自分の将来に思いを巡らせていると、クィーンズ・シアターから観客が溢れ出てきてゆっくりと帰途につきはじめていることに気づいてわれに返った。いつも、それを潮に今日の仕事を切り上げることを考えるのだった。

「ワインのお代わりはいかがですか、ミス？」

「こんばんは、警部補」掏摸のジミーがどこからともなく現われて声をかけた。「あんたのほうに用意ができていたら、おれのほうはもう二百ポンド稼がせてもらうのにやぶさかじゃありませんよ」

ロスは背後を通り過ぎていく人の群れに目をやったあと、何も言わずに小さな包みを三つと旧券ばかりの紙幣の束をこっそりジミーに渡した。ジミーはあっという間に雑踏に溶け込んだ。

ややあって、ロスは通りの向こうで劇場を出てくる観客に交じっているジミーを見つけた。ジミーはあのクラブの前で足を止め、レスター・スクウェアへの行き方を訊いた。

「おれをだれだと思ってるんだ、おっさん、ろくでもないツアー・ガイドか？」

「失礼しました」ジミーはそう言うと腰を屈めて舗道から腕時計を拾い上げた。「ところで、これはあなたのじゃありませんか？」

「そうだ」ドアマンは腕時計をひったくると、一言の礼も口にしないで自分の手首に戻した。

掏摸のジミーがその場を離れて歩き出すと、ロスは最寄りの電話ボックスに入って番号を押した。

間もなく、声が返ってきた。「ワトキンズ警部補」

「たったいま〈イヴ・クラブ〉から出てきたところなんですが、ドアマンにドラッグを売りつけられそうになりました。通報したほうがいいと思ったものですから」ロスは逆探知される前に電話を切った。首都警察の優秀な運転手なら緊急通報に迅速に対応するから、四分もあれば現場に到着するはずだった。一台のパトカーが三分五十二秒後にウォーダー街に飛び込んでくるのを見て、ロスは口元を緩めた。

レベッカは最初、眼下の通りに飛び込んできたパトカーを見てもあまり気にならなかった。特にどうってことでもないでしょうよ、と彼女は思った。だって、ソーホーでは毎晩のように騒ぎが起こってるんだもの。だが、そのパトカーが〈イヴ・クラブ〉の前で急停車した瞬間に、目を凝らさずにいられなくなった。四人の制服警官が飛び降りてカーターを取り囲んだ。カーターの顔に表われたショックは本物だった。

道の向かい側に小さな野次馬の塊ができはじめるなか、四人の警察官の二人がカーターを壁に押しつけ、三人目が外套を探って小さな包みをいくつかと旧券の束を取り出した。四人目――レベッカの知らない警部補だった――が、カーターを逮捕して被疑者の権利を聞かせてやってから、手錠をかけて連行した。パトカーの後部に押し込まれながらもまだ抵抗するカーターの喚《わめ》き声がいまも聞こえていた。

レベッカは自分が目撃したことを一つ残らず書き留めはじめ、その手が止まったのは、〈イヴ・クラブ〉の経営者が飛び出してきて、視界から消えていくパトカーに拳を振り回すのが見えたときだけだった。

野次馬が散ってしまうと、掏摸のジミーがふたたびロスの横に現われた。したり顔の笑みをこらえられないようだった。

「手伝えて何よりでしたよ」ジミーが言った。「あいつはまさに刑務所に閉じ込めておかなくちゃならない類いの下司野郎です」

おまえだって似たり寄ったりの下司野郎だろうとロスが論評を加えてやろうとしたとき、ジミーが言った。「時計を新品に替えたみたいだけど、警部補、洒落てはいるけどどうやったら時間がわかるんです？」ロスが答えようとしたとき、ジミーはすでに闇のなかに姿を消していた。ロスは手首を確かめ、その時計がいまもそこにあるとわかって安堵した。

レベッカは報告書を書き終えると、グラスに残っているワインを最後まで飲み、代金を払って店を出た。班長に電話したかったが、時間が遅かったから、明日の朝まで待たなくてはならなかった。そのとき、明日の朝六時に自分がどこにいるかを思い出した。違う、と彼女は訂正した。明日じゃない、もう今日だ。

29

六時を知らせるチャイムのあとにニュース項目の紹介がつづいたが、ジャッキーもウィリアムも聞いていなかった。

「同僚をスパイするなんて気が進みません」ジャッキーが言った。「嫌いでもなくて、尊敬している相手なら尚更です」

「それに異論はまったくないが」ウィリアムは応えた。「孤独が最大の敵であるとき、人には味方が必要なんだ」

「彼がローチとアボット殺しに関わったと、いまも信じているんですか?」

「わかっているはずだが」ウィリアムは言った。「妻を殺されたことはかなり強い動機になる。アボットとローチの件にけりがついたことはありがたいとしても、スリーマンについてはまだそうじゃない。だから、ロスの一歩先を行きつづけることが重要だ。さらに言えば、ヴェレニッチについてもそれは同じだ」

「クライヴ・ピューに関するわたしの最新情報にも興味が湧くかもしれませんよ」ジャッ

キーが言った。二人は車の窓の向こう、軒を連ねている賃貸住宅の向こう端の赤いドアを見つめつづけていた。

「教えてくれ」ウィリアムはホークスビー警視長を真似《エンライトン・ミー》て言った。

「昨日、ケープタウン警察の新しい相棒から電話があって、彼の話を聞いたら、わたしはあの件を完全に誤解していて、ミセス・ピューのことはもう心配する必要がなくなったことがわかりました」

「どうして?」

「二日前、彼女の夫がディナーの席で突然倒れ、救急車がホテルに着く前に死んだんです。少なくともロスがそれに関与し得なかったことは明らかでしょう」

「では、結局のところ、ピューは彼女を殺して保険金を手にすることができなかったわけだ」

「それどころか、皮肉なことがあるんです」ジャッキーが言った。「ミセス・ピューは自分が過去に二度結婚していて、その二人に骨の髄までしゃぶり尽くされたことを、いまは亡き夫に話していなかったようなんです。それで、いつも気前よく金を払ってくれるピューを金持ちだと思っていたらしいんです。彼も無一文だったと知って、仰天したとのことでした。彼女はホテル代も払えないようですね」

「マウント・ネルソン・ホテルは安くないぞ」ウィリアムは言った。

「あの夫婦がどこに滞在しているか、どうやって突き止めたんですか？」

「現地警察はミセス・ピューが夫の死に関与していると考えているのかな？」ウィリアムはそう訊いて質問の答えをはぐらかした。

「いえ、そうは考えていません、サー」ジャッキーが言った。「実は現地警察が声明を出して、犯罪を疑わせる状況はまったくないことを確認し、あとに残された未亡人が遺体と一緒にイギリスへ帰るのを認めています。ですから、次の解決不能な事件をわたしに見つけてもらわなくてはなりません」

「この件に集中してくれ」ウィリアムが言ったとき、ジョゼフィーヌの家の明かりが灯った。それから一時間、ほかの家の明かりも灯ったり消えたりしつづけたが、張り込みは簡単には埒《らち》が開かないものと決まっていて、それを開けるには忍耐しかないことを、ウィリアムは長年の経験で学んでいた。

ジャッキーとウィリアムは七時のラジオ・ニュースを聞き、一時間後に八時のニュースも聞いたが、変化は何もなかった。そのあいだに、牛乳配達、新聞配達、郵便配達がやってきたが、玄関のドアは閉まったままだった。

ポールの情報屋の一人が仄めかした〝初回の取り立て日〟というのは手掛かりとして重要ではないかもしれないとウィリアムが思いはじめたとき、黒いトヨタが家の前にやってきて、駐車禁止区域に停まった。

助手席のドアが開いて、ウィリアムもジャッキーも顔写真を見て検める必要のない人物が降りてきたと思うと、玄関へと歩き出した。

「何てこと、戦車みたいな体格じゃないの」ジャッキーが言った。

「身長は六フィート四インチ、体重は二百二十ポンド、スポーツ・ジムに住んでいるも同然だからな」ウィリアムが応えたとき、大男が玄関のドアをノックした。

ヴェレニッチは少し待ってから賃貸住宅の端から端まで目を走らせ、もう一度ノックをした。今度はもう少し力がこもっていた。ややあって、トラックスーツ姿のロスが現われた。

「今日は仕事をするつもりがないみたいな格好ですね」ジャッキーが言ったそのとき、ロスが分厚い札束をヴェレニッチに渡した。ヴェレニッチが時間をかけてそれを数えた。

「何を目論んでいるのか知らないが、それを阻止することに変わりはないからな」ウィリアムが言ったとき、ヴェレニッチがロスに笑みらしきものを向け、金をポケットにしまって車へ引き返した。

ウィリアムは待機しているチームとつながる無線のスイッチを入れた。

「ヴェレニッチの車はマートン・ストリートを信号のある交差点へ向かっている。どっちへ行くかわかったら知らせる。対象との距離を保つことを忘れるな」

「了解」三つの緊張した声が、ほぼ同時に返ってきた。彼らも朝の六時から、じりじりする思いで仕事にかかるのを待っているのだった。ウィリアムが黒のトヨタを追おうとしたとき、ロスが家から走り出てきて車に飛び乗り、すぐに走り去った。

「対象は左折しようとしている」ウィリアムは告げた。「やつはおまえさんに任せるぞ、ダニー。それから、そんなに離れていない後方にホーガン捜査警部補が尾《つ》いている。情報を入れつづけてくれ。ただし、ヴェレニッチが次の取り立て相手のところに着くまででいい。そこからはポールが引き継ぐ」

「了解」二つの声が応えると同時に、有料の客を乗せることのないタクシーをトヨタが追い抜いていった。

ロスが信号を左折してヴェレニッチを追いつづけるのを確認し、ウィリアムは笑みを浮かべた。「マーカム巡査」

「はい」

「相手はダークブルーのフォルクスワーゲンだ」

「対象を視認しました、サー」

ロスは前方のトヨタを見失わないようにしながらタクシーの後ろに隠れた。次の交差点の信号は青だったが、間に合うかどうかわからなかったから、アクセルを踏む足に力を込めた。

ヴェレニッチの運転手が右折し、タクシーがそれにつづいたが、ロスの目の前で信号が赤に変わった。構わず突っ込むと、交通警察官が通りに一歩踏み出し、路肩に寄せて停まれと右手を激しく振って指示した。ロスは車を路肩に寄せながら、窓を閉じた運転席でアングロ－サクソンの悪態をいくつか吐くことになった。

若い警察官が近づいてくると、ロスは窓を開けた。エンジンはかけたままだった。

「何の用だ、巡査？」ロスが訊いているあいだに、ヴェレニッチの車は次の角を曲がって見えなくなった。

「お気づきですか、サー？　赤信号でしたよ」

「違う、赤じゃなかった」ロスは鉄則を破った。

「私だけでなく、同僚も」巡査が左を見て言った。「あなたが一九八八年の道路交通法三六項の一に違反されたのを目撃しています。免許証を拝見できますか？」

ロスは身分証を見せた。

「これは運転免許証ではありません、サー」巡査が身分証を突き返した。

「いまは持っていない」

「それなら、名前と住所を教えてもらう必要があります」巡査が胸のポケットからボールペンと手帳を出した。

「もうわかっていると思うがな、巡査」ロスは言った。

「長くはかからないはずです」巡査がロスの言葉を無視して言った。

「どのぐらいかかるんだ？」ロスは言った。

「はい？」

「どのぐらいの時間、おれを足止めしておけと命じられているんだ？」

「何をおっしゃっているのかわかりません、サー」

「どのぐらいだ？」ロスは繰り返した。

「十分です、サー」巡査が認めた。

やるじゃないか、少年聖歌隊員。ロスは不本意ながらもウィリアムに感心せざるを得なかった。面《つら》つきは少年聖歌隊員かもしれないが、こうと決めたら絶対に揺るがないし、だれのことも気にしない。ジャッキーの言うとおり、打ってつけのホークの後継者かもしれない。だが、今日が終わる前にあの捜査警部を驚かせる切札が、まだ一枚残っている。

「目的を達したんなら、もう行ってもいいかな？」ロスは無邪気に訊いた。

巡査が時計を見た。「もちろんです、サー。ですが、これからはもう少し慎重に運転されるほうがいいかもしれません」

ポールから報告が入り、ヴェレニッチが拳を固めて、スリーマンの二人目の借り手からきっちり取り立てたことがわかった。

「それを利用するんだ」ウィリアムは言った。「その借り手から話を聞いて、法廷で使える供述を取れるかどうかやってみてくれ」

「すぐにかかります」ポールが応えた。

「いま、トヨタがわたしの前を通り過ぎました」レベッカが報告した。「やつが次の取り立て場所へ到着したら、また報告します」

「おまえさんの現在地はどこだ、ダニー？」

「やつが引き返す時点で、パンクハースト捜査巡査から引き継ぎます」

「わからないんですが」ウィリアムが無線を切ると、助手席にいるジャッキーが言った。「ヴェレニッチがやってくるとわかっているのに、借り手が一人残らず、必ず家にいるのはなぜでしょう？」

「いなかったら、妻がドアを開けて応対することになり」ウィリアムは教えてやった。「両方から悩まされることになるからだよ」

無線の赤いランプが点滅しはじめ、ウィリアムはスイッチを入れた。

「おはようございます、サー。麻薬取締班のワトキンズ警部補です。いま、よろしいですか？」

「ちょっと忙しいんだが、警部補、重要なことなら話は別だ……」

「ダレン・カーターという男に関してなんですが、サー、あとでかけ直してもかまいません」

「いや、聞かせてくれ、警部補」

「昨夜、私がカーターを逮捕したんですが、そのときの彼は〈イヴ・クラブ〉の前で仕事をしていました。逮捕容疑はヘロイン三オンス、最上級のコカイン四包、マリファナ数袋を売買目的で所持していたことです」

「あいつはそんなへまをする間抜けじゃないぞ」ウィリアムは言った。

「警察が仕組んだことだとやつは断言しているんですが、そもそもはわれわれのところへ市民から通報があったんです。そのときの電話もすべて録音されています」

「その通報はきみの直通電話にあったのか、それとも999の交換台を通してか、どっちだ？」

「直通電話でした、サー」ワトキンズが答えた。「しかし、なぜそんなことを訊くんです？」

「録音テープを聞いたら、その答えを教えられると思う。それで、カーターはいまどこにいるんだ？」

「現地所轄署に留置してあります。今日、下級裁判所に出頭して保釈されるまでですが」

「保釈申請は即刻却下だろうな」ウィリアムは言った。

「私もそう思いますが、サー、ブース・ワトソン勅撰弁護士がついているとなると話は別です。正直なところ、カーターにあの弁護士を雇えるとは驚きですよ」

「おれは驚かないな」ウィリアムは言った。「カーターはせいぜいが付け足しで、ブース・ワトソンに金を払っているのは〈イヴ・クラブ〉の経営者のステイプルズだ。もし自分のところのドアマンがクラスAのドラッグを売った罪で有罪にでもなったら、営業許可を取り消されるからな。きみには容疑者の前科を、故殺での有罪も含めて、当たれるものはすべて当たってもらいたい。どうしてかというと、最終的に一石二鳥をやってのけられるかもしれないからだ。連絡を絶やさないでくれ」

「了解しました、サー」

「ロスが容疑者にドラッグを仕込んだ可能性はあると思いますか？」ウィリアムが無線を切ったあとで、ジャッキーが訊いた。

「彼はそんな危険は冒さないよ」ウィリアムは答えた。「だが、彼は十人を超える掏摸を知っているからな。まさに文字通り、目にも留まらぬ早業でそれをやってのけられる連中だ」

「わたし、まったく信じられないんですが……」ジャッキーが言おうとした。

「信じられないんじゃなくて、信じたくないんだろう」ウィリアムが言ったとき、また無線が鳴り出した。

「パンクハースト捜査巡査です、サー。いま、ヴェレニッチが三人目の取り立てを終えました。きっと無理矢理押し入ったに違いなく、大型テレビを一方の手に、もう一方の手にかさばって見える大きなビニール袋を抱えています。今日までの所有者の姿はありません」

「その今日までの所有者を訪ねて、レベッカ、きみの魅力で供述を取れるようやってみてくれ。この件を水も漏らさぬものにする必要がある。ダニー、やつはいまどこにいる？」

「大量の現金を持ち、トランクを略奪品でいっぱいにして、スリーマンのオフィスへ戻っていくところです。おれもスコットランドヤードへ戻りますか、サー？」

「いや、まだだ。仕事をつづけてくれ」ウィリアムは言った。「ヴェレニッチがまだ今日の最後の仕事を終えていないことがわかるはずだ」

「それで、わたしはこれから何をすればいいんですか、サー？」ジャッキーが訊いた。

「忍耐だよ。貴重な客、つまり返済ができない借り手は、その日の遅い時間、暗くなってだれかに見られる可能性が低くなってからヴェレニッチの訪問を受けるんだ。われわれはブース・ワトソンの仕事をできるだけやりにくくするに充分な証拠をさらに集める必要があるからな。もっと重要なのは……」ウィリアムがつづけようとしたとき、無線のランプがまた赤く点滅しはじめた。

相手がだれかは、歌っているようにも聞こえる軽いアイルランド訛りで訊くまでもなくわかった。

「フォークナーの書斎の扉の開け方がついにわかりましたよ」ロスが言った。「仕事熱心にもほどがある若い巡査に足止めされなかったら、サー、もっと早く伝えられたんですがね。それでも、ヴェレニッチが今日の最後の仕事を終えたあと、われわれは間違いなく墓地で遭遇することになりますよ」

「どの墓地だ？」ウィリアムは訊いた。

「パンクハースト捜査巡査の、もはや警察を煩わせることのない、戦う祖先が埋葬されている墓地です」ロスが言い、無線が切れた。

「一体何のことですか？」ジャッキーが訝った。

「ロスはわれわれの知らない何かを知っているんだ」ウィリアムは答え、無線のスイッチを入れた。「レベッカ？」

「何でしょう、サー？」

「いま、どこにいる？」

「警部に指示された紳士の事情聴取を、ケンジントンの彼の自宅でしているところです」

「エメリン・パンクハーストが埋葬されている墓地はどこだ？」

「ブロンプトン墓地ですが、どうしてそんなことを？」

「事情聴取を切り上げて、その墓地へ急行してくれ。何か不審なことに遭遇したら報告するように」

「何を捜せばいいんでしょうか？」

「わからない」ウィリアムは認めた。

「いよいよもってさっぱりだわ」ウィリアムが無線を切ると、ジャッキーが言った。

「スリーマンとヴェレニッチの一歩先を行きつづけるのは難しくないが」ウィリアムは言った。「ロスに後れを取らないようにするのははるかに難しい」

「相手があなたの場合は尚更ですよね、サー」ジャッキーが言った。

ウィリアムが言い返そうとしたとき、ダニーが無線に戻ってきた。

「ヴェレニッチが四件目の仕事を完了しました、サー。やつが引き上げたあと、ポールが借り手の事情聴取に向かいました」

「よし。無線をつないだままにしておいてくれ、計画の変更があるかもしれない」

ヴェレニッチが最後の仕事に出かけた直後、スリーマンはこっそりオフィスを出た。死体が埋められるころには、スウィンドンを通過しているはずだった。

二街区《ブロック》歩いてからタクシーを止め、後部席に乗り込んで一言だけ口にした。「ユーストン駅」

駅の前でタクシーを降りると、切符売り場でエディンバラ行き一等寝台車のチケットを買った。支払いをする前に窓口にいる女性に向かって、六十三ポンドなんて法外な料金をふんだくるとはいい度胸だと、大きな声で難癖をつけた。

後ろに並んでいた男性客はその不快なやりとりを黙って見ていた。スリーマンが七番ホームへ行って列車に乗ろうとしたとき、二人の警察官が行く手を塞いで彼を逮捕した。

「容疑は何だ?」スリーマンは突っかかった。

「鉄道職員への脅しは充分に逮捕に値するが、それだけではすまないように私には思えるな」ホークスビー警視長は言った。自分の手で容疑者を逮捕するのは、思い出すのが難しいぐらい久し振りだった。

ホークはスリーマン逮捕をウォーウィック捜査警部に報告した。

二つが同時進行していた。

「パンクハースト捜査巡査です、サー。最近、あの墓地の奥で墓穴が掘られています。そんな許可は出していないと管理人は言っています」

「姿を隠して、だれにも見られないようにしていろ。われわれもうすぐ合流する。ダニー、いまどこにいる?」

「いま、ヴェレニッチがチズウィックのある家のドアをノックしています」

「情報を送りつづけてくれ」ウィリアムは言った。「ほかの者はケンジントンのブロンプトン墓地へ向かえ。着いたら姿を隠せ。直後にヴェレニッチがやってくるはずだ」そして、無線を切るとジャッキーに言った。「われわれも急ごう」

ジャッキーがギヤを一速に入れて車を出した。

「行先はわかってるよな」ウィリアムは言った。

「わかりません、サー。でも、あなたは知ってますよね」


十人の私服刑事を墓地に隠すのは難しくなかった。管理人の手助けと助言があれば尚更だった。墓地には充分以上の墓石や専用納骨堂があり、墓石用に積み上げられた石板が山になっていて、軍隊が丸々一つ隠れられそうだった。

全員が位置に着くと、静寂を保つのがより難しい仕事になった。くしゃみの音ですら火山の噴火のように轟いた。そのときダニーから無線が入り、初めて静寂が破られた。

「ついさっきヴェレニッチがチズウィックの家を出てきて、いまは抵抗する借り手をトヨタの後部席に手荒く押し込んでいるところです。二人は二十分ほどでそっちに着くはずですが、指示してもらえれば、班長、いま車をぶつけて部下を突入させ、やつを逮捕できますよ」

「駄目だ、動くな」ウィリアムは制した。「やつに気づかれたら、作戦全体がご破算になる」そう付け加えたとき、ジャッキーが車を墓地に入れ、ヘッドライトを消して木立の後ろに停めた。

「しかし、やつがあの借り手を連れていくのがその墓地じゃなかったら……」

「その場合、責任を負うのはおれだ」ウィリアムはこれまでダニーが昇任したがらなかった理由を持ち出して安心させた。

「これからは無線を封鎖する」ウィリアムは次の命令を発した。

一分、また一分と過ぎていき、ウィリアムは何度も時計を見た。ロスが何を考えているか、いまだにわからなかった。いまのところ彼を取り巻いている守護天使たちの側にいるのか、それとも、ロンドンのどこか向こう側で別の葬式を単独でしようとしているのか？　どちらにせよ、ヴェレニッチを逮捕して黙秘権があることを教えてやるだけでは、ロスは満足しないはずだった。

ウィリアムが安堵の長いため息をついたのは、黒のトヨタが墓地の北口に現われるのを見たときだった。月のない夜で、運転手に道を教える明かりはまったくなかったが、その必要はなかった。逸り立つ十人の若い警察官がいまや遅しと命令を待っていたが、ウィリアムはトヨタが停まるまで動かなかった。

ついにトヨタが停まって運転手が後部席側のドアを開けると、泣いている犠牲者をヴェレニッチが引っ張り出し、口を開けて待っている墓穴のほうへ引きずっていった。

「何てこと」ジャッキーが言った。「生き埋めにするつもりだわ」

ウィリアムが車から飛び出して墓穴のほうへ走り出すと、十人の警察官が四方八方から姿を現わした。

ポールがすぐにウィリアムを追い抜き、運転手に激しいタックルを浴びせた。運転手はシャベルを捨てて逃げようとした。そうはさせじとポールが地面に押さえつけ、二人の警察官が加勢して動けないようにしたあと、ジャッキーが手錠をかけた。

ウィリアムはヴェレニッチに突進しつづけた。それに気づいたヴェレニッチは悲鳴を上げている犠牲者を脇に放り出し、ウィリアムに向き直って傲然と身構えた。

ウィリアムが飛びかかろうとしたその瞬間、墓穴からシャベルが現われたと思うと、まるで熟練のゴルファーのスウィングのように一閃《いっせん》してヴェレニッチの踝《くるぶし》を痛打した。両膝から崩れ落ちたヴェレニッチが立ち上がろうとしたとき、二撃目が顔の側面に叩きつけられ、前につんのめらせて、頭から墓穴へ墜落させた。ウィリアムはとどめを刺そうと振り降ろされようとしているシャベルの柄を両手でつかんでロスを阻止したが、勢いに負けて自分も墓穴に引きずり込まれ、ヴェレニッチの上に落下した。

二人の警察官が容赦なくヴェレニッチを穴から引きずり出し、地面にうつぶせに押さえ込んで手錠をかけるのを、ロスは見ていることしかできなかった。そのあと、ウィリアムはシャベルの柄を握ったまま自力で穴から這い出し、うつぶせに押さえ込まれているヴェレニッチを見下ろした。安堵したことに、ひくひくと瞼《まぶた》が痙攣《けいれん》し、その下のウィリアムを見ている目は虚《うつ》ろだった。

ポールが容疑者二人に殺人謀議容疑で逮捕を通告し、連行する前に被疑者の権利を教えてやった。レベッカが激しいショックを受けている被害者を落ち着かせてやろうとしているとき、ロスが何も書かれていない三つの墓石にウィリアムの目を向けさせた。

「いまは無理だが、あとでやろう」ウィリアムは言った。その三つの墓を掘り返すには裁判所の許可が必要だった。許可を得て三つの墓を掘り返すことができれば、ヴェレニッチを殺人罪で、スリーマンを共犯で告訴するに必要な、すべての証拠が揃う自信があった。

連行されていく二人の容疑者を見送りながら、ロスが憮然《ぶぜん》としてうなずいた。

「あいつをおれに殺させてくれればよかったのに」ロスが言った。

ウィリアムは応えず、こう訊くにとどめた。「きみの復讐《ふくしゅう》への渇きは完全に癒《いや》されたと考えていいのかな、警部補？」

「いや、まだです、サー」ロスが答えた。「まだフォークナーがいます。あいつが生きている限り、それはあり得ません」

ホークは現場となった墓地の暗い片隅で、一部始終を興味深く見守っていた。幕が完全に下りたら、と彼は考えた。ホーガン捜査警部補を停職にして全面的な取り調べを行なうか、二つ目のクィーンズ・ギャラントリー・メダル候補として警視総監に推薦するか、どっちにするかを決めなくてはならないだろう。しかし、そのためにコイン・トスをする必要はなかった。

30

ウィリアムはすでに満席に近くなっている便に搭乗し、先に窓際の席に着いているロスの隣りに腰を下ろしたが、注意して見ない限り、二人が同僚だとはわからないはずだった。バルセロナまでの機内で、カラヴァッジョも、ベスも、ジョゼフィーヌも、アルテミジアもピーターも、ロスの娘のジョゼフィン——ロスは〝ジョジョ〟と呼んでいた——も、来るべきフィッツモリーン美術館のフランス・ハルス展覧会も、ウェストハムの守りの弱さやチェルシーの攻めの強さを自分はどう見ているかすら、一度として話題になることがなかった。

沈黙はつづいたが、冷淡なものではなかった。ウィリアムはどうやってだれにも気づかれずにあの墓穴に潜むことができたのかを訊きたかったが、答えはたぶん返ってこないような気がした。

それでも、結婚したときにジョゼフィーヌがプレゼントしたロレックスがロスの手首にないことには気づいていた。その代わりにそこにあるのは、文字盤が黒い無銘の時計で、ウィリアムが見る限りでは先代ほどの価値は到底なかったが、ロスの場合は必ず理由があった。

スペインに到着して降機位置までタキシングする機内から窓の向こうをうかがっていると、ファン・サンチェス中尉が滑走路脇で黒の覆面車両の横に立っているのが見えた。ドアはすでに開いていた。

二人の刑事はだれよりも先に機を降りた。荷物はそれぞれがオーヴァーナイトバッグ一つだけだったが、二人とも一晩泊まるつもりはなかった。

サンチェス中尉が出迎えてウィリアムとロスを乗せた車は、セキュリティー・ゲートを通り抜け、ほかの客が空港ターミナルにすら着いていないときに、もう高速道路に乗っていた。

ウィリアムは時間を無駄にすることなく、計画の改善部分についての最新情報をサンチェス中尉に提供し、すべての質問に答えて、ときどきロスが自分の意見を付け加えた。

作戦指揮センターは上下階ともに二部屋しかない、目立たない二階建てで、バルセロナの西側の静かな裏通りにあった。広い部屋の中央に円形のテーブルが置かれ、その周りを椅子が六脚取り巻いて、壁の一面をほぼ占領しているコルク板は地図、図表、写真で覆われていた。

サンチェス中尉が作戦会議を始め、まずはフォークナーの敷地の空中写真にウィリアムとロスの注意を向けさせた。

ロスはその機会を捕らえて、「人間をとる漁師」を届けるという名目で最初に訪れたときにゴルフカートでたどった道筋——森を抜け、橋を渡って玄関まで——を再確認した。道筋のすべてを事細かに頭に叩き込んで満足すると、ウィリアムとサンチェス中尉のところへ行って、テーブルの真ん中に据えてある屋敷の大きな厚紙模型を検めた。

サンチェス中尉が屋敷の西側の厨房入口の階段を、次いで、五階までつづいている非常用の固定梯子を指し示した。開け放したままの窓のある寝室三つに、大きな赤い×印がつけてあった。

「今夜、ここからここまでたどり着くには、このうちの窓が一つだけ開いていればいいんです」中尉が廊下から広い階段へ、さらに主寝室の前の踊り場へと指でたどりながら言った。

「寝室のドアに鍵がかかっていることを祈りましょう」ウィリアムは言った。「やつがなかにいるということだから」

「たとえフォークナーが何らかの方法で階段を下りて一階の書斎へたどり着けたとしても」ロスの指が階段を下って一階の廊下へのルートをたどった。「こちらはやつが金属の扉を開けるより早く、一階の書斎にたどり着けるはずです」

「やつがベッドにいようがいまいが」サンチェス中尉が言った。「そのころには私の支援部隊がこの屋敷を包囲しています」

「やつがすでに書斎にいる場合も考えておくべきでしょう」ウィリアムは言った。「そのときは、ロスがたどり着く前に、金属の扉を開けて、ふたたび雲を霞と消えてしまうでしょうからね」

　ロスは何も言わなかった。ウィリアムやサンチェス中尉がまだ二階にいるあいだにフォークナーが逃走したら、自分一人でも金属の扉を開けて向こう側へ入るつもりだった。そうすれば、後続部隊があとを追ってくることができる。ウィリアムには黙っていたが、ロスははなからその腹積もりだった。

「寝室にも書斎にもいなかったらどうしますか？」サンチェス中尉が言った。「すでに屋敷の外へ逃れていたら？」

「その可能性はないと思う」ロスは言った。「明日の午前中にブース・ワトソンがバルセロナへくることになっていて、直近で確認されたところでは、フォークナーのヨットが岸から三百マイルほどの海上にいました。そのヨットの推定入港時刻は明日の午後七時ごろだから、やつはその時間にそのヨットで日没に紛れて逃げるつもりだと、おれは睨んでいます」

「ブース・ワトソンが到着するよりはるかに早く、無事にフォークナーを勾留する必要がありますウィリアムは言った。「あの男のことです、フォークナーを自由の身にする、十指に余る方法をひねり出すでしょうからね」

「もう一度時間を確認しましょう」サンチェス中尉が言った。「われわれは今夜半にここを出発します。フォークナーの屋敷に着くころには、フォークナーも使用人の大半も熟睡しているはずです」

「しかし、警備の連中は起きていますよ」ウィリアムは改めて念を押した。

「警備員は全部で六人です」サンチェス中尉が言った。「二十四時間体制、八時間交替で、二人一組で目を光らせています。だから、今夜十時から明朝六時までは二人しかいません。巡回パトロールするわけですが、屋敷を完全に一回りするのに十四分かかることがわかっています。そして、夜中の二時ごろに二十五分の休憩をとります」

「そんな貴重な情報をどうやって手に入れたんですか?」ロスが訊いた。

「私の部下に、庭師になろうか警察官になろうか、いまだに迷っているのが一人いるんですよ。それで、しばらく前から両方をやらせているんです」

珍しいことに、ロスの顔を尊敬がよぎった。

「いいでしょう」ウィリアムは言った。「最後にもう一度、計画をおさらいしましょう。ファン、どんなに些細《ささい》なことでも、確信が持てなかったら躊躇なく質問してください。確かなことが一つあるとすれば、それは三度目のチャンスはないということですから」エヴエレスト征服を企てる登山家もこんな気持ちに違いない、とウィリアムは思った。遠征を計画し、登山隊をベース・キャンプまで連れていって、そこで登攀隊長——この場合はロスだ——に責任を引き継ぐ。そして彼の指揮の下、隊は頂上——今回は屋敷の五階の開け放しの窓——を目指す。建物のなかに入ったら、おれがふたたび指揮を執る。

全員が一人一人の責任を改めて確認し終えると食事休憩をとったが、手をつける者はいなかった。期待が頂点に達し、溢れ出るアドレナリンがそこに加わって、食欲に取って代わっていた。

最後に、法の守護者より犯罪者と言うほうがふさわしい服装に着替えた。袖のない黒のTシャツ、黒のトラックスーツ、黒の靴下、黒のスニーカー、靴紐《くつひも》まで黒だった。

「私が見ているところでは、それは駄目です」ロスが上衣を脱いだときに拳銃を収めたホルスターが露わになり、サンチェス中尉が言った。「今回の作戦での火器使用は上司から禁じられています」

「あんたの上司がフォークナーの警備員にもそう命じてくれているといいんですがね」ロスが言った。

「われわれが警察官だと気づいたら、彼らも面倒なことはしませんよ」サンチェス中尉が言った。

「いいでしょう」ロスが言った。「では、火器は使わないとあんたが言ったら、連中はとたんに両手を上げてこう言うわけだ。『立派な警官ですね、旦那』とね」

「ホーガン捜査警部補」ウィリアムはたしなめた。「われわれはこの国では客であり、この作戦の成否はひとえに現地警察の協力にかかっている。それを忘れるな」

「了解しました、サー」ロスが拳銃を渋々サンチェス中尉に渡した。だが、すんでのところでこう付け加えるところだった――だったら、素手で首を絞めるしか、やつを殺す方法はないんじゃないですか？

それから一時間、三人は外に出たくてたまらない檻《おり》のなかの動物のように、部屋を行ったり来たりしつづけた。幕が上がったときに台本通りにやるつもりのないロスは特にそうだった。

「行きましょう」複数の教会の時計が十二時を告げはじめ、ウィリアムは自分たちがカトリックの国にいることを思い出した。

空港へ迎えにきていたのと同じ黒の覆面車両が前の通りで待機していた。三人はまだその必要はないにもかかわらず、早々と沈黙したまま標的を目指した。計画の相談をする必要はもはやなかった。

運転手は高速道路を九番出口で降り、数マイル走ってから道の片側に車を寄せて停めた。黒ずくめの三人は車を降りると、運転手がUターンして帰っていくのを静かに見送った。ウィリアムの前もっての計算によれば、闇のなか、徒歩で森の端までたどり着くには四十分ほどかかるはずだった。ウィリアムが先導し、ロスが殿《しんがり》を務めた。三人とも沈黙を守ったまま、細い道をゆっくりと、本当にかすかな危険も見落とさないよう、集中して足を進めていった。一羽の野兎が見慣れない三人を見て驚いて目を凝らし、一羽の梟《ふくろう》が自分の意見を述べるのをやめなかった。

前方に分厚い障害物になるはずの森が大きく見えてくると、ウィリアムは片手を上げ、ここからはロスに任せると合図を送った。ロスが素速く先頭に出て、改良を加えた〈NP〉のビデオカメラをバックパックから取り出した。ビデオカメラのスイッチを入れ、深い下生えに用心深く足を踏み入れた。三人ともゆっくりと歩調を揃えて行進する兵士のように、一歩ずつ、慎重に足を運んだ。一歩間違えたら警報の引鉄を引き、あたりが照らし出されて、逃走する時間をフォークナーにたっぷりくれてやる恐れがあった。

ビデオカメラは長い迂回《うかい》ルートを要求し、そのせいで、歩ききるのに一時間近くを要した。川に着いて用心深く橋を渡ると、間もなく、厳《いか》めしい灰色の石造りの屋敷が月明かりに照らされ、シルエットとなってくっきりと浮かび上がった。

森から抜け出ようとしたそのとき、ロスがはっきりわかるように手を振って、ウィリアムとサンチェス中尉を制止した。二人一組の警備員が建物の北側をパトロールしていて、二つの大きな懐中電灯の光が、弧を描きながら人気《ひとけ》のない地面を照らしていた。

一歩たりと見逃さないよう足取りに目を凝らしていると、二人は屋敷の西の端で左に折れて歩きつづけた。サンチェス中尉の調べで、警備員が戻ってくるまでの時間もわかっていた。屋敷まで五十ヤードほどのところのこんもりとした小さな藪を、ロスは黙って指さした。サンチェス中尉が送り込んだ庭師志望の警察官が熱心に仕事をして、地図に印をつけた場所だった。三人はふたたび前進を開始し、今度は腹這いになって下生えを突っ切った。藪にたどり着いた直後、危ういところで警備員が戻ってきた。すぐそばを通り過ぎていったが、あまりの近さに、ロスは暗闇のなかでも二人が武装していることがわかった。一人は口の端に煙草をくわえていた。パーカー大佐なら呼びつけて、兵舎での謹慎を命じるに違いなかった。

ロスが注意深く観察していると、警備員は決められたルートに几帳面《きちょうめん》に沿って歩いていた。間違うと、警報が鳴って雇い主を起こしてしまう恐れがあるのだった。厨房にたどり着くまでにかかる大体の時間はわかっていた。そこまで行けば、急な石の階段の陰に隠れて再度警備員をやり過ごし、屋敷に入る企てに移れるはずだった。三人は人の足に踏み固められてできた、芝生のなかを蛇行している小径をたどりはじめた。警備員が再登場するまで数秒しかないことはわかっていた。ヘッドライトに照らされて凍りついた兎のような、招待されていない三人を見つけるのに、懐中電灯の光は必要なかった。

警備員が無事に視界から消えると、ロスはすぐ後ろにウィリアムとサンチェス中尉を従えて建物へと走り出した。次の停止地点は正確にわかっていた。厨房の階段は隠れ処の模型のおかげで頭に叩き込まれていたが、それはあくまでも模型だった。階段に着くやロスがそれを下りはじめ、すぐ後ろにウィリアムとサンチェス中尉がつづいて、三人は〈通用口〉と記されている半地下の入口の向かいにうずくまった。

ウィリアムは息を殺した。聞こえるのは心臓の鼓動――早鐘を打っているというほどではなかった――だけだった。そのとき、警備員がわずか数フィート頭上を通り過ぎていき、建物の奥の角を曲がってふたたび姿を消した。

次は非常用の梯子だった。ロスは五階を一瞥した。赤い×印がついていた三つの窓のうちの一つが開いているのを見て安堵し、梯子に近づいた。ウィリアムとサンチェス中尉がぴたりとついてきているのを、振り返って確認する必要はもはやなかった。

鉄の梯子の左右を握り、二階の窓から忍び込む熟練の技を持つ泥棒も顔負けの身のこなしで、それを上りはじめた。彼ほど手馴《てな》れていないウィリアムとサンチェス中尉も、何段か遅れてついてきていた。

五階にたどり着くと、開いている窓の一番近い窓枠に素速く足をかけ、流れるような一連の動きで窓をくぐって、音もなく木の床に下り立った。部屋の奥のベッドにすぐさま焦点を合わせると、若い女性が熟睡しているのがわかった。これから悪い夢を見てもらうことになるがと思いながら、ロスは用心深く彼女のほうへ進んでいった。

ウィリアムが開いている窓を腹這いになってくぐり抜けたちょうどそのとき、ロスの手が女性の口を押さえた。かすかな月明かりのなかでも、彼女の目に恐怖が現われ、どうしようもなく震え出すのがわかった。

どすんという音とともに部屋に入ってきたサンチェス中尉がベッドに駆け寄り、スペイン語で声をかけた。女性はそれで落ち着いたらしく、震えも止まって、口を押さえていた手を離すことを身振りで教えるロスにうなずいた。今度もサンチェス中尉がスペイン語で助け舟を出し、静かにしていてくれれば危害は加えないと保証した。だが、ロスは危ない橋は渡らなかった。彼女の両手首と両足首を縛り、ウィリアムは彼女のストッキングの片方で猿轡《さるぐつわ》を嚙ませた。

サンチェス中尉は窓際へ戻り、カーテンの陰から下をうかがった。二人の警備員がまたもややゆっくりと歩いていて、懐中電灯の光を屋敷を除くすべての方向に向けていた。その姿がふたたび見えなくなると、ドアの前にいるウィリアムとロスに合流した。ウィリアムがドアを数インチ用心深く開け、一瞬待ってから、暗い廊下に顔を覗かせて左右を検めた。だれの姿も見えなかった。三人は廊下に出ると音を立てずにドアを閉め、階段の踊り場を目指した。

ウィリアムはロスとサンチェス中尉を先導し、分厚い絨毯を敷き詰めた階段をゆっくりと下りていったが、屋敷のなかがどうなっているかは、後続の二人もわが家のようにしっかり頭に入っていた。主寝室へつづく踊り場に着いたところで足を止め、ウィリアムとサンチェス中尉はその階にとどまって、ロスだけがゆったりと弧を描いている大理石の階段を一階へ下りつづけた。

サンチェス中尉と忍び足で廊下を歩いているときは、さすがのウィリアムも壁に飾られている見事な絵に目をくれなかった。一瞬の間を置いてドアノブに手を置き、音を立てないようゆっくり回してみると、鍵がかかっていないことがわかった。ドアを押し開けて部屋に足を踏み入れた瞬間、耳をつんざく警報音が鳴り響き、建物の外のアーク灯がすぐさま点灯して、屋敷全体を光で包んだ。ウィリアムが寝室の明かりをつけ、だれも寝ていない大きな空のベッドを見つめた。フォークナーがプランAを予測していたのは明らかだった。すぐさま、待機している支援部隊にサンチェス中尉が無線連絡をした。

階下の書斎にいたフォークナーは、警報が鳴った瞬間に簡易ベッドを飛び出した。この書斎へつづく大理石の階段を下りる大きな足音が聞こえたが、心配は無用だった。時間はたっぷりある。金属の扉の前に立つと、一度も手首を離れたことのない時計の表面を指で叩いた。文字盤が明るくなると、時刻を使った暗号の四桁、0343を打ち込んだ。次いで月と年を使った暗号、0988を打ち込んだとき、背後でドアの鍵が回る音がした。どうしてそんなことがあり得るんだ？　フォークナーが急いで隠れ処に足を踏み入れた瞬間、ロスが書斎に飛び込んできて、いまも開いたままの金属の扉に向かって突進してきた。

フォークナーは力任せに巨大な扉を閉め、頑丈な鉄のボルトが挿し込まれる音を聞いて安堵の吐息を漏らした。ロスにあと一歩のところまで迫られ、扉の内側に入ってこられる寸前だった。

間に合わなかったロスが自分の時計を叩いて隠れ処の扉を開ける暗号を打ち込もうとしたそのとき、廊下を走る足音が聞こえた。少年聖歌隊員と中尉が現われるのを待って、オープニング・セレモニーを行なうことにした。


フォークナーは意表を突かれて驚きながらも笑みを浮かべていたが、それは時間が味方についていると考えているからだった。ブース・ワトソンが午前中に到着するはずで、そのときに侵入者がまだここにいたとしても、スペインの弁護士の電話一本ですぐに退散させられる。それに、その侵入者どもの知らないことがある。フランコ将軍は地下の書斎から崖の下の小さな入江までトンネルを掘っていて、そこでヨットが待っているはずだ。船長は今回、イギリスと犯罪者引渡し条約を結んでいないどこかへ連れていってくれることになっていた。

時計の表面に触れて時刻を確かめた。03：45。奥の扉を開けてもう一つの世界の隠れ処へ逃げ込むことのできる暗号だった。今度は年が最初で88、次が月で09、最後に時刻で、もうすぐ0346になることを点滅して示していた。新しい暗号を打ち込めるよう少し待たなくてはならなかった。明かりが消えてからもう一度表面に触れ、最初から最後まで、手続きをもう一度やり直そうとした。時計の表面を指で叩いて88を打ち込んだが、すぐに明かりが点滅して薄暗くなり、ついには消えてしまった。もう一度表面に触れて再試行したが、03まで打ち込んだところでまた明かりが消えた。今度はもっとしっかり表面を叩いたが、明かりすらつかなかった。何度もやり直したが、やはり反応はなかった。ついには手首から外して強く振ってみたものの、何も変わらなかった。バッテリー切れだった。

ウィリアムが息を切らして書斎に駆け込んでみると、ロスが閉じた金属の扉を睨んでいた。「あと一歩だったんですがね」

ウィリアムが悪態をついていると、サンチェス中尉があとを追って飛び込んできた。「部下が建物を包囲し、警備員の拘束にかかっています」サンチェス中尉が喘ぎながら報告した。「ですから、外に出られる望みはやつにはありません」

「しかし、われわれがなかに入るすべがないだろう」ウィリアムは金属の扉を見つめて言った。

ロスが何も言わずにトラックスーツの左の袖を引き上げ、時計の表面に触れると、すぐに表面が明るくなった。

時刻を0348と確認して暗号を打ち込もうとしたとき、メイキンズが燕尾服《えんび》にストライプのズボン、硬襟《スティッフカラー》のワイシャツ、グレイのシルクのネクタイというでたちで現われた。

「おはようございます」彼は言った。「ミスター・サルトナはまだ出張からお戻りになっておりません。私にお手伝いできることがあれば、何なりと遠慮なくお申しつけください」

ロスがさっと振り向き、拳を固めて執事のほうへ足を踏み出そうとしたが、サンチェス中尉が素速く割って入って、何とか二人の接触を阻止した。ロスは罵詈《ばり》雑言の限りを浴びせつづけたが、メイキンズは無表情でそこに立ち尽くしていた。

「静かにしろ！」ウィリアムがいきなり大声で注意し、金属の扉に歩み寄ると、両膝をついて扉に耳を当てた。

とん。

三人がかすかな音に全神経を集中して耳を澄ましていると、それは数秒おきに繰り返された。

とん、とん……。

「大変だ」メイキンズが思わず声を漏らした。「ミスター・フォークナーは自分で自分を閉じ込めてしまわれました」

「それなら、やつを外へ出す方法を教えろ」サンチェス中尉が言った。「手遅れになる前にな」

「知らないのです」執事が認めた。「時計を持っているのはミスター・フォークナー一人ですので」

ロスが笑みを浮かべた。

とん、とん、とん……。

「予備があるだろう」サンチェス中尉が食い下がった。

「いえ、本当にありません」執事が言った。「唯一ミスター・フォークナーの弁護士のミスター・ブース・ワトソンなら、あの時計の製造者まで知っておられますが、ここにお着きになるのが十二時なのです」

とん、とん、とん……。

執事も含めて全員が扉を見つめた。

「あそこに閉じ込められて、生きていられるのはどのぐらいだろうな?」ウィリアムはほとんど自問するような口調で訊いた。

とん……とん……。

「四時間、せいぜい五時間というところじゃないですか」ロスが腕を下げ、トラックスーツの袖で手首を隠しながら答えた。

とん……。

とん……。

とん……。

「専門家を呼ぶ必要があります」ウィリアムはサンチェス中尉に言った。「そうすれば、フォークナーが窒息死する前に連れ出せるかもしれません」

「それがそう簡単ではないんですよ」サンチェス中尉が言った。「フォークナー自身か彼の弁護士以外は扉に触れることができない旨の裁判所命令を、セニョーラ・マルティネスが持っているんです」

「それなら、すぐに彼女と連絡を取ってください」ウィリアムは引き下がらなかった。

「いまの状況と、扉を開けられなかったらどういう結末を迎えるかを正確に説明するんです」

「しかし、朝の九時になるまではオフィスにはいないだろうし、九時では手遅れでしょう」サンチェス中尉が言った。

「メイキンズなら自宅の番号を知っているはずだ」ウィリアムは振り向いたが、執事の姿はどこにもなかった。

「あの野郎、一体どこへ行った？」と言ったとき、フォークナーの机の上の電話の赤いランプが点滅しはじめた。

「また一歩先を越されましたよ」サンチェス中尉が言った。「フォークナーがだれも信用していなくて運がよかったですね」そして、口の前に指を立てると、スピーカー・ボタンを押した。

「朝のこんな時間に起こすとは、一体どういうつもりだ、メイキンズ？」ウィリアムが聞き間違うはずのない声が怒鳴った。

「申し訳ありません、サー」メイキンズの声が言った。「ですが、ミスター・フォークナーが自分で自分を隠れ処に閉じ込めてしまわれて、連れ出して差し上げようにも、私にはなすすべがないものですから」

「すぐにイソベル・マルティネスに電話をしろ」ブース・ワトソンの声から眠気はかき消えていた。「彼女なら裁判所命令を解除できる。そのあと、消防隊に通報しろ。彼らなら適切な道具を持っているから、少なくとも息ができるぐらいの穴は扉に開けられるし、多少の時間は稼げるはずだ。しかし、そもそも自分で自分を閉じ込めて何をしているんだ？」

「ウォーウィック警部、サンチェス中尉、それともう一人の警官が真夜中に現われたのです」

「三人目はホーガン捜査警部補に違いない」ブース・ワトソンは言った。「セニョーラ・マルティネスにはやつらの面倒も見てもらわなくてはならないな。一番早い便で私がバルセロナへ行くと、彼女に伝えてくれ」

「そのためには、書斎へ戻り、ミスター・フォークナーの住所録で彼女の電話番号を探さなくてはなりませんが」メイキンズが言った。「何をしているのかとウォーウィックに訊かれたら、どう答えればいいでしょうか？」

「弁護士に電話をするんだと言えばいい。それはやつらも止められない」ブース・ワトソンはそう言って叩きつけるように受話器を戻し、のろのろとベッドを出た。

「やつを引きずり出すことはできますよ」ロスが扉を見て言ってから、説明なしでこう付け加えた。「ただし、執事が邪魔をしなければ、ですが」そのとき、当の本人が戻ってきて、フォークナーの机へ直行した。

サンチェス中尉がすかさず行く手をさえぎった。「おまえを逮捕する、メイキンズ」

「容疑は何でしょうか？」

「公務執行妨害だ」サンチェス中尉が答え、二人の制服警察官が進み出て、両側からメイキンズの腕をつかんだ。「署へ連行して、留置しておけ。私が戻るまで、だれとも話をさせるな」

「弁護士に電話をする権利はあります」メイキンズが抵抗した。「法律でそうなっています」

「もうしたじゃないか」サンチェス中尉が言い、二人の制服警官が急《せ》き立てるようにして執事を部屋から連れ出した。

ウィリアムは書斎のドアが閉まるのを待って言った。「では、教えてくれ、ロス。どうやって扉を開けるんだ？」

「見てればわかります」ロスはフォークナーの机の上の電話帳をめくり、探していた名前を見つけると、その番号を押した。

「どなた？」眠そうな声が応えた。

「私はミスター・フォークナーの専属秘書ですが、計画の変更があったことをお伝えするよう頼まれてお電話した次第です。ちょっと身体の具合が悪くなりまして――いえ、深刻なものではありません――、できるだけ早くロンドンへ帰ってかかりつけの医師に診てもらいたいとのことなのです。どのぐらいで離陸準備ができますか？」

「二時間、長くとも三時間です」もう眠気の消えた声が答えた。「すぐにクルーを呼びますが、いつ出発できるかはロンドンの着陸枠次第です」

「緊急だと伝えてください。これから向かうから、空港で待機していてもらえますか」

「わかりました」パイロットが答え、ロスが受話器を戻すより早くベッドを出た。

「それはあの時計だよな？」その文字盤の黒い無銘の時計がジョゼフィーヌのプレゼントのロレックスに取って代わっていたことを思い出して、ウィリアムは訊いた。

ロスが笑みを浮かべた。「さて、メイキンズは排除されたわけだから、フォークナーを引きずり出して空港へ連れていき、やつの自前のジェット機でロンドンへお帰り願いますか」

「それは拉致だぞ」ウィリアムは言った。「忘れているといけないから教えてやるが、イギリスでも違法だ」

「あんたは間違いなく忘れているようですが、警部」ロスが言った。「フォークナーは医者に診てもらいたがっているんです。おれははっきり憶えてますが、やつはハーレー・ストリートと具体的な通りの名前まで言ってるんですよ」

「この場合、間違いなくスペイン当局は犯罪者引渡し命令を適用しないし、彼をイギリスへ帰すのを認めないでしょうね」サンチェス中尉が淡々と言った。

「ブース・ワトソンがバルセロナに着いたころには、フォークナーはもうペントンヴィル刑務所に戻っている。それができるんですがね」ロスが付け加えた。

「それでも、確信は持てない――」

「もちろん、あんたはそうでしょう、少年聖歌隊員。しかし、あんたが最近思い出させてくれたとおり、ここはバタシーじゃなくて、バルセロナですからね。決めるのはあんたじゃありません」

ウィリアムとロスはサンチェス中尉を見た。彼はうなずいたが、何も言わなかった。

ロスが左の袖を引き上げ、時計の表面に０４１１０９８８と打ち込んだ。

ブース・ワトソンの頭は、シャワーの栓をひねる前から全面的に稼働していた。水が湯に変わるより早く、計画が形を成しはじめた。まずは自分のオフィスへ行ってイソベルに電話をし、それから空港へ向かうべきか？　もっとも、オフィスへ行っても、必ず彼女の自宅の電話番号がわかるとは限らない。結局、メイキンズが彼女をつかまえて指示を実行してくれると信じることにして、ヒースロー空港へ直行し、空席のある最初のバルセロナ行きの便に乗ることにした。

身体を拭き、新しいシャツに袖を通し、昨日のスーツを着て、昨日のネクタイを締めながら、頭はウォーウィックと彼の執念深さへ移っていった。服を着終えるや、書斎へ下りてブリーフケースを手に取った。玄関を出てドアを二重に施錠し、歩道に下りてしばらく待っていると、遠くで〈タクシー〉の文字が輝いているのが見えた。

空港の専用入口の前で、一台の覆面警察車両が停まった。現われた警備員にサンチェス中尉が身分証を提示した。警備員は敬礼し、後部席の三人をほとんど見直しもせずに、向かうべき方向を運転手に指し示した。

車は待機しているプライヴェート・ジェットの長い列に向かって進んでいった。そのなかの一機は給油中で、降ろされたタラップが所有者の到着を待っていた。

ウィリアムとロスは、フォークナーが後部席から出てくるのを助けてやった。いまだにふらふらしていて、隠れ処に閉じ込められていた影響が抜けきらず、タラップへ誘導される足取りもおぼつかなかった。パイロットは搭乗口で待っていたが、見たことのない黒ずくめの三人に伴われているのを見て、驚きを隠せなかった。

サンチェス中尉がパイロットを脇へ連れていき、ミスター・フォークナーはかかりつけ医に診てもらいたいから、すぐにロンドンへ帰りたいと言って聞かなかったのだと事情を説明した。

「しかし、あの様子を見る限り、現地の病院へ連れていくべきじゃないんですか?」ほとんど抱えられるようにしてタラップを上がって機内へ入るのを見て、パイロットが言った。

「まったく同意見だ」サンチェス中尉は答えた。「きみのほうからそう言ってもらっても一向にかまわんよ」

「もし彼がロンドンに帰り着けなかったら」パイロットが言った。「あなたの責任ですからね」

「それについてはきみが正しいような気がするな」サンチェス中尉は足早にコックピットへ戻っていくパイロットに言った。そして、ウィリアムと心のこもった握手をして機を降りた。

ロスはフォークナーを坐り心地のいい革の座席に坐らせ、シートベルトを締めてやった。そのあいだに、ウィリアムは小さな包みを頭上のロッカーに入れ、二人で容疑者を挟む形で腰を下ろした。男性客室乗務員が搭乗口のドアを閉めて間もなく、機は南滑走路へとタキシングを始めた。

「くそ」タクシーが横に停まったそのとき、ブース・ワトソンは吐き捨てた。「くそ」彼はもう一度繰り返し、パスポートを忘れたから取りに戻るが数分しかかからないと事情を説明した。

運転手は笑顔で応じた。朝のこの時間に素面《しらふ》ではるばるヒースロー空港へ行くとあれば、滅多にいない上客だった。

ブース・ワトソンは玄関の鍵を開け、事務所のどこにパスポートがあるかを思い出そうとした。ほとんど走るようにして書斎へ向かいながら、次に発したのはやはり悪態だったが、今度は〝くそ〟ではなかった。

機が巡航高度に達すると、ウィリアムはフォークナーのアームレストの電話からダニーの自宅へかけた。

「いますぐヒースローへ迎えにきてくれ」問答無用の口調だった。

「何番ターミナルですか、サー？」

「一番のプライヴェート・ジェット専用ターミナルだ」

「タクシーですか、パトカーですか？」

「パトカーだ」ウィリアムは言った。「フォークナーを刑務所へ連れ戻すのに、タクシーはないだろう」電話を切って囚人を一瞥すると、深い眠りから抜け出そうとしているようだった。

「どっちが警視長に電話します？」ロスが無邪気に訊いた。

「おれがする」ウィリアムは答えた。「だが、フォークナーを無事に刑務所へ戻してからだ」


五十分後、ヒースロー空港に着いてタクシーを降りたブース・ワトソンがまずやったのは、ターミナルに入ってすぐに出発便を確認することだった。バルセロナ行きの一番早い便は四十分後に出発予定で、その次は二時間後のブリティッシュ・エアウェイズ便しかなかった。

イベリア航空のカウンターでは、空席は最後尾の列の一つしかないと言われたが、渋々クレジットカードを渡した。のんびりブリティッシュ・エアウェイズのファーストクラスを待つ余裕がないことはよくわかっていた。

席に腰を落ち着けるや、バルセロナに着いたらすぐに処理しなくてはならないはずの問題に集中しようとした。だが、隣りの席では子供が母親に向かって金切り声を上げ、反対隣りの男は通路を隔てた隣りの席の男とアーセナルが監督を馘にするかどうかで話が盛り上がっていて、考え事をするなど到底不可能だった。

「ここはどこだ?」ガルフストリーム・ジェット機がヒースロー空港に着陸して滑走路の奥へタキシングしはじめたとき、目を覚ましたばかりの声が詰問した。

「おまえが本来いるべきところへ戻るんだよ」ロスが教えてやり、それ以上の説明はしなかった。

タキシングが終わり、窓から外をうかがっていたウィリアムがほっとしたことに、ダニーがパトカーの脇に立って出迎えていた。

「こいつらを阻止しろ! 足止めしておけ!」フォークナーが声を限りに叫んで無理矢理席から通路へ逃れると、いきなり出口へ突進しはじめた。女性客室乗務員が前方へ走ってコックピットのドアを叩きはじめるのを尻目に、フォークナーは自分でタラップを降ろし、転がり落ちるようにして滑走路へ出た。そこでダニーが待っていて、まるで久しぶりに再会した恋人同士のようにしっかりと、恋人ならぬ犯罪者を抱き締めた。ウィリアムとロスがすぐに追いついてフォークナーをパトカーの後部席に押し込み、ダニーは運転席へ戻った。

「おはようございます、サー」ダニーがルームミラー越しに挨拶した。「あの二人の紳士が何の用かわかるまで、出発を待ちますか?」

ウィリアムとロスがリアウィンドウ越しに後ろを見ると、パイロットと空港職員がこっちへ向かって走っていた。

「その必要はない！」ウィリアムはきっぱりと言った。「すぐに車を出せ」

ダニーが促されるまでもなくサイレンを鳴らし、警光灯を点滅させた。


二時間後、ようやくバルセロナの空港に着陸した機内でブース・ワトソンが思い出したのは、ファーストクラスでなければ降機までずいぶん時間がかかることだった。入国審査でも同じぐらい長い列ができていて待たされたし、税関を通過するのも遅滞なくというわけにいかず、朝の光の下に出ても、タクシー待ちの列にまたもや延々と並ぶはめになっただけだった。

ようやく先頭に出てタクシーの後部席に乗り込み、時計を見ながら真っ先に頭に浮かんだのは、マイルズがいまも生きているだろうかということであり、二番目は、そうでなければどうするかということだった。

「ブース・ワトソンの乗ったヒースロー発の便が、いま到着した」サンチェス中尉は電話を切ったとたんに言った。「だから、メイキンズを釈放して屋敷へ帰してやっていいぞ。ブース・ワトソンが屋敷に到着するのと同時刻ぐらいに着くよう、時間を調整して連れていけ」

留置担当者が独房の鍵を開けて脇へ退き、苛立つ容疑者を出してやった。朝食は手つかずのままだった。階段を上がったところで、サンチェス中尉が待っていた。メイキンズは彼の目を見据えて言った。「ミスター・フォークナーが死んでいたら、あんたの責任ですからね」

今朝、自分に向かってその台詞を吐いたのはメイキンズが二人目だが、とサンチェス中尉は思った。あとで大尉に報告したら、三回目になるその台詞を聞くことになるんだろうな。

パトカーが空港を飛び出して幹線道路に入るまで、フォークナーは抵抗をやめなかった。ウィリアムとロスは二人がかりで、全力でそれを押さえ込まなくてはならなかった。ロスがついに引き延ばし戦術を採用し、ありったけの力でフォークナーの股間に肘を突き立てた。フォークナーの身体が二つに折れ、吐き散らされていた罵声は憐れな呻きに代わった。

「そこまでする必要があったのか？」ウィリアムは訊いた。

「なかったかもしれませんが、サー」ロスが答えた。「あんたが襲われたと信じる理由があるんでね」

ウィリアムは窓のほうに顔を向けて、笑みを絶対にロスに見られないようにした。

パトカーがペントンヴィル・ロードに入るころには、フォークナーは完全に立ち直っていた。サイレンを鳴らしたまま刑務所に近づいていくと、巨大な木造の門がゆっくりと開きはじめた。

「きみたちは恐るべき間違いをしでかしているぞ」フォークナーは言った。「私は退役イギリス海軍軍人ラルフ・ネヴィルだ」

「それなら、さしずめおれはコルカタの聖女マザー・テレサだ」ロスが言った。

ウィリアムも今回ばかりは声を立てて笑うしかなかった。

門をくぐると、出迎えの一団が待っていた。ダニーが車を停めると、所長が一歩前に進み出た。

そして、パトカーから引きずり出された囚人に言った。「帰還を歓迎する、〇二四九番。気の毒だが、以前きみがいた独房は塞がっている。だが、代わりにもっと広いところを見つけておいた。同房者も二人いる。一人は母親殺し、もう一人はヘロイン中毒で夜も寝られないという可哀《かわい》そうな男だ。それでも、寝台の一番上なら、危害が及ぶ恐れはないと思う」所長が友好的な笑顔で付け加えた。「寂しい思いをしなくてすむことに感謝するんだな。だが、そのほうがいいということなら、その旨を知らせてくれ」

「弁護士を要求する」フォークナーが言った。

「残念ながら、彼はいま国外にいる」ウィリアムは言い、二人の看守に腕をつかまれて重警備棟へ連行される囚人の背中に向かって付け加えた。「戻ってきたら、すぐにおまえに知らせてやる」

メイキンズがパトカーを降りるのとほぼ同時に、タクシーが正門をくぐった。

「隠れ処から出すのに間に合ったのか？」それが、タクシーを降りたブース・ワトソンの第一声だった。

「これからセニョーラ・マルティネスに電話をしようとしていたところです。そこへあなたのタクシーが車道《ドライヴ》を上がってくるのが見えたものですから」

「しかし、彼女に電話するよう言ったのは何時間も前だぞ」ブース・ワトソンはメイキンズが玄関の鍵を開けるのを待ちながら、苛立ちを激しく募らせて言った。

「私だって何時間も前にやっていたはずなんです」メイキンズがぶっきらぼうに言い返した。「その前に、ありもしない容疑でサンチェスに逮捕されたんですよ。私もたったいま帰ってきたばかりです。どう見ても仕組まれた罠でしかないものからね」

「では、われわれには失っていい時間はないわけだ」ぶっきらぼうに言い返すブース・ワトソンを尻目に執事は屋敷のなかへ駆け込んで廊下を走り、書斎のドアの前で足を止めた。

そして、ブース・ワトソンが息を切らして追いついてくるのを待って、二人で部屋に入った。頑丈な金属の扉はいまも閉まったままであることに、二人とも気づかないわけにはいかなかった。メイキンズは雇い主の机へ急行し、専用の電話帳をめくった。

「あっちへ行ってからどのぐらいになるんだ？」ブース・ワトソンが隠れ処へつづく扉を指さして訊いた。

「四時間以上になります」メイキンズは答えた。「まだ助けられるかもしれませんが、とにかく急がないと」

メイキンズがフォークナーのスペインの弁護士の番号を押しはじめたとき、ブース・ワトソンが訊いた。「警察が現われる前の、ミスター・フォークナーの指示はどういうものだったんだ？」

「絵を一点残らず荷造りし、今夜、ヨットが着いたらすぐにその貨物室に運び込むように、というものでした」

「では、すぐにその作業にかかってくれ。セニョーラ・マルティネスとは私が話す」

執事は受話器を渋々ブース・ワトソンに渡した。

「だれかに訊かれたら、メイキンズ、こう答えるんだ。ミスター・フォークナーは去年、スイスで死亡し、現地で火葬に付された。それはウォーウィック警部とともに葬儀に参列したブース・ワトソン勅撰弁護士が確認している、とな」

「マルティネス法律事務所です」と電話の声が応えたとき、メイキンズは部屋を出てドアを閉めたところだった。

ブース・ワトソンは静かに受話器を戻した。

「きみたち二人がやろうとしていることについて、すべて、一つ残らず報告しろと言ったはずだぞ、警部」ホークスビー警視長が珍しく大声を出した。「すべて、一つ残らず、とな」

「夜の夜中に起こされたくないだろうと考えたものですから、サー」ウィリアムは応えたが、われながら説得力がなかった。

「それなら、きみは間違っていたな、警部。二人とも、いますぐ私のオフィスにくるんだ――いますぐにだ！」そう繰り返して、ホークは叩きつけるように受話器を置いた。

彼の妻が寝返りを打ち、瞬きをして、ベッドを出ようとしている夫を見て訊いた。「何をにやにやしているの？」しかし、夫はすでにバスルームのドアを閉めていた。

ホークは拳を握ると、何度か宙に向かってパンチを繰り出した。にやにや笑いが顔から消えることはなかった。

ロンドン警視庁
個人情報ファイル

ウィリアム・ウォーウィック

CLASSIFIED

氏名：ウィリアム・ウォーウィック

階級：捜査警部

CLASSIFIED

生年：1961年

家族：

父　サー・ジュリアン・ウォーウィック
勅撰弁護士。オックスフォード大学にて法律専攻
イギリスで最も高名な検察官の一人。世襲准男爵

母　マージョリー・ウォーウィック

姉　グレイス・ウォーウィック*
父親と同じ法律家の道へ。新進気鋭の法廷弁護士
父親のもとで法律および法廷技術を学び、
徐々に力量を証明しつつある。
被告弁護人を務めるケースが多いが、
ときにサー・ジュリアンの側で一緒に仕事をすることも。
パートナー：クレア・サットン
養子：ジェイク・ウォーウィック

*付記：グレイス・ウォーウィックは弟ウィリアムと法廷で対峙しても、家族だからといって譲歩しないのは明らか。ウォーウィックの家族が彼に法律的な便宜を図るとは考えるべきではない。

配偶者　ベス・ウォーウィック*
フィッツモリーン美術館（ケンジントン、プリンス・アルバート・クレッセント）の絵画管理者
ダーラム大学で美術史の修士号取得
ケンブリッジ大学で哲学の博士号取得（専門はルーベンス）
ウォーウィックが美術骨董捜査班で最初期の事件を捜査していたときに出会う。
（当時フィッツモリーン美術館の調査補助員だった）

* 付記：ベス・ウォーウィックの父親、アーサー・レインズフォードは、裁判における誤審の被害者である。殺人罪で終身刑を宣告され、数年間ペントンヴィル刑務所に服役歴あり。
のちに最初の判決が覆された。
そのやり直し裁判における弁護人がサー・ジュリアン・ウォーウィックとグレイス・ウォーウィック。

子　アルテミジアとピーター（双子）

学歴と職歴：

・警察官となる決断は早い時期になされたと見られる。
家族の伝説では8歳にして、寄宿学校で
“チョコレート行方不明事件”を解決。

・父親の母校オックスフォード大学で法律を学ぶのを拒否し、
ロンドン大学キングズ・カレッジで美術史を専攻。

・大学卒業後は美術への関心とともにヨーロッパを巡る。
目的地には美術の聖地ローマ、パリ、ベルリン、
サンクトペテルブルク等。

・帰国後にヘンドン警察学校へ入学。
警察学校の簡易成績表は以下のとおり。

法律知識――優。大量の文書を逐語的に覚える能力あり

鑑識及び犯罪現場分析――優。特に関心があると見受けられる

護身術――優

滑りやすい路面での運転技術――可

これまでの役職と主な捜査担当案件：

【巡査】

－ヘンドン警察学校卒業の2週間後、ランベス署へ配属。

－昇任が早い大卒という条件を行使せず、より伝統的なルートで経験を積む選択をした。

－教育係のフレッド・イェーツ巡査が職務遂行中に事件に巻き込まれ殉職、ウォーウィックも重傷を負う。

【捜査巡査】

－新人警察官でありながら、首都警察（スコットランドヤード）に異例の配属。ジャック・ホークスビー警視長直属の部下となる。ホークスビー警視長はウィリアムに目をかけ、警察官としての彼の将来に強い関心を持っている模様。

－ブルース・ラモント捜査警部（のちに辞職）率いる資金洗浄および美術骨董捜査班に配属。

－班の構成はラモント、ウォーウィックのほかにジャッキー・ロイクロフト捜査巡査部長とロス・ホーガン捜査巡査の4名。
ロイクロフトとホーガンは私的な関係にあると思われる。

－7年のあいだマイルズ・フォークナーを捜査していた美術骨董捜査班は、ウォーウィックの参加で偶然ながらも突破口を開くことができ、最終的にレンブラント故買容疑で4年の執行猶予付き有罪を勝ち取る。
（後に、コカイン所持で有罪となり実刑に）

【捜査巡査部長】

－昇任して麻薬取締特別捜査班に配属。率いるのは同じく昇任したラモント警視。＊

－新たにポール・アダジャ捜査巡査が班に着任。
業務上ウォーウィックと良好な関係を構築。

－“蝮(ヴァイパー)”として知られる麻薬王アッセム・ラシディの
捜査に従事し、〈トロイの木馬作戦〉を成功に導く。

＊ 付記：ウォーウィックとラモントは
ラシディ捜査において徐々に関係が悪化。
詳細はラモントの機密ファイルを参照のこと。

【捜査警部補】

－1987年、警察内の腐敗の根深さと規模の大きさ、それに対処する能力が首都警察にないことに幻滅し、辞職を依願。
それにより内部腐敗捜査の指揮官として適格と判断され、
捜査警部補に昇任のうえ内務監察特別捜査班を率いる。

－班の構成はウォーウィック、ジャッキー・ロイクロフト捜査巡査部長、ポール・アダジャ捜査巡査部長に加え、レベッカ・パンクハースト捜査巡査（現在も班に在籍）とニッキー・ベイリー巡査（すでに離職）が新たに着任して計5名となる。

－捜査対象はジェリー・サマーズ捜査巡査部長に絞られた。
彼はウォーウィックのヘンドン警察学校における同期。
ラモント元警視も（正式に告発されてはいないが）サマーズと関係している可能性があった。

－検察側の訴追手続きはサー・ジュリアン・ウォーウィック勅撰弁護士の指揮により順調に進んだが、ある証人の苦し紛れの証言が不利に働き有罪を確定できず。ウォーウィックの機転により、
土壇場で有罪を勝ち取る。

その他の情報：

・ウォーウィックは寄宿学校時代も大学時代も、
才能あるスポーツマンであることを証明している。

寄宿学校時代：ラグビーでスリークウォーターバックの
ウィングとして、トラック競技で短距離選手として優秀な成績を残す。

ロンドン大学キングズ・カレッジ時代：短距離選手として活躍し、
インターカレッジ選手権で1位となる。

・まずまずのイタリア語を話す。

・ニックネーム
寄宿学校時代は“シャーロック”。
“チョコレート行方不明事件”を解決したことに由来する。
警察学校時代より“少年聖歌隊員”。
ベス・ウォーウィックには“野蛮人”と呼ばれているらしい。

著者インタヴュー

――『運命の時計が回るとき』は〈ウィリアム・ウォーウィック〉シリーズの第四作となります。〈クリフトン年代記〉の登場人物ウィリアムを主人公にした作品を思いついたきっかけは何ですか？

七十歳になったとき、自分にさらに燃料を補給してやらなくては駄目だという判断に至ったんです。私は生まれつき精力的な性格ではあるけれども、そうでありつづけるためにはもっと刺激が必要だとね。それで、〈クリフトン年代記〉を書くことにしたというわけです。

三部作で完結させられるだろうと当初は考えていたんですが、終わってみると七部作になっていました……若いときにジョン・ゴールズワージーの長編連作小説『フォーサイト家物語』を読んでとても感動したことがあったから、たぶんその影響かもしれません。〈クリフトン年代記〉の主人公のハリー・クリフトンは小説家で、ウィリアム・ウォーウイックは彼の作品の登場人物です。ウィリアムを主人公にした作品を書くことは、そもそも私の頭になかったんですが、〈クリフトン年代記〉が刊行されるや、「ウィリアム・ウォーウィックを描いたらどうか」という手紙が世界じゅうの読者から届きはじめたんです。ウォーウィックを主人公に据えての連作小説など夢想だにしていなかったから、当初は気にも留めなかったんだけれども、なぜかそれが頭から離れてくれず、ついには三つの簡単なアイディアが出来上がってしまいました。

その一つ目は、ウィリアム・ウォーウィックという大学を出たばかりの若者を主人公に据えることでした。彼は最初から警察官志望で、高名な勅撰弁護士である父親は息子をオックスフォードへ行かせ、法律を学ばせて、自分の法律事務所に加えたいと考えていたんですが、それに逆らってロンドン大学で美術史を学び、巡査として警察に加わることになります。

二つ目は、一作ずつ異なるテーマを扱うということです。というわけで、第一作は美術品の窃盗と詐欺、第二作は麻薬、第三作は警察の腐敗、そして、この第四作は殺人を扱っています。そして、次なる第五作は、王室警護がテーマです。

アイディアの三つ目は、一作一作を独立した作品にして一作ごとに主人公を昇任させ、異なる事案を扱わせるというものです。ですから、ウィリアムは巡査、捜査巡査、捜査巡査部長、捜査警部補、捜査警部、捜査警視、捜査警視正、警視長、警視総監へと梯子を上っていくことになります。
実はこれがウィリアム・ウォーウィック誕生の経緯です。

――主人公はウィリアムであるとはいえ、本作ではこれまで脇役に過ぎなかったロス・ホーガンが重要かつ中心的な存在となりました。彼の役割をどう見ていますか？

実を言うと、ロスの起用はまったくの想定外でした。ときとして計画になかった方向へペンが進んでいくことは作家ならだれしもあると思いますが、このシリーズはウィリアムの物語なので、ロスに重要な役を与えることはまったく考えていませんでした。しかし、息子のジェイムズがロスのキャラクターをひどく気に入り、彼をもっと書いてくれと要求しつづけているんですよ。

というわけで、ロス・ホーガンという登場人物の存在は、まさにこれから大きくなっていくはずです。次なる第五作では、最後にはロスが真の主人公になるのではないかとうすうす思いながら書いていましたが、実際、そうなりました。すでに主人公的な役割を演じているのです。ウィリアムの物語ではあるけれども、読者を興奮させるのはロスに違いありません！

――ウィリアム・ウォーウィックとジェイムズ・ブキャナンの生き生きしたやりとりが楽しかったという読者の感想が多くありました。ジェイムズという人物を創り出したきっかけは？　また、今後の作品で彼をふたたび登場させる構想はありますか？

ジェイムズという登場人物は、四十年以上前に『ケインとアベル』のための調査をしてくれ、いまはとても立派な弁護士になっている人物が基になっています。当時の彼はハーヴァード大学に通っている若者で、一風変わっていて、とても聡明でした。一度、通りでばったり出会ったとき、『スペクテイター』と『ニュー・ステイツマン』を両方とも手に持っていました。その二紙を読んでいれば後れを取ることなくイギリスの最新情報を手に入れつづけられると考えていたんですね。若きジェイムズは彼がモデルです。

今後ジェイムズを登場させることは、そもそもはまったく頭にありませんでしたが、いまは戻ってくるかもしれないと思っています。ジェイムズが何をするか、どこへ行くか、まだ完全に決めてはいませんが、将来的にはＦＢＩに加わるかもしれず、そうなると、彼がウィリアムと手を組む理由になるかもしれません。

――マイルズ・フォークナーとブース・ワトソンについて。読んでいてとても面白い二人ですが、書くのも楽しいのでしょうか？　二人はどのように生まれたのですか？

ブース・ワトソンの原型は私の大事な、残念ながらもはやこの世にいない親友です。彼は殺人を専門とする勅撰弁護士で、私が出会ったなかでも最も機知に富み、無精でもありました。善人であり、とても優秀であり、法廷の場面を描くに際して妙を得た示唆を与えてくれました――もっとも、私の描く法廷の場面に多少怪しいところがときとしてあることも認めなくてはなりませんが。私は何度も裁判の傍聴に足を運んでいますが、恐ろしく退屈な場合がまったく珍しくありません。何しろ、私が十二ページで完結できる裁判に六週間もかけるんですから！

フォークナーを描くのは大好きです。私の妻のメアリーが常々言っているとおりで、悪役のほうが正義の主人公よりはるかに興味をそそられます。私はフォークナーに魅了されていますよ。一筋縄ではいかないキャラクターだしね。人間が例外なくそうであるように、彼も悪一辺倒というわけではありません。また、人間が例外なくそうであるように、善一辺倒というわけでもないんです……。

――ウィリアムとベスは固い絆で結ばれた夫婦です。二人を描くのは楽しいですか？

ウィリアムとベスは、実は私とメアリーだと思っています。私たち夫婦のあいだで交わされた会話や実際に起きていることを、そのまま使うこともよくあります。私たち夫婦はベスとウィリアムと同じぐらい異なってもいます。こういう私たちが五十五年のあいだ一緒にいることも驚きですが、そもそも二人が一緒に五十五年も生き延びていることが驚きです。私たちが夫婦としてうまくやっている理由の一つは、決して相手に退屈しないことなんです。

――フォークナーはアート・コレクター、ベスはキュレーターであり、名画はシリーズに共通するテーマです。作品に登場させる絵画は、どのようにして決めていますか？　実在の名画を参考にしますか、それとも、完全なる想像によるものでしょうか？

実在する名画を作品に取り入れることはできません。なぜなら、もしある傑作を名指ししたら、だれであれ本気で絵画に関心のある者なら、五分もあればその所在を突き止めるはずであり、そうなったら、作品の筋立てがばれてしまいます。だから、私はフェルメールやレンブラントなどの本物の作品のタイトルに非常に近いと感じられる、しかし、決して実在しないタイトルをひねり出して、自分の作品に登場させることにしています。
私はほとんど取り憑かれていると言っても過言ではないくらい名画を愛していて、美術にまつわるちょっとした情報を作品に入れ込めないかと常に探しています。美術の世界にいる友人たちが、彼らの世界で起こっていることを教えてくれるときは、必ずしっかりと耳を澄まします。ささやかで貴重な情報がときどき含まれているからです
『運命の時計が回るとき』におけるその好例が、カラヴァッジョの梱包です。その場面を最初に書いたとき、私はそのほとんどすべてを間違えていました。しかし、ナショナル・ギャラリー絵画運搬専門家のマイケル・ベンモアに会えたおかげで、何から何まで正しく教えてもらうことができたんです。その結果、三千万ポンドの価値のあるカラヴァッジョをどのように梱包してアバディーンからバルセロナへ送るか、皆さんにもなかなか面白く読んでもらえたのではないかと思っています。

――『運命の時計が回るとき』に登場する画家の一点を所有するとしたら、あなたはどれを選びますか？　その理由は何ですか？

その質問の答えはとても簡単です。カラヴァッジョ以外にありません。また、フェルメールもとても所有したい画家の一人です。フェルメールは四十三歳で世を去り、生涯で残した作品はわずか三十五点に過ぎません。

――これまで多様なジャンルの作品を手がけてきたなかで、いま犯罪小説のシリーズに着手された理由は何ですか？

私は自分を犯罪小説作家とは見ていません。警察という世界で自らの望みを叶えようと懸命に努力する若者を書くことを選んだストーリーテラーです。そこに犯罪が絡むということです。本質的には、このシリーズは犯罪を描いた物語ではなく、人間を描いた物語です。最終的にどのジャンルに分類されようと、私に関心があるのは常に人間の物語なのです。

――あなたの作品は伏線が幾重にも張り巡らされていることで有名ですが、あらかじめ構想されているものはどの程度あるのでしょうか？　また、複雑に張った伏線を、どうやって最初から最後までたどるのですか？

あらかじめ構想されているものは一つもありません。書き始めてから、初めて現れるんです。

あるひねりを文章に入れ込んだあと、自分で驚くことがときどきあります。ペンが勝手にページを横断していったと思うと、いきなりすべてがまったく異なる方向へ進みはじめるんですよ。まさに、伏線が自然と張られたというわけです。私はとても運がいいと思います。

以前、手紙をくれた人がいて、そこにこう書いてありました。「あなたは英国一、狡賢《ずるがしこ》い男だ」と。これまでにもらったなかでも最高の褒め言葉だと、私はときどき考えます。

重要なのは、狡くあること、読者を引っかけることです。しかし、騙しては駄目で、それも重要です。だから、私は作品全体にすべてを埋め込みます。伏線の最後に到達した読者に後ろを振り向かせ、こう言わせたいのです。「われながら何たる愚かさだ、あれを見落としたとは信じられない」

――『運命の時計が回るとき』からもわかるように、執筆に際してはかなりの調査をされていますね。大量の調査をどのように行っていますか？

調査の方法は二つあります。書籍と人間です——そして、書籍よりも人間のほうがはるかに興味深いという傾向があります。私はいまは引退している警視正、ジョン・サザーランドと、殺人を扱う部署と麻薬を扱う部署にいてやはり引退している素晴らしい巡査部長、ミシェル・ロイクロフトを個人的に知っています。これ以上はあり得ないと思われるほどタイプの異なる二人ですが、公僕としてともに最上位にあり、この上なく驚嘆すべき物語を聞かせてもらっています。

——あなたは原稿に向かうととてつもない集中力を発揮されると聞きます。毎日の執筆のルーティンを教えてください。

毎日、何度かに分けて執筆しています。朝は五時に起きて冷たいシャワーを浴び、スポーツウェアに着替えて、そのあと最初の執筆が始まります。午前六時から午前八時までです。そのあと二時間の休憩を取り、二回目の執筆が始まります。午前十時から午後十二時までです。そのあとふたたび二時間の休憩を取り、最後の執筆が午後二時から午後四時までです。私はひばりと同じで、早寝早起きなんです。

――著作の大半が長編であるなかで、短編も多く執筆されています。短編小説を書く楽しさとは？

私が少年から青年になりつつあったころ、私の母はサキとサマセット・モームを愛読していました。私自身はF・スコット・フィッツジェラルド、O・ヘンリー、ギ・ド・モーパッサンに夢中でした。

物語のなかには短いほうがいいものもあります。私は実のところ、十五ページしか必要としない物語をよく思いつくんです。十五ページにしてもなお、魔法のようで、この上なく素敵な伏線も含まれるストーリーを。というわけで、私はそういう物語を、通常は一年に二編か三編書き溜め、五年ごとに一冊の短編集として上梓《じょうし》しています。

私は短編小説を愛しています。もちろん、長編小説ほどには売れませんが、売れることだけを目的にして小説を書いたことは一度もありません。もし私が一文無しで死んだとしても、アレクサンドル・デュマと同じ評価を得られるのであれば、私にとって世界じゅうのベストセラー・リストを制覇する以上の価値を持つはずです。私は偉大なストーリーテラーとして認められたいんです――まあ、そのためには、主張するだけでなく、いい作品を作る能力がなくてはなりませんがね。

――自身の作品で特に気に入っているものはありますか？

一般的には『ケインとアベル』が一番人気で、なかには『百万ドルをとり返せ！』のほうがいいという人たちも依然として存在しますが、私個人のお気に入りを挙げるとすると、たぶん『遥《はる》かなる未踏峰』になると思います。なぜなら、あのような傾向の小説も書けることを証明したかったからです。あの作品の執筆はまさに挑戦でした。私のほかの作品のいくつかと同じぐらいいい出来ではなかったとしても、私はとても誇りに思っています。

――自分が書いたのならよかったのに、と思う他人の作品があれば教えてください。

長編小説なら、シュテファン・ツヴァイクの『心の焦躁』です。短編小説なら、Ｆ・スコット・フィッツジェラルドの『リッツ・ホテルほどもある超特大のダイヤモンド』と、サキの『スレドニ・ヴァシュタール』です。

ディケンズの『荒涼館』か、アレクサンドル・デュマ・ペールの『モンテ・クリスト伯』を挙げるのは至って簡単ですが、私はシュテファン・ツヴァイクを愛しているんです。彼はストーリーテラーと作家の完璧な組み合わせです。彼を知ったのはたまたまです――六十代のときにあるパーティでだれかに彼のことを教えてもらい、読んでみようと思い立って、二週間で全作品を読破したんですよ。

訳者あとがき

ジェフリー・アーチャーの最新作『運命の時計が回るとき　ロンドン警視庁未解決殺人事件特別捜査班（原題：*OVER MY DEAD BODY*）』をお届けします。

本作はロンドン警視庁《スコットランドヤード》の警察官、ウィリアム・ウォーウィックを主人公とする連作の第四作に当たります。

第一作『レンブラントをとり返せ―ロンドン警視庁美術骨董捜査班―』（新潮社刊）は、新人ながら資質を見込まれてスコットランドヤードに抜擢《ばってき》されたウィリアムが美術骨董捜査班に配属され、捜査巡査として美術品、硬貨偽造、初版本署名偽造といった詐欺犯罪を解決していく物語です。また、将来にわたって丁々発止を繰り返すことになる大物美術品詐欺師マイルズ・フォークナーと、その右腕とも言うべきブース・ワトソン勅撰弁護士と初めて対決することにもなります。

第二作『まだ見ぬ敵はそこにいる　ロンドン警視庁麻薬取締独立捜査班』（ハーパーコリンズ・ジャパン刊）は、捜査巡査部長に昇任したウィリアムがスコットランドヤードに新設された麻薬取締独立捜査班に異動になり、ロンドンを牛耳っている麻薬王を逮捕して、その組織を一網打尽にする物語です。囮捜査、監視、情報収集と不眠不休の捜査をつづけてついにその努力が報われたかに思われたそのとき、またもやマイルズ・フォークナーが登場してことを複雑かつ面倒にしてくれて、ウィリアムは麻薬王とフォークナーを同時に相手にして苦闘することになります……。

第三作『悪しき正義をつかまえろ ロンドン警視庁内務監察特別捜査班』（ハーパーコリンズ・ジャパン刊）は、捜査巡査部長から捜査警部補に昇任したウィリアムが、新設された内務監察特別捜査班の班長として、警察内部の腐敗堕落を摘発することになります。しかし、内偵捜査は遅々として進まず、さらにはマイルズ・フォークナーとブース・ワトソン、前作でお縄にした麻薬王まで登場して、ウィリアムを苦しめます。逆に言えば、読者は腐敗警察官、麻薬王、フォークナー、三つの悪事が同時に暴かれる過程を楽しむことができるわけです。

そして、本作です。

ウィリアムは捜査警部に昇任し、新設された未解決殺人事件特別捜査班の班長となります。捜査対象となるのは五件、うち四件の容疑者はブース・ワトソンが弁護を担当して、全員を無罪、あるいは微罪で逃れさせています。ウィリアムは早速捜査に取りかかりますが、そのとき、死んだはずのマイルズ・フォークナーが生きているだけでなく、姿かたち、名前まで変えて、またもや悪事を企んでいることが明らかになります。ウィリアムはロス・ホーガン警部補と二人でマイルズの追跡を開始し、マイルズがスペインに隠れていることを突き止めるのですが……（五件の未解決事件の捜査も含めて二つの物語が並行してスピーディに進行し、しかもとてもスリリングに展開していきます）。また、本作ではロス・ホーガンが重要な役を演じていて、捜査における部分では鋭い切れ味を見せてくれ、私的な部分では驚くべき喜びと悲しみを味わうことになっています。

第一作から共通しているのは、犯罪者側は悪知恵を絞りに絞り、謀《はかりごと》を駆使し、自分たちの味方を裏切ることさえも厭わずにウィリアムを欺いて出し抜こうとするところ、ウィリアムは自分の知力、洞察力、推理力を総動員して対抗していくところです。どこを取っても緻密で波乱に満ちていて、ページをめくる手を止められないところも共通しているのではないでしょうか。

巻末の〈著者インタヴュー〉で触れられているように、ウィリアム・ウォーウィックはすでに〈クリフトン年代記〉第2部の『死もまた我等なり』で初お目見えし、以降、第7部まですべての作品に登場しています。また、〈著者インタヴュー〉では、ウィリアムを主人公に据えたシリーズを構想することになった経緯、毎日の執筆の時間割、物語を思いつくきっかけは何なのか、登場人物はどうやって生み出されるのか、あるいは性格付けがなされるのか、伏線はどうやって構想されるのか、などなどについて答えてくれていて、著者の内側を垣間見る《かいまみ》ことができます。どうやら、ロス・ホーガンはこれから先さらに重要な役を演じ、本作に登場するジェイムズ・ブキャナンにもお呼びがかかるようです。

著者のジェフリー・アーチャーですが、一九四〇年生まれの八十三歳。オックスフォード大学卒業後、二十九歳で最年少の庶民院議員になります。しかし、詐欺にあって全財産を失い、議員も辞職する破目になりました。そのあと上梓した『百万ドルをとり返せ！』がミリオンセラーになり、その後もベストセラーを連発して、政界復帰を果たします。そのあとコールガール・スキャンダルをすっぱ抜かれ、裁判には勝ったものの、その裁判での偽証罪を問われて四年の実刑判決を受けます。仮出所後は作家生活に戻って現在に至っていますが、執筆意欲は衰えるどころかますます旺盛なようです。

なお、本シリーズ第五作の〝*NEXT IN LINE*〟は、二〇二四年秋に本文庫（ハーパーBOOKS）から刊行予定です。また、アーチャー自身が一番好きだと言っている『遥かなる未踏峰』も、二〇二四年春に本文庫からお目見えすることになっています。さらに、第六作の〝*TRAITORS GATE*〟がこの九月に本国で刊行されます。ウィリアムの今後の活躍が楽しみです。

二〇二三年九月　　戸田裕之

訳者紹介　戸田裕之

1954年島根県生まれ。早稲田大学卒業後、編集者を経て翻訳家に。おもな訳書にアーチャー『まだ見ぬ敵はそこにいる ロンドン警視庁麻薬取締独立捜査班』『悪しき正義をつかまえろ ロンドン警視庁内務監察特別捜査班』『ロスノフスキ家の娘』(ハーパー BOOKS)、『レンブラントをとり返せ—ロンドン警視庁美術骨董捜査班—』(新潮社)、フォレット『大聖堂 夜と朝と』(扶桑社)など。

ハーパーBOOKS

運命《うんめい》の時計《とけい》が回《まわ》るとき

ロンドン警視庁未解決殺人事件特別捜査班

2023年10月20日発行　第1刷

著　者　ジェフリー・アーチャー

訳　者　戸田裕之《とだひろゆき》

発行人　鈴木幸辰

発行所　株式会社ハーパーコリンズ・ジャパン
東京都千代田区大手町1-5-1
03-6269-2883(営業)
0570-008091(読者サービス係)

印刷・製本　中央精版印刷株式会社

ISBN978-4-596-52720-2

代表作『ケインとアベル』の姉妹編
改訂版を初邦訳!

ロフノフスキ家の娘

上・下

ジェフリー・アーチャー　戸田裕之 訳

ホテル王国の後継者として育てられた
一人娘フロレンティナ。
だが父の宿敵の息子との出会いが
ふたつの一族の運命を狂わせ――。

20世紀アメリカを駆け抜ける
壮大な物語。

上巻　定価1080円（税込）
ISBN978-4-596-77132-2
下巻　定価1000円（税込）
ISBN978-4-596-77134-6